果麦 · 世界超级畅销小说大系

坠/落 之/前

BEFORE THE FALL

Noah Hawley

〔美〕诺亚·霍利—著

袁田—译

天津出版传媒集团

天津人民出版社

图书在版编目（CIP）数据

坠落之前 /（美）诺亚·霍利著；袁田译 . -- 天津：
天津人民出版社 , 2017.10
（果然·世界超级畅销小说大系）
书名原文：Before the Fall
ISBN 978-7-201-12385-1

Ⅰ . ①坠⋯ Ⅱ . ①诺⋯ ②袁⋯ Ⅲ . ①长篇小说－美
国－现代 Ⅳ . ① I712.45

中国版本图书馆 CIP 数据核字 (2017) 第 222887 号
中国版权保护中心外国图书合同登记号 02-2016-188

Before the Fall
Copyright © 2016 by Noah Hawley
Published in agreement with Writers House LLC, through The Grayhawk Agency.

中文简体字版 ©2017 北京紫图图书有限公司
版权所有 违者必究

坠落之前
ZHUI LUO ZHI QIAN

出　　版　天津人民出版社
出 版 人　黄　沛
地　　址　天津市和平区西康路 35 号康岳大厦
邮政编码　300051
邮购电话　（022）23332469
网　　址　http://www.tjrmcbs.com
电子信箱　tjrmcbs@126.com

监　　制　黄利　万夏
责任编辑　玮丽斯
特约编辑　宣佳丽　刘长娥　赵赟　王香平
版权支持　王香平
装帧设计　紫图图书 ZITO®
封面设计　王琼瑶 © 皇冠文化集团
封面图片　©Shutterstock

制版印刷　北京嘉业印刷厂
经　　销　新华书店
开　　本　880×1230 毫米　1/32
印　　张　12.5
字　　数　290 千字
版次印次　2017 年 10 月第 1 版　2017 年 10 月第 1 次印刷
定　　价　49.90 元

致凯尔

目录

CONTENTS

CHAPTER **2.**

CHAPTER **3.**

楔子

一架私人飞机停在玛莎文雅岛的跑道上，前梯已经放下。这是一架九座的OSPRY 700SL，2011年从堪萨斯州的威奇托出厂。很难说清这到底是谁的飞机。登记的机主是一家荷兰控股公司，通信地址在开曼群岛，但机身上写的却是"鸥翼航空"。飞行员詹姆斯·梅洛迪是英国人，副驾驶员查理·布施来自得州敖德萨。空乘艾玛·莱特纳出生于德国曼海姆，是美国空军中尉与未成年妻子生下的孩子。在她9岁时，他们举家搬到了美国加州的圣地亚哥。

每个人都有自己的路要走，也都会做出各种选择。两个人如何不约而同来到同一个地方，这是个谜。你和十几个陌生人上了同一部电梯，搭乘巴士，排队等厕所，这种事每天都在上演。去预测我们要去的地方、会遇见的人，这件事本身没有意义。

前舱装了百叶窗板，里面透出柔和的卤素灯光，完全不同于商用飞机里刺眼的眩光。两个星期后，斯科特·伯勒斯会在《纽约杂志》的一场访谈中说，在第一次私人飞行之旅中，他最惊奇的不是宽敞的放脚空间和一应俱全的酒吧，而是机舱装饰的个人化，仿佛达到某种收入水平后，私人飞行不过是另一种居家形式。

文雅岛上，一个温和的夜晚，西南方吹来轻风，温度是 30 摄氏度。预定的出发时间是晚上十点。三个小时之后，海峡上空开始聚起沿海浓雾，稠密的白色絮状物徐徐穿过泛光照明的停机坪。

贝特曼一家开着岛上的路虎座驾最先到达：父亲戴维、母亲美琪和两个孩子，瑞秋和 JJ。此时是 8 月下旬，美琪和孩子们已经在文雅岛待了一个月，戴维每周末从纽约飞过来看他们。他没法抽出更多的时间，尽管他希望自己可以。戴维从事娱乐业，如今他这个行业的人就是这么称呼电视新闻业的——这里是信息和观点的古罗马竞技场。

他是个高大的男人，声音在电话里很有威慑力。陌生人头一次见到他时，都会被他的大手震撼到。他的儿子 JJ 已经在车里睡着了，其他人开始走向飞机时，戴维探身到后座，轻轻地把 JJ 从安全座椅上抱起来，用一只胳膊支撑自己的重量。男孩本能地搂住父亲的脖子，沉睡中的小脸懒洋洋的。温暖的呼吸让戴维的脊背打一个激灵。他能感觉到儿子的坐骨落在他的手掌里，两腿贴在他的身侧。4 岁的 JJ 已经知道人会死去，但他还是太小，没有意识到有一天自己也会死。戴维和美琪说他是他们的永动机，因为他真是一天到晚都不消停。3 岁时，JJ 的主要沟通手段就是像恐龙一样咆哮。现在他是打岔大王，询问他们的每一个问题，他似乎有无穷无尽的耐心，直到得到回答或者被命令闭嘴。

戴维用脚把车门踢上，儿子的重量让他双脚站不稳。他用一只空闲的手接电话。

"告诉他，如果他开口说一个字，"为了不吵醒男孩，他悄声说道，"我们就按照《圣经》的方法告他，告到让他觉得满天都在掉律师，像青蛙瘟疫[1]一样。"

56 岁的戴维裹着一身很厚的脂肪，就像穿了防弹背心。他的下巴坚毅，头发浓密。九十年代，戴维因为辅佐政治竞选树立了名声——包括州长、参议员和一位连任的总统——但 2000 年他退休了，在 K 街（位于华盛顿市中心，是美国著名的"游说一条街"）上经营起一间游说公司。两年后，一位上了年纪的亿万富翁找到他，说要同他一起创办一个 24 小时的新闻频道。13 年后，戴维从公司收益中获利 130 亿，并且拥有了一间装有防爆玻璃的顶楼办公室和公司飞机的使用权。

他和孩子们的见面时间太少。戴维和美琪在这一点上认识一致，不过还是会经常吵嘴。其实就是，她挑起这个话题，他为自己辩护，尽管他的内心也有同感。但婚姻不就是那么一回事吗？

此时，停机坪上刮起一阵狂风。戴维仍在讲电话，目光掠过美琪，笑了一下，那个笑容在说，我很高兴在这里陪你，我爱你。但也在说，我知道我又在接工作电话，我需要你别给我惹麻烦。仿佛也在说，重要的是我人在这里，我们都在一起。

那是一个带有歉意的微笑，但里面也有他的坚持。

美琪回以微笑，但她的微笑更加敷衍，更加悲伤。事实上，是否原谅他已经由不得她控制。

他们结婚不到 10 年。美琪 36 岁，之前是幼儿园老师，是男孩子们还不明所以时的漂亮的幻想对象——幼童和少年共有的对胸部的痴迷。她开朗亲切，他们喊她"美琪老师"。她每天早上六点半早早到校，做准备工作。她留校到很晚，写工作进度报告，做教案。美琪老师是一个来

1　青蛙瘟疫，出自《圣经》第二卷《出埃及记》，耶和华为说服法老王释放以色列奴隶，让埃及遭受了十场灾难，其中第二灾是青蛙瘟疫。

自加州皮蒙特的 26 岁女孩，她非常热爱教书。她是 3 岁小孩遇到的第一个把他们当回事的大人，她愿意听他们说话，让他们觉得自己长大了。

2005 年早春的一个周四的夜晚，在华尔道夫酒店的一个舞会上，命运把美琪和戴维连在了一起。那场舞会是为一个教育基金募捐的正式聚会。美琪跟一个朋友一起去的。戴维是董事会的一员。她是小家碧玉型的女人，穿一身印花连衣裙，右膝盖内侧的小弧蹭上了蓝色的手指画颜料。他是魅力十足的重量级大鳄，身着双扣西服。她不是晚会上最年轻的女人，也不是最漂亮的，但她是唯一一个手包里有粉笔，并且能做出纸浆火山的人。她还有一顶《魔法灵猫》[1] 里的条纹大礼帽，每年苏斯博士的诞辰，她都会戴着帽子去上班。换句话说，她就是戴维的理想妻子。他借口离开，咧嘴露出镶了牙冠的牙齿，微笑着接近她。

回想起来，她从来没有机会拒绝他。

10 年后，他们有了两个孩子，在格雷西广场有一栋洋房。瑞秋 9 岁，和另外 100 个女孩一起在布里尔利上学。美琪现在不当老师了，待在家里陪 JJ，这让她在这一片的女人中不同寻常——她是不用操心的家庭主妇，嫁给了富豪工作狂。早晨，美琪推着儿子去公园散步时，她是游乐场上唯一赋闲在家的母亲。其他小孩都是坐着欧洲品牌婴儿车，由讲着电话的小岛女佣推来的。

现在，美琪站在机场的跑道上，打了个冷战，她把夏季的开衫裹得更紧。浓雾的丝絮已经变成缓慢翻滚的海浪，在停机坪上用冰冷的耐心作画。

---

1 《魔法灵猫》(*The Cat in the Hat*)，苏斯博士的一本儿童图书。

"你确定这种天气能飞吗？"她在丈夫的身后问。他已经走到楼梯顶部，空乘艾玛·莱特纳穿着一套合身的蓝色裙装用微笑恭迎他。

"没事的，妈妈，"9岁的瑞秋说，她走在母亲的身后，"他们开飞机又不需要看路。"

"嗯，我知道。"

"他们有仪器的。"

美琪给了女儿一个鼓励的微笑。瑞秋背着她的绿色双肩包——里面有《饥饿游戏》、芭比娃娃和平板电脑，她走路的时候，背包有节奏地撞击她的腰部，真是个大姑娘了。即便只有9岁，也能看出她以后会成为什么样的女人——一位耐心等你明白自己错误的教授。换句话说，就是房间里最聪明的人，但不卖弄，从不卖弄，心地善良而且笑声悦耳。问题是，这些特质是她与生俱来的吗？还是发生在她身上的事——她少年时代遇到的真正的罪行催化生成的？网上有整个传奇故事的图文记录——优酷上有新闻画面的存档，几百工时的专题报道全都储存在二进制的庞大集合记忆体里。去年有个《纽约客》的作者想将这件事做本书，但戴维暗中压下去了，因为瑞秋毕竟只是个孩子。有时美琪想到，如果事情是另一种结局，恐怕自己会撕心裂肺。

她本能地扫了一眼路虎，吉尔正在用无线电和先遣小组沟通。吉尔与他们如影随形，一个大块头的以色列人，从不脱下夹克。他们这个收入阶层的人管他叫"家庭安保"。1.82米，86千克。他不脱夹克是有原因的，是上流社会圈子里不便讨论的原因。这是吉尔服务贝特曼一家的第四年。吉尔之前是米沙，米沙之前在一支都是非常严肃的西装男人的突击队，汽车后备箱里放有自动武器。美琪在学校当老师的时候对这种军人侵入家庭生活的事情嗤之以鼻，一个人以为自己有钱就会成为暴力袭击的目标，她会称之为自恋。但那是在2008年7月的事件之前，当时她女儿被人绑架，经过极度痛苦的三天才把她赎回来。

瑞秋站在喷气飞机的楼梯上，转身对着空空的跑道像皇室成员一般挥手。她在连衣裙外面罩了一件蓝色绒衫，绑了一根蝴蝶结马尾辫。就算那三天对瑞秋造成了什么伤害，迹象也很隐蔽——对狭小空间的恐惧，在陌生男人附近有种惊恐感，但瑞秋一直是个快乐的孩子，一个活泼的小滑头，脸上总是挂着狡黠的微笑，尽管美琪还不能理解原因。她每天都心存感激，她的孩子没有失去那丝微笑。

"晚上好，贝特曼夫人。"美琪来到飞机梯级顶部时，艾玛说。

"嗨，谢了。"美琪条件反射地说。她一直感觉需要为他们的财富抱歉，未必是她丈夫的，而是她自己的，完全不真实。就在不久前，她还是个幼儿园老师，和两个刻薄的女孩合住一套没有电梯的六层楼公寓，像灰姑娘一样。

"斯科特来了吗？"她问。

"没有，夫人。你们是第一个到的。我开了一瓶灰皮诺。你想喝一杯吗？"

"现在不喝。谢了。"

喷气飞机内部流露出柔和的奢华感，波状外形的墙面饰有线条简明的灰木镶板。座位是灰色皮革材质，两两随意布局，就好像在暗示你要是有个伴儿的话，飞行会更加愉快。机舱内有种肃静感，就像总统图书馆的内部。尽管美琪已经像这样飞过很多次，她还是无法克服它的放纵意味。一整架飞机只为他们服务。

戴维把儿子放在座位上，给他盖上毯子。他已经在接另一通电话了，这通电话显然很严肃。美琪能从戴维无情的下巴线条看出来。男孩在他下方的座椅里微动，但没醒。

瑞秋在驾驶舱旁停下，跟飞行员讲话。她不管去哪里都会这么做，找出本地的权威，对他们刨根问底。美琪在驾驶舱门口瞥见了吉尔，9岁的孩子一直在他的视野范围以内。除了手枪，他还带了一把泰瑟枪和一副塑料手铐。他是美琪见过的最沉默的男人。

戴维的电话还贴在耳朵上，他捏了妻子的肩膀一下。

"要回家了，激动吗？"他问，用另一只手捂住话筒。

"喜忧参半吧，"她说，"这里太舒服了。"

"你们可以留下。我是说，那件事在下个周末做，干吗不留下呢？"

"不了，"她说，"孩子们要上学，我周四还有博物馆董事会的事。"

她对他一笑。

"我没睡好，"她说，"我只是累了。"

戴维的眼睛越过美琪，他皱起眉头。

美琪转过身去，本·吉卜林和莎拉·吉卜林站在楼梯的最高处。他们是一对富有的夫妻，跟戴维很熟。不过，莎拉看到美琪时也尖叫了一声。

"亲爱的！"她张开双臂说。

莎拉拥抱了美琪一下，空乘托着一盘酒水，尴尬地站在她们后面。

"我好喜欢你的裙子。"莎拉说。

本绕过妻子直奔戴维，用力与他握手。他是华尔街四大公司其中一家的合伙人，一只蓝眼的鲨鱼，身着量身定做的钉扣蓝色衬衫，白色短裤系了皮带。

"你看那场该死的比赛了吗？"他说，"他怎么会接不住那个球呢？"

"我都不想提。"戴维说。

"我是说，我都能接住那个该死的球，我还是黄油手呢。"

两个男人面对面地站着，假装在摆姿势，两个大富翁因为对战斗纯粹的爱扭打在一起。

"灯光让他看不见球。"戴维告诉他，然后感觉自己的电话在振动。他看了一眼电话，皱了一下眉头，回复了一条信息。本飞快地瞄了一眼，表情清醒。女人们在忙着聊天。他靠得更近。

"我们得聊聊，哥们儿。"

戴维把他甩开，但仍在打字。

"现在不是时候。"

"我一直在给你打电话。"吉卜林说。他继续说下去，但艾玛端着酒水站在那里。

"格兰利维威士忌加冰，我没弄错吧。"她说，递给本一杯酒。

"你真乖巧。"本说，一口喝掉半杯威士忌。

"我喝水就行了。"她从托盘上拿起一杯伏特加时，戴维说。

"当然可以，"她微笑着说，"我马上回来。"

那边，莎拉·吉卜林已经没有闲话可聊。她捏了一下美琪的胳膊。

"你怎么样？"她真诚地说，第二次问了。

"我很好，"美琪说，"我只是——旅行嘛，你知道的。回到家我又会高兴起来。"

"我知道。我是说，我喜欢海滩，但是说实话，我会觉得一直待在这儿好无聊。你能看几天的日落？我觉得还不如去逛巴尼斯百货呢。"

美琪紧张地瞥了一眼打开的舱门。莎拉看到了那个表情。

"你在等人吗？"

"没有。我的意思是，我以为我们还有一个人，但是——"

女儿让她不用继续说下去。

"妈妈，"瑞秋在座位上说，"别忘了，明天是塔玛拉的派对。我们还得买份礼物。"

"好，"美琪心不在焉地说，"我们早上去蜻蜓精品店。"

美琪看向女儿身后，戴维和本正凑在一起讲话。戴维看起来不太高兴，她稍后可以问问他怎么回事。但她的丈夫近来一直对她爱理不理的，她一点儿也不想吵架。

空乘和她擦身而过，把水递给戴维。

"要青柠吗？"她说。

戴维摇摇头。本紧张地搓着秃顶。他看了一下停机坪。

"我们还在等什么人吗？"他说，"这就出发吧。"

"还有一位，"艾玛看着她的名单说，"斯科特·伯勒斯。"

本看了一眼戴维："谁？"

戴维耸耸肩说："美琪有个朋友。"

"他不是我的朋友，"美琪无意中听到了，说，"我的意思是，孩子们知道他。我们今天早晨在集市上碰见他。他说他要去纽约，于是我邀请他和我们一道。我觉得他是个画家。"

她看着她的丈夫。

"我给你看过他的几幅作品。"

戴维查看手表。

"你告诉他是十点起飞吗？"他说。

她点点头。

"好吧，"他坐着说，"再等五分钟，否则他就得和其他人一样坐渡轮。"

透过圆形的舱门窗户，美琪看到机长正站在停机坪上检查机翼。他抬头凝视光滑的铝面，然后慢慢地走向飞机。

她的身后，JJ 在睡梦中翻身，嘴巴微张。美琪重新给他盖好毛毯，然后在他的额头上亲了一下。他睡觉时总是忧心忡忡的样子，她心想。

越过椅背，她看到机长重新走进机舱。他过来握手，四分卫高度的男人，军人体格。

"先生们，"他说，"女士们，欢迎。这是一次短途飞行。预计会有点微风，不过旅途还是会相当平稳。"

"我看到你在飞机外面。"美琪说。

"我在做常规的目测检查，"他告诉她，"每次飞行之前我都会做的。飞机看起来不错。"

"那雾呢？"美琪问。

她的女儿翻了个白眼。

"对于这么精密的机器来说，雾不构成影响因素，"飞行员告诉他们，"到海平面以上 150 多米，我们就高过雾了。"

"那我要吃点芝士，"本说，"我们或许应该放点音乐？要不开电视看？我想波士顿正在跟白袜队打比赛。"

艾玛去机上娱乐系统里找这场比赛，他们找座位，放东西，用了很长时间才安顿下来。前方，飞行员过了一遍飞行前的仪表检查。

戴维的电话再次振动。他看了看，皱起了眉头。

"好吧，"戴维开始烦躁了，说，"我认为我们没有时间再等画家了。"

他对艾玛点点头，她穿过走道去关住舱门。就像有心灵感应一样，驾驶舱里的飞行员也发动了引擎。前门几乎关闭时，他们听到一个男人叫喊的声音："等一下！"

随着最后一位乘客登上舷梯，飞机也在摇动。美琪不由得脸红，心里泛起一阵期待。然后他进来了，斯科特·伯勒斯，四十五六岁，看起来一脸通红，上气不接下气。他的头发浓密杂乱，一片灰白，但皮肤依旧光滑。白色 Keds 鞋上有磨旧的水粉污点，褪色的白和夏天的蓝。一边肩膀上挎着一个绿色的脏背包。他的举止中仍有年轻人的劲头，但眼周已经有深深的纹路，看起来饱经风霜。

"对不起，"他说，"的士耽误了好长时间。我最后还是坐的大巴。"

"嗯，你赶上了，"戴维一边向副驾驶员点头示意关门，一边说，"这比什么都重要。"

"先生，我能帮你拿包吗？"艾玛说，她悄无声息地挪到他的身边。

"什么？"斯科特被吓了一跳，"不用。我自己来。"

她朝他指出一个空座。他一边走向座位，一边领略私人飞机的内部。

"真了不得。"他说。

"本·吉卜林。"本起身与斯科特握手。

"啊，"斯科特说，"斯科特·伯勒斯。"

他看到了美琪。

"嘿，"他冲她温暖地咧嘴大笑，说，"再次感谢。"

美琪红着脸微笑回应。

"没什么，"她说，"我们有空位。"

斯科特一屁股坐到莎拉身边的座位上。还没等他扣上安全带，艾玛已经给他递上了一杯红酒。

"哦，"他说，"不用了，谢谢。我不喝——要不来点儿水？"

艾玛笑了，退后离开。

斯科特瞧瞧莎拉。

"人会习惯这种生活的，嗯？"

"谁说不是呢。"吉卜林夫人说。

引擎轰鸣，美琪感觉飞机开始移动。梅洛迪机长的声音从喇叭里传来。

"女士们，先生们，准备起飞了。"他说。

美琪瞧了瞧她的两个孩子，瑞秋的一条腿叠在身下，正在翻看手机上的歌；小JJ缩成一团沉睡着，脸蛋放松，有种孩子气的放空。

每天都有无数随机时刻，美琪感到母爱汹涌，像气球般胀起，却又令人绝望。这两个孩子就是她的命，她的同一体。她再次伸手去整理儿子的毛毯，与此同时，是飞机轮子离地的失重瞬间。起飞，这一不可能的动作，例行公事地暂时取消重力自然法则，给她启示也让她害怕。飞了，他们在飞了。他们谈笑风生，上升，穿过雾蒙蒙的白色，在五十年代歌曲的低吟和长时间击球的白噪音的陪伴下，没有人会想到，16分钟后，他们的飞机会坠入大海。

CHAPTER 1.

引子

6岁时，斯科特·伯勒斯和家人去旧金山旅行过一次。他们在海滩附近的一间汽车旅馆待了三天：斯科特，他的父母，还有他的妹妹琼——后来她在密歇根湖溺死了。那个周末的旧金山有雾，天气很冷，宽阔的大道像舌头一样翻滚，戏弄海水。斯科特记得父亲在餐厅里点了蟹脚，它们被端上来的时候，像三根树枝一样巨大。就好像螃蟹要吃他们，而不是他们吃螃蟹。

旅行的最后一天，斯科特的爸爸把他们带上一辆去渔人码头的大巴。斯科特——穿着褪色的灯芯绒裤子和条纹T恤——跪在倾斜的塑料座椅上，看着日落区平坦宽阔的灰泥路变成用混凝土铺就的山丘，极其倾斜的上坡两边排列着维多利亚式的宽木板建筑。他们去了"雷普利信不信由你"博物馆，有人给他们画了漫画——一家四口全是滑稽的大头，在独轮车上左右摇晃脑袋。后来，他们停下来观看海豹，它们四仰八叉地躺在浸透海水的船埠上。斯科特的母亲指着风一般的白翼海鸥群，眼里充满惊奇。他们是住在内地的人，对斯科特来说，他们就好像乘坐宇宙飞船去了一个遥远的星球。

他们吃玉米热狗，喝滑稽的塑料大杯装的可乐当午餐。走进水上乐园时，他们发现聚集了一群人。有几十个人在朝北看，同时指向恶魔岛[1]。

那天的海湾是青灰色的，马林山的峰峦把已经废止的监狱岛包围，就像守卫的肩膀。左边方向，金门大桥是个模糊的焦橙色巨人，在上午的迷雾中，吊桥不见头颅。

斯科特能见到许多小船在水面上打转。

"有人越狱吗？"斯科特的父亲大声地问，没人理他。

斯科特的母亲皱了皱眉，掏出一本宣传册。她说，据她所知，监狱是关闭的，小岛现在只供游客观光。

斯科特的父亲拍拍他旁边男人的肩膀，"我们这是在看什么？"他问。

"他正从恶魔岛游过来。"男人说。

"谁？"

"搞健身的那个人。叫什么来着？杰克·拉兰内[2]。这是一种特技。他被铐上了手铐，正拖着一艘船游泳。"

"这话是什么意思，拖着一艘船？"

"有条绳子连着他和身后的船。你看那边的那艘船，那艘大的，他要把那家伙一路拽到这儿来。"男人摇摇头，就好像突然间整个世界都疯了。

斯科特爬到更高的台阶上，那里的视野可以越过大人们所在的台阶。水里确实有一艘大船，船头指向海滨，被一队小一些的船只包围。

---

1 恶魔岛（Alcatraz Island），1933 年至 1946 年曾被用作联邦监狱。

2 杰克·拉兰内（Jack Lalanne，1914—2011），美国健身之父，被称为"第一健身英雄"。

一个女人俯下身来，拍拍斯科特的胳膊，"喏，"她笑着说，"看那里。"

她递给斯科特一副小望远镜。透过镜头，他刚好能看到水里有个男人，戴着米黄色的泳帽。他的肩膀裸露在外面，他猛力破浪前进，像条美人鱼。

"那里的激流会要人命的，"男人告诉斯科特的父亲，"更别提水温了，好像是14摄氏度。从来没人成功从恶魔岛越狱，这是有原因的。再加上，还有鲨鱼。我赌他只有20%的可能性成功。"

透过望远镜，斯科特能看到游泳的男人四周的摩托艇上全是穿制服的男人。他们都举着来福枪，盯着下方的碎浪海面。

游泳的人从海浪中提起手臂，向前急冲。他的手腕被铐住了，专注力在岸上。他的呼吸稳定，即使他意识到了安全检查员和鲨鱼袭击的风险，也没有表现出来。杰克·拉兰内，地球上最强健的男人。五天后是他的60岁生日。60岁，任何有理智的人在这个年纪都会放慢节奏，翘起双脚，让一些事情放任自流。但是，斯科特以后会了解到，杰克的操练超越年龄。他相信天生我材必有用，他几乎是一台征服世界的机器。腰间的绳索像触手一样试图把他拉进寒冷的、漆黑的深处，但他不以为意，就好像只要无视拖拽的重量，他就能消除它的力量。反正杰克已经习惯了，在家里，他把自己绑在泳池的一头，每天原地游半个小时。除此之外，还有90分钟的举重和30分钟的跑步。后来杰克看到镜中的自己时，看到的不是必死之躯，而是纯粹的能量的存在。

他早在1955年就游过这段路。当时的恶魔岛仍是一座监狱，一块忏悔与惩罚的冷岩。杰克当时41岁，是一个已经因为健身出名的小伙子，他有自己的电视节目和健身房。他总是一身简约的黑白装束，穿着标志性的连身裤和定制的紧身衣，肱二头肌凸出。他常常毫无征兆猛地趴到地板上，用100个指尖伏地挺身强调自己的建议。

他说多吃蔬果、蛋白质，还要锻炼。

周一晚上八点，杰克在 NBC 频道透露长生秘诀，你只需要耐心倾听。现在拖着船只的他回忆起当年在这里第一次游泳，他们说那是做不到的，要在 10 摄氏度的水温里对抗强劲的洋流，游完 3200 米，但杰克不到一个小时就完成了。19 年后他再次回归，手脚都被绑上，腰间拴着一艘 454 千克的船。

在他的头脑里没船，没有洋流，没有鲨鱼，只有他的意志。

"你去问问那些完成铁人三项的人，"他后来会这么说，"能做到的人都没有极限。极限就在你的脑袋里，两耳之间的这个部位要强健。不能连肌肉是什么都不知道。"

杰克曾是个满脸粉刺的孱弱小孩，嗜糖如命。这个臭小子有一天吃糖吃傻了，还企图用斧子砍他的哥哥。然后他突然顿悟，有了燎原的决心。刹那间他明白了，他要开启身体的全部潜能，他要彻底重塑自己，并改变世界。

于是满脑子糖浆的小胖子杰克发明了自己的锻炼法，他变成了能在 90 分钟内做 1000 个开合跳和 1000 个引体向上的英雄。他在皮带上捆扎了 63 千克的重物，爬上 8.7 米的长绳，通过这样的训练，让自己成为 20 分钟里做完 1033 个伏地挺身的健美先生。

在电视时代的早期，无论他走到哪里，街上的人都朝他涌来。他是集科学家、魔法师和神于一体的完美人物。

"我不会死，"他告诉人们，"那会毁了我的形象。"

现在，他在水里用自己发明的蝶式扑动泳姿猛力向前。海岸就在眼前了，新闻摄像机架在水边，人群都聚集了上来，他们挤到了马蹄形的楼梯上。杰克的妻子伊莲也在其中，她原来是水上芭蕾舞演员，在遇到杰克之前烟不离手，把甜甜圈当饭吃。

"他来了。"有人指点着说。拖着船的60岁男人来了。

他戴着手铐，上了脚镣。他就是胡迪尼[1]，只不过他不设法逃脱。如果按照杰克的意思，他愿意永远被拴在这艘船上。每天给他加上一艘新船，直到整个世界都被他拖在身后，直到他把我们所有人都扛在背上，进入一个人类潜能没有极限的未来。

他告诉人们，年龄是一种心境，那就是他挑战极限的秘诀。他游完这一段，会从海浪里跳出来。他会一跃而起，像击倒对方的拳击手那样。或许，他甚至还会扑下去飞快地做100个伏地挺身。他就是感觉那么好。在杰克的年龄，大多数男人都驼背弯腰，抱怨他们身体疼痛。他们对结局感到紧张，但杰克不紧张。等到70岁时，他会拖起70艘载满70个人的船，游70个小时。等他100岁时，他们会用他的名字重新命名这个国家。每天早晨，他会硬挺挺地醒来，直到时间的尽头。

在岸上，斯科特踮着脚尖凝视水面。他的父母被抛到脑后，忘了他不喜欢的那顿午餐。现在除了面前的景象，地球上没有别的事物了。男孩在看戴泳帽的男人与海浪搏斗，他一划又一划，筋肉对抗自然，意志力忤逆原始力量。人们都站起来了，激励游泳的人前进。杰克一划又一划，一米再一米，直到他走出大浪，新闻记者涉水去迎接他。他喘着粗气，嘴唇发紫，但他却在笑。新闻记者松开他的手腕，从他的腰上扯下绳子。所有人都为之疯狂，伊莲也涉水走进海浪，杰克把她举到空中，就好像她没有重量。

整个海滨上的人都极度兴奋，人们感觉自己见证了一场奇迹。之

1　哈利·胡迪尼（Harry Houdini，1874—1926），美国幻术大师及特技表演艺术家，以逃脱术闻名。

后的很长一段时间，他们会发现自己相信，一切皆有可能。他们会欢欣鼓舞地度过每一天。

6岁的斯科特·伯勒斯站在看台的最高一级台阶上，发现自己被一种涌起的奇异感解开了。他的胸口有鼓胀感，一种感觉——欣喜？惊异？这种感觉让他想流泪。即使年纪还小，他已经知道自己见证了无法量化的东西，这是自然中高于动物、更加庄严的一面。要做到这个男人做到的事——在身体上绑重物，手脚紧缚，在冷水里游3000米——是超人做的事。这可能吗？他是超人吗？

斯科特的父亲揉着他的头发说："真了不起。不是吗？"

但斯科特说不出话来。他只是点头，目光固定在浪花里那个壮汉的身上，他刚把一个新闻记者举过头顶，假装要把他扔进水里。

"我在电视上总是看到这个人，"他爸爸说，"但我以为只是搞笑的，以为是充气肌肉什么的，哪知道是个真人。"他惊愕地摇头。

"那个是超人吗？"斯科特问。

"什么？不是。那就是一个人。"

就是一个人。像斯科特的爸爸和吉克叔叔一样，有小胡子和大肚子。像布兰奇先生一样，他是有爆炸头的体育老师。斯科特无法相信他今日所见。这可能吗？任何人只要用心，都能当超人吗？只要他们乐意去做该做的事，不论什么事都会成功吗？

两天后他们回到印第安纳波利斯，斯科特·伯勒斯报名参加了游泳课。

大西洋

他喊叫着浮出水面。那是在夜里，咸水刺痛他的眼睛，高温灼烧他的肺部。天空中没有月亮，皎洁的月光透过密实的浓雾，浪峰在他面前搅浑午夜的深蓝。他的四周，怪诞的橘色火焰在舔舐着海浪的泡沫。

水着火了，他心里想，一边本能地踢水游开。

震惊与迷失的片刻过去之后，他意识到：坠机了。

斯科特想着这件事，但无法组织语言。他的大脑里全是图像和声音，当时飞机突然倾斜向下，发热金属散发出令人恐慌的臭气，一个女人头部流血，碎玻璃扎在皮肤里闪闪发光。时间放慢的同时，似乎所有没有固定的东西都在无止境地飘浮——葡萄酒瓶，女人的手袋，女孩的 iPhone。一盘盘食物悬浮在半空，缓慢地打转，前菜还在盘子里，然后是金属间摩擦产生的刺耳的声音。斯科特的滚筒世界碎裂成碎片。

一个海浪打在他的脸上，他双脚踢水，试图蹬得高些。他的鞋子却把他往下拽，于是他踢掉鞋子，然后挣脱出浸透海水的卡其裤。他在大西洋的冷流里打着寒战，两腿做剪式踩水，胳膊用力打旋推开海浪。海浪里夹着泡沫，它们不是儿童画里生硬的三角形状，而是不规则的海水碎片，小浪层堆积成巨浪。在开阔的水面上，它们从四面八方朝他扑来，就像狼群在试探他的防御力。暗火让它们更加生动，给予它们阴险的表情。斯科特踩水转了360度，他看到参差不齐的大块飞机残骸上下跳动，几片机身，一段机翼。漂浮的汽油已经散开，或者烧光了，很快一切就会暗淡。斯科特一边克服恐慌，一边尝试评估局势。时间是8月，对他有利，现在大西洋的温度大概是18摄氏度，足以让人失温，但也足够暖和。如果有可能的话，他有时间游到岸边，如果他离得够近。

"嘿！"他在水里转动呐喊着，"我在这儿！我还活着！"

一定有其他幸存者，他心想。一架飞机坠毁了，怎么可能只有一个人活下来？他想到坐在他旁边的女人，那个啰唆的银行家妻子。他还想到在夏日里微笑的美琪。

他想到了孩子们。糟糕，还有孩子。两个孩子，一男一女。女孩大一点儿，说不定10岁？但男孩很小，还是个小不点儿。

"哈喽！"他呼喊着，多了几分紧迫感。现在他正游向最大的一片残骸，看起来像机翼的一部分。他游到那里的时候，金属热得没法摸，他赶紧踢水离开，不想被海浪扫上去烫伤自己。

他感到疑惑，飞机是因为冲击力解体的吗？还是下降过程中断开的，致使乘客四处散落？

他一无所知，这看似不可能，但记忆的数据流被无法破译的碎片、无序的图像堵塞了，现在他没时间去理清任何事。

斯科特在黑暗中眯着眼睛，感觉自己突然乘着一个大浪升起来。他奋力留在浪尖，意识到自己无法再回避明摆着的事实。

他努力保持浮在水面，这时他感觉左肩里有东西爆裂了。坠机后他一直忍耐的疼痛变成了一把尖刀，只要他把左臂抬过头部就会将他刺穿。他一边踢腿，一边试图用拉伸来舒缓痛苦，就像处理抽筋一样，但显然肩窝里有东西扯裂了，或者断了，他得好自为之。他还有半边身体能动，可以应付像样的蛙泳，但如果肩膀的情况恶化，他会成为一个独臂男人，随波逐流，身上带伤，最终成为鲸鱼咸涩巨腹里的一条小鱼。

然后他想到，他可能在流血。

这个想法让他充满纯粹的动物恐慌，高等理性早已蒸发了。他的心率飙升，同时疯狂地踢腿。结果他呛了咸水，开始咳嗽。

停下，慢下来，他告诉自己。如果你现在恐慌，你就会死。

他强迫自己镇定下来，慢慢地转动，试图找到自己的方向感。他心想，如果能看到星星，他就能给自己定位。但雾太浓了，他什么都看不到。他应该往东游还是往西游？游回文雅岛还是游向大陆？然而他怎么能知道哪儿是哪儿？他出发的岛屿就像漂在汤碗里的冰块。在这个距离，即使游泳的轨道只偏移了几度，也可能刚好错过目的地，甚至永远不会到达。

他想，最好还是往长距离的海岸线游。如果他平稳地划水，不定期休息一下，不要恐慌，他最终一定能到达陆地。毕竟他是个游泳健将，熟悉大海。

他告诉自己他能做到的，这个想法让他信心激增。他坐渡轮的时候了解到，玛莎文雅岛距离科德角11千米。但他们的飞机在前往JFK机场，这意味着它可能在向南飞行，位于前往长岛的开放海域上空。他们飞了多远？他们离岸有多远？斯科特能用一只好胳膊游16千米，甚至是32千米吗？

他像是一只漂在远海的陆地哺乳动物。

他告诉自己，飞机应该发出了遇难信号，海岸警卫队已经出动。但即使这么想着，他还是意识到最后一点儿火焰熄灭了，残骸随着洋流散落开来。

为了让自己免于恐慌，斯科特想起了杰克。杰克——穿泳裤的希腊男神，咧嘴笑着，手臂弯折探入荡漾的高浪，双肩向前拱起，背阔肌突然出水。他们叫这种姿态螃蟹式，就好像一只被攫住的螃蟹。整个童年时代，斯科特把他的海报贴在墙上。他把它贴在那里提醒自己，一切皆有可能。你可以是探险家或宇航员，你可以航行七大洋，攀登最高峰。你只需要相信自己，这一切都会发生。

斯科特在水下屈体，一边剥掉他的湿袜子，一边对着寒冷的深海伸缩脚趾。他的左肩开始拉紧，所以尽可能多让它休息，用右边的身体带动身体的重量，每次用儿童的狗刨式游泳休息 15 分钟。他再一次意识到他不能胡乱选个方向，用一只胳膊迎着强劲的洋流游，而且不知道要游多远。恐慌和绝望渗入他的身体，他难以摆脱。

他嘴里的舌头已经开始发干。如果他要在海里游很久的话，脱水是另一个需要担忧的问题。他的周围风势渐起，大海变得狂暴。斯科特决定了，如果要做这件事，现在就要开始游。他再次寻找浓雾的间隙，可是没有，于是他短暂地闭上眼睛。他试图去体会方向，像铁料感觉磁极一样去探究方向。

在背后，他想。

他睁开眼睛，做了个深呼吸。

他正准备第一次划水时，听到了响声。一开始他认为是海鸥的声音，有升有降的尖声啼泣。之后大海把斯科特举高了几米，在浪尖上，他震惊地意识到自己听到的是什么。

是哭声，有个小孩在哭。

他四下转圈，试图明确地定位声音，但海浪起落不定，不断造成反弹和回声。

"嘿！"他呼唤，"嘿，我在这儿！"

哭声好像停止了。

"嘿！"他一边踢开潜流，一边呼喊，"你在哪儿？"

刚才他寻找残骸，但没有找到，下沉的碎片都朝各个方向漂走了。现在斯科特竖起耳朵听，急切地想找到那个孩子。

"嘿！"他再次喊叫，"我在这儿！你在哪儿？"

一度只有海浪的声音，斯科特开始怀疑或许自己听到的是海鸥的声音。但之后传来一个孩子的声音，尖厉而出人意料的近。

"救命！"

斯科特猛力游向声音的源头。他不再孤单，不再是忙于自保的一个人，现在他要对另一个生命负责。他想到他的妹妹，她16岁时淹死在密歇根湖里。他游了起来。

他发现9米外，孩子扒住一块座椅坐垫。是那个男孩，他应该没有超过4岁。

"嘿，"斯科特够到他时说，"嘿，小宝贝儿。"

他碰到男孩的肩膀时，声音如鲠在喉，他意识到自己在哭。

"我在这儿呢，"他说，"我够到你了。"

对折的座椅坐垫充当了漂浮装置，有臂带和束腰带，但它是为成年人设计的，所以斯科特好不容易才把它固定在了男孩身上，他冷得发抖。

"我吐了。"男孩说。

斯科特温柔地给他擦嘴："没事的。你没事，只是有点儿晕浪。"

"我们在哪儿？"小男孩问。

"我们在海洋里，"斯科特告诉他，"发生了坠机，我们在海洋里，但我准备游回海岸。"

"别离开我。"男孩说，声音里有些许惊慌。

"不会，"斯科特说，"当然不会，我会带上你。我得把这东西固定在你身上，然后你躺在上面，我拉着你游。这个建议，听起来怎么样？"

男孩点点头，斯科特开始工作。他只有一只胳膊能用，所以做起来很难，但经过一阵折腾之后，他成功地把漂浮装置的皮带打成了一个编织结。他把男孩塞进背带装置里，然后研究效果。虽然皮带没有他想要的那么紧，但应该能保证男孩浮在水面上。

"好了，"斯科特说，"我需要你抓紧，我要把你拉回岸上。你知道怎么游泳吗？"

小孩点点头。

"好，"斯科特说，"如果你从垫子上掉下来，我要你努力踢水，拍打胳膊，好吗？"

"猫狗式。"男孩说。

"对了。用你的手游猫狗式，就像妈妈教你的那样。"

"我爸爸教的。"

"当然。就像爸爸教你的那样，好吗？"

男孩点头。斯科特看到他的恐惧。

"你知道英雄是什么吗？"斯科特问他。

"他打坏人。"男孩说。

"对。英雄打坏人。而且他从来不放弃，对吗？"

"不放弃。"

"好，我需要你现在当英雄。假设海浪是坏人，我们要游过它们。我们不能放弃，我们不会放弃，我们会一直游，直到游到陆地，好吗？"

男孩点点头。斯科特把左臂穿进其中一条皮带，疼得一阵抽搐，现在他的肩膀在抗议。抬升他们的每一波高浪都增加他的迷失感。

"好吧，"他说，"我们开始吧。"

斯科特闭上眼睛，再次试图体会该往哪个方向游。

在你背后，他想。海岸在你背后。

他在水里小心地绕着男孩换位，开始踢水。就在此时，月光穿透了浓雾，头顶短暂地露出一片星光璀璨的暗空。斯科特拼命寻找认得的星座，同时缺口在快速地合上。他认出了仙女座，然后是北斗星，随后是北极星。

伴着一阵令人作呕的眩晕，他终于意识到，原来在另一个方向。

斯科特一度觉得有强烈的呕吐欲望。要是天空没有放晴，那他和男孩会一直游向大西洋的深渊，随着每一次踢水，东海岸都在他们身后后退，直到他们被疲惫耗尽体力，无影无踪地沉入海底。

"计划突然有变，"他告诉男孩，一边尽力保持语气轻松，"我们走另一边吧。"

"好啊。"

"好啊。不错。"

斯科特踢水，让两人就位。他游过的最远距离是 24 千米，但当时他 19 岁，而且之前训练了好几个月。当时的比赛是在没有洋流的湖里，而且他的两只胳膊都能用。但是现在是夜晚，水温在下降，他得与大西洋的强流搏斗，天知道能游多远。

如果这次能活下来，他想，一定要给杰克·拉兰内的遗孀送一个果篮。

这个想法太荒谬了，结果斯科特在水里上下颠簸着，开始大笑，一时半会儿停不下来。他想到自己站在爱蒂宝[1]的柜台前，填写卡片。

献上最深厚的情谊——斯科特。

"停下。"男孩说，他突然担心自己能否活命，因为自己的命似乎掌握在一个疯子的手上。

"好的，"斯科特试图让男孩安心，"没事的。只是想到一个笑话。我们现在就出发。"

他用了几分钟找到划水的节奏，这是一种改良的蛙泳，右手比左手夹水更多，同时用力蹬腿。可他感到一团嘈杂，他的左肩就像一袋碎玻璃。蚀人的担忧潜入他的五脏六腑，他们会被淹死的，他们两人都会葬身深海。但之后不知怎么的，一种节奏自行呈现，他开始在重复中忘我地游起来，他的手臂从上入水，两腿以剪式夹水，他游进无底深海，水花迎面飞溅。只是现在很难把握时间，飞机是几点起飞的？晚上十点？过去了多久？三十分钟？一个小时？还有多久太阳能升起？八小时？九小时？

他周围的大海千疮百孔，变化不定。他游着，试图不去考虑开放的海域有多辽阔，不去想象海洋的深度。八月的大西洋是大型风暴锋面的发源地，海底峡谷的冷槽中形成飓风，不同天气模式的碰撞，温度与湿度形成巨大的低气压气阱。全球势力狼狈为奸，手举棍棒、脸涂迷彩的蛮族大军呼啸着冲进战局，天空立即阴沉下来。一道不祥的闪电划过，雷鸣的巨响就像战斗的喧腾，而大海，片刻之前还风平浪静，此时变成人间炼狱。

斯科特在脆弱的平静中游着，试图清空自己的思绪。

1　爱蒂宝（Edible Arrangements），美国果篮专卖店，受到鲜花行业的启发，将果篮与花束设计概念融合。

有东西擦过他的腿。他瞬间僵住了，开始下沉，然后不得不蹬腿保持漂浮。

他心想，是鲨鱼。他得静止不动。

但如果停下不动，他会被淹死。

他翻身仰泳，深呼吸给胸腔充气。他从未如此清醒地意识到自己在食物链中低下的地位。他体内的本能在对他尖叫，不让他翻身背对深海，但他还是翻身了。他尽可能平静地漂在海里，随着潮汐起起落落。

"我们在干吗？"男孩问。

"休息，"斯科特告诉他，"现在我们要非常安静，行吗？不要动。试着让脚离开水面。"

男孩沉默下来，他们随着浪涌起起落落。斯科特原始的爬虫大脑命令他快逃，但他不予理睬。鲨鱼能在一百万加仑海水里闻到一滴血的腥味。斯科特和男孩中只要有一个人在流血，他们就完了。但如果没有，而且他们能完全保持静止的话，鲨鱼应该会放过他们。

他拉住男孩的手。

"我姐姐呢？"男孩低声问。

"我不知道，"斯科特也低声回答，"飞机掉下来了。我们都失散了。"

漫长的沉默。

"或许她没事，"斯科特低声说，"或许你的父母在她身边，他们在别的地方漂着，也可能他们已经被救起了。"

长时间的沉默后，男孩说："我不这么认为。"

他们带着这个想法漂了一会儿。头顶的雾开始消散，天空慢慢开始放晴，然后星星出现了，还有一弯新月，最后他们周围的海洋变成了一条亮片裙子。斯科特躺在水面上，发现了北极星，确认他们在往对的方向游。他望向男孩，男孩害怕得睁大了双眼。这是斯科特第一次看到他的小脸蛋，眉头紧皱，撇着小嘴。

"嗨。"斯科特说，海水在他的耳边轻拍。

男孩面无表情，很严肃。

"嗨。"他回话。

"我们休息好了吗？"斯科特问。

男孩点头。

"好，"斯科特翻过身来说，"我们回家。"

他恢复平衡，开始游泳。他确信自己随时会受到下方的突袭，一张蒸汽挖掘机的大口刀锋般地一合，但没有。过了一会儿他就把鲨鱼抛诸脑后，他用意志让两人前进，一划又一划。他的腿在身后呈八字形推动，他的右臂一冲一拉，一冲一拉。为了让头脑保持兴奋，他想象自己更愿意在别的液体里游泳：牛奶，汤，波本威士忌，或者波本威士忌的海洋。

他考虑着自己的人生，但细节对现在似乎毫无意义。他的抱负，他每月要交的房租，离开他的女人。他想到自己的工作，帆布上的笔画。他今晚画的是海洋，一画又一画，就像哈罗德和他的紫色蜡笔，坠落时他画出一个气球。[1]

现在斯科特漂浮在北大西洋上，他突然意识到，他从来没有比此刻更清楚地认识到自己是谁，目标是什么。现在看来太明显了，他被放到这个地球上就是要征服这片海洋，就是要救这个男孩。41年前，命运把他带到旧金山的那片海滩上，它让他见到一尊金色的神，手腕

---

1 《哈罗德和紫色蜡笔》（*Harold and the Purple Crayon*），克罗格特·约翰森的一本儿童图书，主人公是4岁男孩哈罗德，他可以用紫色蜡笔画出自己的梦想。

上戴着枷锁与海风搏斗。命运给了斯科特游泳的动力，让他加入初中游泳队，然后是高中和大学的校队。命运推动他每天早晨五点去练习游泳，太阳还没升起，他已在含氯的蓝池里游了一圈又一圈。然后是其他男孩水花四溅的鼓掌，教练哨子的"哔哔"声。命运把他带进水里，但是，是意志驱使他三次取得州冠军比赛胜利，是意志把他推向高中男子200米自由泳的第一名。

他潜下光滑如苹果的游泳池底，开始爱上耳压的感觉。他夜里梦到它，在一片碧蓝里像浮标一样漂着。当他在大学里开始画画时，蓝色是他画的第一种颜色。

他开始口渴时，男孩说话了："那是什么？"

斯科特从水中抬起头。男孩正指着他们右边的什么东西。斯科特望过去。月光下，斯科特看到一团黑色的庞然巨浪正悄悄朝他们潜来，一边升高，一边蓄力。斯科特快速估量出它有8米高。它像一只正在下压的巨兽，隆起的脑袋在月光中闪烁。恐慌以闪电般的光速袭来，他没时间思考，转身，开始朝它游去。他还有大概30秒的时间缩小距离，左肩对他发出惨叫，但他不去理睬。男孩察觉到大难临头，放声大哭，但斯科特没时间去安慰他。

"深呼吸，"斯科特叫嚷着，"现在深吸一口气。"

浪太大太快，还没等斯科特好好吸口气，浪已经压在了他们的身上。

他把男孩从漂浮装置里拽出来，潜进水里。

他的左肩里有东西断裂，他不管不顾。男孩挣扎反抗，反抗这个把他拖下水淹死的疯子。斯科特把他抓得更紧，同时踢水。他像一颗子弹，一颗瞬间穿透海水的加农炮，潜到死亡之墙下方。随着周围海水的压力增大，他的心脏剧烈跳动，他的肺充满空气。

头顶的大浪过去后，斯科特确信自己失败了，他感觉自己被回头浪的大漩涡吸回水面。他意识到，海浪会把他们嚼碎，分尸。他踢得更用力，把男孩搂在胸前，争取多游一点儿。头顶的海浪达到峰顶，在他们身后倒进海里——8米高的海浪像铁锤一样落下，百万加仑的怒涛瞬间被搅拌的漂洗循环流取代。

　　他们被旋转，被拖拽，感觉上下颠倒。压力威胁着要把他们扯裂，将男人和男孩分开，但斯科特坚持不放手。现在他的肺在尖叫，他的眼睛被咸水腌得刺痛，男孩在他怀里停止了挣扎。海洋一片纯黑，没有星星和月亮的迹象。斯科特释放肺里的空气，感觉气泡像瀑布般倾泻，经过他的下巴和胳膊。他用尽力气把两人翻转过来，踢腿升上水面。

　　斯科特咳嗽着露出头来，肺里一半都是水，他只能用喊叫的方法清水。男孩在他的怀里柔弱无力，脑袋了无生气地靠在他的肩上。斯科特翻转男孩，让男孩的背抵着他的胸膛，然后拼尽全力有节奏地按压男孩的肺部，直到他也咳出咸水。

　　座椅坐垫没了，被海浪嚼碎了，斯科特只好用他的好手搂着男孩。寒冷和衰竭即将压垮他。有一段时间他能做的只是保持他们漂浮。

　　"那是个大坏蛋。"男孩终于说话了。

　　斯科特一时没理解这句话，但之后他回过神来，他告诉男孩，海浪是坏人，他们是英雄。

　　真勇敢，斯科特叹服。

　　"我好想吃芝士汉堡，"他在风平浪静时说，"你呢？"

　　"馅饼。"男孩过了一会儿说。

　　"哪种？"

　　"全部。"

斯科特大笑，他无法相信自己还活着。他感觉到片刻的轻快，身体还保存着能量。他今晚第二次面对某种死亡，然后逃生。他继续寻找着北极星。

"还有多久？"男孩想知道。

"不远了。"斯科特告诉他，尽管事实是，他们可能离岸边还有几千米。

"我冷。"男孩牙齿打战地说。

斯科特抱紧他："我也是。坚持住，好不好？"

他把男孩挪回背上，想办法让他高出水沫。男孩搂住斯科特的脖子，他的呼吸在斯科特的耳边回响。

坚持到底！斯科特说，不仅给自己打气，也是给男孩打气。

他又看了一眼天空，然后开始游泳。他现在用的是侧泳，两腿交剪，一只耳朵没入咸味的阴沉海面。他的动作更笨拙了，不够平稳。他似乎找不到节奏。两个人都在颤抖，身体核心温度一秒一秒下降。很快他的脉搏和呼吸都会放慢，正如他的心率会提高一样，失温会让这些来得更快。心肌梗死也不是不可能发生，因为身体需要保暖才能运作。没有温度，他的重要脏器会开始衰竭。

不要放弃。

永不放弃。

他不停地游，牙齿咯吱打战，他拒绝屈服。男孩的重量就要把他压沉，但他用有力的双腿更用力地蹬踢。他周围的海是瘀紫色和午夜蓝色，浪尖的冷白色在月光下泛着微光。他的腿部互相摩擦的地方，皮肤开始蹭伤，盐水还在暗中作恶。他的嘴唇干裂。他们的上空，海鸥叫唤滑翔，就像等待终结的秃鹫。它们用叫喊声嘲弄他，他在脑海里希望它们通通去死。海里有古老的、无法想象的东西，海底的大河从墨西哥湾带起暖流。大西洋是高速公路的连接枢纽，有海底天桥和旁路。就在那幅图里，斯科特·伯勒斯像跳蚤身上一个小点上的一小粒灰，带着尖叫的肩膀在做生死搏斗。

感觉就像过去了几个小时，男孩突然喊出一个词："陆地！"

斯科特一时半会儿不确定是男孩真的说话了，还是一个梦。但之后男孩一边指，一边重复了那个词："陆地！"

就像一个错误，就像男孩把这个救命的词和别的词混淆了。斯科特抬起头，因为精疲力竭显得十分迟钝。他们身后，太阳开始升起，给天空染上温和的粉红色。一开始，斯科特以为他们前方的大陆只是地平线上几朵低垂的云，但之后他意识到，是他自己在移动。

陆地，好几千米远的陆地。开放的海滩对着一块岩石弯成弧形。他们看到街道和房屋，还有城市！

终于得救了！

斯科特忍住庆祝的冲动。至少还有 2000 米要游，迎着激流和下层逆流的艰难的 2000 米。他的双腿在发抖，他的左臂已经失去了知觉，然而他仍旧感觉欢欣鼓舞。

他做到了，他救了他们两个。怎么可能呢？

30 分钟后，一个穿着内裤、全身发灰的男人背着一个 4 岁的男孩，跟跄地走出海浪。他们一起颓然倒在沙滩上。太阳已经高照，稀薄的白云勾出地中海的深蓝。温度在 20 摄氏度左右，海鸥没有重量地悬在微风里。男人气喘吁吁地趴着，躯干上下起伏，像失灵的橡皮四肢打弯。既然他们已经来到这里，他无法再动弹哪怕一厘米了。他垮了。

男孩蜷缩在他的胸口，轻声地哭泣。

"没事了，"斯科特告诉他，"我们现在安全了，我们会没事的。"

几米外有个空的救生站。后面的指示牌上写着：**蒙托克州立海滩**。

纽约。他一路游到了纽约。

斯科特笑了，露出一个纯粹的、快乐的微笑。

他想，真好，这将会是美好的一天。

一个眼白很多的渔民开车送他们去了医院。三人一起挤在皮卡车磨损的长椅上，破旧的减震器让他们上蹿下跳。斯科特没穿裤子也没穿鞋，没有钱也没有身份证明。他和男孩两人都饱受了刺骨的寒冷，他们已经在 15 摄氏度的海水里泡了近 8 个小时。失温让他们头脑迟钝，甚至无法开口说话。

渔民用西班牙语对他们大谈耶稣。收音机开着，多半是静电噪音。在他们的脚下，风从一个锈孔钻进车里。斯科特把男孩拉向自己，试图通过摩擦让他暖和起来。他用那只好手用力搓着孩子的胳膊和后背。在沙滩上，斯科特用他有限的西班牙语告诉渔民，男孩是他的儿子，因为解释真相太过于复杂。而真相是，他们两个是陌生人，被一起不寻常的事故拉扯在了一起。

斯科特的左臂现在完全废了。汽车每驶过一个坑洼，疼痛都钻入他的身体，让他晕眩恶心。

没事的，他告诉自己，一遍遍地重复这几个字。但在心底里，他仍无法相信他们大难不死。

"谢了。"皮卡车开上蒙托克医院急诊室的月牙形车道时，他支吾了一句。斯科特用他好的肩膀把门撞开，蹭下车来，身体的每块肌肉都因为衰竭而发麻。晨雾已经散开，暖阳照在他的后背和腿上，几乎有种虔诚的感觉。斯科特扶男孩跳下车，然后他们一起蹒跚地走进急诊室。

等候区几乎没有人。角落里，一个中年男子的头上敷着一个冰袋，水顺着他的手腕滴到油布地毯上。房间的另一头，一对老年夫妇拉着手，他们的头挨在一起。女的不时对着一团舒洁纸巾咳嗽，她一直紧紧地把纸巾攥在左手里。

一个接待护士坐在玻璃后面。斯科特费力地走向她，男孩拉着他的衬衣下摆。

"嗨。"他说。

护士匆匆打量了他一眼。她的名牌上写着：梅兰妮。斯科特试图想象自己是什么样子，他只能想到艾克米火箭在大笨狼的眼前爆炸后，它的那副样子。

"我们的飞机失事了。"他说。他的声音很大，吓了人一跳。

接待护士斜眼看着他。

"你说什么？"

"我们乘坐从玛莎文雅岛出发的一架私人飞机。结果我们掉进海里了。我想我们现在体温过低，我的……我的左胳膊动不了了，锁骨可能断了。"

护士仍然在琢磨这件事。

"你乘坐的飞机坠毁在海里了？"

"我们游了……我游了……我想有 16 千米，也许 24 千米。我们大概一个小时前刚刚上岸，一个渔民开车送我们过来的。"

这些话让他头晕，他的肺开始停工。

"哎，"他说，"你觉得我们能找人治疗吗？至少这个男孩需要治疗，他才 4 岁。"

护士看着湿淋淋、打着寒战的男孩："他是你的儿子吗？"

"我如果说'是'，你能给我们叫医生吗？"

护士抽了一下鼻子："你用不着这么无礼。"

斯科特感觉自己咬紧了牙关，说："事实上非常有必要。我们坠机了，请赶紧给我们找医生来。"

她犹豫地站起来。

斯科特看了一眼顶置式电视机。电视声音很小，但屏幕上是搜救船在海上的画面。通栏大标题是：一架私人飞机疑似失踪。

"喏，"斯科特指着电视说，"那就是我们的飞机。你现在相信我了吗？"

护士看着电视，是断裂的残骸在海里上下晃动的画面。她的反应一触即发，就好像斯科特在过境通道手忙脚乱地一通疯找后，掏出了一本护照。

她按下内部通话的按钮，然后说"橙色警报，我需要所有有空的医生立刻到接待处来。"

斯科特腿部的抽搐已经非常危急。他脱水、缺钾，像个无法给自己的身体提供所需营养的马拉松选手。

"只要，"他倒在地上说，"大概一个就够了。"

他躺在凉凉的油布地毯上，仰头看着男孩。男孩很清醒，他在担心。斯科特试图安慰他，想对他笑，可是他的嘴唇使不上力。刹那间他们被医务人员包围了，他们七嘴八舌地高喊着。斯科特感觉自己被抬上了一张轮床。男孩的手松脱了。

"不！"男孩呼喊着。他在尖叫，扑打。一个医生对他说话，尝试让男孩理解，他们会照顾好他，不会发生什么事的。

"小鬼！"斯科特挣扎着坐起来，声音越来越大，直到男孩看到他，"没事的！我在这儿！"

他爬下轮床，他的腿像橡胶一样，几乎没法站立。

"先生，"一个护士说，"你必须躺下。"

"我没事，"斯科特告诉医生们，"救他吧。"

他对男孩说："我在这儿呢！我哪儿也不去！"

在白天，男孩的眼睛蓝得惊人，过了片刻他点点头。斯科特感觉头晕眼花，转向了医生。

"我们应该快点儿做完，"他说，"如果不是太麻烦的话。"

医生点点头。他年轻而清醒，能从他的眼睛里看出来。

"行，"他说，"但我得给你找一辆轮椅。"

斯科特点头。护士推来一辆轮椅，他一屁股跌到轮椅上。

"你是他的父亲吗？"他们的轮椅驶向诊断室时，她问他。

"不是，"斯科特告诉她，"我们刚刚认识。"

在诊断隔间里，医生快速地给男孩做了大致检查，看有没有骨折，检查眼睛的光感，"跟着我的手指"。

"我们得给他静脉输液，"他告诉斯科特，"他严重脱水。"

"嘿，哥们儿，"斯科特告诉男孩，"医生需要在你的胳膊上扎一根针，行吗？他们需要给你一些液体和维生素。"

"不要针。"男孩说，眼睛里带着恐惧。再说错一个字，他就要疯了。

"我也不喜欢针，"斯科特说，"但你知道吗？我也会打一针，我们一起打针，怎么样？"

男孩思考了这件事，似乎很公平。他点点头。

"好了，"斯科特说，"我们拉着手，我们一起面对。别看，好吗？"

斯科特转向医生。

"你可以给我们一起打吗？"他问。

医生点头，发出指令。护士们备好针头，把吊针袋挂在金属架上。

"看着我。"到了该打针时，斯科特告诉男孩。

男孩的眼睛像是蓝色的水晶，针扎进去时他畏缩了一下。他的眼里涌起泪水，下唇颤动，但他没哭。

"你就是我的英雄，"斯科特告诉他，"我的大英雄。"

斯科特能感觉到流体进入他的身体系统，昏厥的冲动几乎瞬间烟消云散。

"我会给你们两个人都打一针温和的镇静剂，"医生说，"你们的身体为了保暖，超负荷运转了。你们需要静下来。"

"我没事，"斯科特说，"先给他打吧。"

医生明白争吵也没有意义。一根针插进了男孩的吊瓶注射管里。

"你会休息一小会儿，"斯科特告诉他，"我就在这儿。我可能会出去一分钟，但我会回来的，行吗？"

男孩点点头。斯科特摸摸他的脑袋，他记得自己9岁的时候，从树上掉下来摔断一条腿。整个过程他都十分勇敢，但当爸爸出现在医院时，斯科特开始号啕大哭。现在这个男孩的父母极有可能死了，没有人会走进那扇门，允许他崩溃。

"那就好，"他告诉男孩，男孩的小眼睛开始震颤着要闭上了，"你做得很棒。"

男孩睡着后，斯科特被推到另一间诊断室。他们把他放到一张轮床上，剪开他的衬衫。他感觉他的肩膀像一台卡住的引擎。

"你感觉怎么样？"医生问他。他大概38岁的样子，眼周有小细纹。

"好些，"斯科特说，"事情开始好转了。"

医生做了表面检查，看有没有明显的切口和瘀伤，"你真的在黑暗中游了那么远啊？"

斯科特点点头。

"你记得什么吗？"

"细节有点儿模糊。"斯科特告诉他。

医生一边检查他的眼睛，一边问："撞到头没有？"

"应该有。坠机前我们在飞机上……"

医生的小笔灯让他眼前暂时一黑，他啧啧了两声后说："注视反应看起来不错，我认为你没有脑震荡。"

斯科特吐出了一口气，说："我想我如果有脑震荡的话，应该没办法游一夜的泳。"

医生思索了一下："也许你是对的。"

斯科特的身体开始暖和起来，输的液体也更换了，一切开始恢复：整个世界的运转，国家与公民的概念，日常生活，网络，电视。他想起他三条腿的狗，现在正放在邻居家里，它差一点儿就再也不吃桌下的肉丸了。斯科特的眼里充满泪水，但很快又把泪水擦干净。

"新闻里怎么说？"他问。

"没说什么。空中交通管制中心说，飞机在昨晚十点左右起飞，它在他们的雷达上出现了大概 15 分钟，然后就消失了，也没有发出求救信号。他们还希望是无线电坏了，飞机已经在哪里紧急迫降，但之后一艘渔船发现了一片机翼。"

那一刻，斯科特仿佛回到了海里，在漆黑的深渊中踩水，被橘色的火焰包围。

"有其他的……幸存者吗？"他问。

医生摇摇头，他在关注斯科特的肩膀。

"这样疼吗？"他轻轻地提起斯科特的肩膀问道。

疼痛一触即发，斯科特大声叫着。

"我们做个 X 光和造影扫描吧。"医生告诉护士。

他转向斯科特。"我也嘱咐给男孩做个造影,"他说,"我想确保没有内出血。"

他把一只手放在斯科特的胳膊上。

"你救了他的命,"他说,"你知道的,对吧?"

斯科特第二次憋回眼泪,他有很长时间说不出话来。

"我要打电话给警察,"医生告诉他,"让他们知道你们在这儿。如果你们需要什么东西,就告诉护士。我几分钟后会回来看你。"

斯科特点头,说:"谢了。"

医生又盯着斯科特看了一会儿,然后摇摇头。

"真要命。"他笑着说。

接下来的一个小时全是化验。斯科特的体内充满温暖的液体,体温回到了正常水平。他们给他维柯丁止痛,他在朦胧的空白状态里漂浮了一阵子。原来他的肩膀只是脱臼,没有骨折。让它回到原位的手法是闪电袭击式的暴力大动作,紧接着,明显的疼痛停止了,就好像损伤从他的身体里完全逆向抹除了。

在斯科特的坚持下,他们安排他住进男孩的房间。正常情况下,儿童住在大楼的另一区,但鉴于现在的情况,只好破例一次。他们把斯科特推进房间时,男孩已经醒了,在吃果冻。

"好吃吗?"斯科特想知道。

"绿的。"男孩皱着眉头说。

斯科特的床在窗边,他觉得从来没有别的东西有医院这张令人刺痒的床单这么舒服。街对面是树和房子,汽车开过,挡风玻璃闪着亮光。一个女人在自行车道上逆向慢跑。附近的院子里,一个戴蓝色球帽的男人在给自家草坪推草。

看起来似乎不太可能,但生活依旧在继续。

"你睡了一觉？"斯科特说。

男孩耸耸肩，然后问他："我妈妈来了吗？"

斯科特努力保持中立态度。"没有，"斯科特告诉他，"他们打给你的——我猜你有姨妈和姨夫在康涅狄格州。他们正在赶过来。"

男孩笑了，他说："是埃莉诺。"

"你喜欢她吗？"

"她很好笑。"男孩说。

"好笑是好事。"斯科特说。他的眼皮在跳，疲惫完全不能形容此刻这种重金属的重力猛吸他的骨头的感觉。"我要睡一下，如果可以的话。"

就算男孩有其他想法，斯科特也听不到了。没等孩子回答他就睡着了。

他睡了一会儿，没有做梦的沉睡，却像关在一座古堡的地牢。他醒来时，男孩的床是空的，斯科特一阵惊慌。他刚下床一半，浴室的门开了，男孩推着他的吊瓶架出来了。

"我撒尿了。"他说。

一名护士进来给斯科特量血压。她给男孩带来一个毛绒玩具，是一只棕熊，爪子里抱了一颗红心。他快乐地叫了一声拿过来，马上开始玩了起来。

"小孩子啊。"护士摇着头说。

斯科特点头。睡过觉之后，他急于了解更多坠机的细节。他问护士他能不能下床。护士点点头，但告诉他别走远了。

"我一会儿回来，哥们儿，行吗？"

男孩点点头，玩着他的熊。

斯科特在他的病号服外面罩了一件薄棉袍，推着他的吊瓶架经过走廊，来到空无一人的病人休息室。这是一间狭长的房间，有压缩板做的椅子。斯科特坐在椅子上，在电视上找到一个新闻频道，调高音量。

"……飞机是一架 OSPRY，在堪萨斯出厂。机上乘客有戴维·贝特曼，ALC 新闻频道的董事长，以及他的家人。现在证实身份的乘客还有本·吉卜林和他的妻子莎拉。吉卜林是怀雅特·哈撒韦公司资深合伙人。这架飞机已经在昨晚十点后掉进纽约邻近海岸的大西洋里。"

斯科特盯着镜头片段，是直升机拍下的灰色浪涌。海岸警卫队的小船和伸长脖子看热闹的度假水手。尽管他知道残骸可能已经漂走，他还是忍不住想到自己不久前就在那里，一个在黑暗中浮动的弃置浮标旁。

"现在有报告出来，"主播说，"本·吉卜林可能正在被财政部海外资产管理办公室调查，而且即将被指控。但是调查的范围及原始资料还不明确。随着事态的发展，将带来更多关于此事的报道。"

一张本·吉卜林的照片出现在屏幕上，比真人要年轻，头发也更多，斯科特记得他的眉毛。他意识到，那架飞机上的每个人，除了他和男孩，现在都只存在于过去时态了。这个念头让他脖子上的汗毛竖立，他一度觉得自己可能昏倒。然后有人敲门，斯科特抬起头，他看到一群穿西装的男人在走廊里徘徊。

"伯勒斯先生，"敲门的人说，"我是国家运输安全委员会的格斯·富兰克林。"他 50 岁出头，是一个白发的非裔美国人。

斯科特开始起身，这是对社交礼仪的条件反射。

"不，请坐，"格斯说，"你受了很多罪。"

斯科特坐回沙发上，拉拢他腿上的棉袍。

"我看电视上的新闻，"他说，"救援报道，还是叫海上救助？

我不确定怎么说，我觉得我还处在极度震惊的状态。"

"当然。"格斯环顾着这个小房间，说。

"这间房里最多待四个人，"他告诉他的同僚，"不然的话，会有一点儿幽闭恐惧。"

他们很快开了个小会。最终商定留六个人，格斯和房间里的两个人（一男一女），还有走廊里的两个人。格斯坐在斯科特旁边的沙发上，女的在电视机左边，她的右边是一个整洁的胡须男，因为缺少一个更好的词，就叫他书呆子吧。女的扎着马尾辫，戴眼镜，男的留着花八块钱剪的廉价发型，穿着杰西潘尼的西装。门口的两个人更加严肃，衣着讲究，军人发型。

"我说过，"格斯说，"我是运输安全委员会的人。莱斯莉是联邦航空局的，弗兰克是 OSPRY 公司派来的。门口的是联邦调查局特工奥布莱恩和财政部外资办的巴里·海克斯。"

"外资办，"斯科特说，"我刚在电视上看到关于它的报道。"

海克斯沉默地嚼着香口胶。

"如果你觉得状态可以的话，伯勒斯先生，"格斯说，"我们想问你几个关于航班的问题，谁在飞机上面，还有坠机之前的情况。"

"假如是坠机，"奥布莱恩说，"不是恐怖行为的话。"

格斯直接无视这句话。

"我知道的是这样，"他告诉斯科特，"眼下我们没找到其他幸存者，也没发现任何尸体。几片漂浮的残骸在长岛沿岸大约 47 千米处被发现，我们正在检验它们。"

他身体前倾，把手放在膝盖上。

"你经历了太多事，如果你想停下的话说出来就好。"

斯科特点点头。

"有人说，男孩的姨妈和姨夫正从康涅狄格州赶过来，"他说，"你们知道他们什么时候到这儿吗？"

格斯看看奥布莱恩，他走出了房间。

"我们帮你问一下。"格斯说，他从公文包里掏出一个文件夹，"我需要做的第一件事是确认飞机上有多少人。"

"你们没有航空日程表吗？"斯科特问。

"私人飞机会提交飞行计划，但乘客名册相当不可靠。"他查看他的文件。

"你叫斯科特·伯勒斯，没错吧？"

"没错。"

"你介意给我你的社会保险号吗？我们记录一下。"

斯科特背出号码。格斯记下来。

"谢了，"他说，"这很有帮助。三州地区里有十六个斯科特·伯勒斯。我们不太确定正在打交道的是哪个。"

他对斯科特笑了一下。斯科特试图给出一个支持的回应。

"根据我们能够拼凑出的情节，"格斯告诉他，"机组人员是一名机长、一名副驾驶员和一位空乘。我念出他们的名字时，你能识别出来吗？"

斯科特摇摇头。格斯记下笔记。

"至于乘客方面，"格斯说，"我们知道戴维·贝特曼包下了飞机，他和他的家人——妻子美琪和两个小孩，瑞秋和 JJ 都在飞机上。"

斯科特想起他登机时，美琪对他的微笑，温暖而热情。一个他在集市上闲聊时顺路认识的女人，他们互相问候和交谈，谈话偶尔关于她的孩子，或他的工作。她现在已经葬身大西洋底的事实让他想吐。

"还有最后，"格斯说，"除了你本人，我们相信本·吉卜林和他的妻子莎拉也在机上。你能确认吗？"

"是的，"斯科特说，"我上飞机时见到了他们。"

"请描述一下吉卜林先生的样子。"海克斯特工要求道。

"嗯，他身高大概一米八，头发灰白。他有令人印象非常深刻的眉毛。还有他的妻子非常啰唆。"

海克斯看看奥布莱恩，点点头。

"为了明确一下，"格斯说，"你为什么在飞机上？"

斯科特看看他们的脸。他们是在争抢事实的刑警，在填补缺失的信息。一架飞机坠毁了，是机械故障？是人为失误？应该怪到谁头上？责任在谁？

"我是……"斯科特停顿了一下，然后继续说，"——我几周前在岛上认识了美琪，就是贝特曼夫人。我每天早晨都去农贸市场喝咖啡，吃比亚利面包卷。有时候她会带着孩子来，有时候是自己一个人。然后有一天我们开始交谈了。"

"你跟她上床了没有？"奥布莱恩问。

斯科特想了一下这个问题，说："没有，这也和这件事不相关。"

"相不相关由我们决定。"奥布莱恩说。

"当然，"斯科特说，"不过或许你可以给我解释一下，坠机事件中一名乘客的性互动是怎么和你们的调查相关的。"

格斯飞快地点了三次头。他们偏题了，浪费的每一秒钟都让他们离真相更远。

"回到正题。"他说。

斯科特充满敌意地盯着奥布莱恩的眼睛看了很久，然后继续说话。

"周日早上我又撞见美琪了，我告诉她我得去纽约几天，于是她邀请我和他们一起坐飞机。"

"你为什么要去纽约？"

"我是个画家，我一直住在文雅岛，正准备去纽约和我的代理人会面，跟几家画廊聊聊开画展的事。我的计划本来是乘渡轮去本岛，但美琪邀请了我坐私人飞机。整件事好像很巧，我差点儿没去。"

"但你还是去了。"

斯科特点点头。

"我在最后一秒赶到，几件事情刚好凑巧了。我赶到的时候他们其实正在关舱门。"

"那个男孩真幸运，你上了飞机。"联邦航空局的莱斯莉说。

斯科特想了想。幸运吗？在一场悲剧中活下来有什么幸运的？

"你觉得吉卜林先生看起来焦虑吗？"海克斯突然插嘴，显然不耐烦了。他有自己的调查要做，跟斯科特没多大关系。

"我们要按顺序办事，"格斯回绝了他，"这件事是我在主导——这是我的调查。"

他转向斯科特。

"机场的日志上显示，飞机在 10 点 06 分起飞。"

"听起来没错，"斯科特说，"我当时没看手机。"

"你可以描述一下起飞吗？"

"很——平稳。我的意思是，那是我第一次坐私人飞机。"

他看看弗兰克，OSPRY 的代表。

"很好，"他说，"除了坠机那部分，我是说。"

弗兰克看起来惊慌失措。

"所以你不记得任何不寻常的事？"格斯问，"任何不平常的声音或者撞撞？"

斯科特回想了一下，事情发生得太快，他还没扣上安全带，他们就开始滑行了。莎拉·吉卜林在和他说话，问他工作的事，以及他是怎么认识美琪的。女孩在玩 iPhone，听音乐或者玩游戏之类的。男孩在睡觉。吉卜林在——他在干什么？

"我觉得没有，"他说，"我记得更多是感觉到它的力量，我猜那就是喷气式飞机的特点。然后我们就离开地面，开始上升。多数遮光板都打开了，机舱里非常明亮，电视里还播着棒球赛。"

"昨晚波士顿在打比赛。"奥布莱恩说。

"德沃金。"弗兰克好像很懂的样子，门口两个联邦政府的人笑了。

"我不知道那是什么意思，"斯科特说，"但我还记得音乐，有点儿爵士，可能是辛纳屈？"

"有没有哪个节点，不寻常的事情开始发生？"格斯问。

"嗯，我们掉进海里。"斯科特说。

格斯点头。

"具体是怎么发生的？"

"嗯——我是说——很难记清楚，"斯科特告诉他，"飞机突然转动，倾斜，我——"

"慢慢说。"格斯说。

斯科特回想着。飞机起飞，有人给他递来一杯酒。这些画面闪过他的脑海，像宇航员那般眩晕，有嘟嘟响的声音，金属发出锐响，方向错乱的旋转，就像一段被剪切后随机拼接的电影底片。人脑的工作是收集世界所有的输入信号——视像，声音，气味——组成一段连贯的叙事。这就是记忆，是我们为过去精心编造的一个故事。但当那些细节全都粉碎了怎么办？就像砸在铁皮屋顶上的冰雹，随机发光的萤火虫。当你的生活无法被转化成线性叙事时，怎么办？

"有撞击，"他说，"我想，是某种——我想是震荡。"

"像是爆炸？"OSPRY 的男人满怀希望地问。

"不。我是说，我认为不是。更像是——敲击，然后——同时飞机就——掉下来了。"

格斯之后想说什么的，可能是一个后续问题，但没说。

斯科特在脑海中听到一声尖叫，不是出于恐惧，更多是自然而然的呼叫，对意料之外的事情的一种反射性的声音反应。害怕刚出现时，会发出这种声音，突然发自肺腑地意识到自己不安全，意识到参与的活动有很大很大的风险。你的身体发出声音，你立刻冒出一身冷汗，你的括约肌收紧。这一刻之前，你的头脑一直在以步行速度移动，现在突然全速向前行进，为了逃命。战或逃，这就是理智失灵，某种原始的、动物性的东西主导的时刻。

伴随着一阵突然刺痛的确定感，斯科特意识到，那声尖叫是自己发出的，然后是一片漆黑。他的脸色变白。

格斯倾身过来："你想停下吗？"

斯科特吐了口气："不用，没事。"

格斯叫一个助手从贩卖机给斯科特买一罐饮料来。他们等待的时候，格斯摆出他汇编出的事实。

"根据我们的雷达信号，"他说，"飞机在空中飞行了 15 分钟 41 秒，到达高度 3657 米后急速下降。"

汗顺着斯科特的背部滴落。画面回来了，记忆。

"东西都在——不是在飞，"他说，"到处都是，各种散落的东西。我记得我的背包，它就像是从地面升空，只是平静地飘在空中，就像魔术。然后，我伸手去够的时候，它——它就飞走了，就消失了。我们都在转，我猜撞到我的头了。"

"飞机是在空中解体的吗？"联邦航空局的莱斯莉问，"还是说，飞行员能够做着陆的动作，你知道吗？"

斯科特试图回想，但只有一个个瞬间。他摇摇头。

格斯点点头。

"好了，"他说，"就到这儿吧。"

"等等，"奥布莱恩说，"我还有问题。"

"以后再问，"格斯站起来说，"我想伯勒斯先生现在需要休息。"

其他人也站起身。这次斯科特站了起来，他的腿在颤抖。

格斯伸手说："睡个好觉。我们进来的时候，看到两部新闻车停在外面。这会发展成一个故事，你将是故事的中心。"

斯科特无论如何也想不明白他在说什么。

"你是什么意思？"他说。

"我们会尽可能长时间保护你的身份，"格斯告诉他，"你的名字不在乘客名册上，这是好事。但媒体会想知道，男孩是怎么上岸的，谁救了他，因为那是一个可以报道的故事。你现在是个英雄，伯勒斯先生，试想一下——那意味着什么。还有，男孩的父亲，贝特曼是个大人物，还有吉卜林，你会知道的，形势非常棘手。"

他伸手过来。斯科特跟他握手。

"我年轻的时候见过不少事，"格斯说，"但这个——"

他摇摇头。

"你是个太出色的游泳者，伯勒斯先生。"

斯科特感觉很麻木。

格斯把其他特工都带出房间，"下次再聊。"他说。

他们走后，斯科特站在无人的休息室里摇摆，他的左臂吊在聚氨酯的绷带里，房间充斥着寂静。他深吸一口气，然后呼出来。他还活着，他想。昨天这个时间，他在自家屋后的阳台上吃着午餐，凝视着院子、鸡蛋沙拉和冰茶，三条腿的狗躺在草地上舔自己的手肘。他还有电话要打，有衣服要收拾。

现在一切都变了。

他把吊瓶架推到窗边，向外张望。他看到停车场上有六辆新闻车，卫星板都部署好了，人群正在聚集。这个世界被有线电视闹哄哄的特别报道打断过多少次？政治丑闻、疯狂杀戮、名人的性爱录像带，夸夸其谈者用完美的牙齿把余温尚存的尸体撕开？现在轮到他了。现在他就是报道，是显微镜下的虫子。对斯科特来说，透过钢化玻璃望去，他们就是兵临城下的敌军。他站在自己的塔楼里，看着他们调集攻城坦克，磨刀霍霍。

最重要的是，他想，男孩可以躲开那些。

一名护士在敲休息室的门，斯科特转过身。

"好了，"她告诉他，"该休息了。"

斯科特点点头。他想起昨晚大雾第一次散开，北极星变得清晰可见的时刻。远远的一个光点带来绝对的确定，告诉他们该往哪个方向去。

斯科特站在那里，研究着玻璃上自己的倒影，他不知道自己能不能再有那种清晰的感觉。他最后看了一眼仍在壮大的乌合之众，然后转身，走回自己的房间。

死者名单

戴维·贝特曼，56 岁

玛格丽特·贝特曼，36 岁

瑞秋·贝特曼，9 岁

吉尔·巴鲁克，48 岁

本·吉卜林，52 岁

莎拉·吉卜林，50 岁

詹姆斯·梅洛迪，50 岁

艾玛·莱特纳，25 岁

查理·布施，30 岁

戴维·贝特曼

1959 年 4 月 2 日—2015 年 8 月 23 日

做新闻这一行，有趣的正是长期混沌的状态。一个故事可以从炉渣迸发出火星，快速演变成新闻周期，同时改变速度和方向，变得更加放肆，把路遇的一切通通吞灭。政治失态、校园枪击、本国和国际的大事危机，这些都是新闻。ALC 大楼的十层，新闻记者为火势加油助燃，既是真正的火灾，也是隐喻，他们下注，就像穷街陋巷里的色子游戏。

戴维以前常说，谁能猜到一桩丑闻延续的时长，精确到小时，就能拿到一台沙拉搅拌机。如果你能在事发之前一字不差地预测到一个政客的道歉词，康宁汉会把手腕上的手表摘下来给你。

如果你幸运的话，开始只是一点灌木小火——比如，在一个应召女郎电话的客户名单上发现了州长的名字——很快就变成滔天大火，在二次回燃的网络平台爆炸，吞掉广播电视媒体的所有氧气。戴维以前常提醒他们，水门事件也就始于简单的非法入侵。

"说到底，什么是白水事件[1]，"他会说，"白水事件不就是二流无名小镇的土地丑闻吗？"

他们是 21 世纪的新闻人，被 24 小时连环播放囚禁的囚徒。历史教会他们在每个事实的边边角角里挖丑闻。每个人都不干净，除了报道词，没有什么是单纯的。

2002 年，ALC 新闻频道由英国的一位亿万富翁投资一亿美元创办，现在拥有 15000 名员工和盘旋在 200 万左右的日收视率。戴维·贝特曼就是它的缔造者，它的元勋。在第一线，他们叫他董事长。但实际上他的角色是将军，就像乔治·S. 巴顿一样，机关枪的火力在他的腿间扫起飞土时，他毫不畏惧地挺立。

戴维年轻的时候，为政治丑闻闹剧的两边都工作过。先是作为政治顾问的角色，力求抢在他的候选人失态或犯错之前及时抢救。然后，他退出了政治圈，开始打造一个新兴的 24 小时新闻频道。那是在 13 年前了。13 年的愤慨与启示，13 年嘲弄的字幕和不是你被击倒，就是我被拖走；4745 天的持续信号；113880 小时的体育、时评和天气；6832800 分钟充斥着语言、画面和声音的放送嘀嗒流逝。完全无休无止的播送量令人生畏，一小时又一小时地延伸到永恒。

拯救他们的是，他们不再是报道事件的奴隶，不再被别人的作为或不作为绑架，这就是戴维在打造这个频道时摆上台面的大理念，他的绝杀。多年前和亿万富翁坐在一起吃午餐时，他简单地提出了自己的想法。

"所有这些别的频道，"他说，"他们都是对新闻做出反应，追着新

1　白水事件（Whitewater Scandal），克林顿在担任阿肯色州州长期间，曾投资过一家名叫"白水"的房地产开发公司，后来发生涉及施压贷款的丑闻。

闻跑。我们要**制造新闻**。"

意思就是，ALC 不像 CNN 和 MSNBC，要有自己的观点，有动机。当然，还是会有随机的天灾要报道，有名人死亡和性丑闻，但那只是汤汤水水，他们业务的主菜是把当日事件塑造得符合他们频道想传达的信息。

亿万富翁喜欢这个理念——控制新闻，戴维知道他会喜欢。毕竟他是个亿万富翁，亿万富翁之所以能成为亿万富翁，就是因为控制着局面。喝完咖啡，他们握手言定。

"你多快可以上线运营？"他问戴维。

"给我 7500 万，我可以让它在 18 个月内播出。"

"我给你一个亿，6 个月上线。"

他们确实做到了。6 个月的时间，他们从其他频道挖主播，设计标志和创作主题音乐，疯狂建构了 ALC 的体系。戴维在一档二流的新闻杂志节目发现了比尔·康宁汉，他在里面极尽冷嘲热讽。比尔是个愤怒的白人，才思即将枯竭。戴维看完了节目的垃圾时间，他能预料到如果这个男人有合适的平台，会成为什么样子——复活节岛的一尊神体，一块试金石。他的一种视角让戴维觉得刚好体现了他们的品牌。

"脑子不是常春藤名校派发的，"第一次和戴维会面吃早餐时，康宁汉告诉他，"人人生下来都有脑子，我受不了的是这种精英态度。为什么我们所有人，没有一个人，聪明到可以管理我们自己的国家。"

"你现在是在咆哮。"戴维告诉他。

"话说回来，你是在哪里读的大学？"康宁汉问他，准备来个突袭。

"圣玛丽园林学院。"

"不会吧。我上的是石溪大学，公立学校。我毕业出来的时候，没有哪个哈佛或耶鲁的浑蛋会跟我打招呼。女人？想也别想。六年前第一次上电视时，我只能睡新泽西的女孩。"

他们在第八大道的一间古巴风的中餐厅，吃着鸡蛋，喝着棕漆色的咖啡。康宁汉是个大块头，身形高大，喜欢激怒别人。他是那种可以毫不客气地当着你的面打开自己的行李箱，然后搬进你家的人。

"你对电视新闻怎么看？"戴维问他。

"一坨屎，"康宁汉一边咀嚼一边说，"假装不偏不倚的样子，好像他们不偏不倚，但看看他们都在报道什么，看看英雄都是什么人，劳动阶层吗？想也别想。经常上教堂、打两份工送小孩读大学的居家男人吗？笑话。但总统是拿罗德奖学金[1]的人，所以我猜那是可以的。他们说这叫'客观'，我说这叫'偏袒'，简单明了。"

侍者过来放下账单，是从口袋大小的便笺簿上撕下的一张条纹复写纸。戴维仍留着它，裱在他办公室的墙上，一角被咖啡染色了。就世界而言，比尔·康宁汉是过气二流的莫瑞·波维奇[2]，但戴维看到了真相，康宁汉是个明星，不是因为他比你我更优秀，而是因为他就是你我。他是大众常识发出的愤怒的声音，疯癫世界里的理智人。一旦比尔加入，剩下的拼图将自动就位。

因为到最后，康宁汉总是对的。电视新闻人那么努力表现出客观的样子，而真相是，他们绝对不会客观。CNN，ABC，CBS，它们像超市卖杂货一样卖新闻，人人各取所需。但人们想要的不只是信息，他们想知道信息背后是什么意思，他们要见解，他们需要有东西反抗，

1　罗德奖学金（Rhodes Scholarships），一种世界级奖学金，有"全球本科生诺贝尔奖"之称，得奖者被称为"罗德学者"（Rhodes Scholars）。

2　莫瑞·波维奇（Maury Povich，1939—　），美国电视节目主持人，其主持的脱口秀节目《莫瑞》已进行到第 19 期。

同意还是不同意。戴维的理念是，如果一个观众不同意一个电视台的大多数观点，他就会换台。

戴维的想法是把新闻变成同道中人的俱乐部。第一批受众就是多年来一直鼓吹他这种理念的人。紧随其后的则是一生都在寻找一个人，能大声说出他们的心声的群体。一旦你拥有那两种人群，好奇的人和犹豫不定的人就会陆续跟来。

这一看似简单的商业模型重构之后，给行业带来了彻底的转变。但对戴维来说，这只是缓解等待压力的一种方法。因为新闻行业在一定程度上就是臆想症的工作，焦虑的男男女女把每一次抽搐和咳嗽放大来调查，希望这次是条大鱼，然后就是等待和担心。好吧，戴维没有兴趣等，他也从来不是那种担忧的人。

他在密歇根长大，是 GM 汽车车间工人老戴维·贝特曼的儿子，老戴维从不请病假，从没翘过班。戴维的爸爸曾经数过他在后悬架流水线上超过 34 年来装过的车，他数出来的数字是 94610。对他来说，那是没有虚度人生的证明。你拿人钱财，给人干活，而且你干好了。老戴维从没拿过高中文凭，他尊重遇见的每一个人。连每隔几个月来巡视车间的哈佛管理层也是，他们从迪尔伯恩弯曲的车道上一路驶来，过来拍拍普通人的后背。

戴维是独子，是他的家族中第一个读大学的孩子。但是作为拥护父亲的表现，他拒绝了哈佛的全额奖学金，读了密歇根大学，他在那里发现自己对政治的热爱。那年，罗纳德·里根入主白宫，他亲民的举止和坚定的目光激励了戴维。戴维在大三时竞选班长失败，他既没有政治家的外表，也没有魅力，但他有想法，有策略。他能看到该如何出招，就像看到远处的广告牌，他能听到头脑里的声音。他知道怎么赢，但是他自己做不了。就在那时戴维·贝特曼意识到，如果他想从政，必须得退居幕后。

在经历了 20 年，38 场州内和全国选举之后，戴维·贝特曼赢得了"国王制造者"的名声。他把自己对政治游戏的热爱转化成高利润的咨询业务，他的客户包括一个有线电视频道，他们雇他帮忙改进选举报道。

就是他简历上这些名目的组合，在 2002 年 5 月的一天，引发了一场运动的诞生。

黎明之前戴维就醒了，这是 20 年的竞选游说之路给他设置的程序。马蒂经常说，打个喷嚏你就输了，确实是这样。政治竞选不是选美比赛，竞选比的是耐力。收集选票是漫长而且丑陋的流血运动，很少有第一轮出局的情况，通常是看谁在第 15 轮仍然站着，避闪橡胶腿飞来的重踢，这才是区别良莠的时刻。于是他学会不眠不休，每晚只睡 4 个小时，在紧要关头，他可以用 20 分钟的睡眠撑过 8 个小时。

他的卧室里，床对面的落地窗为第一缕阳光镶上画框。他平躺着，望向窗外，楼下的咖啡机正在自动烹煮。他能看到外面罗斯福岛电车的高塔。他和美琪的卧室面朝东河，玻璃有未删节版的《战争与和平》那么厚，将罗斯福快速道路上无休止的轰鸣声隔绝在外。玻璃是防弹的，洋房里所有其他的窗户也一样。"9·11"事件后，亿万富翁花钱做了这套装置。

"可不能因为某个肩上扛着火箭筒的圣战分子出租车司机而失去你。"他告诉戴维。

今天是 8 月 21 日，星期五。美琪和孩子们都去了文雅岛，已经去了一个月，留戴维一个人走在浴室的大理石地板上。他能听到楼下的管家在做早餐。冲完凉后，他在孩子们的房间门口停下，每天早晨他都是这么做的，凝视着被整理得完美如新的床铺。瑞秋房间的布置结合了科学的小玩意儿和对马的崇拜，JJ 的房间里全是汽车。像所有孩子一样，他们偏爱混乱，而家政人员会有系统地将这种青少年的无序感清除，通常是实时的。现在，戴维看着消过毒的、吸过尘的整洁的房间，发现自己想把东西弄乱，让他儿子的房间看起来更像孩子的房间，而不是一间童年博物馆。于是他走向一个玩具箱，用脚把它踢翻。

这样好多了，他心想。

他会给女佣留张字条，孩子们出城的时候，她应该维持房间的原样。如果有必要的话，他会把房间用胶带拦起来，就像犯罪现场那样，这样是为了让房间感觉更加活泼。

他从厨房给美琪打电话。火炉上的时钟显示是早上 6 点 14 分。

"我们已经起床一个小时了，"她说，"瑞秋在看书，JJ 在看把洗碗剂倒进厕所会发生什么。"

美琪捂住了话筒，声音含混不清。

"小甜心！"她大叫着，"那可不是明智的选择！"

纽约这边，戴维假装在喝咖啡，管家又给他端来更多咖啡。他的妻子回到电话线上。戴维能听到她声音里的疲惫不堪，她一个人带孩子太久了。每一年，他都试图劝她带上他们家的换工学生玛丽亚一起上岛，但他的妻子总是拒绝。她说，暑假是他们自己的假日，是家庭时间。否则，瑞秋和 JJ 长大了会把保姆叫作"妈咪"，就像他们街区的其他孩子一样。

"外面雾超级大。"他的妻子说。

"你收到我寄过去的东西了吗？"他问。

"收到了，"她说，听起来很高兴，"你在哪儿找到的？"

"是吉卜林夫妇找到的。他们认识一个人，这个人周游世界收集古代的剪枝，18世纪的苹果，自麦金莱当总统以来没人见过的桃树。我们去年夏天在他们家吃了那盘水果沙拉。"

"对哦，"她说，"真好吃。它们——这么问是不是很傻？——它们贵吗？这像是你在新闻上听到的东西，有一辆新车那么贵吧。"

"一部维斯帕[1]踏板车吧，也许。"他说。

问价格就是美琪的风格，就好像她仍无法摸清他们的资产净值，以及它意味着什么。

"我甚至不知道有丹麦李这种东西。"她说。

"我也不知道。谁知道水果的世界会有这么多的异域风情？"

她哈哈大笑。他们俩关系好的时候，她就有种轻松感，来自活在当下、不记宿怨的谦让节奏。有时早晨戴维打电话过去，能听出她夜里梦到他了。她偶尔会这样，说话吞吞吐吐，无法直视他的眼睛。之后他会告诉她，在梦里，他永远是一个藐视她、抛弃她的恶魔。之后的谈话就变得冷淡简要。

"嗯，我们早上要去种树，"美琪告诉他，"这是我们今天的任务。"

他们又闲聊了十分钟——他这一天怎么过，他觉得今晚几点能出发。他的手机一直在响，爆炸性新闻，日程变动，要处理的危机，别人惊慌的声音被缩减成稳定的电子嗡鸣声。与此同时，孩子们在美琪那边跑进跑出，就像大黄蜂在侦察野餐。他喜欢听到有他们的背景音，他们的混战，这是他这一代与他父亲那代人的不同之处。戴维想让他的孩子拥有童年，真正的童年。他努力工作，让他们可以玩耍。对戴维的父亲来说，童年是他儿子无法承受的奢侈品。玩耍被认为是懒散

1　维斯帕（Vespa），比亚乔旗下经典踏板车品牌，电影《罗马假日》中使用的即Vespa 125。

与穷困的入门毒品。爸爸说，生活就是万福玛利亚传球[1]。你只有一次机会，如果你不是每天训练——锻炼呼吸冲刺和进行草地演习——你就会搞砸。

结果就是，戴维小小年纪就开始承担起家务。5岁时，他清理垃圾桶。7岁时，他已经在洗全家人的衣服。他们家的规矩是，做完作业和家务之后，才能扔球、骑车，才能从福爵咖啡罐里倒玩具军人出来玩。

你不是偶然成人的，他的父亲告诉他。这也是戴维的信仰，尽管他的版本更加温和。在戴维的心里，对成人的训练要从十来岁就开始。他推论出，10岁是开始思考成长的年龄，可以接受一些宽松的纪律和责任教育，这些东西在你的青少年时期已经灌输给你，之后把它们巩固成健康有为生活的规则。在那之前你都是个孩子，所以就要像个孩子。

"爸爸，"瑞秋说，"你会把我的红球鞋带来吗？在我的衣橱里。"

他们讲话的时候，他走进她的房间拿出球鞋，这样他就不会忘了。

"我正把它们放进我的包里。"他告诉她。

"又是我，"美琪说，"我想明年你应该和我们一起来这儿待一整个月。"

"我也想。"他马上说。每年他们都有一模一样的对话，每年他都说一样的话，然后他还是无法做到。

"都怪该死的新闻，"她说，"明天还会有更多。还有，到现在你都没把他们训练出来吗？"

"我答应你，"他说，"明年我会在那里待久一点儿。"因为比起就现实世界的各种概率事件讨价还价，摆出所有的减罪因素，试图降低她的期望来说，直接说"好"要更容易。

1　万福玛利亚传球（Hail Marry Pass），美式橄榄球术语，指成功率很低的长距离直传，一般在比赛快结束时使用，孤注一掷地传出去以求最后得分。

能明天吵的架，绝对不在今天吵，这是他的座右铭。

"骗子。"她说，但声音里有笑意。

"我爱你，"他告诉她，"今晚见。"

市内的座驾在楼下等他。安保机构的两名保镖乘电梯上来接他，他们轮流睡在一楼的其中一间客房里。

"早啊，小伙子们。"戴维一边说，一边扭头穿上夹克。

他们一起护送他出门，两个大块头，外套里面别着西格绍尔手枪，眼睛扫视着街面，寻找威胁讯号。戴维每天都收到恐吓信，天知道那些信件都在说些什么，有时甚至收到人屎包裹。他的理论是，这就是他为自己选择立场、对政治和战争持有意见所付出的代价。

去你的浑蛋和你的神，他们说。

他们威胁他的生命、他的家人的生命，他开始严肃对待这些威胁。

坐在市内座驾里，他想起瑞秋。她失踪的那三天，绑匪要求不菲的赎金，客厅里全是 FBI 的特工和私人保镖，美琪在后面的卧室里大哭。她能回来真是奇迹，他知道这种奇迹不会发生第二次。所以他们一直在先遣小组持续的监视下生活。安全第一，他告诉孩子们，然后是玩乐，然后才是学习，这是他们之间的笑话。

他坐在车里穿过城市，走走停停。他的电话每两秒钟响一声。朝鲜又往日本海里试射导弹了；塔拉哈西的一名警察被停车射击后陷入昏迷；好莱坞小明星发给 NFL 跑卫的手机裸照刚刚泄露，如果你不加提防的话，会感觉所有这些大事小事就像海啸压顶。但戴维对它们不予多想，他理解自己的角色。他是一台分类机，把新闻按类别和优先度装箱，向各部门传达指示。他写一个词的回复，然后按下"发送""胡说""太弱"或"更多"。等车停在第六大道的 ALC 大楼门前时，他已经回复了 33 封邮件，接了 16 通电话，这对星期五来说是相当轻松的。

一名保安为他打开后车门，戴维踏入喧闹中。外面的空气和滚烫的馅饼一样热，一样浓稠。他穿着一身青灰色的西装，白衬衫，打着红领带。有的早晨，他喜欢在最后一秒钟转身绕过前门，漫步走开，去吃第二顿早餐，这让负责安保的人随时保持警觉。但今天，如果他想在三点前赶到机场的话，就得把事情全部做完。

戴维的办公室在58楼。他快步走出电梯，眼睛盯着自己办公室的地板。他走路的时候，人们纷纷让道。他们迅速躲进自己的小隔间，或者转身逃走。与其说是畏惧他本人，不如说是因为他的职位，又或许是因为他的西装。戴维心想，自己周围的面孔似乎日趋年轻，环节制片人和行政总监是下巴留着小胡子、喝手工咖啡的网虫，他们自命不凡地以为自己就是未来。这个行业的每一个人都在留下身后名。有些是理论家，有些是投机分子，但他们在那里，都是因为ALC是全国最好的有线新闻频道，而戴维·贝特曼就是这一切的缘由。

他的秘书莉迪亚·考克斯已经坐在桌边。她从1995年开始跟着戴维，她已59岁，从未结过婚，也从没养过猫。莉迪亚很瘦，她留短发，身上有某种老派布鲁克林的放肆，但早就被怀有敌意的上流人士漂洋过海，把她驱逐出了这一区，就像曾经繁荣的印第安部落。

"塞勒斯十分钟之内会打给你。"她提醒他第一件事。

戴维没有放慢脚步。他走向自己的办公桌，脱下夹克挂在椅背上。莉迪亚已经把他的日程表放在桌子上了。他拿起来，皱起眉头，这一天以塞勒斯——越发不受欢迎的洛杉矶总编——开始，就像用结肠镜开始这一天。

"还没有人捅死这家伙吗？"他说。

"没有，"莉迪亚一边说，一边跟着他进来，"但去年，你确实用他的名字买了一块墓地，并拍照作为圣诞礼物送给他了。"

戴维笑了。就他而言，生活中那样的时刻不够多。

"推到周一。"他告诉她。

"他已经打来两次了。你敢让他推掉这件事试试，这是他的要点。"

"太晚了。"

戴维的桌上有一杯热咖啡。他指向它。

"给我的？"

"不是，"她摇着头说，"是教皇的。"

比尔·康宁汉出现在莉迪亚身后的门口。他穿着牛仔裤和T恤，挂着他标志性的背带。

"嘿，"他说，"有时间吗？"

莉迪亚转身要走。比尔靠边让她过去时，戴维注意到克里斯塔·布鲁尔在他身后徘徊，克里斯塔的表情显得有些担忧。

"当然，"戴维说，"怎么了？"

他们进来，比尔关上他们身后的门。这不是他通常会做的事。康宁汉是个表演艺术家，他的整个独特风格都以痛骂幕后秘密会议为基础。换句话说，他从不私底下做任何事，他更喜欢每周冲进戴维的办公室两次，对他大吼大叫，吼什么无关紧要，这是对实力的炫耀，就像军事演习一样。所以关门说明事关重大。

"比尔，"戴维说，"你刚才关门了吗？"

他看着克里斯塔，比尔的执行制作人。她似乎有点儿面色发青。比尔一屁股坐到沙发上，他的臂展有翼龙那么长，他的坐姿和往常一样，膝盖大张着。

"首先，"他说，"没有你想得那么糟。"

"不，"克里斯塔说，"更糟。"

"两天的胡说八道，"比尔说，"或许会有律师介入，或许。"

戴维站起来，看向窗外。他发现对付一个像比尔这样爱出风头的人的最好办法，就是不看他。

"谁的律师？"他问，"你的还是我的？"

"该死的，比尔，"克里斯塔开始冲比尔开火，"这条规矩不容违反，不要在教堂里吐痰。这是法律，很可能是好几条法律。"

戴维看着第五大道上车来车往。

"我三点钟要去机场，"他说，"你们觉得到那时我们能讲到重点吗？还是我们得打电话解决这件事？"

他转身看着他们。克里斯塔挑衅地双手抱胸，用肢体语言示意比尔自己说。传达坏消息的信使会被杀死，克里斯塔可不会因为比尔的愚蠢错误丢掉自己的工作。与此同时，比尔的脸上挂着愤怒的微笑，就像一个开完枪的警察，站在听证席上发誓开枪有理。

"克里斯塔。"戴维说。

"他窃听了别人的电话。"她说。

话语悬在那里，这是个危机点，但还不是酝酿充分的危机。

"别人？"戴维谨慎地重复了一遍，这个词让他舌尖发苦。

克里斯塔看着比尔。

"比尔有个手下。"她说。

"纳摩，"比尔说，"你记得纳摩吧，前海豹突击队员，前五角大楼情报员。"

戴维摇摇头。过去几年里，比尔开始在身边聚集一群戈登·里迪[1]那样的怪人。

---

1 戈登·里迪（Gordon Liddy，1930—　），尼克松政府时期，白宫反泄密部门的首席特工。

"你当然记得，"比尔说。"好吧，有一晚我们在喝酒，大概是一年前。我们聊起马思凯·维茨，你记得那个国会议员吧？喜欢闻黑人女孩脚的那个。纳摩大笑着说，我们要是录下那些电话有多棒。黄金节目啊，对吧？一个犹太议员对某个黑妞说，他好想闻她的脚。于是我说，对，那会很好。不管了，反正我们点了更多 77 高杯酒，然后纳摩说，你知道……"

比尔停下来，营造戏剧效果。他就是忍不住，这是他的表演天性。

"……你知道……这并不难。他可是纳摩。实际上他说，这就是小事一桩。因为每样东西都得经过一个服务器，每个人都有邮件、手机，他们有语音信箱的密码和手机短信的用户名，那种垃圾很容易搞到，是能破解的。你只要知道一个人的手机号码，就能克隆他们的电话，所以他们每次接电话……"

"别说了。"戴维说，感觉一股潮热从他的肛门爬上他的脊梁。

"随便啦，"比尔说，"就是两个家伙深夜一点在酒吧里聊的东西，都是吹牛。但之后他说，挑个名字，你想听谁的电话。于是我说，凯勒曼——你知道，就是 CNN 的那个人。他说没问题。"

戴维发现自己坐在椅子里，尽管他不记得什么时候坐下的。克里斯塔在看着他，像是在说，还有更糟的。

"比尔，"戴维说，一边摇着头举起手来，"住嘴。我不能听这些，你该去跟律师说。"

"我就是那么跟他说的。"克里斯塔说。

比尔挥手不理他们，就好像他们是伊斯兰堡集市上的一对巴基斯坦孤儿。

"我什么也没干，"比尔说，"就挑了个名字。谁会在乎啊？我们就是酒吧里的两个醉鬼。于是我就回家了，忘了整件事情。一个星期后，纳摩来我的办公室，他说要给我看个东西。于是我们进了我的办公室，他取出一张极碟驱动器，放进我的电脑。所有的音频文件都在里面。凯勒曼，对吧？跟他母亲的聊天，和干洗工的对话。但还有跟他的制作人的谈话，于是我就想怎么从一个故事里剪掉点儿东西，让它稍微偏离事实一点儿。"

戴维感到一刹那的眩晕。

"所以你才能……"他说。

"正是。我们找到了原始版本的镜头，然后播放出来。你很爱那种故事的。"

戴维又站起来了，拳头紧握。

"我以为那是新闻工作，"他说，"不是……"

比尔大笑，摇着头，惊叹于自己的创造力："我得给你放这些录音听，太经典了。"

戴维绕过桌子。

"别说了。"

"你要去哪儿？"比尔问。

"别对任何人说一个字，"戴维告诉他，"你们两个都是。"然后走出了他的办公室。

莉迪亚在她的座位上。

"塞勒斯在二号线。"她说。

戴维没有停下，也没有转身。他走过成排的小隔间，汗顺着他的肋部滴下。这件事能让他们全部完蛋，他的直觉知道，甚至不用听完剩下的故事。

"让开！"他对着一群穿短袖衬衫的小平头大吼，他们像兔子一样四散。

戴维的脑子飞转，他来到电梯间，按下按钮，然后根本没等，就踢开了楼梯间的门，走下一层楼。他大踏步地走在过道上，像个端着冲锋枪的杀人狂，在会议室里找到了里柏林，他正和其他16个律师坐在一起。

"全部人，"戴维说，"出去。"

这些有法律学位的无名西装男仓促离开，门打在最后一个人的脚踝上。唐·里柏林脸上有种茫然的表情，他是他们公司内部的法律顾问，五十来岁，做普拉提练就的身材保持得非常好。

"老天，贝特曼。"他说。

戴维在踱步。

"康宁汉……"他一时半会儿只能说出这句话。

里柏林说："那个老色鬼又干什么了？"

"我只听了一点儿，"戴维说，"就打断了他，再说下去我会变成事后从犯。"

里柏林皱起眉头。

"别告诉我哪个酒店房间里有个死掉的妓女。"

"我也希望如此，"戴维说，"跟这件事比起来，死掉的妓女太容易解决了。"

他抬起头来，看到一架飞机在帝国大厦的高空飞过。有那么一个片刻，他有种无法抗拒的冲动，他希望自己在那架飞机上，正在去把什么地方，任何地方。他一屁股坐到一把皮椅上，用手捋头发。

"那个浑球窃听了凯勒曼的电话，很可能还有别人。我感觉他准备开始列出受害者的名单了，像个连环杀手一样，于是我离开了。"

里柏林理平自己的领带："你说窃听电话……"

"他手下有个人，某个情报顾问，说他能让比尔接触到任何人的邮件或电话。"

"老天。"

戴维向后倒回椅子里，看着天花板。

"你得去跟他谈谈。"

里柏林点头。

"他需要有自己的律师，"他说，"我想他用的是弗兰肯。我会打电话过去。"

戴维用指头敲桌面，他感觉一下子苍老了许多。

"我的意思是，万一是国会议员或者参议员的话怎么办？"他问，"我的天！他秘密监视竞争对手就够糟的了。"

里柏林想了一下。戴维闭上眼睛，想象瑞秋和JJ在后院挖洞，把古代的苹果树种进去。他应该请一个月假的，现在应该和他们待在那里，脚穿人字拖，手拿一杯血腥玛丽，在每次他儿子说"怎么啦？小蠢货"时哈哈大笑。

"这件事会拖垮我们吗？"他问，仍闭着眼睛。

里柏林跟他的上司打马虎眼，"会拖垮他，那是肯定的。"

"但会伤及我们？"

"毫无疑问，"里柏林说，"像这种事情，可能有国会听证会。FBI最少会跟上你两年，他们会说要吊销我们的广播执照。"

戴维思考了这件事："我要辞职吗？"

"为什么？你什么也不知道，不是吗？"

"不是这样的。像这种事情，就算我不知道，我也应该知道。"

他摇摇头："该死的比尔。"

但这不是比尔的错，戴维心想。比尔是戴维献给世界的礼物，人们把这个愤怒的白人邀请进客厅，对这个世界大放厥词，责骂这个体系，它剥夺了我们觉得自己应得的一切——加税的政客。比尔·康宁汉，直肠子先生的脱口秀，神圣公正先生，他坐在我们的客厅里，分担我们的痛苦。他告诉我们想听的话，即我们之所以在生活中节节溃败，不是因为我们是失败者，而是因为有人把手伸进我们的口袋、我们的公司、我们的国家，拿走属于我们的正当的东西。

比尔·康宁汉就是 ALC 新闻频道之声，而他发疯了。他是丛林里的库尔茨[1]，戴维应该意识到，早该把他撤回来，但收视率太好了，而且比尔向敌人发射的炮弹都直接命中。他们做的是最好的频道，那意味着一切。比尔是一代名角吗？绝对是。但名角可以应付，狂人就是另外一回事了……

"我得打给罗杰。"他说，他指的是亿万富翁。罗杰是他的老板，大老板。

"对他说什么？"里柏林说。

"说有这么一回事。已经发生了，他应该做好准备。你得找到比尔，把他拖到一间房间里，用装满橙子的袜子揍他。把弗兰肯叫来，找到真相，然后保护我们。"

"他今晚上节目吗？"

戴维想了想这件事："不行，他病了，他得了流感。"

"他不会乐意的。"

"告诉他，另一个选择就是他去蹲监狱，不然我们打碎他的膝盖骨。打给汉考克，说我们今天早晨就贴出通知，说比尔病了。周一我们播一期《一周精选》，我不想再让这个家伙出现在我的频道上。"

"他不会悄悄离开的。"

"对，"戴维说，"他不会的。"

1　库尔茨上校，弗朗西斯·科波拉拍摄的电影《现代启示录》中的角色，在东南亚丛林里发疯。

医院

夜里斯科特做梦的时候，他梦到贪婪的鲨鱼，肌肉光洁，他醒来时感到口干舌燥。医院是一个生态系统，充盈着哔哔声与嗡鸣声。外面，太阳刚刚升起。他向男孩望去，他仍然在睡觉。电视开着，音量很小，白噪音萦绕着他们的睡眠。电视屏幕被分成五格，字幕跑马灯一般从底部逶迤穿过，而屏幕上，搜救幸存者的行动仍在继续。看起来海军部为了寻找水底残骸，找回死者的尸体，已经用上了潜水员和深海潜水器。斯科特看着穿黑色潜水湿衣的人从一艘海岸警卫队快艇的甲板上一个迈步，然后就消失在海里。

"他们把这叫作'意外'，"比尔·康宁汉在屏幕上最大的格子里说话，一个发型引人注目的高个子，在用拇指弹着他的裤子背带，"但你我都知道——世间无意外。飞机不会凭空掉下来，同理，我们的总统任命那个废物罗德里格斯当法官时，也没有忘记国会正在放假。"

康宁汉眼圈发黑，领带歪斜。他现在已经连续直播九小时了，为他死去的领导发表长篇马拉松悼词。

"我认识的戴维·贝特曼，"他说，"我的老板，我的朋友——不会死于机械故障或飞行员的人为错误。他是一位复仇天使，一个美国英雄。这名记者相信，我们现在谈论的这件事不亚于一起恐怖主义行为，如果不是外国侨民干的，那就是自由媒体的某些元素导致的。飞机不会平白无故地坠毁，大家听着，这是蓄谋破坏。可能是高速快艇上发射来的肩扛式火箭，可能是圣战分子穿了自杀式背心登上了飞机，可能是机组成员中的一个人引发了意外。我的朋友们，这是自由的敌人发起的谋杀啊。9人死亡，包括一个9岁的女孩，一个人生中已经遭遇过悲剧的9岁女孩，一个出生时我曾把她抱在怀里、给她换过尿布的女孩。我们应该给战斗机加满燃料，海豹突击队应该从高空飞机上跳下来，从潜水艇里冲上来。一个伟大的爱国者死了，他是西方的自由之父，我们会一直追查到底。"

斯科特调低音量。男孩动了一下，但没有醒。睡梦中，他还不是个孤儿。睡梦中，他的父母还活着，他的姐姐也活着，他们亲他的脸颊，挠他的痒痒。睡梦中的时间还是上周，他跑过沙滩，手里抓着一只扭曲的绿螃蟹的钳子。他在用一根吸管喝橘子汽水，吃着扭扭薯条。他棕色的头发被阳光晒得褪了色，雀斑散在脸庞上。等他醒来时会有那么一刻，所有的梦境都是真的，他梦中承受的爱还足以牵制住真相，但之后这一刻会结束。男孩会看到斯科特的脸，然后护士也会进来，于是他又是一个孤儿了。这次是永远。

斯科特转身看向窗外。他们今天应该出院了，斯科特和男孩都是，将要被逐出医院生活。他们将做循环往复的扬声器，每半小时一次的血压检查，量体温，送饭。男孩的姨妈和姨夫昨晚到了，眼圈通红，显得非常阴郁。男孩的姨妈是美琪的妹妹埃莉诺，她现在正睡在男孩床边的硬背椅上。埃莉诺30岁出头，很漂亮，是来自州北部哈得孙河畔克罗顿村的按摩理疗师。她的丈夫，也就是男孩的姨夫，是个作家，他对目光接触反应怪异，是那种在夏天留胡子的笨蛋。斯科特对他的感觉不好。

坠机已经过去了 32 个小时，短得像一次心跳，却感觉有一辈子那么长。斯科特还没洗过澡，他的皮肤还留着海水的咸涩，他的左臂还吊着。他没有身份证明，连条裤子都没有。然而，抛开这些不考虑，他仍想着按计划进城，行程上有人要见，有职业人脉要去建立，他的朋友马格努斯已经提出开车来蒙托克接他。斯科特躺在那里，心想能见到他真好，他有一张友善的脸。他们其实并不亲密，他和马格努斯之间不像兄弟，更像酒肉朋友，但马格努斯有处事不惊的优点，而且随时处于乐观状态，所以昨晚斯科特才想到打电话给他。他需要避免和会哭的人谈话，这一点至关重要。要保持轻松，那才是他的目标。事实上，他跟马格努斯讲完发生了什么事之后——这个人没有电视机，马格努斯只说了一句"真诡异"，就提议他们去喝啤酒了。

回过头来，他看到男孩醒了，眼睛都不眨一下地盯着他。

"嘿，哥们儿。"斯科特悄悄地说，他不想吵醒姨妈，"你睡得好吗？"

男孩点点头。

"想让我放动画片吗？"

男孩再次点点头。斯科特找到遥控器，换到有动画片的频道。

"《海绵宝宝》怎么样？"斯科特问。

男孩又点点头。从昨天下午开始，他就没说过一个字。他们刚上岸的头几个小时，还能让他说出几个字，他感觉怎么样啊，需不需要什么啊。但之后，就像一个伤口肿胀闭合，他停止了说话。现在他已经彻底沉默。

斯科特在桌上发现一盒落了灰的橡胶检查手套。男孩看着他抽出了一只。

"呃——哦。"他说，然后轻轻地假装要打一个大喷嚏，随着"阿嚏"的一声，手套从他的左鼻孔掉出来。男孩笑了。

姨妈醒了，伸了个懒腰。她是个美丽的女人，但却留着傻傻的刘海儿，就像一个开昂贵好车的人为了弥补罪恶感，从不洗车一样。斯科特一直在观察她的脸，直到她完全恢复清醒，同时意识到自己在哪里，又发生了什么。有那么一刻，他看见她差点儿因为重压而崩溃，然后她看到男孩，挤出一个微笑。

"嘿。"她说，把他的头发从脸上拂开。

她抬头看到电视，然后看到斯科特。

"早。"他说。

她把自己脸上的头发拨开，检查自己是不是衣衫得体。

"对不起，"她说，"我猜我睡着了。"

这感觉不像需要回答的话，于是斯科特只是点头。埃莉诺环视四周，"你看到……道格了吗？我的丈夫？"

"我想他去买咖啡了。"斯科特告诉她。

"好的，"她看似释然地说，"那很好。"

"你们两个结婚很久了吗？"斯科特问她。

"没有。只有，嗯，71天。"

"多久不重要。"斯科特说。

埃莉诺脸红了。

"他是个贴心的人，"她说，"我想他现在只是有点儿不堪重负。"

斯科特瞥了一眼男孩，他已经不看电视了，在研究斯科特和他的姨妈。考虑到他们刚经历的事情，道格怎么就不堪重负了，这让人迷惑。

"男孩的父亲有家人吗？"斯科特问，"你的姐夫家？"

"戴维？"她说，"没有。我的意思是，他的父母都去世了。他呢，我猜他是独生子。"

"你的父母呢？"

"我的妈妈还在，她住在波特兰。我想她今天会飞过来。"

斯科特点头。

"你们俩住在伍德斯托克吗？"

"克罗顿村，"她说，"离城市有 40 分钟的车程。"

斯科特想象了一下那幅画面，茂密幽谷里有一栋小房子，走廊上有安乐椅，应该对男孩有好处。但也可能是灾难性的，与世隔绝的森林，阴森森的酗酒作家，就像冬天深山里的杰克·尼克尔森[1]。

"他去过那里吗？"斯科特冲着男孩的方向点头问道。

她抿起嘴唇："不好意思，但为什么你要问我这些问题？"

"嗯，"斯科特说，"我猜我只是好奇他会怎么样。我也投入了心血，可以这么说。"

埃莉诺点点头。她看起来很害怕，不是怕斯科特，而是惧怕生活，她也不知道她的生活会变成什么样子。

"我们会没事的，"她摸摸男孩的头说，"对吧？"

他没有回答，他的目光集中在斯科特的身上。眼神中有种质疑，有种恳求。斯科特先眨眼了，然后转身眺望窗外。道格进来，他端着一杯咖啡，身穿一件伐木工人的格纹衬衫，外罩的开衫扣错了扣子。埃莉诺看到他就安心了。

---

1 杰克·尼克尔森（1937— ），美国演员、导演、制片人及编剧。

"是买给我的吗？"她伸出手指问。

道格看起来有片刻的糊涂，然后他意识到，她指的是咖啡。

"当然。"他说，把咖啡递给她。斯科特能从她握杯子的方式看出，里面几乎已经空了。他看出她有些悲伤。道格绕过男孩的床，站到妻子附近。斯科特能闻到他身上的酒味。

"病人怎么样？"道格问。

"他还不错，"埃莉诺说，"睡了一觉。"

斯科特看着道格的背部，好奇男孩将从他的父母那里继承多少钱。500万？5000万？他的父亲经营一个"电视帝国"，乘坐私人飞机，有大笔的财富、房产。道格抽着鼻子，用两只手拎高裤子，他从口袋里掏出一辆玩具小汽车，上面还贴着价格标签。

"拿去吧，狙击手，"他说，"给你买了这个。"

海里有很多鲨鱼，斯科特想，看着男孩接过汽车。

格拉曼医生进来了，他的眼镜架在鼻梁上。他的实验室外套口袋里露出一根明黄色的香蕉。

"准备好回家了吗？"他问。

他们换上衣服。医院给了斯科特一条蓝色的手术裤穿，他用一只手套上裤子，护士帮他把脆弱的左臂塞进袖子里时，他疼得一阵抽搐。等他从洗手间出来时，男孩已经着装整齐，坐在一辆轮椅上。

"我给你一个儿童精神科医生的联络方式，"医生在男孩听不到的地方告诉埃莉诺，"他专攻创伤后的病例。"

"我们其实不住在城里。"道格说。

埃莉诺用表情示意他安静。

"谢谢。"她从医生手上接过名片，说，"我今天下午打过去。"

斯科特径直走向男孩，跪在他面前的地板上。"你要好好的。"他说。

男孩摇着头，泪光闪烁。

"我会来看你的，"斯科特告诉他，"我会把我的电话号码给你姨妈。这样你就能打给我了，好吗？"

男孩不愿意看他。

斯科特的手在他的小胳膊上按了一会儿，不确定接下来该怎么做。他从来没有过小孩，也没当过叔叔、伯伯或教父。他甚至不确定他们说的是同一门语言。过了一会儿，斯科特直起身来，递给埃莉诺一张纸，上面有他的电话号码。

"当然，你随时可以打来，"他说，"虽然我也不知道能帮上什么忙。但如果他想说说话，或者你……"

道格从他妻子的手上拿过留有号码的纸，他把它叠起来，塞进自己的后兜里。

"听起来不错啊，老兄。"他说。

斯科特站着，盯着埃莉诺看了一分钟，然后是男孩，最后看看道格。他感觉这是一个重大时刻，就像在生命中某个关键的节点上，他应该说些什么或做些什么，但不知道是什么，直到后来才恍然大悟。后来，当时该说的话会明若观火，但现在只有一种烦躁的感觉，下巴紧锁，还有轻微的恶心。

"好了。"最后他说，走向大门，想着就这么离开吧。这是最好的做法了，让男孩和家人待在一起。但之后走进过道时，他感觉两只小胳膊抓住了他的腿，他转身看到男孩紧紧地抱着他。

过道里全是人，有病人和访客，医生和护士。斯科特把一只手放在男孩的头上，然后弯下腰去抱起他。男孩双手搂着他的脖子，抱得太用力了，让斯科特几乎不能呼吸。斯科特眨了眨眼睛挤掉了泪水。

"别忘了，"他告诉男孩，"你是我的英雄。"

他等男孩自己松开手，然后把他放回轮椅上。斯科特能感觉到埃莉诺和道格在看着他，但他只关注男孩。

"永不放弃。"他告诉他。

然后斯科特转身，走出过道。

早些年，当斯科特埋头作画时，他感觉自己像在水底，同样也是两个耳朵里有压力，同样是无声的沉默，颜色更加鲜明，光线荡漾折射。他在26岁时参加第一场群展，30岁时举办第一场个展，他七拼八凑出来的每一毛钱都用在了画布和涂料上。在中间某个时候，他不再游泳，因为有画廊要去攻占，有女人等着跟他上床，他是个子高大、绿眸的调情者，笑容极富感染力。这意味着总有女孩为他买早餐，或者为他提供栖身之所，至少是几晚的时间。在当时，这几乎可以说明一个事实：他的作品不错，但不算很好。看着他的画，你能看出他有潜力，有独特的声音，但就是缺了点儿什么。许多年过去了，大规模的个展和高调的博物馆收购再也没发生过，德国双年展、天才奖金、出国作画和教学的邀请函都没了。他转眼就30岁、35岁了。一天夜里，他参加了那一周的第三场画廊开幕式，为一个比他年轻五岁的艺术家庆祝。几杯鸡尾酒下肚后，斯科特突然明白一点，他永远不会像自己以为的那样一夜成名，变成一个肆无忌惮的人，或一个闹市巨星。艺术前途带来的醉人兴奋已经变得难以捉摸，变得可怕。他是个小艺术家，他一辈子只能这样了。派对依旧很棒，女人依旧美艳，但斯科特感觉自己变得丑陋，随着青春的漂泊被中年的自我折磨取代，他的风流韵事变得快速而肮脏。

之后斯科特开始独自一人在工作室里，连续盯着画布看上几个小时，等待图像出现。

结果什么都没出现。

一天醒来，他发现自己已经是个40岁的男人，20年的花天酒地让他腰围陡增，面容沧桑。他订过一次婚，然后解除了婚约；曾经戒过酒，再次失足。他也曾经年轻无限，然后不知何故，他的人生就变成了一场定局。"几近成名"，甚至都不是"明日黄花"。有时候，斯科特仿佛能看到他的讣告。斯科特·伯勒斯，一个多才、潇洒的万人迷，从未信守过承诺，早就从风趣神秘步入了粗鄙凄凉的行列。但他是在开谁的玩笑？连讣告都是个白日梦。他只是个无名小卒，他的死不会证明任何事。

然后，他参加了一个为期一周的派对，那是一位比他成功太多的画家在汉普顿宅邸里举办的，派对结束后，斯科特发现自己脸朝下趴在客厅的地板上，那时他已46岁。天即将放亮，他摇摇晃晃地站起来，走到外面的露台上。他的头突突直跳，嘴里有辐射轮胎的味道。他在突然耀眼的日光中眯起眼睛，抬起手来挡脸。关于他这个人的真相，他的失败，像悸动的头痛一样杀了回来。然后，随着眼睛适应了光线，他放下手，发现自己正盯着那位著名艺术家的泳池。

一个小时后，艺术家和他的女朋友发现斯科特在池子里面，赤裸裸地游了一圈又一圈。他的胸腔燥热，肌肉疼痛。他们喊他上来跟他们喝酒，但斯科特摆手拒绝。他感觉自己重新活过来了！他一进水，就好像重回18岁，刚在全国锦标赛中赢得金牌。重回16岁，他做出完美的水下转身。重回12岁，在黎明前起床，纵身跳进蓝色泳池。

他一圈圈地游回时间的长河，一直回到6岁，他眼看着杰克·拉兰内拖着一艘千斤大船游过旧金山海湾，直到那种感觉回来——一个男孩的深信不疑：

一切皆有可能。

所有都能得到。

你只需足够渴望。

原来斯科特还没变老，他的人生还没有结束，他只是放弃了。

30分钟后，他爬出泳池，不等擦干身体就穿上了衣服，回到城里。接下来的六个月，他每天游五公里，扔掉酒瓶和香烟，戒掉红肉和甜食。他买来一张张画布，用孕育希望的白色底漆涂满每一寸表面。他好像是个训练备战的拳击手，为演奏会练习的大提琴手，他的身体就是他的乐器，像强尼·卡什[1]的吉他一样磨损，分裂而生涩，但他要把它变成一把斯特拉迪瓦里琴[2]。

他是个灾难幸存者，因为他逃过了他自己的人生灾难，所以那就是他的绘画主题。那年夏天，他在玛莎文雅岛租了一栋小房子隐居起来，在这里，唯一重要的事就是工作。只不过他现在认识到，工作都作用在自己身上，他无法脱离自己的作品。如果他你是个粪坑，他只能产出大粪。

他有一只三条腿的狗，他为它煮意大利面和肉丸。他每天的生活都一成不变：在海洋里游泳，去农贸市场喝咖啡，吃点心，在工作室里持续工作数个小时，满脑子都是笔触与颜料，线条与色彩。他看着自己完成的作品，激动得想昭告天下。他成功地跃进了一大步，明白这件事后，他变得异常恐惧。作品成了他的秘密，一个藏在岩石地底的宝箱。

最近，他才从藏身之处出来，先是参加岛上的几场宴会，之后允许苏活区的一家画廊把一幅新作放在他们九十年代的回顾展上。那幅画作获得了大量关注，被一位重要的收藏家买下。斯科特的电话开

1　约翰尼·卡什（Johnny Cash，1932—2003），美国历史上最有影响力的音乐人之一。

2　斯特拉迪瓦里琴，意大利名手斯特拉迪瓦里（Antonius Stradivarius，1644?—1737）及其后人制作的提琴，工艺精湛、音色优美，在提琴爱好者中备受推崇。

始起来，几个更大牌的画廊代表过来参观了工作室。事情开始有推进，他致力于工作的目标，他对人生的追求即将实现。他只需抓住这个救生圈。

于是他登上飞机。

医院外面停了十几辆新闻车，各个摄制组集合等待。警方的路障已经架了起来，六个穿制服的警员在维持秩序。斯科特躲在医院大堂的一盆榕树背后查看现场，马格努斯在这里找到了他。

"老天爷，老兄，"他说，"你做事情真是计划周全啊，不是吗？"

他们熊抱了一下。马格努斯是个业余画家，全职小白脸，声音里只残存了一丝爱尔兰口音。

"谢谢你帮这个忙。"斯科特告诉他。

"没多大事儿，老哥。"

马格努斯把斯科特从上到下打量了一遍，"你看起来糟透了。"

"我感觉糟透了。"斯科特说。

马格努斯举起一个背包。"我带来几件汗衫，"他说，"一件迷人的罩袍和几条内裤。你想换衣服吗？"

斯科特眺望马格努斯的身后，外面的人群越聚越多。他们是来看他的，来一睹这个背着四岁男孩在午夜的大西洋里游了八小时的男人，拍一些他的话语片段。他闭上眼睛，想象自己一旦穿好衣服，踏出那些门会发生什么事，闪光灯和提问的问题，他自己的脸将会出现在电视上。他好像闻到血腥味的狂乱，即将上演一出马戏。

世间无意外，他想。

斯科特的左边是一条长廊，门上写着"更衣室"。

"我有个更好的主意，"斯科说，"但需要你违反法律。"

马格努斯微笑。

"只违反一条法律？"

十分钟后，斯科特和马格努斯走出一扇侧门。他们现在都套着手术裤，身穿白色实验服，是长时间轮班结束准备回家的两名医生。斯科特把马格努斯的手机贴在耳边，对着拨号音假装讲话。这个计策很成功。他们来到马格努斯的车旁，一辆曾经辉煌过的萨博汽车，顶棚面料已经被太阳晒得褪色。斯科特坐在车里，重新固定好左肩的绷带。

"跟你说一声，"马格努斯告诉他，"以后我们一定要穿这身衣服去酒吧。女士们都爱男医生。"

他们驶过媒体行列时，斯科特用手机掩护自己的脸。他想起男孩来，他小小的身体缩在轮椅里，从今以后就是一个孤儿。斯科特坚信他的姨妈会爱他，坚信他从父母那里继承的财富能把他和任何行将就木的东西隔离开来。但那样就够了吗？男孩能正常长大吗？还是会因为遭遇的事情，永远破碎？

我应该要来姨妈的电话号码的，斯科特心想。虽然这么想着，但他又不知道自己要电话来做什么。斯科特没有权力闯入他们的生活。就算他闯进去了，他又能贡献什么？男孩只有4岁，斯科特是个年近50的单身男人，一个声名狼藉的登徒子，刚刚戒酒的酒鬼，一个从来不能保持一段长久关系的挣扎的艺术家。他当不了别人的榜样、别人的英雄。

他们走长岛快速道路进城。斯科特摇下车窗，感受吹在脸上的风。他眯眼看着太阳，已经可以说服一半的自己，过去36个小时的事只是一场梦，没有私人飞机，没有坠机，没有史诗般的游泳和痛心的住院经历。只要用合适的鸡尾酒配上事业胜利，他能把那件事擦除。但即使这么想着，斯科特也知道那是屁话。他遭遇的创伤现在成了DNA的一部分。他是打了一场硬仗的士兵，即使在50年后的临终之时，也免不了回溯到这一段。

马格努斯住在长岛，他家是一家备受谴责的鞋厂改造成的老房子。坠机之前，斯科特的计划是在这里住上几天，然后搭车进城。但现在，马格努斯一边变道，一边告诉斯科特计划有变。

"我得到了严格的指示，"他说，"要把你带到西村，你的地位上升了。"

"谁的严格指示？"斯科特想知道。

"一个新朋友，"马格努斯说，"我现在只能说这么多。"

"停车。"斯科特用严厉的声音告诉他。

马格努斯对斯科特扬了两次眉毛，满面笑容。

斯科特去拉他的车门把手。

"别紧张啊，老哥，"马格努斯说，"我看你没心情猜谜啊。"

"告诉我这是去哪儿。"

"莱斯利家。"马格努斯说。

"莱斯利是谁？"

"老天，你坠机时撞到头了吗？莱斯利·穆勒，穆勒画廊。"

斯科特仍不明就里。

"我们为什么要去穆勒画廊？"

"不是去画廊，你这个二货，是去她家。她是个亿万富豪，对不对？知道那个九十年代搞小发明的科技怪老头吧，就是他的女儿。好吧，你打给我之后，我一时大嘴巴，讲了我要来接你的事，还有你和我要进城我猜她听说了你是个绝不哓人的英雄之类的，因为是她打给我的。她说在新闻上看到你的事了，说她家大门为你敞开，她在三楼有客人套房。"

"不去。"

"别犯傻了，朋友，这可是莱斯利·穆勒。这是一幅画卖3000块和卖30万的分水岭，或者300万。"

"不去。"

"好极了，听你的。但请用一分钟考虑一下我的职业前途。这可是莱斯利·穆勒，我的上一场展览还是在克利夫兰的一家螃蟹餐厅举办的。至少我们去吃个晚饭吧，让她下订单买几幅画。你说不定能帮你的朋友我讲几句好话，然后我们再找借口离开。"

斯科特转身看向窗外。他们隔壁车里的一对男女正在吵架，他们都是二十来岁，穿着上班的衣服。男的在开车，但没在看路。他的头转过去，正在生气地挥动一只手。作为回应，女的手拿一支打开的唇膏，涂了一半，朝男人的方向戳过去，她的脸因为厌恶变成了柠檬绿。看着他们，斯科特突然闪回一瞬间的记忆。他回到了飞机上，扣着安全带。最前方，在敞开的驾驶舱门口，年轻的空乘——她叫什么名字来着？——正在和其中一名飞行员争吵。她背朝斯科特，但越过她的肩膀，他能看到飞行员的脸。那张脸丑陋阴郁，斯科特眼看飞行员紧紧抓住女孩的胳膊，然后她脱身离开。

记忆中，斯科特感觉手里的安全扣打开了。脚在地上踩稳，股四头肌收紧，就好像准备起身。为什么？准备去帮她吗？

记忆瞬间回来，然后消失。画面可能来自哪部电影，感觉像是他的生活。真的发生过吗？有过某种打斗吗？

隔壁车道上大发雷霆的司机转过身来，朝窗外吐痰，但车窗是开着的，一团唾沫星子顺着玻璃曲线流下来。然后马格努斯加速，那一对男女已经开走了。

斯科特看到前方有个加油站。"你能在这儿停下吗？"斯科特问，"我想买一盒口香糖。"

马格努斯在中央储物箱里摸索："我记得哪里有盒黄箭的。"

"我要薄荷的，"斯科特说，"你开到路边去。"

马格努斯不打信号灯就变道了，停在路边。

"我很快的。"斯科特告诉他。

"给我买罐可乐。"

斯科特意识到他身上穿着手术裤，他说："借我 20 块。"

马格努斯想了一下，然后说："好吧，但是答应我去穆勒家。我打赌她的橱柜里有泰坦尼克沉船前装瓶的威士忌。"

斯科特凝视他的眼睛说："答应你。"

马格努斯从口袋里掏出一张皱巴巴的钞票。

"还要薯片。"他说。

斯科特关上乘客车门。他穿着一次性的人字拖。

"马上回来。"他说，一边走进加油站的便利店。柜台后面有个魁梧的女人。

"有后门吗？"斯科特问她。

她手一指。

斯科特穿过短过道，经过公共洗手间。他推开一扇沉重的防火门，眯起眼睛站在了阳光下，几米之外有一个铁丝网围栏，那后面是一片住宅小区。斯科特把 20 块钱放进前兜里。他试图以一只手翻过围栏，但臂带很碍事，于是他把它丢掉了。几分钟后他到了围栏的另一边，走过一片空地，人字拖一直在打脚。这时是 8 月末，空气混浊炙热。他想象坐在驾驶座上的马格努斯，他应该打开了收音机，找到一个老歌电台，现在他很可能在跟着皇后乐队唱歌，唱到高音处伸长脖子。

斯科特的四周是下层社会的街区，垫着木块的车停在车道上，后院里是水波晃荡的地面泳池。他是个穿着医院手术裤和人字拖的男人，走在正午的炎热中。在谁的眼里都是个精神病人。

30分钟后，他发现一个炸鸡店，走了进去。店面就是柜台加烤箱，前面摆了几把椅子。

"我能借用一下电话吗？"他问柜台后面的多米尼加男人。

"你得点东西。"男人告诉他。

斯科特点了一桶鸡腿和一瓶干姜水。店员指向厨房墙上的一部电话机。斯科特从口袋里掏出一张名片，拨通号码。铃响第二声时，一个男人接起电话。

"运输安全委员会。"

"我找格斯·富兰克林。"斯科特说。

"我就是。"

"我是斯科特·伯勒斯，医院里的那个。"

"伯勒斯先生，你好吗？"

"很好。听着，我——我想帮忙——搜救，就是参加救援行动，不管你们叫它什么。"

电话线那头是沉默。

"我听说你出院了，"格斯说，"不知你用什么办法没让媒体看到。"

斯科特说："我打扮成医生的样子，从后门出去的。"

格斯大笑："很聪明。听着，我们派了潜水员在水里搜寻机身，但进度很慢，而且这起案件很受瞩目。你有什么可以告诉我们的吗？任何你能想起跟坠机有关的事情？在那之前发生过什么？"

"记忆正在恢复，"斯科特告诉他，"虽然仍是碎片，但——让我帮忙搜救吧。待在那里的话——可能会震出些什么来。"

格斯想了一下："你在哪儿？"

"嗯，"斯科特说，"让我问问你—你觉得鸡腿怎么样？"

一号画

　　最先吸引眼球的是光，更确切地说，是两道光折向同一个焦点，在画布中央形成八字形的眩晕。这幅画很大，2.4 米长，1.5 米高，曾是白色的油布被涂成了烟灰色的闪面。又或许你最先看到的是灾祸，两个暗色的长方形都弯折了，把画面切断，金属骨架在月光里发亮。画面边缘有火焰，就好像故事并没有因为画布的终止而结束。据说有看画的人走到远端去寻找更多信息，像用显微镜观察似的，打量木头框架，看有没有一丝额外的戏剧冲突。

　　在图像中央燃烧的光是一辆美国国铁的火车前灯发出的，最后一节守车 [1] 几乎垂直立在扭曲的铁轨上，铁轨也是弯曲起伏的。第一节客车车厢已经脱离守车，呈现 T 字形状，仍保持着前冲力，撞毁了引擎的正中央，把它面包盒形的轮廓撞成了 V 形。

　　和所有的强光一样，这里的前灯眩光模糊了大部分图像，但进一

1　守车，又称望车，是挂在货物列车尾部、运转车长乘坐的工作车。

步细看的话，观看者会发现唯一的一名乘客——一个年轻的女子，她穿一条黑裙子和扯裂的白衬衣，头发蓬乱地盖住脸庞，血块凝结。她赤脚在高低不平的残骸间游荡，如果你眯眼避开光线的错觉，会看到她的眼睛圆睁，正在寻找着什么。她是灾难的受害者，逃过了热度和冲击力，从原本的休息位置被难以置信地悬吊抛出，丢进了意想不到的折磨里。她曾经的平和世界缓慢摇摆，"咔嗒""咔嗒"地发出声响，现在是一个刺耳的金属扭曲体了。

这个女人，她在找什么？是一条出路吗？一条明确合理的安全出路？还是说她丢了东西？失去了什么人？在那一刻，当温和的摇晃变成炮弹纷飞时，她的身份是不是从妻子和母亲、姐妹或女友、女儿或情人变成了难民？原本圆满幸福的"我们"变成了愕然悲痛的"我"？

因此，即便其他的画作也在呼唤你，你还是不禁伫立在原处，帮她寻找。

搜救

救生衣太紧，很难呼吸，但斯科特还是再次抬起手来，拉上扣带。这是无意识的姿势。从他们登上直升机起，他每隔几分钟就会做这个动作。格斯·富兰克林坐在他的对面，研究他的表情。他的身旁是海军士官伯克曼，穿橘色跳伞装，戴黑色玻璃头盔。他们在海岸警卫队的一架 MH-65C 海豚号上，正全速飞行在大西洋的浪尖上空。斯科特只能依稀辨出远处玛莎文雅岛的悬崖，那里是家，但不是他们要去的地方。至少目前还不是。三条腿的狗"史尼丝"得继续等待。斯科特现在想起它来，这只黑色眼睛的白色杂种狗，吃马粪的家伙，最爱闻长草，去年因为癌症失去了右后腿，不到两天又开始爬楼梯。早上挂了格斯的电话后，斯科特就打电话给邻居，询问狗的情况。狗好好的，邻居告诉他。她正躺在门廊上，喘着粗气晒太阳呢。斯科特再次感谢邻居帮忙照看狗。他说，过几天他应该就能回家了。

"别着急，"邻居说，"你太不容易了，真了不起。你为那个男孩做的事真了不起。"

他现在想到那只少了一条腿的狗。如果它都能振作起来，我为什么不能?

直升机颠簸地穿过厚实的云层,每一次下落都像一只正在拍打罐子的手,企图磕出最后一颗花生。只不过在现在的情况下,斯科特就是那颗花生。他用右手握紧座椅,左臂仍吊在绷带里。离岸飞行用了20分钟,斯科特望着窗外连绵的海洋,无法相信自己游了多远。

格斯到达时,斯科特已经在烧烤店捱了一小时的水。他开一辆白色轿车(公司的车),手里拿着替换的衣服走进餐厅。

"我猜了一下你的尺码。"他说,把衣服扔给斯科特。

"我确定会非常合适。谢了。"斯科特说,走进卫生间换衣服——工作裤和运动衫。裤子的腰围太大,运动衫的肩部太窄——脱臼的肩膀让换衣服变得困难——但至少他感觉又像个正常人了。他洗洗手,把手术裤塞进垃圾桶深处。

直升机上,格斯指着右舷的位置。斯科特顺着他的手指,看向海岸警卫艇"柳木"号,一艘闪闪发光的白船,停泊在下方的海里。

"你以前坐过直升机吗?"格斯大喊道。

斯科特摇摇头。他是个画家,什么人会带画家坐直升机?但话说回来,私人飞机也是这么一回事,看看带来什么后果。

往下俯瞰,斯科特看到小艇还有同伴,六艘大船在海洋上排开。他们相信飞机坠入了海底极深的位置——某个海沟。格斯告诉他,那意味着,要定位到沉没的残骸需要几周的时间。

"这是一项联合搜寻行动,"格斯说,"我们已经从海军、海岸警卫队和海大局调来船只。"

"海什么?"

"国家海洋和大气管理局。"格斯微微一笑。

"海洋学的书呆子,"他说,"他们有多波束和侧扫声呐。空军还借了几架 HC-130 给我们。我们现在有 30 名海军潜水员和 20 名马萨诸塞州水警，他们随时待命，一旦我们找到残骸就下水。"

斯科特思考了这句话。

"一架小飞机掉下来，这样正常吗？"他问。

"不正常，"格斯说，"绝对是 VIP 套餐，这就是美国总统打电话指示的原因。"

直升机向右倾斜转弯，在小艇上空盘旋，唯一能保护斯科特不从打开的舱门掉进海里的就是他的安全带。

"你说你浮上来的时候，海面上有残骸？"格斯喊叫着说。

"什么？"

"海里有残骸？"

斯科特点点头："水上有火焰。"

"是喷气燃料，"格斯说，"这意味着燃料箱破裂了。你没被烧着真幸运。"

斯科特点头说，好像记起来了，他说："我看到……我也不知道，一截机翼？或许还有其他碎片。当时很黑。"

格斯点点头。直升机急拉后又是猛地一降，斯科特的胃提到了喉咙里。

"昨天早晨，一艘渔船在菲尔宾海滩附近发现了机翼残片，"格斯告诉他，"机上厨房里的一个金属托盘，一个头靠，一个马桶座圈。很明显，我们要找的不是一架完整的飞机。听起来像是整架飞机都解体了。接下来的几天，我们可能会看到更多东西被冲上岸，这取决于洋流。问题是，它是受到冲击破碎的，还是在半空中破碎的？"

"对不起，我也希望我能说出更多细节。但是，我也说过，在某个时刻我撞到头了。"

斯科特面朝海洋，一眼望去全是绵延不绝的开阔水面。他第一次想到，或许当时很黑是件好事。如果当时他能看到周围的辽阔，感到那巨大的空虚，他恐怕无法做到那一切。

格斯坐在他的对面，从密封袋里拿杏仁吃。普通人欣赏海浪和波涛的美丽时，格斯——一名工程师，只能看到实用的设计——重力，加上洋流，加上风。对平民来说，诗意是从余光看到一只独角兽——对不可言说的意外一瞥。对一名工程师来说，只有精巧的务实方案才是诗意的。功能高于形式，这不是乐观或悲观的问题，不是水杯半满或半空的问题。

对工程师来说，水杯只是太大了。

这就是年轻的格斯·富兰克林眼中的世界。格斯出生在史蒂文森村，由收垃圾的父亲和主妇妈妈抚养长大。他是大学预修微积分课上唯一的黑人小孩，从福德姆大学以最优等的成绩毕业。他从自然中看不到美，他认为的美存在于罗马沟渠和微芯片的精妙设计里。根据他的思维，地球上每个问题都可以通过修理或更换部件的方法解决。要不然——如果操作缺陷更加隐蔽的话——你就把整个系统拆掉，重新开始。

1999 年的一个雨夜，当妻子把口水吐在他的脸上，夺门而出时，他就是这么处理他的婚姻的。他难道没有感觉吗？几分钟前她在叫嚷。格斯皱起眉头，思考那个问题——不是因为答案是"没有"，而是因为很明显他有感觉啊。只不过那感觉不是他想要的。

于是他耸耸肩。她朝他吐口水，他夺门而出。

用"情绪化"来形容他的妻子太轻描淡写。贝琳达是格斯遇见过最没有工程思维的人——她曾经说过，花朵的拉丁学名剥夺了它们的神秘感。他当下认为（咬紧牙关咽下唾沫），这件事是他的婚姻中无法修复的致命错误。他们不能兼容，像方头钉子嵌在圆孔里。总之，他的人生需要系统性的改版，也就是离婚。

在婚姻中，他是孤独的，他尝试过将实际的解决方法运用在非理性的问题上。她认为他工作太多——但事实上，他比大多数同事的工作时长都短，所以"太多"这个词似乎用错了地方。她想马上要小孩，但他认为，他们应该等到他的事业更加稳定时才要，意思就是等他的薪水提高，继而有更多的生活津贴和更大的公寓——限定条件就是：没有一套有儿童房的公寓。

于是一个周六，格斯和她坐在一起，就这个话题为她做了一个幻灯演示——有完善的柱状图和电子表格——包括一个等式，有一组既定前提的假设——他的职位发展进度、累进收入等，证明他们的完美受孕时间是在 2002 年 9 月，即三年后。贝琳达说他是无情的机器人。他告诉她，按照定义，机器人本来就是没有感情的（至少现在仍是），但他显然不是一个机器人。他有感觉，只是他的感情不像她的一样将他控制。

事实证明，他们的离婚比他们的婚姻简单多了，主要是因为他雇了一个律师，驱动这个人的欲望就是获得金钱——也就是说，他是一个有清晰合理的目标的人。于是格斯·富兰克林回到了孤身一人的状态——正如他在幻灯演示中预计的一样——他的进步飞快，在波音公司的职位不断上升，然后接受了运安委一个调查领导的角色，过去的11 年里他一直在做这个。

然而多年以来，格斯发现他的工程师大脑一直在进化。他先前狭隘的世界观——像一台靠动态机械功能操作的机器一样——开花结果了。许多变化与他的新工作有关，作为大规模交通灾难的调查员——受到死亡和迫切的人情悲痛影响是他的常态。正如他告诉前妻的那样，他不是一个机器人。他能感觉到爱，他能理解失去的痛苦。只是他作为一个年轻人，认为那些因素似乎可控，认为悲伤只是因为理智出了故障，无法管理身体的子级系统。

但在 2003 年，他的父亲被诊断出得了白血病，然后在 2009 年过世，而他的母亲也在一年后死于血管瘤。事实证明，他们的死亡造成的空虚超出了一名工程师的理解。格斯自以为是机器崩坏了，他发现自己浸没在一种体验里，在运安委工作的这么些年，他一直在见证这种体验，但从未真正理解过那些悲痛。死亡不是脑力的妄念，它是一个关乎切身存在的黑洞，一道动物谜题，它既是问题也是答案，它激发的悲痛无法像故障继电器一样修复或忽视，他只能忍受。

现在格斯 51 岁了，他发现自己正把简单的才智抛诸脑后，开始向某种只能被描述为"智慧"的东西靠近。智慧在这里被定义为有能力理解一起事件中的事实与实际片段，但也重视完整的人性价值。一起坠机事件不仅仅是时间轴机械元件人为因素的总和。它是不可估算的悲剧，向我们展示人类对宇宙的支配力终究有限，以及集体死亡的震撼力量。

所以，当 8 月下旬的那一夜电话铃响起时，格斯的做法如常。他一下切换到专注模式，让扮演工程师角色的自己开始工作。但他也花时间去考虑了遇难者——有机组成员和平民，更糟的是还有两个人生尚未开启的小孩——并仔细思考他们留下的亲人将会遭受何种艰难与失落。

不过，率先处理的是事实。一架私人飞机——构造？型号？制造年份？服务记录？——不见了。出发机场？目的机场？最后一次无线电传递？雷达数据？天气状况？联系了区域内的其他飞机——有人目击吗？还有其他机场——航班改道了吗？有没有联络其他塔台？但从泰特波罗的航空交通管制中心与它失联的那一秒起，就再没有人见过这班飞机，也没有收到它的消息。

一连串的电话沟通之后，调查小组成立。白天，办公室和车里的电话一直在响。深更半夜，电话在卧室响起，打破睡眠。

等他坐进车里时，旅客名单已经收集出来了。他做了一些推算——剩余燃油可维持的飞行时间×最高时速＝我们的潜在搜索半径。在他的指挥下，调查小组联系上了海岸警卫队和海军方面，直升机和巡防舰都已部署完毕。格斯赶到泰特波罗时，海上搜索已经在进行中，每个人都期待只是无线电失灵，飞机已经在离网状态下安全降落在某处，但大家都心里有数。

22个小时后，找到第一片残骸。

尽管下降过程充满变数，直升机还是像试水的一只脚趾般轻轻落地。海军士官伯克曼拉开舱门，他们跳下飞机，旋翼仍在头顶上方转动。斯科特能看到前方有几十个海员和技术人员在当值。

"我们失踪后多久——"他开始说话，但还没等他话音落地，格斯已经开始回答了。

"我就跟你老实说吧，泰特波罗的航空交通管制台一团糟。你们的航班从雷达里消失六分钟后，才有人注意到，在飞行控制的时间概念里，那已经相当长了，所以每个方向的搜索网格都扩大了太多。因为飞机有可能即刻坠毁，也有可能只是高度低于雷达，继续飞行。在水域上空，高度低于330米的东西是雷达无法侦测到的，所以一架飞机可以轻易降到那个高度以下，继续飞行。不过要是飞机转向了呢，我们应该去哪儿找？所以，当航空管制员意识到飞机消失后，他首先尝试在广播上呼叫它提升高度，这用了90秒的时间。然后他开始呼叫区域内的其他飞机留意——或许他们能看到，或许只是你们的飞机天线有问题，或者无线电坏了，但没有任何人见过你们的飞机。于是他打电话给海岸警卫队说，我这儿有架飞机已经从雷达上消失了8分钟。最后的位置在这里，正在以这样的速度往哪个方向飞。于是海岸警卫队仓促地调集了一艘船，并派出一架直升机。"

"他们什么时候打给你的？"

"你们的飞机大概在周日晚上10点18分掉进海里。11点半我已经和调查小组在去泰特波罗的路上。"

一架空军HC-130飞机从他们上方呼啸而过。斯科特条件反射地闪躲，一边护住头。飞机像是一头有四个螺旋桨的笨拙怪兽。

"它是在留意应答信号，"格斯说的是飞机，"基本上，我们现在就是在利用所有这些船只、直升机和飞机在不断扩大的网格范围内做视觉搜索。而且我们在往海底发射声呐做反弹定位，寻找残骸。我们想尽可能找回一切，尤其是飞机的黑匣子，因为那个东西加上飞行记录仪，能告诉我们飞机上每一秒钟的情况。"

斯科特看着飞机倾斜转弯，演习新的搜索方法。

"没有任何无线电联络记录吗？"他问，"没有求救信号？什么都没有？"

格斯把笔记本装进口袋："飞行员说的最后一句话是，鸥翼613，谢了，大概是在起飞后的几分钟。"

船只随着一波海浪上升。斯科特抓紧扶手，让自己稳定。远处，他能看到海大局的船在缓缓移动。

"所以，7点46分我降落在泰特波罗，"格斯说，"从航空交通管制中心下载了数据。我的手头上是一架私人飞机，没有飞行计划，乘客人数不明，已经在水面上方消失1小时20分钟。"

"他们没有提交飞行计划吗？"

"美国境内对私人飞行没有强制要求，有一本乘客名册，但只有那家人的名字。所以，就是机组成员加四个人。但之后我从玛莎文雅岛那边听说，他们认为至少有七个人登机，于是我得弄清还有谁在飞机上，以及那和发生的事情有没有关系——那个时候，我们仍不知道到底发生了什么——你们有没有改变航向，飞去牙买加，或者降落在纽约或者马萨诸塞州的另一个机场？"

"那个时候我在游泳，我和那个男孩。"

"是的，你们在游泳。到那时为止，空中已经有三架海岸警卫队的直升机，或许甚至还有一架海军的直升机，因为在走进航空交管中心的五分钟前，我接到我老板打来的电话，而他是接到了他老板打来的电话，说戴维·贝特曼是个非常重要的人物——说总统已经在监控整个局势——这意味着无论如何都不能出岔子，而且会有 FBI 小组跟我碰面，可能还有国土安全局的某个上层人物。"

"你们什么时候调查出吉卜林的？"

"我在泰特波罗和玛莎文雅岛之间飞的时候，外资办的人打电话给我，说他们在本·吉卜林的电话上装了窃听器，他们认为他在航班上。这意味着，除了 FBI 和国土安全局，还有财政部的两个特工加入我的调查组，现在我需要一架更大的直升机。"

"你为什么告诉我这些？"斯科特问。

"是你问的。"

"所以你才把我带来这里？因为我问你了？"

格斯想了想，人性真相 VS 战略事实。

"你说这些或许能帮助你回忆。"他说。

斯科特摇摇头说："不，我知道我不该在这儿，这不是你们的工作方式。"

格斯又想了想，说："你知道在大多数坠机事件中，有多少人活下来吗？没有人。或许待在这里能帮助你回忆起一些东西，又或许我只是厌倦了参加葬礼。或许我想让你知道，我感激你做的事情。"

"别说'为了那个男孩'。"

"为什么不能说？你救了他的命。"

"我……当时在游泳，他大声叫喊了，任何人都会像我那么做的。"

"他们可能做过尝试。"

斯科特眺望水面，咬着嘴唇："所以，就因为我是高中游泳校队的，我就成了某种英雄？"

"不。你是英雄是因为你的表现很英勇。我把你带来这里是因为这对我有意义，对我们所有人都有意义。"

斯科特试图回忆他上一次吃东西是什么时候。

"嘿，他是什么意思？"

"谁？"

"在医院里，美联储的人说波士顿前一晚打比赛了，OSPRY 的那个人说了一句跟棒球有关的话。"

"对，轮到德沃金上场，他是红袜队的接球手。"

"然后呢？"

"周日晚上，他打破了棒球史上上场时间纪录。"

"所以呢？"

格斯笑了："就是在你们飞行的时候，他打破纪录的。短短 18 分钟内接到 22 个投球，从你们起飞开始，在坠机前几秒钟结束。"

"你在开玩笑。"

"没有。棒球史上最长的出场时间，而且正好是你们的飞行时长。"

斯科特看向外面的水面。灰色的阴云正在地平线上聚集。他记得当时在播放比赛，似乎发生了什么不同寻常的事情——至少飞机上的另外两个男人都特别激动。看看这个啊，亲爱的，你能相信这个该死的家伙吗？但斯科特从来不热衷于体育比赛，他几乎一眼都没看。不过，现在听到这个故事——这个巧合——他感觉脖子后面汗毛倒竖。两件事同时发生，把它们放在一起提及，就变成相关的，或是趋同的。这就是那种感觉意味深长的事情，但实际上没有意义。至少他认为没有。这怎么可能呢？波士顿的一个击球手连续把球打到界外的看台上；与此同时，一架小飞机在奋力冲破沿海的低空大雾。还有几百万个其他活动也在同时开始和结束？还有多少其他"事实"也刚好趋同，造成象征性的关联？

"飞行员和副驾驶员的早期报告看起来都很清白，"格斯说，"詹姆斯·梅洛迪是个有23年经验的老手，他在鸥翼公司当了11年的飞行员。没有不良记录，没有传讯和投诉。不过他的童年蛮有意思的，由单亲妈妈抚养长大，小的时候，被她带去跟一个世界末日教团住在一起。"

"像吉姆·琼斯的圭亚那邪教那样？"斯科特问。

"不清楚，"格斯说，"我们还在深度调查，但大概只是一个细节。"

"另一个人呢？"斯科特问，"飞机副驾驶员？"

"那个人倒有一点儿故事，"格斯说，"不过显然这些话都不能对别人讲，但你可能会看到很多报道。查理·布施是罗根·布施的外甥，就是那个议员。他在得克萨斯州长大，在国民警卫队待过一段时间，听起来像个纨绔子弟，被传讯过几次，多数是因为仪表——不剃胡子就去上班，很可能是前一晚开派对玩得太疯，但他不像是一个危险分子。

我们在跟航空公司了解情况，设法进一步搞清事实。"

斯科特甚至没见过副驾驶员，对梅洛迪机长也只有模糊的记忆。他试图把细节放进记忆里，这些都是死去的人。他们每个人都有自己的人生，自己的故事。

他们周围的海面变得波涛汹涌，海岸警卫艇横冲直撞地倾斜前进。

"看起来要有暴风雨了。"斯科特说。

格斯握住扶栏，凝望着地平线说："除非是四级飓风，否则我们不会放弃搜索行动。"

格斯在指挥搜救时，斯科特去船舱里喝了杯茶。厨房里有一台电视，他所在船只的画面在屏幕上。画面是新闻直升机传送的，正在直播进行中的搜救。斯科特感觉自己像在镜子房间里，他的影像无限反射下去。两个休息的海员在喝咖啡，看着电视上的自己。

搜救队的画面被一个头部特写替代——是穿红色吊带裤的比尔·康宁汉。

"刚才看到的是进展中的搜救行动。不要错过下午四点的特别放送：我们的天空安全吗？你们看——我把舌头伸得足够长了——但整件事还是有股腥臭味，在我看来相当可疑。因为如果这架飞机真的坠毁了，那尸体去了哪儿？如果戴维·贝特曼和他的家人真的——死了——那我们为什么没有看到。现在我听说，ALC在事件发生后几个小时就发布了首家报道，声名狼藉的资金经理本·吉卜林据传也在飞机上——而且吉卜林刚好要被财政部起诉，因为他与我们的敌人有生意往来。没错，各位观众，他收了伊朗和朝鲜这些国家的钱，进行非法投资。也许这起灾难是敌国在处理细枝末节呢，为了一劳永逸地封住吉卜林这个叛徒的嘴。于是我们必须问：为什么政府还没有按照实情，把这次坠机定性为——恐怖袭击？"

斯科特背对电视，用纸杯小口喝茶，他试图不去理会电视里的声音。

"同样重要的是，斯科特·伯勒斯，这个人是谁？"

等等，什么？斯科特又转过去。屏幕上是他十年前拍的一张照片——一张艺术家的肖像照，是为了配合他在芝加哥办的一场画廊展览。

"对，我知道，他们说他救了一个四岁的男孩，但是他是谁，他在那架飞机上做什么？"

现在是斯科特在文雅岛上住宅的现场画面。这怎么可能呢？斯科特看到三条腿的狗站在窗边，无声地狂吠。

"维基百科把他列为画家，但没有个人信息。我们联系了芝加哥画廊，据称 2010 年，伯勒斯先生在那里举办了他的最后一场展览，但他们声称从没见过他。所以你们想一下，一个无名画家，五年里没有展出过一幅画，他是怎么登上那架奢侈的私人飞机的？机上可是纽约最富有的两个人。"

斯科特看着电视上自己的家。那是一栋木瓦盖的单层小屋，他从一个希腊渔民手上租下的，一个月 900 美元。它需要粉刷了——他在等康宁汉那个必然的笑话，粉刷匠的房子也需要粉刷——但他没讲。

"所以现在，本频道现场直播，本记者在问——有没有哪个人认识这个神秘画家？请打电话给电视台，说服我相信伯勒斯先生是真的，不是某个潜伏间谍冒充的一个过气画家，刚刚被 ISIS 激活。"

斯科特小口喝着茶，意识到两名士兵的注视目光。他感觉身后有人。

"看起来回家已经不可能了。"格斯走到斯科特的身后说。

"显然如此。"斯科特转过身来说，同时感觉到一种完全陌生的断裂，内在的他与外界对他的新想法。他作为一个公众形象的新身份，他的名字被名人刻薄地念出来。如果他回家，他就会走出自己的生活，走进那个屏幕。他会变成他们的人。

格斯看了一会儿电视，然后走过去把它关掉。

"你有地方躲几天吗？"他说，"不要引人注目。"

斯科特想了想，大脑一片空白。他给自己的一个朋友打了电话，然后把他丢在加油站的停车场里。某个地方有表兄弟，有个前任未婚妻，但他不得不相信，这些人已经被现代的好奇宝宝用谷歌搜索发现了。他需要的是一个非线性的人，一个似乎随机生成的名字，没有哪个私家侦探和计算机程序能预测出来。

然后一个名字进入他的脑海，某根宇宙神经突然火花四溅。爱尔兰音调念出的两个词描绘出一幅画面：一个身家十亿的金发女人。

"是的，我想我知道要打给谁了。"他说。

孤儿

　　埃莉诺记得她和姐姐还是少女的时候，不分你的和我的。她和美琪拥有的一切都是共用的，发梳、条纹连衣裙、波点连衣裙和半新的《蓬头安经典故事集》。她们以前常坐在农舍的水槽里，照着镜子，互相梳头。客厅里在播放唱片——皮特·西格尔和阿罗·古瑟瑞，或者酋长乐队——伴着父亲做饭的声音。美琪·格林威和埃莉诺·格林威，8岁和6岁，或者12岁和10岁，一起听着CD，为同样的男孩着迷。埃莉诺是年纪小的那个，发色偏淡，古灵精怪。美琪有自己独特的舞蹈，她会拿着长缎带快速转动，直到晕眩为止。埃莉诺会看着她，一直笑着。

　　对埃莉诺来说，她从来没有过"自我"时期。她脑海中的每句话都以"我们"起头。然后美琪去上大学了，埃莉诺不得不学习如何独处。她记得第一个连休三天的周末，她在空空的房间里旋转，等待不再响起的笑声。她记得那种感觉，孤单一人的感觉，就像骨头里有小虫。于是周一上学时，她纵身跳下男生的悬崖，第一次大开眼界，知道与别人成双成对是什么感觉。等到周五，她已经和保罗·阿斯彭确定关系。三个星期后，他们的恋情结束，她的伴侣换成了达蒙·莱特。

引导她的是眼底的光，就是这个念头——永远别再孤单。

接下来的十年她遇到一连串的男人，有迷恋，有心醉，都是替代品。埃莉诺日复一日地躲避自己的核心缺陷，锁上房门，拉上窗帘，固执地眼看前方，即使敲门声越来越大。

三年前，她在威廉斯堡遇见道格。当时她刚满 31 岁，白天在曼哈顿下城区做临时工，晚上做瑜伽。她和两个室友住在卡罗尔花园一栋无电梯的三层楼公寓里。她生命中最近的一个爱人，哈维尔，在一周前甩了她——她在他的平角裤上发现了口红印记——大多时候，她觉得自己像只浸透雨水的纸袋。上城区的美琪也在说同样的话，但埃莉诺每次做出尝试，都有同样的旧感觉，那些虫子又爬回她的骨头里。

她与美琪和戴维共度周末。她说是帮忙带小孩，但实际上她只是躺在沙发上看向窗外，努力不哭出来。两晚之后，她和几个工作上的朋友去一家蓝色招牌的潮人夜店，在地铁 L 线附近，她看见了道格。他留着浓密的大胡子，穿着工装裤。她喜欢他的眼睛，笑的时候眼周会皱起来。他又来吧台买扎啤时，她和他攀谈起来。他告诉她，他是个用举办精美晚宴来逃避写作的作家。他的公寓里全是难懂的烹调准备机，老式意大利擀面棍，一台 300 英镑的卡布奇诺咖啡机，是他一个个螺丝拧上重装的。去年，他开始从高湾那的一个屠夫那里买来肠衣，自己做香肠。做香肠的诀窍是要控制湿度，这样才不会引起肉毒中毒。他邀请她过来尝一点儿。她说听起来还蛮不靠谱的。

他告诉她，他手头上正在写的是一部伟大的美国小说，也可能只是一个完全用纸做的大部头书镇。他们一起喝蓝带啤酒，忽略了各自的朋友。一小时后，她跟他回家，得知他哪怕夏天也睡在法兰绒床单上。他的装饰风格是伐木工人碰撞科学狂人，他正在重装一张老式牙医椅，把电视机安到扶手上。裸体的他看起来像一只熊，身上是啤酒和锯末的味道。她躺在他的身下，感觉自己像个幽灵，看着他做功，就好像他在跟她的影子做爱。

他告诉她，他与人相处有很多问题，而且喝酒太多。她说，嘿，我也是。然后他们一笑置之。但事实是，她不会喝太多，他却会。而且伟大的美国书镇毫无规律地呼唤他，激起他阵发性的自怨自艾和狂怒。她会在他的法兰绒被单下大汗淋漓地醒来，发现他在拆他的书桌（搁在两个锯木架上的一扇旧门）。

白天的时候他很亲切，而且他有很多朋友没日没夜地顺道来访，这意味着他和埃莉诺从来没有机会独处。道格欢迎朋友的到访，而且他放下了手头的一切，全力进行烹饪冒险——她会去果园街搜找一台樱桃去核机，或者乘地铁去皇后区，找一些海地人买山羊肉。他的存在感太强，埃莉诺从不会感觉到孤单，甚至他外出晚归时也是。一个月后，她搬进他的公寓。当她感觉寂寞时，会穿上他的衬衫，坐在厨房地上吃剩菜。

她拿到了按摩师执照，开始在翠贝卡的一家高端精品沙龙工作。她的客户是电影明星和银行家。他们很友好，给的小费也不薄。其间，道格在做零工——随意做些木器之类的。道格有个改造餐厅的朋友，愿意花钱请他去搜找老式火炉来翻新。在埃莉诺的心目中，他们很开心，在做现代年轻夫妇应该做的事情。

她把道格介绍给戴维、美琪和孩子们，但她能看出，道格不喜欢和戴维这么一个事业有成又有钱的男人待在一起。他们在洋房餐厅里一张12人席位的餐桌上吃饭（孩子们外出就餐不太方便），她看着道格喝下一瓶法国红酒，观察着顶级厨房用具（八头的狼牌电灶，绝对零度的冰箱），带着嫉妒与轻蔑（"你可以买来工具，但你买不来使用工具的才华"）。乘地铁回家的路上，道格责骂她姐姐的"共和党老男人"，他表现得就好像戴维当面奚落了他们的不足。埃莉诺不能理解他的这种做法。她的姐姐很幸福，戴维人不错，孩子们都是天使。虽然她不赞同姐夫的政治学，但他不是个坏人。

但道格这个年龄的胡须男都有这种仇富心理——他们诽谤财富，尽管他们自己就觊觎财富。他进入自言自语的状态，从 6 号线开始，到在联合广场换车，一直到惠氏大道他们的卧室里。戴维如何对持枪的白人兜售憎恨理论，世界如何比以前更糟，因为戴维在做极端主义和仇恨色情的买卖。

埃莉诺告诉他，她不想再聊这件事了，她想去沙发上睡觉。

他们在五月搬到州北部。道格和几个朋友入股了哈得孙河畔克罗顿村的一间餐厅，与其说是餐厅，其实就是一个空房间。之前的想法是他们会搬过去，他和他的朋友们从头开始建造这个地方，但他们的资金很紧，而且有个朋友在最后一刻退出了。另一个人兼职工作了六个月，然后搞大了一个当地高中女孩的肚子，逃回城市了。现在这个未来的餐厅只建了一半——就只有一个厨房，还有几箱白瓷砖在喷雾器的死水里腐蚀。

道格多数时候开一辆旧皮卡去那里，但只是去喝酒。他在角落里放了一台电脑，情绪上来时会在那里忙活他的书，但这种情况很少发生。空房间的租约年底到期，如果道格到时候没能把它变成一个功能完善的餐厅的话，他们就会失去这个地方，投进去的钱也都将付诸东流。

埃莉诺曾提议过（只是提议），或许可以向戴维借 10000 块钱装修完这个地方。道格一口唾沫吐在她的脚边，连续咆哮了两天，说她应该像她该死的姐姐一样嫁给一个有钱的浑蛋。那天夜里他没有回家，她躺在床上，感觉旧日的虫子再次爬进她的骨头。

有一段时间，他们的婚姻似乎像一棵无法茁壮成长的盆栽，因为缺钱和梦想破灭，窒息而死。

然后戴维、美琪和美丽的小瑞秋死了，他们发现自己的钱多得花不完。

坠机三天后，他们坐在公园大道432号顶楼的会议室里。道格极不乐意地打了一条领带，梳了头发，但他的胡子依旧乱糟糟的。埃莉诺心想他可能一两天没洗澡了。她穿了一条黑色裙子，脚踩低跟鞋，握着手包坐着。她身在这里，在这栋办公楼里，面对一个方阵的律师，这让她牙齿发痒，因为这一切事关重大。她要看着律师拆开他们的临终遗嘱，要听律师念出该在死亡发生时念的文件条款，用无可辩驳的证据表明你爱的人已经死了。

埃莉诺的母亲在州北部照看男孩。他们离开时，埃莉诺感觉胃里一阵拧绞。她告别时拥抱了他，他看起来那么茫然悲伤，但她的母亲向她保证他们会好好的，毕竟他是她的外孙。埃莉诺强迫自己坐进车里。

开车进城的路上，道格一直在问她觉得他们会得到多少钱，她向他解释，那不是他们的钱，钱是JJ的，而且会有一个信托基金，她作为男孩的监护人，可以用那笔钱来照顾他，但不是为了他们自己的私利。道格说，当然，当然，一边点头，表现得像是在说："那个道理我当然知道。"但从他开车的方式，以及他在90分钟里抽完了半盒烟，她能看出他感觉自己中了彩票，而且很期待接过巨大的崭新支票。

她眺望窗外，想起在医院第一眼见到JJ的情景。然后画面翻到三天前的那一刻，电话铃响，她得知姐姐的飞机失踪了。挂了电话之后很久，她一直裹着被子坐在那里，握着电话听筒。道格就仰面睡在她的身边，对着天花板打鼾。她盯着暗处，直到电话铃声在黎明后的某时再次响起，一个男人的声音告诉她，她的外甥还活着。

"就他一个活着？"她问。

"到目前为止是的，但我们还在找他。"

她叫醒道格，告诉他，他们得去长岛的一家医院。

"现在？"他说。

她开车，道格的裤链还没拉上，运动衫只套了一半，还没等他把门关好，她就已经挂挡了。她告诉道格，海洋某处发生了一起坠机事故。幸存的一个乘客背着男孩游了好几千米回到岸上。她想让道格告诉她不要担心，如果他们俩能活下来，没准儿其他人也会活下来，但他没有。她的丈夫坐在乘客座上，问能不能停下来喝杯咖啡。

剩下的是一片模糊。她记得她在医院的装卸区里跳下车，恐慌地寻找 JJ 的房间。可她记得拥抱男孩了吗？记得见到他隔壁床的英雄了吗？他徒有形体，徒有声音，在日光照耀中淡去。她的肾上腺素含量太高，她对事件的级别感到惊讶，生活竟能铺开这么大——直升机在浪峰盘旋，海军舰艇部署周全——大得充斥了 300 万台电视机的屏幕，大得让她的人生现在变成了一个被人讨论的历史疑团，各种细节被业余人士和专业人员之流拿来反复观察评估。

现在，她坐在会议室里，双手握拳，竭力摆脱她如坐针毡的感觉，试图微笑。拉里·佩奇在她的对面回以微笑。他的两旁各有一名律师，一男一女。

"各位，"他说，"所有细枝末节我们可以之后再讨论。这次会议其实只是让您有个概览，即戴维和美琪——在可能发生死亡时——对孩子们的打算。"

"当然。"埃莉诺说。

"多少钱？"道格问。

埃莉诺在桌下踢了他一脚。佩奇先生在她的对面皱起眉头，他期望在处理巨额财富的事宜时双方仍能恪守礼仪，于是表现出一种刻意的无动于衷。

"好吧，"他说，"我已经解释过，贝特曼夫妇为两个孩子都成立了信托基金，他们的房产平均分配。但鉴于他们的女儿——"

"瑞秋。"埃莉诺说。

"对，瑞秋。鉴于瑞秋没有生还，全部信托都转给 JJ。这包括他们所有的房产——曼哈顿的洋房，玛莎文雅岛的房屋，以及伦敦的临时住所。"

"等一下，"道格说，"你指的是什么？"

佩奇先生继续说下去。

"同时，他们两人的遗嘱都指定向一些慈善组织拨出大笔现金和股权，大概是他们总资产的30%，剩下的进入 JJ 的信托基金，会在接下来的40年里分阶段供他使用。"

"40年。"道格皱了皱眉头说。

"我们不需要多少钱，"埃莉诺说，"那是他的钱。"

现在轮到道格在桌下踢她了。

"这不是你们需不需要的问题，"律师告诉她，"事关履行贝特曼夫妇的遗愿。我们还在等官方的死亡声明，但考虑到现在的情况，我愿意在这段时间挪出一些资金。"

他左手边的女人递给他一个崭新的马尼拉文件夹。佩奇先生打开它，里面只有一张纸。

"按照现在的市值，"他告诉他们，"JJ 的信托基金价值 1.03 亿美元。"

道格在她的身边发出呛到的声音。埃莉诺的脸不由得滚烫起来，她为他表现出明显的贪婪感到难堪；而且她知道，如果她看他的话，他脸上一定挂着傻笑。

"大部分的财产——也就是60%——会在他40岁生日当天开始完全由他支配。15% 在他30岁生日当天开启，另外15% 在他21岁生日当天开启。剩下 10% 的拨款，从此刻开始，用于支付到他成年之前的所有开支。"

她能感觉到身旁的道格在算数字。

"也就是 1030 万美元——同样也是以昨天的收盘价计算。"

窗外，埃莉诺能听到鸟儿在盘旋。她想起把 JJ 从医院抱回家的第一天，他的重量——比她记忆中重多了。他们没有儿童垫高椅，于是道格在后面堆了几条毯子，他们开车去塔吉特百货买座椅。汽车在停车场空转，他们沉默地在车里坐了一会儿。埃莉诺看着道格。

"干什么？"他说，他的表情木然。

"告诉他们我们需要一把儿童垫高椅，"她说，"需要面朝前面的。务必让他们知道，他只有 4 岁。"

他想闹别扭的——我？进塔吉特？我最恨塔吉特——但值得表扬的是，他没有吵嘴，只是用肩膀把门撞开，走了进去。她从自己的座位转身，看着 JJ。

"你还好吗？"她问。

他点点头，然后吐在她的座椅后背上。

佩奇右边的男人开始大声说话。

"邓利维夫人，"他说，"我是弗莱德·卡特。我们公司负责管理您已故姐夫的资产。"

所以，埃莉诺心想，不是律师。

"我设计了一个基本的财务结构模型，用来支付每月开销和教育预算费用，我乐于在您方便的时候与您一同复查一下。"

埃莉诺冒险地看了一眼道格。他其实在笑，他对她点头。

"我是——"埃莉诺说，"我是信托执行人。是我吗？"

"是的，"佩奇说，"除非您决定不执行交付给您的责任，那样的话贝特曼先生和贝特曼夫人任命了一位继任人。"

她感觉身旁的道格僵硬了，想到要把那么些钱传给某个位居第二的人。

"不，"埃莉诺说，"他是我的外甥，我想养他。我只是需要弄清楚，我是信托任命的人，不是——"

她的目光落向她的丈夫。佩奇看到那个眼神。

"是的，"他说，"您是指定监护人和执行人。"

"好的。"沉默片刻之后，她说。

"未来几周内，我需要您过来再签几份文件，当然我们也可以去拜访您。有一些遗嘱需要公证。您今天想拿到各处房产的钥匙吗？"

她眨眨眼睛，想着姐姐的公寓，现在那是一个博物馆了，里面装满了她再也不需要的东西——衣服，家具，装满食物的冰箱，摆满书本和玩具的儿童房。她感觉眼里涌起泪水。

"不用，"她说，"我认为不需要——"

她停下来调整自己。

"我理解，"佩奇说，"我会派人送去你家。"

"能不能找人去 JJ 的房间拿他的东西？玩具、书和衣服。他很可能需要，我不知道，或许对他有帮助。"

佩奇左边的女人记录下来。

"如果您决定出售任何一处或者所有房产，"卡特说，"我们可以帮上忙。我上一次核查的时候，三处加起来的公平市价在 3000 万左右。"

"那笔钱会进入信托基金吗？"道格说，"还是——"

"那笔钱会调入你们可用的流动基金。"

"那就是 1000 万变成 4000 万。"

"道格。"埃莉诺说，话语中的锐利超出了她的意图。

律师们假装没听到。

"干吗？"她的丈夫说，"我只是——确认一下。"

她点头，在桌下松开拳头，伸展手指。

"好了，"她说，"我感觉该回去了。我不想留 JJ 一个人在家太久。他的睡眠不太好。"

她站起来。桌子对面的律师团体也一致起立。只有道格仍坐在椅子上，做着白日梦。

"道格。"她说。

"啊，对。"他边说边站起来，然后伸展胳膊和背部，像只猫从阳光下长时间的午睡中醒来。

"你们开车回去吗？"卡特问。

她点点头。

"我不知道你们开的是什么车，但是贝特曼夫妇有好几辆车，包括一辆家庭 SUV，这些也供你们使用，或者可以出售。看你们想怎么办。"

"我只是——"埃莉诺说，"对不起，我现在真的无法做任何决定。我只是需要——思考，或者说整理一下整件事——"

"没问题，我不问问题了。"

卡特把手搭在她的肩上。他是个瘦子，有张和善的脸。

"请您记得，戴维和美琪不只是我的客户。我们的女儿同龄，而且——"

他停下来。她泪水盈眶，然后点了点头。她握了一下他的手臂，很感激在这种时候发现了一丝人性。

而身旁的道格清了清喉咙，问道："你刚才说是哪种车来着？"

……

开车回家的路上，她一直沉默。道格抽完了剩下的半包烟，他把窗户放下来，手指握在方向盘上，很明显在计算着什么。

"要我说，保留洋房，对吧？"他说，"城里要有个地方。但是我也不知道，我们真的会回文雅岛吗？我是说，经历过这种事之后？"

她不回答，只是把头靠在头枕上，看着外面的树冠。

"还有伦敦，"他说，"我是说，那倒是很酷。但其实我们多久会去一次呢——要我说，我们把那栋房子卖掉，然后如果我们想去的话，总是可以住酒店的。"

他搓搓胡子，像儿童故事里一夜暴富的吝啬鬼。

"那是 JJ 的钱。"她说。

"没错，"道格说，"但是，他才四岁，所以——"

"这和我们想要什么不相干。"

"宝贝——好吧，我知道了。——但是这孩子习惯了某种生活的话，——现在我们是他的监护人了。"

"我是他的监护人。"

"当然，在法律上是你，但我们是一家人啊。"

"什么时候开始的？"

他合上嘴唇，她能感觉他咽下一股反驳的冲动。

他说："我是说，好吧，我知道我之前做得不够好。但你知道吗？这整件事——这整件事让我和你一样，非常震惊。我很想让你知道，我已经今非昔比了。"

他把手放在她的胳膊上说："我们要同舟共济。"

她能感觉到他在看她，感觉到他脸上的笑容，但她没有看过去。这一刻，她比任何时候都更加孤单。

不过她不是独自一人，她现在是一位母亲了。

她将永远不再孤单。

二号画

　　如果你只看画幅中央的话，你会说服自己没有什么不对劲。让人疑惑的那个女孩——或许她只有 18 岁，一缕头发被吹到眼睛上——正在一个阴天的玉米地里散步。这个女人，她面朝着我们，只需再走几秒就会从高耸密实的绿色迷宫里出来。尽管玉米地顶上的天空灰暗得有几分不祥，女人和她身后前排的玉米却被狂热的太阳照亮，呈发热的橘红色，甚至头发遮掩下的她眯起了眼睛，一只手举上头，好像要遮蔽眼睛。

　　光的质感吸引了你，让你发问——是什么样的颜色组合，以什么顺序、什么手法调和，才能创造出这种雷暴的光？

　　她的左边有一幅同样尺寸的画布，两幅画被 2.5 厘米的白墙隔开。另一幅画面上是一栋农舍，与玉米地成一定角度，坐落在一大片宽阔草坪的对面，于是前景里的女人似乎比农舍更大，透视法的伎俩如此强大。农舍是墙板红色的两层楼，有八字形的谷仓屋顶，百叶窗拉上了。如果你眯着眼看，能看到农舍一侧地面防风门的木头盖掀起来了，露出一个黑洞。从洞里露出一个男人的胳膊，被白色长袖包裹，手紧抓一根绳索的绳圈。他的肌肉紧张，画面就凝固在这个动作上。但他是在开门还是在关门？我们不得而知。

你回过头去看女孩。她没有在看农舍，她的头发遮脸，但眼睛仍然可见。尽管她面朝前方，她的视线已经移到右方，吸引观众的视线穿过那片复杂的茂盛绿地，再穿过2.5厘米的画廊白墙，来到第三块，也是最后一块画布。

然后你看到这个女孩刚刚注意到的东西。

龙卷风。

那个打着旋的魔鬼泥团，那个威严的圆柱形黑色旋涡。它是一个正旋开丝线的蜘蛛卵，长着一口烂牙。它是《圣经》中的怪物，是上帝的复仇。它呼啸翻搅，给你看它的食物，就像一个暴躁的小孩。破裂的房子和树木在旋转，尘土卷着沙砾。从房间的任何角度观看，它都仿佛正朝你卷来，你看到的时候会后退一步。画布本身被弯折过，已经磨损，它的右上角向里弯折，就好像纯粹是被风力破坏扭折的，就好像这幅画在自我摧毁。

现在你回头看女孩，她的眼睛圆睁，一只手高举，你意识到，她不是要从脸上拨开头发，而是要捂住眼不看这幅恐怖景象。然后，透过扬起的头发，你看向她身后的房子，更具体地说，是看向那道小小的防风门，那个救命的黑洞，以及里面一个男人的胳膊，他的手紧抓磨损的绳圈。这一次，你领会了，你意识到——

他在关上那道防风门，把我们关在外面。

我们无所依靠。

蕾拉

俗话说，钱买不到的东西，其实你也不怎么想要。这是屁话。因为实际上基本没什么是钱买不到的，真没有。爱，幸福，内心的宁静。就看你出什么价。真相是，地球上的钱足够让每个人变得完整，只要我们学习去做幼童都知道的事——分享。但是，钱就像重力，是一种凝集的力量，能吸来越来越多的钱，最终形成众所周知的无底洞，即财富。这不仅仅是人类的过错。你随便问一张美元钞票，它都会告诉你它喜欢几百张钞票的陪伴，而不是区区几张。在亿万富翁的账户里当一张十元纸币，比在瘾君子的烂口袋里脏兮兮地落单要好。

29 岁时，莱斯利·穆勒成了一个科技帝国的唯一继承人。身为亿万富翁（男方）和 T 台模特（女方）的女儿，她是通过基因工程改造出的优等种族的一员，这个种族的数量在日益增长。现在他们似乎无处不在，这些卓越资本家的有钱小孩，用他们继承遗产的零头开办公司，资助艺术。18 岁、19 岁、20 岁的他们在纽约、好莱坞、伦敦买下难以想象的房产。他们把自己定位为新的美第奇家族，被未来紧迫的悸动所吸引。他们是高于嬉皮士的一代，是收藏天才的人，从达沃斯经济论坛飞到科切拉音乐节到圣丹斯电影节，一路开会见面，用现金和他们的显赫给今天的艺术家、音乐人和电影人一阵阵地打鸡血。

美丽多金的他们，不接受拒绝。

莱斯利——她的朋友们叫她"蕾拉"——是其中翘楚。她的母亲来自西班牙塞维利亚，曾经为设计师加利亚诺走秀。她的父亲发明了某个无处不在的高科技触发器，在这个星球上的每台电脑和每部智能手机里都有，他是世界第九巨富。即使蕾拉·穆勒只拿继承财产的1/3去排名，她也能排在第399位。她的钱太多了，相形之下，斯科特遇见的其他富人——戴维·贝特曼、本·吉卜林——看起来就像劳动阶层。到了蕾拉这个级别，她的财富已经不受市场波动影响。她的财产数目太大，好像永远不可能破产，这数目大到钱能自己生钱——每年增长15%，每个月印钞几百万。

因为有钱，她就能赚很多钱，仅她的储蓄账户年利息一项就能排在全球富豪榜第700位。你能想象吗？你当然没法想象。因为真正理解那个级别的财富的唯一办法，就是拥有那么多财富。蕾拉的道路没有阻力，没有任何摩擦力。地球上没有她一时兴起买不来的东西。或许买不了微软，或者德国，但其他的都不在话下。

"哦，我的天，"她走进她在格林尼治村的家中书房，见到斯科特时说，"我迷死你了。我看了一整天新闻，完全没法移开眼睛。"

蕾拉、斯科特和马格努斯，他们三人在银行大街的一栋四层褐色砂石建筑里，隔两个街区就是河，斯科特从海军船坞打给了马格努斯。拨电话时，斯科特想象他还坐在加油站外的车里，但马格努斯说他在一间咖啡店里挑逗女孩，40分钟可以赶到那里。等斯科特告诉他想去哪里时，他说可以更快赶到。就算先前的丢弃得罪了马格努斯，他也没明说。

"看着我，"管家开门让他们进去后，他们坐在客厅的沙发上，他告诉斯科特，"我在发抖。"

斯科特看着马格努斯的右腿上下弹跳。两人都知道，他们即将见到的人能不可逆转地改变他们的艺术命运。十年来，马格努斯和斯科特一样，都在艺术名誉的边缘浅尝辄止。他在皇后区一栋被没收的油漆仓库里画画，有六件染色的衬衫。每个下午他都在摆弄电话，寻找开幕式的邀请，试图挤进业界活动的宾客名单。每个夜晚，他都在切尔西和下东区的街道徘徊，向窗里张望。他是个有魅力的爱尔兰人，一脸坏笑，但他的眼里也有一种绝望的神情。斯科特轻易就能认出来，因为几个月前，他每次照镜子时都能看到同样绝望的自己。他知道，他们对接纳的渴求是相同的。

就像住在面包店附近，却从来吃不到面包。你每天穿街走巷，鼻子里是它的味道，胃里咕噜作响，但无论你再转几个弯，你永远走不进真正的店铺。

艺术市场像股票市场一样，价值建立在公众认知的基础上。有人愿意付多少钱，一幅画就值多少钱，而且那个数字受到对这位艺术家重要度认知的影响，也就是他们的流通程度。要成为一名能卖出高价画作的著名艺术家，要么你已经是一名能卖出高价画作的著名艺术家，要么得有人给你支持。目前越来越能支持艺术家的人就是蕾拉·穆勒。

她身穿黑色牛仔裤和一件丝绸衬衫，金发棕眸，赤脚，拿着一支电子烟。

"人在这儿啊。"她快活地说。

马格努斯起立，伸手过去。

"我是马格努斯，小科的朋友。"

她点头示意，但没有握手。过了一会儿，他放下手。蕾拉坐在挨着斯科特的沙发上。

"我能问你一件怪事吗？"她问斯科特，"5 月份你们的一个飞行员送我去的戛纳，老的那一个。我相当肯定。"

"詹姆斯·梅洛迪。"他说，他已经记住了死者的名字。

她做了个怪相——活见鬼，对不对？——然后点头，碰碰他的肩膀。

"疼吗？"

"什么？"

"你的手臂？"

他吊着新的绷带，为她动了一下。

"还好。"他说。

"还有那个小男孩。噢我的天，他太勇敢了。然后——你能相信吗？——我刚看到一篇文章，讲那家女儿被绑架的——你能想象吗？"

斯科特眨眨眼睛说："绑架？"

"你不知道？"她似乎真的被震撼了，说，"是啊，是男孩的姐姐小时候的事。显然，有人闯入他们家里抱走了她。她被绑架了，有差不多一个星期吧。现在——我是说从那样的经历逃生，然后那么可怕的死掉——这种事情没法瞎编的。"

斯科特点点头，忽然感觉疲惫不堪。悲剧是你不忍再次体验的戏剧。

"我想为你办一个庆祝派对，"她告诉他，"艺术世界的英雄。"

"不用了，"斯科特说，"谢谢你。"

"哦，别那样，"她说，"每个人都在谈论这件事，不只是关于营救行动。我看到你新作品的幻灯片了——灾难系列——我很喜欢。"

马格努斯突然大声地拍了一下手，他们转身看他。

"不好意思，"他说，"但我告诉你了呀。我没告诉你吗？太有才了。"

蕾拉吸了一口她的电子烟。未来就是这个样子，斯科特心想，现在连抽的烟都是电子的。

"你能——"她说，"——如果可以的话，说说发生的事吗？"

"飞机吗？它坠毁了。"

她点点头，她很冷静。

"你跟别人聊过这件事没有？治疗师，或者——"

斯科特想了想。治疗师。

"因为，"蕾拉说，"你会喜欢我的治疗师的。他在翠贝卡，他叫范德史莱斯医生，是个荷兰人。"

斯科特想象一个胡须男坐在办公室里，每张桌上都有舒洁纸巾。

"的士没来，"斯科特说，"所以我只能乘巴士。"

她看起来稍有点儿迷惑，然后意识到他是在跟她分享记忆，于是探身过去。

斯科特告诉她，他记得他的背包放在门边，湖绿色的帆布包，有几处地方已经磨破；记得自己一边踱步，一边透过窗户（乳白色旧玻璃）张望车头大灯；他记得自己的手表，指针在走。他的背包里装着衣服，但主要装的是作品的幻灯片和图片。新的作品是希望，是他的未来。明天一切都会重新开始，他会在米歇尔的办公室与她碰面，他们会复核一下需要递交的名单。他的计划是待三天，因为米歇尔说他有一个聚会必须要去，一个早餐会。

但首先的士得来。然后他得赶到机场，登上一架私人飞机——他为什么要答应呢？整件事的压力很大，跟陌生人一起乘飞机——有钱的陌生人——要没话找话说，讨论他的工作；或者相反，被他们忽视，被当作无关紧要的人。他也的确无关紧要。

他是个生活失意的47岁男人，没有事业，从没结过婚，没有密友或女朋友。该死的，他甚至养不了一只四条腿的狗。所以过去几周他才那么拼命地工作吗？拍摄他的作品，做出一本目录，就为了清除他的失败？

但的士一直没来，最后他抓起背包跑去巴士站，心跳极快，在8月黏稠的空气里汗流浃背。他到的时候巴士刚好进站，黑暗背景里的一个长方体，窗户闪着蓝白荧光。他爬上车，上气不接下气地对司机微笑。他坐在后部，看着青少年的脖子，他们无视身旁坐着的疲劳沉默的家庭主妇。他的心率慢了下来，但仍然感觉血液在冲刺。就看这一次了，他的第二次机会。工作就在那里，很好，但他好吗？要是他无法被接受打道回府呢？要是他们又给他一次机会，而他乱了阵脚呢？他真的能从曾经的高处回来吗？厄尔巴岛的拿破仑，一个败将，独自舔伤。说心底话，他其实真的想要吗？这里的生活不错，很简单。早晨醒来，在沙滩上散步，拿桌上的剩菜喂狗，给它挠软塌塌的耳朵，然后画画，就是单纯地画画，没有更大的目标。

但走这条路他可以成为一个人物，可以出名。

只不过，他不是已经是个人物了吗？狗是这么想的，她看着斯科特，就好像他是世界上最棒的人。他们一起去农贸市场，看着穿瑜伽裤的女人。他喜欢他的生活，他真的喜欢。但是他为什么又要去努力改变它呢？

"下了巴士后，"他告诉蕾拉，"我得跑步才行。他们都要关飞机的门了。你知道吗，有一部分的我希望到达那里之后，发现飞机已经走了。因为那样的话，我就得早起，和其他人一样乘坐渡轮。"

他没有抬眼，但他能感觉到他们两人都在看他。

"但门是开着的，我赶到了。"

她点点头，睁大眼睛，抚摸他的手臂。

"真神奇。"她说，尽管她的意思并不清楚。她是说斯科特差点儿错过命中注定的航班神奇呢，还是说他没错过神奇呢？

斯科特抬头看蕾拉，感觉很难为情，就像一只雏鸟刚唱完晚餐颂歌，现在等着吃种子。

"喏，"斯科特说，"你是个好人，想见我，想为我举办派对，但我现在没法招架这些，我只需要有个思考和休息的地方。"

她微笑，点点头。他已经给了她别人没法给的东西，见识，细节。她现在是故事的一部分了，是他的红颜知己。

"你当然要留在这里，"她说，"三楼有套客房，你有自己的大门。"

"谢谢，"他说，"那太——恕我直言，但我感觉应该问一下——这样对你有什么好处？"

她吸了一口她的电子烟，呼出烟雾："小傻瓜，不要多想。我有空房间，我对你和你的作品印象很好，你需要一个地方待着。为什么不能想得简单一点儿呢？"

斯科特点头。他没有不安，也不打算对质。他只想知道……

"哦，我不是说这件事很复杂。或许你想要一个秘密，或许想在鸡尾酒会上有点儿谈资。我只是问问，不想有困惑。"

她的表情一度很惊讶。人们通常不这么对她讲话。然后她大笑。

"我喜欢发现人才，"她说，"另外一个原因是——什么24小时新闻循环播放，去死吧，这些吃人的家伙。你就等着吧，现在他们都站在你这边，然后过不了多久他们就翻脸了。我爸爸离开我妈妈时，她就经历了这些。然后我姐姐维柯丁上瘾时也是。去年托尼自杀，我也中招了，就因为我展出过他的作品，他们大肆渲染我们两个的关系，就好像我让人上瘾似的。"

她一直盯着他的眼睛，马格努斯被遗忘在另一张沙发上，等待他发光的时机。

"好吧，"斯科特过了片刻说，"谢谢你。我只是需要一个地方——他们在我家外面，全是摄像机——除了我游了个泳，我不知道还能对他们说什么。"

她的手机发出"呼"的一声。她拿出来，看了看，然后看看斯科特，她脸上有种东西让他向内收缩。

"怎么了？"他说。

她把手机翻转过来，给他看推特的APP。他向前倾身，眯眼看到一排五彩缤纷的矩形（小小的脸，符号@，表情符号，相片方框），完全不明所以。

"我不知道自己在看什么。"他说。

"他们找到尸体了。"

本·吉卜林

1963 年 2 月 10 日—2015 年 8 月 23 日

莎拉·吉卜林

1965 年 3 月 1 日—2015 年 8 月 23 日

"人们使用'钱'这个词，就好像它是个物件。一个名词。这——就是无知。"本·吉卜林站在索普莱兹餐厅镶木卫生间的瓷制便池边说。

他在和身边的格雷戈·胡佛讲话，一边摇摆，一边尿在充满光泽的凹面上，这东西遮掩了他的阴茎，几滴小便溅到他 600 块的流苏乐福鞋上。

"钱是宇宙的黑色真空带。"本继续说。

"宇宙的什么？"

"黑色——就是一种平缓区，明白吗？润滑剂。"

"你现在说什么乱七——"

"但那不是——"

　　吉卜林抖抖他的阴茎，拉上拉链。他回到洗手池，把手放在皂液器下面，等待激光感应他的温度，把泡沫喷到他的手掌里。他等着，等着。

　　"都是摩擦，对不对？"他不停地说，"我们的人生，我们做的事，别人对我们做的事，只是消磨时间——"

　　他更加不懈地在感应器下面挥手，什么也不出来。

　　"——工作，老婆，交通，账单，一切——"

　　他举起手又放下，寻找机械装置的最佳感应点，但是什么都没有找到。

　　"——这东西到底有没有——"

　　吉卜林放弃了，移步到下一个洗手池，胡佛跌跌撞撞地来到第三个洗手池。

　　"我前几天跟兰斯聊过了。"胡佛开始讲话。

　　"等等。我还没——摩擦。我说的是，阻力。"

　　这次他把手放到感应器下面时，泡沫轻柔地落进他的手里。吉卜林欣慰地沉下手，两手互相揉搓。

　　"施加给一个人的压力，让他早上起床的压力，"他说，"钱就是疗法，是减阻剂。"

　　他把手移到水龙头下面，不假思索地（再一次）期待感应器工作，给开关发送一个信号，打开水龙头。没有水出来。

　　"你的钱越多，该死的，你就越——"

　　他被激怒了，彻底放弃，把手上的肥皂泡甩到地上，让别人清理干净去，一边走到纸巾机边，发现它也是感应操作的，甚至连试都没试，就选择直接在他1100块的西装裤上擦手了。

　　"有钱能减轻阻力，你应该明白我说的。想想孟买贫民窟里的老鼠，在垃圾上到处乱爬；再想想比尔·盖茨，几乎就是站在世界顶峰的人。直到最后，你有太多的金钱，整个人生都不费力气了。就像一个宇航员在宇宙的黑色真空带里自由飘浮。"

终于洗干净手，也擦干了，他转身看到胡佛完全没有碰到感应器的麻烦，皂液、水、纸巾。他扯下的纸巾比需要的多，猛力擦干手。

"当然，"他说，"但是我在说的是，我前几天跟兰斯聊过了，他用了很多我特别不喜欢的词。"

"比如什么？赡养费？"

"哈——哈。不，比如FBI，是其中的一个。"

吉卜林的括约肌附近有了某种不快的紧锁感。

"这个，"他说，"——显然——不是一个词。"

"嗯？"

"它是——不管啦——兰斯为什么要谈起FBI？"

"他听到风声了，"胡佛说，"什么风声？我问。但他不愿意在电话里讲，我们得在公园里见面。约在下午两点钟，就像失业的人一样。"

吉卜林突然紧张起来，走过去检查每个隔间的门下缝隙，确保没有其他穿名牌的人在悄悄地拉屎。

"他们——他有没有说我们应该——"

"没有，但他应该提醒我们的。你知道我是怎么——因为不然他为什么要——尤其在——尤其是，因为你想想，他会惹上什么样的麻烦——"

"行了，行了。没那么——"

他突然不记得自己有没有检查最后一个隔间，又检查了一次，直起腰来。

"我们得开个会讨论一下，"他说，"我当然想听一听。但是——我们需要先搞定这些人。不能悬着他们不管。"

"当然，但万一他们是——"

"万一他们是什么？"吉卜林说，威士忌在起作用，就像四十年代长途电话的时间延迟。

胡佛用眉毛说完他的话。

"这些人？"吉卜林说，"你在想什么啊——他们是吉利介绍来的。"

"那不代表——本，什么人都能被收买。"

"收买？那可是——我们是突然在拍《暗杀十三招》了吗？都没人费心去——"

胡佛把湿纸巾搓成面团状，一边揉捏一边挤压。

"这是个问题，本。我就是在——一个大——"

"我知道。"

"我们需要——你不能只是——"

"我不会的。不要这么婆婆妈妈的。"

吉卜林走到门口，推开门。胡佛在他的身后把湿纸巾揉成一团，瞄准垃圾桶扔去，然后纸团利落地进了桶。

"还是有手感的。"他说。

吉卜林走近餐桌时，看到泰贝莎在做她的工作。她正在给客户劝酒，跟他们——两个瑞士的投资银行家，经过比尔·吉列姆审查后委托过来的，吉列姆是处理他们所有交易的律师事务所的资深合伙人——讲不恰当的故事，关于她在大学里的荒唐事。那是一个周三下午的两点半，他们从中午起就在这间餐厅了，一直在喝顶级威士忌，吃 50 美元的牛排。这就是那种餐厅，穿西装的男人会光顾这里，抱怨他们家的泳池太热。他们 5 个人当中，有一个人的资产净值差不多有 10 亿美元。吉卜林本人的票面价值有 3 亿，大多数都拴在股市里，但他也有房地产和离岸账户，还有以备不时之需的钱，是美国政府没法追查的现金。

五十二岁的本是能说出"这周末我们出海吧"的那种人。如果哪天马戏团餐厅停电的话，他家的厨房可以后援支持。一个八头的维京炉灶，能烤能煎。每天早晨他起床后，会发现托盘上摆好了六个洋葱百吉饼，有咖啡和鲜榨橙汁，还有四份报纸（《金融时报》《华尔街日报》《邮报》和《每日新闻》）。你打开吉卜林家的冰箱，那里面就像一个农贸市场（莎拉坚决主张他们只吃有机农产品）；有一个独立的酒水冰箱，任何时候都冰着十五瓶香槟，以备出乎意料地要举办派对。而本的衣橱，就像一个普拉达的样品间。你从一个房间踱步到另一个房间，可以放心大胆地臆断，有一天本·吉卜林擦亮了一只长耳壶，里面跳出来一只精灵，现在他只需在公寓的任何地方大声说一句"我需要新袜子"，第二天早上，一打袜子就会莫名其妙地冒出来。只不过这里的精灵是一位四十七岁的内务总管，名叫米哈伊尔，他在康奈尔大学主修殷勤招待学，从他们搬进康涅狄格州的拥有十间卧室的住宅起，就在他们家做事了。

吧台上方的电视正在播放昨晚红袜队比赛的花絮，体育解说员在计算德沃金打破单赛季接球纪录的概率。现在这个人已经连续十五场比赛上场安打了。他们用的词是"无人能挡"，伴着坚定的辅音，本回到他的座位上。

40分钟后，他会回到办公室，在沙发上睡一觉，消化掉酒肉。6点钟，司机会开车带他走林荫大道去格林尼治村，到时莎拉应该会备好晚饭——很可能是亚历山德罗餐厅的外卖——哦不，等一下，糟了，他们今晚要跟詹妮未婚夫的父母吃饭，不过只是见面打个招呼那种事。是在哪儿吃饭来着？城里的某个地方吗？应该在他的日程表里，很可能是用红笔写的，就像一个推迟了两次的钡剂灌肠预约检查。

　　本现在就能想象他们的样子——康斯托克夫妇，先生是健壮的牙医，他的妻子涂着厚厚的口红，从长岛进城——你们走的是中央火车站还是皇后区快速路？詹妮会和小唐还是小罗坐在一起，谁知道她的未婚夫叫什么名字，两人手拉着手，她一边聊起和父母"经常在文雅岛避暑"的故事，而没有意识到那听起来多么养尊处优，惹人讨厌。本在这方面也好不到哪儿去，今天早上，他意识到自己在跟私人教练争辩房地产遗产税的事。他说，喏，是这样——杰瑞——等你的全部资产加起来超过一亿美元，政府想征收两倍税率的时候，到时看你还会不会这么想。

　　吉卜林坐着，突然感觉疲惫，他条件反射地拿起自己的餐巾纸，尽管他已经吃好了。他把餐巾纸丢在膝上，跟侍者对上眼神，然后指向自己的酒杯。再来一杯，他用眼神说。

　　"我刚正跟约根聊着呢，"泰贝莎说，"我们在柏林开会的那次，你记得吧？留约翰·沃特斯小胡子的那个男的气得发疯，解下领带就要勒死格雷戈。"

　　"给我 5000 万，我就让他勒死格雷戈了，"吉卜林说，"结果那家伙身无分文。"

　　瑞士人耐心地微笑，他们对八卦毫无兴趣，泰贝莎夸张的乳沟似乎也没起到一贯的作用。他们有可能是同性恋，吉卜林不带道德判断地想着，他是一部记录事实的电脑。

　　他一边咬着自己的腮帮子，一边思考。胡佛在男厕所里跟他说的话在他脑子里四处跳射，像一颗错失目标然后倒霉地弹下人行道的子弹。说实话，他对这两个家伙了解多少？没错，他们是从可靠来源引荐来的，但如果你深究下去，没有哪个人真正可靠。这两个小伙子，他们可能是 FBI 吗？外资办的？他们的瑞士口音不错，但或许还不够好。

吉卜林突然有股冲动，想把现金丢在桌子上，拍屁股走人。但是他按捺住了，因为如果他是错的，那么放弃的就是该死的一大笔钱，而本·吉卜林可不是一个放弃金钱的人——瑞士人是怎么说的？难以兑换的货币，可能值十亿美元？本做出决定。如果你不打算撤退，那你就得向前冲。他开口向他们硬性推销，但没有说得太具体。没有用到可能在法庭上对他不利的危险措辞。

"好了，闲聊到此为止，"他说，"我们都知道来这儿是做什么的，恐龙时代的洞穴人就在做同样的事，互相揣度，看看你能信任谁。握手是什么？说到底，就是一种合乎社交礼仪的方式，来确保对方背后没有藏刀子。"

他冲他们微笑，他们也回以眼神，不苟言笑，但表现出兴趣。这就是他们关心的一刻——对方是否相信他们表露出的身份？这笔交易能不能做？侍者给吉卜林拿来他的威士忌，放在桌上。出于习惯，本把它推向餐桌中央。他是一个用手势说话的人，在一场不错的独白中，该由他泼洒的鸡尾酒他已经洒出来了。

"你们有麻烦，"他说，"你们有外币，需要投资进公开市场，但我们的政府不让你们投资。为什么？因为在某个时刻，那笔钱渗入过一个地区，那个地区被特区某栋联邦大楼里的人列在一张表上了，就好像金钱有自己的立场一样。但你们和我，我们知道钱就是钱。今天哈林区一个黑人用来买可卡因的钱和明天一个郊区主妇用来买'汉堡帮手'牌盒装意粉的钱是一样的，和山姆大叔周四从麦道公司买武器的钱也是一样的。"

本看看电视上当天的比赛——一连串激烈的本垒打、落地接球，还有底线夹杀出局。这不是一时的兴趣，本就是一本百科全书，精通晦涩的棒球数据。这是他毕生的爱好，是棒球（巧合地）教会他一美元的价值。10岁的本·吉卜林拥有整个羊头湾顶级的泡泡糖卡片收藏。他梦想有一天为纽约大都会队打中场，于是他去少棒联盟参加选拔，但他在同龄人中个头偏小，在垒道上跑得也慢，没法把球击出内野，所以他只能收集棒球卡片；同时他密切研究市场，利用同学们的外行心态——他们只关注喜欢的球员——追踪罕见卡片的去向，根据每个球员的起落趋势进行买卖。每天早晨，小本都会阅读讣闻版，寻找蛛丝马迹，看最近有没有棒球迷过世，然后他会给死者的遗孀打电话，说他从卡片交易圈结识了她们的丈夫（或父亲），这个某某是他的良师益友。他从来不直接要死者的藏品，只是用他悲伤的小男孩的声音渲染情绪。每次都能奏效。他不止一次坐地铁进城，去领一盒曾经被人珍视的棒球怀旧卡。

"我们来找你，吉卜林先生，"约根说，他是那个穿棉质西装的黑发雅利安人，"是因为我们听到了好话。这些显然是敏感话题，但我的同行们都认同你是个直爽的人，不会节外生枝，没有追加费用。我们所代表的客户，他们不会喜欢节外生枝，也不喜欢有人企图占便宜。"

"到底是什么人来着？"胡佛说，眉毛都在滴汗，"不明说也行，如果可以的话。只是让大家都清楚。"

瑞士人没说话，他们也害怕有陷阱。

"我们做的交易，我们都会保密，"吉卜林说，"不管客户是谁。我不能明确告诉你，我们是怎么做事的，因为那正是我们的特定优势，对吧？但我要说的是，我们会开设几个账户——没法牵扯到你们的账户。在那之后，你们投资到我们公司的钱会换新血，和其他的钱待遇一样，进来是脏的，出去是干净的。一切都变得很简单。"

"要怎么——"

"操作吗？嗯，如果我们现在能大体上达成共识，愿意向前推进这件事的话，我的同事会来日内瓦，用一套专用软件包帮你们建立所需的系统。之后我的技工会留在现场，监控你们的投资活动，并且每天引导更换密码和 IP 地址。他不需要豪华的办公室，实际上，他越不引人注目越好。把他安排在男厕所隔间，或者锅炉旁的地下室都好。"

两个人想了想。他们考虑的时候，吉卜林揪住一个路过的侍应，递给他运通黑卡。

"喏，"他说，"以前海盗把财宝埋在沙子里，然后划船离开。依我看，他们离开的那一刻就已经破产了，因为装在箱子里的钱——"

窗外，他看见一队穿黑色西装的男人靠近前门。本一瞬间看见整件事情的发展：他们会快速进来，掏枪，这是一场诱捕行动，就像在丛林里给老虎下套。本看到自己扑倒在地，被戴上手铐，他的夏季套装脏得无法补救，背上都是脏脚印。但那些男人没有停步，那一刻很快过去了。吉卜林再次呼吸，一口喝完他的威士忌。

"——钱不用就没有价值。"

他打量他们，这两个日从内瓦来的人——和他曾经打交道的其他十来个男人没什么区别。他做的是同样的宣传销售，他们是等待上钩的鱼，等待被人吹捧和勾引的女人。不管他们是不是 FBI，本·吉卜林是块金钱磁铁。他有种无法书面表达的特质，有钱人看着他，看到的是一座双门金库，他们设想他们的钱从一扇门进去，成倍地从另一扇门出来。这是板上钉钉的事。

他把椅子向后一退，扣起他的夹克。

"我喜欢你们两个，"他说，"我信任你们。我不是对每个人都这么说的。我的感觉是，我们应该做这件事，但最后还是取决于你们。"

他站起来。

"泰贝莎和格雷戈会留下来，记下你们的详细资料。幸会。"

瑞士人站起来，和他握手。本·吉卜林从他们身边走开，他离去时，前门为他打开。他的车停在路边，后门开着，司机摆出立正站姿，他不减速地坐进车里。

宇宙的黑色真空带。

城镇的另一端，一辆黄色的士停在惠特尼博物馆前面。司机出生在加德满都，从加拿大的萨斯喀彻温偷渡进入密歇根，付给人600美元买了一张假的身份证。他现在和另外14个人睡在一套公寓里，大多数收入都寄回海外，希望有朝一日能让他的妻儿坐飞机过来。

另一方面，黑衣女人告诉他20块钱不用找了，她住在康涅狄格州的格林尼治村，拥有19台电视机，她不看电视。从前，她是马萨诸塞州布鲁克莱恩市一名医生的女儿，一个骑马长大的女孩，她的16岁生日礼物是隆鼻手术。

每个人都有出处，我们都有故事。我们的人生沿着曲折的路线展开，以意想不到的方式碰撞。

3月份，莎拉·吉卜林刚过50岁生日——在开曼群岛有一场惊喜派对。她原以为本用一辆豪华轿车接她去绿苑酒廊，但却把她带到了泰特波罗机场。五个小时之后，她的脚趾已经踩在沙滩上，在啜饮朗姆宾治酒了。现在，在惠特尼博物馆的外面，她钻出的士。她要和26岁的女儿詹妮见面，参观双年展，在晚餐前快速掌握她未婚夫父母的资料。莎拉这么做不是为了自己，而是为了本，因为她可以和任何人聊天，但她的丈夫却很难与人进行和钱无关的对话。或许也不是那么一回事，或许是他很难跟没有钱的人对话。他不是冷漠，他只是忘记了有房屋按揭和汽车贷款是什么感觉，忘记了"凑合着过"是什么意思，去商店买东西之前还得看价格？这会让他显得粗俗冷漠。

莎拉厌恶她在那种时候产生的感受——看着她的丈夫出洋相，这也让她难堪。在她的脑海里，没有其他的词语可以形容。作为他的妻子，她和他绑定在一起，无可挽回——他的意见就是她的意见。这对她的影响极为不利——或许不是因为她有同样的意见，而是因为她选择了本，和本待在一起，这在别人的眼中表现出她对人的品性判断不佳。尽管莎拉在有钱人家长大，但她知道千万不能炫富，这就是暴发户和贵族世家的区别。贵族人家的孩子在大学里头发乱蓬蓬的，穿虫蛀的毛衣。你发现他们在自助餐厅里借午饭钱，吃朋友盘子里的东西，他们符合穷孩子的形象，营造出一种置金钱于度外的气质——就好像财富给他们带来的其中一个权利就是，永远不用再去考虑钱。他们在现实世界里飘摇，就像少年神童在人类生存的日常琐事里磕磕绊绊一样，每天一头雾水，忘记要穿袜子，衬衫扣错纽扣。

她丈夫对金钱话题非常敏感，他需要不断提醒别人他们有多少钱，这感觉太粗鲁，太无礼了。因此，让他磨去棱角，教育他如何不要庸俗地致富，成了她厌倦的人生使命。

詹妮给她讲了未来亲家的情况，莎拉会寄一份文本给本：你可以和男方聊政治（他投票给共和党）或者运动（爱好喷气式飞机）。女方去年和她的读书会去了意大利。（去旅游？去阅读？）他们有一个儿子有唐氏综合征，住在疗养院里，所以不要开弱智的玩笑！

莎拉尝试过让本对人表现出更多关心，用更加开放的心态对待新鲜的经验——他们为这事去参加过两个星期的心理咨询，然后本告诉她，他宁愿把自己的耳朵割掉，也不能"再听那个女人多讲一天"。最终她还是做了大多数妻子会做的事情，她放弃了。所以，现在她要做出额外的努力，确保社交应酬能顺利进行。

詹妮在正门入口外面等她。她穿着休闲喇叭裤和T恤，头发掖在现在年轻女孩都在戴的那种贝雷帽里。

"妈妈。"她叫了一声，莎拉本来没有马上看到她。

"不好意思，"她的母亲说，"我真是眼瞎了。你父亲一直叫我去看眼科医生，但我哪有时间呢？"

她们拥抱了一下，然后往里走。

"我早到了，所以把我们的票买好了。"詹妮说。

莎拉设法往她手里塞一张百元钞票。

"妈，别闹了。我很高兴付钱。"

"等会儿坐的士用。"她的母亲说，一边把钞票往她身上猛戳，就像街上他们硬塞给你的一张床垫商店的广告，但詹妮避开了，把她们的票递给讲解员。莎拉无奈地只得把钱放回钱包里。

"我听说最好的东西在楼上，"詹妮说，"所以或许我们应该从顶楼开始。"

"随你喜欢，亲爱的。"

她们等电梯，在沉默中上楼。她们身后是一个拉丁家庭，在用很有活力的西班牙语聊天，女人在痛骂她的丈夫。莎拉在高中学过西班牙语，不过她没有继续学下去。她能辨识出"摩托车"和"小保姆"这两个词，透过激烈的言辞，显然这个家庭发生了外遇。他们脚边的两个小孩在手持设备上玩游戏，脸被映照成怪异的蓝色。

"谢恩对今晚很紧张，"她们出了电梯后，詹妮说，"好可爱。"

"我第一次见你父亲的父母时，我吐了。"莎拉告诉她。

"真的啊？"

"是的，但我想可能与我午餐时吃的蛤蜊浓汤有关。"

"哦，妈妈，"詹妮笑着说，"你太好笑了。"詹妮一直告诉她的朋友，她母亲"有点儿古怪"。莎拉都知道，或者在某种程度上有所察觉。她确实——是哪个词来着？——有点儿恍惚，只有一点儿，有时她在头脑中建立独特的连接。罗宾·威廉姆斯不是也有同样的特质吗？还是其他的创新思想家？对吧。

所以你现在是罗宾·威廉姆斯咯？本会说。

"好吧，他不用紧张的，"莎拉说，"我们又不咬人。"

"阶级是真实的东西，"詹妮告诉她，"其实还有这个问题。阶级的划分，你懂的。有钱人和——我是说，虽然谢恩的父母并不贫穷，可是——"

"这是在巴厘岛餐厅吃饭，不是阶级斗争。况且，我们不是那么有钱。"

"你上一次坐商用飞机是什么时候？"

"去年冬天去阿斯彭。"

她的女儿发出一个声音，就好像在说，你听到自己说什么了吗？

"我们不是亿万富翁，亲爱的。这是曼哈顿，你知道的。有时参加一些派对，我感觉自己像佣人。"

"你们有一艘游艇。"

"那不是游艇，那是一艘帆船，而且我告诉过你父亲不要买。我们现在是那种人了吗？我说，开帆船的人？但你知道他的，他有什么想法谁也拦不住。"

"随便了。问题是，他很紧张，所以你们能不能——我也不知道——轻松点儿。"

"你在跟一个迷倒瑞典王子的女人讲话。啊，他真是讨人嫌。"

这么说着，她们进入画廊的主要空间。墙上排列着超大画布，每一幅都在表达意图，想法和观念被缩减成线条与色彩。莎拉试图放松她的大脑，平息絮叨不休的思想，忘却现代生活习惯性待办事项，但太难了。你拥有得越多，你就越担心。她就是这么认定的。

詹妮出生时，他们住在上西城区的一套有两个卧室的公寓里。本在交易所里当推销员，一年挣80000块。但他英俊，擅长逗人大笑，而且他知道如何抢占机会，于是两年后，他升级成为交易员，吸金能力是以前的四倍。他们在六十年代搬进东部的一套公寓大厦，开始在奇塔雷拉美食专卖店买杂货。

当母亲之前，莎拉从事广告业。詹妮进学前班之后，她闪过回去上班的念头，但她无法忍受她在上班的时候，一个保姆在养育她的女儿。所以，尽管她感觉像是放弃了灵魂的一部分，她还是留在家中，做午餐，换尿布，等待丈夫回家。

她的母亲鼓励她这么做，成为——她母亲是这么形容的——贤妻良母。但莎拉不善于处理松散的时间，也许因为她的头脑本就十分松散，于是她成了一个整天列清单的女人，一个有好几本日历的女人，在他们的前门上贴便利贴。她是那种需要提醒的人，是某人刚向她报过电话号码，她转眼就忘的人。3岁的女儿开始提醒她事情时，她知道这样很糟，甚至去看过神经科医师。医师说她的大脑没有生理异常，建议她服用哌甲酯，暗示她有注意力缺陷多动障碍。但莎拉憎恨吃药，担心药品会把她变成另一个人，于是她回归她的清单，继续用日历和警示提醒自己。

在本工作迟归的夜晚——这种情况越发频繁——她不禁想起自己小的时候，晚饭后，母亲在厨房里一边洗涤餐具，一边指导她当天的手工美术作业，同时打包第二天的午餐。这就是母性的循环吗？恒定的回归。有人曾经告诉过她，母亲的存在是为了减弱生而为人的孤独感。如果那是真的，那么她作为母亲，最大的责任就仅仅是陪伴。你把一个孩子从暖热的子宫带到这个难缠、混沌的世界，然后在接下来的十年他们在琢磨如何做人时，与他们并肩同行。

另一方面，父亲的作用是让孩子们坚强起来，如果他们跌倒，在母亲要上前抱的时候说句"多走走就好了"。母亲是胡萝卜，而父亲是大棒。

于是莎拉发现自己在东 63 街的自家厨房里，打包学前班的午餐盒，在洗温水浴时读图画书，她的身体和女儿的身体是一回事。在那些独自入睡的夜晚，莎拉会把詹妮抱到她的床上，一边读书，一边聊天，直到她们两人都打瞌睡了，抱在一起。一身酒气、领带歪斜的本回家，吵闹地踢掉鞋子时就会发现她们这样睡着。

"我的姑娘们怎么样了？"他会说。他的姑娘们，就好像她们俩都是他的女儿。他说出这句话是带着爱意的，他容光焕发，就好像这就是漫长一天的回报：他爱的两个女人在家里舒适的床上仰着脸看他，睡眼惺忪。

"我喜欢这一幅。"詹妮说，现在她是二十几岁的女人了，再过五年就会有自己的孩子。在她容易与人发生口角的青少年时期，他们也努力与她保持亲密，尽管困难重重。詹妮从来不爱闹事，现在你能指责的最糟的情况不过就是，她不再像以前那样尊敬她的母亲，这是现代女性身上的诅咒。你留在家里养大女儿，女儿长大了，找到工作了，就开始同情你——她们的全职妈妈。

身旁的詹妮一直在聊谢恩的父母——爸爸修理旧车，妈妈喜欢为他们的教会做慈善工作——莎拉努力保持专注，一边留意有没有危险的信号，有没有本需要知道的事情，但她的头脑总是神游。她突然意识到，她可以买下这个房间里的任何一幅艺术品。这些年轻艺术家的作品最多能卖多少钱？几十万？一百万？

在上西城区的时候，他们住在三楼。在东 63 街的公寓大厦住的是九楼。现在他们在翠贝卡区拥有一套顶层公寓，在 53 层。尽管在康涅狄格州的房子只有两层楼，邮编本身就让它成了某种遥不可及的太空站。周六农贸集市上的"农夫"是新兴的潮人工匠，他们拥护原生种苹果的回归和失落的编篮子艺术。莎拉现在口中的"问题"都完全是自找的——航班的头等舱座位已经售罄，帆船漏水了，等等。真正的挣扎——有人来关掉了煤气，你家孩子在学校被人捅了，车子被收回了——已经成为往事。

所有这些都让莎拉感到困惑，既然詹妮已经成人，既然他们的财富已经超出需求的 600 倍，还剩下什么意义？她的父母也有钱，确实，但没有这么多。他们现在的钱足够让她加入最好的乡村俱乐部，足够买下有六个卧室的家，开最新款的车，退休时银行里有几百万的存款。但这个——几亿美元清白的钱藏在开曼群岛——这已经超出了贵族世家的边界，甚至超出了曾经被认为是新贵的边界。现代财富完全是另一种东西。

这些日子——在她生活中没有规划的时间里——莎拉想知道，她现在活着难道就为了把钱移来移去？

本回到办公室时，他发现有两个男人在等他。他们坐在外间办公室里读杂志，达琳紧张地在电脑上打字。本能从他们的西装看出来——西服现买的——他们是政府的人。他几乎要脚跟一转，溜之大吉，但他没有。事实是，他——在律师的建议下——在一个仓库里有个装好的包，离岸还有无迹可寻的几百万美元。

"吉卜林先生！"达琳高声说，一边站起来，"这两位先生是来见你的。"

男人放下他们的杂志，站起来。其中一个很高，是方下巴。另一人的左眼下面有颗黑痣。

"吉卜林先生，"方下巴说，"我是财政部的乔丹·贝维斯。这是我的同事，海克斯特工。"

"本·吉卜林。"

吉卜林强迫自己与他们握手。

"这是要做什么？"他尽可能随意地问。

"我们会谈到那个的，先生，"海克斯说，"但我们私下讲。"

"当然，我会尽可能帮忙。到办公室来。"

他转身领他们进办公室，和达琳对上了视线。

"把巴尼·卡尔佩珀叫来。"

他把两位特工领进了转角高级办公室。他们在86层的高处，但钢化玻璃屏蔽了自然天气，营造出一个密封空间，一种人在飞艇里的感觉，高高飘浮在世界之巅。

"我能为二位拿点儿什么来喝吗？"他说，"圣培露矿泉水？"

"我们不渴。"贝维斯说。

吉卜林走向沙发，一屁股坐进挨着窗户的角落。他已经决定，他要表现得无所畏惧。餐具柜上有一碗开心果，他拿了一颗，剥开它，吃掉果仁。

"请坐。"

两人只能把宾客椅转成面向沙发。他们尴尬地坐下。

"吉卜林先生，"贝维斯说，"我们是外资办派来的，你有所了解吗？"

"我听说过，但说实话，你们盯我的梢，肯定不是因为我的运筹技术，我更偏向创造性思维的类型。"

"我们隶属财政部。"

"我听懂了。"

"好吧，我们来这里的目的是确保美国的企业和投资公司没有和我们政府禁止的国家做生意。而且，贵公司已经引起了我们的注意。"

"禁止的意思是——"

"被制裁的，"海克斯说，"我们指的是伊朗和朝鲜这些国家。"

"他们的钱是坏钱，"海克斯说，"我们不想让他们的钱进来。"

本笑了，并向他们露出了完美镶嵌的牙齿。

"国家是坏国家，那是肯定的。但钱嘛？好吧，先生们，钱是一种工具，没有好坏之分。"

"好吧，先生，让我做个备份。你知道法律，对吧？"

"哪条法律？"

"不，我是说——你知道这个国家里有法律吧？"

"贝维斯先生，不要当我是小孩子。"

"我只是在试图用我们两人都理解的语言交流。"贝维斯说。

"关键是，我们怀疑你的公司在洗钱——嗯，你在为所有人洗钱——我们来这儿是让你知道，我们在盯着你。"

话音刚落，门开了，巴尼·卡尔佩珀进来。巴尼身穿蓝白色绉布衬衫，他就是一名企业律师的完美化身——咄咄逼人，出身名门，前美国驻华大使的儿子，他的父亲和三任总统是好朋友。此时，巴尼的嘴里叼着一根红白拐杖糖，尽管现在时值8月。吉卜林见到他，感到一阵安慰——就像一个被叫去校长办公室的小孩，看到爸爸来了，马上振作起来。

"先生们，"本说，"这位是卡尔佩珀先生，公司的内部法律顾问。"

"这只是随便聊聊，"海克斯说，"不需要律师在场。"

卡尔佩珀懒得握手，他把后背靠在餐具柜上。

"问我为什么要吃糖。"他说。

"什么？"海克斯问。

"糖，问我。"

海克斯和贝维斯交换了一个眼神，就好像在说，我不想问。

最后贝维斯耸了耸肩。

"糖是——"

卡尔佩珀把拐杖糖从嘴里拿出来，给他们看。

"当我的助手说财政部的两个特工在这儿时，我只能想到——一定是圣诞节到了。"

"很好笑，先生——"

"因为我知道我的壁球老友勒罗伊·埃布——你们知道他，对吧？"

"他是财政部长。"

"正是。我知道我的壁球老友勒罗伊是不会连个电话都不打，就派特工过来的。既然他没打电话——"

"今天这个，"海克斯说，"更偏向于礼节性拜访。"

"就像你带着曲奇饼去拜访左邻右里？"

卡尔佩珀看着吉卜林。

"有曲奇饼吗？还是我错过了——"

"没有曲奇饼。"本说。

贝维斯笑了。

"你想要曲奇饼？"

"不想要，"卡尔佩珀说，"只是，你朋友说到'礼节性拜访'，我就想着——"

贝维斯和海克斯交换眼色，站了起来。

"没有人凌驾于法律之上。"贝维斯说。

"我说什么了——"卡尔佩珀说，"我以为我们在聊点心。"

贝维斯笑着扣上夹克，他是那个拿了一手好牌的人。

"已经立案了，短则几个月，长则几年，你们将会受到最高等级的制裁。你要讲证据吗？你需要两辆拖车把全部证据拖上法庭。"

"提起诉讼吧，"卡尔佩珀说，"拿逮捕令来，我们会回应的。"

"时候到了自然会。"海克斯说。

"如果我打个电话，你们俩就别想再把车停在皇后区。"卡尔佩珀嚼着他的拐杖糖说。

"嘿，"贝维斯说，"我是从布朗克斯区来的。你想打电话找人，就去找吧，但你要搞清楚你在招惹什么麻烦。"

"太可爱了，"卡尔佩珀说，"你以为你很厉害吗？孩子，我要是想干死一个人，我用的是整条手臂。"

他给他们看他的手臂，以及连着手臂的手，手的末端是一根竖起致敬的手指。

贝维斯哈哈大笑。

"你知道有些日子你去上班，就是混日子。"他说，"嗯，但是这下好玩了。"

"他们都这么说，"卡尔佩珀说，"直到我的手肘伸进去。"

那天晚上聚餐时，本心不在焉，他在脑海里温习着他和卡尔佩珀的对话。

"没事的，"卡尔佩珀说，特工离开后，他把拐杖糖丢进垃圾桶，"他们就是月末开罚单的交警，想完成他们的配额。"

"他们说短则几个月，"本回应说，"长则几年。"

"看看汇丰银行怎么样，就是打了一下手腕。你知道为什么吗？因为如果用最大限度的法律惩罚他们，就得吊销他们的银行执照。我们都知道那种事不会发生，他们太大了，大到根本不会进监狱。"

"你把十亿美元的罚金叫作'打一下手腕'？"

"那就是小钱。几个月的利润而已，你比任何人都清楚。"

但本不太确定的是特工摆出的那副架势。他们表现得很自大，就像知道自己拿到了大牌。

"我们得整理队形，"他说，"知道任何事的任何人都得打点好。"

"已经搞定了。你知道即使在前台工作，都得签什么等级的保密文件吗？是诺克斯堡[1]级的。"

"我可不去坐牢。"

"老天爷，不要这么娘娘腔。你还没听明白吗？没有坐牢这回事。记得伦敦同业拆借利率丑闻吗？是价值几万亿的阴谋啊，万亿级的。一个记者对首席检察官助理说，这间银行以前犯过法，为什么不更强硬一点？首席检察官助理说，我不知道什么叫更强硬。"

"他们都来我的办公室了。"本说。

"他们是坐电梯上来的，只有两个人。如果他们真的有证据，会是几百个人一起来，而且出门的时候手上不只是抓着自己的那话儿。"

然而，和莎拉、詹妮以及她未婚夫一家人坐在角落的卡座上时，本还是禁不住去想，他们是不是只抓着自己的那话儿出去的。本真希望他有会面的录影带，这样他就能看到自己的脸，看自己泄露了多少东西。他的扑克面孔通常是一流的，但在那个房间里，他感觉自己的竞技状态不佳。他嘴角表现出紧张感来了吗？眼里的波纹呢？

"本？"莎拉摇摇他的手臂说道。从她脸上的表情来看，很明显有问题朝他抛来了。

"嗯？"他说，"哦，对不起。我没有听清，这里还挺吵的。"

1　诺克斯堡（Fort Knox），联邦政府的黄金储备处。

他这么说着，尽管这地方一片死寂，只有几个蓝头发的精灵在对他们的汤低语。

"我是说，我们认为房地产行业还可以做，在赚钱这方面，"不知道是伯特还是卡尔，反正就是谢恩的父亲说，"然后我在问你的意见。"

"由具体的房地产决定，"吉卜林从软座上溜出来说道，"但经过飓风桑迪之后，我的建议是，要在曼哈顿买房子的话，选高楼层的。"

他一边闪避莎拉反对的表情，借口离开，走到外面去，他需要一些新鲜空气。

他在路边向一个下班晚归的人讨了一根香烟，站在餐厅的遮阳棚下面抽了起来。外面下起了丝丝小雨，他凝视着黑色碎石路面上的车尾灯发出的光辉。

"还有烟吗？"一个穿高领毛衣的人从本的身后走出来问道。

吉卜林转过身，注视着他。他是一个四十来岁的有钱人，但鼻子以前至少断过一次。

"对不起。这根也是我讨来的。"

高领毛衣男耸了耸肩，站着看雨。

"餐厅里有位小姐在设法让你注意她。"他说。

本看了看，詹妮正在对他招手，好像在说："回来坐下。"他别过脸去。

"是我的女儿，"他说，"这是亲家的见面之夜。"

"祝贺了。"男人说。

吉卜林吸了口烟，点点头。

"生儿子的话你会担心，他们什么时候才能离开家？"男人说，"去走自己的路。在我们那个时候，你一到投票年龄，他们就把你踢到大马路上，有时还会更早。逆境，只有逆境才能成就男人。"

"所以你的鼻梁断了？"吉卜林说。

男人笑了。

"你知道吧？他们说坐牢的第一天，你要找到最大块头的家伙教训他一顿。好吧，和任何事情一样，那是有后果的。"

"那——你也坐过牢？"吉卜林说，感觉到游客的兴奋。

"不在这儿，在乌克兰的基辅。"

"老天爷。"

"之后在上海，但那就是小菜一碟，相比之下。"

"所以是倒霉，还是——"

男人微笑着说："还是意外？不是的，老弟。这个世界是个危险的地方。但你知道的，对吧？"

"什么？"吉卜林说，他感到了轻微的寒意。

"我说，你知道这个世界是个危险的地方。事出有因，错误的地点，错误的时间。人类历史上好人做坏事的次数，你想都不用想就能数出来。"

"我没有，我还没问你的名字。"

"要不要我的推特用户名？你想给我发美图吗？"

吉卜林把香烟扔在人行道上。同时，一辆黑车停到餐厅前的路边，挂着空挡等着。

"很高兴和你聊天。"吉卜林说。

"等等。我们差点儿就聊完了，但还没完。"

吉卜林试图进门，但男人挡住他的路。倒不是完全堵住他的路，只是挡在那儿。

"我的妻子——"吉卜林说。

"她很好，"男人说，"很可能正在想着吃甜点要不要来点儿蛋白霜。所以你深呼吸一下——要不就跟我上车坐一程，你自己选。"

吉卜林的心脏像一分钟跑了两千米一样。他已经忘记这种感觉的存在。这是什么？终有一死？

"喏，"吉卜林说，"我不知道你在想什么——"

"今天有人拜访你，是党派的警察，破坏气氛的人。我已经刻意反应迟钝，只有一句话要说——也许他们唬住你了。"

"这是在威胁我吗？还是——"

"不要激动，你没有麻烦。在他们那边你可能有麻烦，但我们这边没有，暂时没有。"

吉卜林只能想象"我们"指的是谁。现实情况很清楚，尽管吉卜林一直在跟杂工和中间人打交道（充其量是经济罪犯），他在公司里扬名却是靠开发先前利用不充分的收入来源。收入来源的性质是——和财政部特工来访的意思一样——不合法的。用通俗的话来说，就是他为资助恐怖主义国家洗钱，比如伊朗和也门，以及谋杀自己国民的国家，比如苏丹和利比亚。他在市中心一栋高楼的转角办公室里做这些事。因为你处理的是几十亿美元，你就得正大光明，造出空壳公司，用各种方法伪装汇款发起地，直到钱干净得像新的一样。

"没有麻烦，"吉卜林告诉穿高领毛衣的男人，"只是几个年轻特工有点好胜。但我们在他们的上层敲定了一些事情，在关键级别上。"

"不，"男人说，"你们在那里也有麻烦。执行政策有变，出了一些新的措施。我不是要让你恐慌，不过——"

"喏，"吉卜林说，"我们擅长这个。我们是最好的。所以你的雇主才——"

男人严厉地怒视："我们不能谈论他们。"

吉卜林感觉有电一样的东西蹿进他的后背，肛门一缩。

"你可以信任我们。我是说，"他控制住情绪，"信任我。我一直是那么保证的。没有人会因为这件事去坐牢，巴尼·卡尔佩珀是那么说的。"

男人看着吉卜林，就好像要说，或许我能相信你，或许不能。又或许他是在说，这事由不得你决定。

"把钱保护好，"他说，"那才最重要。不要忘了钱是谁的。好吧，或许你能把它洗得很干净，不会牵扯到我们身上，但那不意味着钱是你的。"

吉卜林用了一秒钟去理解这里面的内涵，他们以为他是个贼。

"不。当然不会。"

"你看起来很担心，不要有那种表情，没事的。你需要拥抱吗？我只是在说，别忘了最重要的事情。接下来——你的小命是第二位的。只有钱最要紧。如果要你去坐牢，你就去坐牢。如果你有冲动要上吊，可以，或许那也不是个坏主意。"

他掏出一盒香烟，摇出一根夹在指间。

"现在这个时候，"他说，"甜品蛋奶冻馅饼。你不会后悔的。"

然后穿高领毛衣的男人走向等待着的黑色轿车，坐了进去。吉卜林看着它绝尘而去。

他们在周五前往文雅岛，莎拉有一场慈善拍卖会要参加，跟拯救燕鸥有关。渡轮驶出，她不快地想着与未来亲家的失败聚餐。吉卜林也道歉了，"都是因为工作上的事。"他告诉她，但她以前听过太多次这样的话。

"那就退休吧，"她说，"我的意思是，既然工作给你这么大的压力。我们的钱多得用不完，我们甚至可以卖掉公寓，或者游艇。说实话，我一点儿都不在乎。"

他对这句话很恼怒，话里的意思是他赚的这些钱，他仍然在赚的钱，对她而言竟然一文不值。就好像赚钱这门艺术，他积累的专业知识，他对交易、对每次新挑战的热爱，都是没有价值的，反而是种负担。

"这跟钱无关，"他告诉她，"我有职责。"

她懒得再吵下去，甚至都懒得说，那你对我的职责呢？对詹妮的呢？对莎拉而言，她嫁给了一台永动机，一台必须持续转动的发动机，否则就再也不转了。本就是工作，工作就是本，这就像数学等式。她用了十五年的时间，换了三个治疗师才接受那个事实——她相信，接受就是开启幸福的钥匙，但有时还是隐隐作痛。

"我的要求不多，"她说，"但和康斯托克夫妇的晚餐很重要。"

"我知道，"他说，"我很抱歉。我会邀请康斯托克先生来高尔夫俱乐部，打上九洞或十八洞。等我巴结完之后，他会成为我们同好会的主席。"

"问题不在那家的丈夫，问题在妻子。我能看出来，她很怀疑，她觉得我们是那种花钱如流水的人。"

"她这么说了？"

"没有，但我能看得出来。"

"去他的。"

她咬牙切齿。他总是这样，不把别人当回事。她相信这种态度只会让事态更糟，即便她嫉妒他能这么不负责任。

"不，"她说，"这很重要，我们要做得更好。"

"什么方面更好？"

"对人。"

他看到她的脸时，把已到嘴边的刻薄回答咽下去了。她是认真的，在她的心里，不知怎么的，他们竟成了坏人，就因为他们有钱。这与他所有的信仰都相悖。看看比尔·盖茨，那个人活着时就把一半的财富投入慈善事业了，几十亿美元。那不比一个什么——当地牧师更好吗？如果影响力是衡量一切的标准，那比尔·盖茨不比甘地更好吗？本·吉卜林和莎拉·吉卜林夫妇，每年向慈善事业捐款几百万，难道不比一年最多捐五万块的康斯托克夫妇好吗？

周日清晨，莎拉早早醒来。她在厨房里转悠，直起腰来，琢磨他们需要买些什么。然后她穿上休闲鞋，抓起柳条篮，走路穿过小岛去农贸市场。外面很闷，海水层就要热透了，阳光被空气中的水分子放大，让世界感觉更像液体。她经过他们家岔道尽头倾斜的邮筒，沿着主干道的路边走。她喜欢鞋子踩在碎石路面沙子上的声音，像富有节奏的踢踏舞。纽约的交通太吵，地下铁的轰隆声让人听不到自己在时空中的移动，听不到呼吸的声音，有时加上电钻和下沉式公交车的爆发性呼啸声，你得掐一把自己，才能知道自己还活着。

但这里，夜晚冷酷的寒意让步给夏日的湿热，空气中是冒泡的彩虹，莎拉能感觉到自己在呼吸，肌肉在运动，她甚至能听到头发触碰轻便的夏季夹克领子的声音。

农贸市场已经忙碌起来。你能闻到粗粮面包在看不见的隐蔽的篮子里发酵，摆出来的压伤番茄和装饰美观的盒装硬核水果，尽管有杂斑的水果才最甜。摊贩们每周都在这里摆摊，只是顺序稍有不同，有时爆米花的小摊在这一头，有时在另一头。花店喜欢中间的位置，面包师傅则在离水最近的一头。本和莎拉已经连续15年来这里，先是作为租客，等他们从有钱人变成富人后，就成了一栋现代混凝铸铁管道海景建筑的户主。

　　莎拉知道所有农夫的名字，她看着他们的孩子从幼童长成青少年。她走在周末度假的人和本地人旁边，与其说是购物，不如说是体会一种归属感。他们要赶下午的渡轮，多买一只桃子都没有意义，但周日的早晨，她不能不来农贸市场。那些下雨的日子，市场停业，她感觉没有依托。回到城里，她会像迷宫里的老鼠一样在街上游荡，寻找着什么，却又不知道在找什么。

　　她停下来研究某种西洋菜。她和本在晚餐后吵了一架——因为他的冷淡态度，吃到一半离席——虽然时间不长，却很激烈。她明确有力地让他知道，她不会再容忍他的自私。世界的存在不是为了满足本·吉卜林的需要，如果那就是他想要的——身边都是他可以随意践踏的人——好吧，那么，他应该换个老婆。

　　本一反常态地赔罪，拉着她的手，说她说得都对，他很抱歉，会尽一切努力让这种事情不再发生，这让她措手不及。她习惯了吵架时他充耳不闻。但这一次，他看着她的眼睛，告诉她，他知道自己一直没有珍惜她，认为一切都理所应当，他太傲慢，他用的词太狂妄。但从现在开始，是新的一天了。他其实看起来有点儿害怕。她把害怕当成了威胁奏效的迹象，以为他相信她会离开他，不知道没了她该怎么办。以后她会意识到，他已经在担心——他拥有的一切，他这个人的一切，都濒临消逝。

　　于是今天，在见证过丈夫的悔悟后，她和他躺在他们的婚床上，他的脑袋放在她的乳房之间，他的手抚摸着她的大腿，她感觉生活的新篇章开启了。这是一场复兴，他们一直聊到深夜，说要放一个月的假，去欧洲旅行。他们会手拉着手走在意大利翁布里亚的小巷里，像一对新婚夫妇一样。午夜后的某个时候，他打开他的红木盒子，他们抽了一点儿大麻，这是詹妮出生后她抽的第一口。大麻让他们傻笑得像两个孩子，他们坐在厨房地板上，从打开的冰箱门里，直接从保鲜格里拿草莓吃。

她散步经过卖英国黄瓜和一篮篮松叶莴苣的小摊，卖浆果的男人把他的货品配成三个品种——绿色的小筐里装有蓝莓、黑莓和红覆盆子。她剥下夏玉米粗糙的外皮，她的手指渴望感受皮下的黄丝，迷失在幻觉里。在文雅岛的农贸市场，就在这个位置，在这个早晨的这个时间，现代世界消弭了，无声的阶级战争里不言而喻的隔阂消失了。这里没有贫富，没有特权，只有从肥沃土壤里拔出的食物，从壮实的树枝上摘下的水果，从蜂箱里偷来的蜂蜜。面对自然，我们都是平等的，她心想——这个想法就其本身而言，就是奢侈的产物。

一抬头，她看到美琪·贝特曼就在不远处。那一刻是这样的：一对推着婴儿车的年轻夫妇穿过她的视线中央，他们正经过时，美琪的侧面显露出来，她正在交谈，然后——等推车的夫妇完全离开视线后——跟她讲话的男人也显现出来了。他是个四十来岁的英俊男人，身着牛仔裤和 T 恤，上面都有颜料的污迹，T 恤的外面罩了一件蓝色旧开衫。男人的头发稍长，不经意地拨到脑后，但一直往前面掉。莎拉看着时，他又抬手把头发拨到后面去，就像马分心地用尾巴拍击苍蝇一样。

莎拉的第一个想法只是认出熟人了，她认识那个人（美琪）。第二个想法才是来龙去脉（那是美琪·贝特曼，嫁给了戴维，两个孩子的母亲）。第三个想法是，和她讲话的那个男人站得有点儿太近了，他在倾身向前微笑着。美琪脸上的表情也与他相似。他们两人之间有种非同一般的亲密感。然后美琪转身看到了莎拉，她举起一只手来，遮挡眼睛避免太阳照射，像个搜寻地平线的水手。

"嘿，这儿。"她说，美琪的问候声中有种坦率，表现得不像一个刚被人抓包的女人，在和不是她丈夫的男人调情，这让莎拉重新考虑了她的第一个假设。

"我就想着你可能在这儿，"美琪说，"噢，这是斯科特。"

男人向莎拉伸出手。

"嗨！"莎拉说，然后对美琪说话，"是啊，你真了解我。只要市场开张，我就一定在这儿捏牛油果，风雨无阻。"

"你今天回去吗？"

"三点钟的渡轮，我想是。"

"哦别。不要——我们有飞机，跟我们一起走吧。"

"真的？"

"当然，我刚刚还在跟斯科特说呢，他今晚也要进城。"

"我在考虑走路回去。"斯科特说。

莎拉眉头一皱："我们在一座岛上。"

美琪笑了："莎拉，他是开玩笑的。"

莎拉感觉自己脸红了。

"当然。"

她勉强笑了一下。

"我有时真是昏了头了。"

"那就说定啦，"美琪说，"你们都得来，你们两个都是，还有本，会很有趣的。我们可以喝一杯，还可以聊聊艺术。"

她对莎拉说："斯科特是个画家。"

"失败的画家。"他澄清道。

"不。那也太，——你不是才告诉我下周有个画廊碰面会吗？"

"一定会出岔子的碰面会。"

"你画什么？"莎拉问。

"灾祸。"他说。

莎拉的表情一定很困惑，因为美琪说："斯科特画新闻里的灾害场景——火车失事，房屋倒塌，还有季风之类的——那些画真是天才的作品。"

"嗯，"斯科特说，"它们是病态的。"

"改天我想看看。"莎拉客气地说，尽管"病态"这个词听起来很有病态。

"看到没有？"美琪说。

"她这是在客套，"斯科特敏锐地说，"但我很感激了，我在这里的生活很简单。"

很明显，如果有人问他，他会再多说一点儿，但莎拉换了话题。"你们什么时候回去？"她问。

"我会发信息给你，"美琪说，"但我想在8点左右。我们飞去泰特波罗机场，然后从那里进城，通常10点半之前我们就到家躺在床上了。"

"哇！"莎拉说，"那太棒了！只要想到周日下午的交通堵塞，我就头疼——我是说，好处太大了。本会很兴奋。"

"好，"美琪说，"我很高兴。飞机就是拿来用的，对吧？如果你有一架飞机——"

"我哪儿知道呢。"斯科特说。

"别这么尖刻，"美琪转向他说，"你也要来的。"

她在笑嘻嘻地戏弄他，莎拉确定美琪就是这么一个人，光明磊落，很有人缘儿。斯科特当然也没有散发出暧昧的气场，他们两个不过就是在农贸市场上结交的朋友。

"我会考虑一下的，"他说，"谢了。"

他对她们两人微笑，然后走开了。一度感觉他们三人都要分道扬镳，但美琪逗留了一下。莎拉感觉如果美琪还想聊天的话，她有义务陪同，于是她们两人分开一下又回到了一起。

"你是怎么认识他的？"莎拉问。

"斯科特吗？就是——在这附近。或者这么说——他经常在加布咖啡馆喝咖啡，我以前一直带孩子们过去，就是出了家门总是会去的地方，瑞秋喜欢他们家的玛芬蛋糕。于是就聊起来了。"

"他结婚了吗？"

"没有，"美琪说，"我想他以前订过婚。总之，孩子们和我去过一次他的住处，看了他的作品，真的好极了。我一直试图让戴维买几幅画，但他说他自己做的就是灾难这一行，所以他其实不想回到家里再看到灾难。说句公道话，那些画相当形象。"

"我猜也是。"

"是啊。"

她们站了一会儿，一时没有话讲，就像小溪里的两块石头，周围是来来往往的人群。

"都还好吧？"莎拉问。

"还好，是的。你呢？"

莎拉想到当天早晨本是如何亲吻她的，她笑了："很好。"

"那就好。嗯，我们到飞机上再聊，怎么样？"

"真棒，再次谢谢你。"

"好了，今晚见。"

美琪飞快地给她一个飞吻，然后就走了。莎拉看着她离开，然后继续找草莓。

此时，本坐在露天平台上——用再生木材制作，有爬满常春藤的花架——看着海浪。摆在厨房台面上的是一打百吉饼，以及熏鲑鱼、纯种番茄、酸豆和一块当地的手工奶油芝士。本拿着一份周日的《时代》周刊和一杯卡布奇诺，坐在柳条椅上，海洋上吹来一缕轻风，拂过他的脸庞。整个周末，他都在用一款名叫"编校器"的应用程序和卡尔佩珀互通短信，这款应用程序能在你阅读短信的同时涂黑它们，然后永久删除。

海洋上，帆船缓慢地驶过浪峰。卡尔佩珀用加密的形式说，他已经通过非正式渠道深入政府档案了。他用表情符号替代关键词，就算政府用某种方式破解了应用程序，文本部分也难以被用作证据。

看起来有个关键的人在给他们报料。

本抹去下巴上的番茄汁，吃完了半个百吉饼。有人告密？卡尔佩珀是那个意思吗？本记起巴厘岛餐厅外面穿高领毛衣的男人，他的鼻梁在俄罗斯的监狱里被打断。那真的发生过吗？

莎拉拿着半个西柚来到游廊上。他才刚刚起床，她已经参加完镇上的动感单车课了。

"渡轮3点30分出发，"本告诉她，"所以我们应该2点45分到那里。"

莎拉递给他一张餐巾纸，坐下来。

"我在农贸市场碰到美琪了。"

"美琪·贝特曼？"

"是的，她跟某个画家在一起。我的意思是，不是在一起，但他们在聊天。"

"哦。"他说，准备屏蔽剩下的对话。

"她说他们今晚的飞机上有空位。"

这句话吸引了他的注意："她邀请我们了？"

"除非你想乘渡轮。但是你也知道星期天晚上的交通状况。"

"我不想，那听起来，——你答应了吗？"

"我说我会跟你说一声，但默认我们是同意的。"

本向后一靠。他要给助理发一条消息，派一辆车去泰特波罗。他正掏出手机要发信息时，有了另一个想法。

戴维，他可以跟戴维聊聊。当然不能说细节，但可以聊到他现在有些麻烦——一个大亨与另一个大亨的谈话。戴维能不能推荐什么策略？他们应该先发制人，雇一个危机经理？还是开始找一个替罪羊？戴维和行政部门也有密切联系，如果司法部真的收到新的指示，或许戴维可以帮他们先套到一些话。

他把吃了一半的百吉饼放下，在裤子上擦擦手，站起身来。

"我要去海滩散个步，理清一些事情。"

"你等我一分钟，我跟你一起去。"

他想开口告诉她，他需要时间来思考，但他犹豫了。继詹妮男友的事件之后，他需要加倍努力。于是他点点头，进屋穿鞋。

去机场的路程很短，车过了晚上9点才来接他们。他们坐在有空调的后座，穿过变暗的暮光，太阳低垂在地平线上，像橙色的蛋黄般慢慢地沉入一片凉爽的糖霜。本反思了一下他想对戴维说什么，怎么贴近这个话题——不能说"有一场危机"，要说"你有没有听说白宫传出什么消息，对市场会有影响"。哦不行，那说得太细了。或许就是简单地说："我们听到一些有关新政策的风言风语，你能去证实一下吗？"

他在流汗，尽管车内只有20摄氏度。莎拉挨着本，正微笑着观看日落。本鼓励性地捏捏她的手，她看过来，朝他咧嘴一笑——本是她的男人。本回以微笑，他现在就可以消灭掉一杯金汤力。

卡尔佩珀打来电话时，本正钻出汽车，走上停机坪。当时是晚上

9点15分，气候温和，跑道的边界笼罩着浓雾。

"要开始了。"本从司机手里接过旅行袋时，卡尔佩珀说。

"什么？"

"起诉。一个小妞刚告诉我。"

"啊？什么时候？"

"就在明天早上，政府会派大批人挥舞着逮捕令过来。我跟勒罗伊通过话了，他扣了我一脸的屎盆子，他这次要站在总统那一边。我们需要向华尔街传达一个信息，或者类似的屁话，我现在有一百个临时雇员在那里打点事情。"

"什么事情？"

"曲奇怪兽会如何对待曲奇？"

本在发抖。他的创造性推理中枢现在关闭了。

"老天爷，巴尼。你就明说吧。"

"不能在电话上说，你只要知道，斯大林对苏联做的事现在正发生在我们的数据上，但你要装作什么都不知道。对你而言，这只是一个平常的星期天的晚上。"

"我应该——"

"什么都不用做。回家，吃一片赞安诺，睡觉。早上穿一套舒适的西装，手腕上抹点儿保湿霜。他们会在办公室里逮捕你们——你，胡佛和泰贝莎，等等。我们长年聘请的律师会待命把你保释出来，但他们是浑蛋，把你关到允许范围内的最长时间。"

"关在监狱里？"

"不，关在百思买大卖场。开个玩笑。对，当然是关在监狱里。但别担心，我在里面有人。"

他挂了电话。本站在停机坪上，没有觉察到暖风和莎拉关切的注视。一切看起来都不同了，爬升的雾气，飞机下的阴影。本几乎预感到天上有直升机撒下快绳，突击部队从天而降。

要开始了，他想，绝对是最坏的情形。我会被逮捕，被指控。

"老天，本。你看起来魂不守舍。"

他们身后，两个地勤人员刚给飞机加满油。

"没有，"他说，试图镇定下来，"没有，就是，——我没事。只是——市场有坏消息，亚洲的。"

两个地勤把加油的软管拉回来，拉出机身。他们穿着卡其布工作服，戴着相配的帽子，他们的脸埋在阴影里。其中一人从输油管道旁退了几步，掏出一盒香烟。他点着一根，橙色的闪烁照亮他的脸庞。本斜眼看他。那是——那个谁吗？他心想，但那张脸又暗下去了。"战或逃"的本能现在非常强烈，就好像他的每个恐惧都躲在雾里包围着它。他心跳如雷，虽然天气很热，他仍在哆嗦。

过了一会儿，他意识到莎拉在跟他说话。

"什么？"他说。

"我在说，我应该担心吗？"

"不，"他告诉她，"不用。只是——你知道，我真的很期待我们聊的这趟旅行——意大利，克罗地亚。我想，要不——或许我们应该今晚就去。"

她拉住他的胳膊。

"你疯了啊。"她捏着他的胳膊对他说，他点点头。第一个人已经固定好燃油软管，钻进了卡车驾驶室。第二个人丢掉香烟，用脚把它碾灭，走向副驾驶的车门。

"我可不想坐这班飞机。"他说。

他说话的语气有点儿不对劲，是一种暗示。本转过身。

"什么？"他说。但男人已经关上车门，然后卡车开走了。那是某种威胁吗？一句警告？还是他在疑神疑鬼？本看着卡车退回飞机棚，直到尾灯只剩浓雾中的两个红点。

"宝贝儿？"莎拉说。

本大声地呼气，想摆脱这种感觉。

"唉。"他叹了一口气。

太大了，不会进监狱。巴尼是那么说的，他说这只是一种策略，政府要杀鸡儆猴。但归根结底——他的秘密，以及对金融市场的牵连——他不得不相信，巴尼是对的，这件事能用几百万美元悄悄地平息下去。事实是，他对这一天早有准备和计划。不做准备才真是白痴，本·吉卜林绝对不是个白痴。他有自己的财务绝缘罩，隐藏了资金——当然没有隐藏所有的钱，只是几百万而已。他有个长期的咨询律师。没错，这是最坏的情形，但他们已经建好应对这种情形的堡垒了。

让他们来吧，他想，让自己听从命运的安排。然后他捏捏莎拉的手，宽心了，陪她走向飞机。

CHAPTER **2.**

康宁汉

比尔·康宁汉跟权威过不去，这从来都不是秘密。在某种程度上，那就是他的商标，一个喷火的反抗者，而且他把这个商标转化成了 ALC 每年 1000 万美元的合约。但是，就像一个人的鼻子、耳朵会随着年龄增长变得肥大一样，定义这个人的心理问题也是。如果活得足够久的话，我们都会变成自己的讽刺漫画。于是在过去的几年里，随着比尔的权力变大，"去你的"这种态度也日渐恶劣。时至今日，他已经像古罗马恺撒大帝一样，内心深处相信自己可能是个神。

究其根本，这也是为什么当整间公司都在为他声称的"电话窃听"叽叽歪歪时，他仍能上节目。不过，如果他能坦承的话（他不能），他不得不承认，戴维的死与这件事关系很大。危机时刻产生了忧伤反应和权力真空，比尔对此加以利用，借机传达他所谓的"领导力"，但实际上是一种道德欺凌。

"你们是要——"他说，"让我搞清楚，你们是要在全面开战的时刻开除我。"

"比尔，"唐·里柏林说，"不要走这一步。"

"不，我要——你需要正式说出来——这样等我告诉你，要你赔10亿美元的时候，我就能言之有物。"

唐瞪着他。

"老天爷。戴维死了。他的妻子死了。他的——"

他沉默片刻，受不了这么巨大的冲击。

"他倒霉的女儿。而你却——我甚至不能大声说出来。"

"完全正确，"比尔说，"你不能，但我能，我就是干那个的，有话就大声说出来。没有人愿意问的问题，我来问——几百万人就是因为这一点才看这个频道。人们打开电视看我们自己老板的死亡报道，却看到某个补位机器人戴着费雪牌假发在读提词器上的观点，你说他们会不会跑去看CNN。戴维和他的妻子、女儿——在该死的洗礼上我还抱过她——正和本·吉卜林一起躺在大西洋底的某个地方，我听说本正面临指控。每个人都在用'意外'这个词，就好像这个地球上没有人有理由想让这些人死。那为什么一个坐防弹豪华轿车、有防弹玻璃办公室的人会被一枚该死的火箭炮打中。"

唐望向富兰克林，他是比尔的律师。唐已经知道，在常识和营销天才的对战中，营销就要胜出。富兰克林微微一笑。

于是就这么通过了。周一早晨，比尔·康宁汉回来上节目，即坠机发生后的三个小时。

他坐在摄像机前，头发没梳，衬衫袖口卷起，领带歪斜，以求达到所有的意图和目的，让他看起来像个被悲恸击垮的人。然而，他一开口，态度却很强硬。

"让我把话说清楚，"他说，"这个组织、这个星球失去了一个伟大的人，一个朋友和一个领袖。没有他，我现在不会坐在你们的面前——"

他停顿一下，整理心情。

"——如果不是戴维·贝特曼看到别人看不到的潜力，我今天还在俄克拉荷马州报天气，我们一起打造出这个频道。他娶美琪的时候，我是他的伴郎。我曾经是他女儿瑞秋的教父。所以我感觉，我有责任见证他的谋杀案得到解决，那些凶手被绳之以法。"

他向前探身，定定地凝视镜头。

"对，我说的是谋杀，不然还能是什么？一个权力人士的城市里最有权力的两个男人，他们的飞机消失在黑暗的大西洋上空，一架前一天刚刚做过保养的飞机，由顶尖的飞行员驾驶，他们没有向飞行控制站汇报机械问题，却莫名其妙地在起飞 18 分钟后从雷达上消失了。看着我的脸，地球上没有人能说服我，让我相信这里面不牵涉任何的违规行为。"

那天早上的收视率是频道史上最高的，而且仍在继续攀升。随着第一块残骸被找到，第一具尸体被冲刷上岸——艾玛·莱特纳的尸体，于周二被渔人岛上一个遛狗的人发现，莎拉·吉卜林的尸体在周三早晨被一名捕虾的渔夫捞上来。比尔似乎就超越自我了，像一场胜负难分的第七场比赛下局的替补投手。

那一天，比尔把发现人体残骸这件恐怖的事引向更深的阴谋。本·吉卜林呢？戴维·贝特曼呢？飞机上的乘客加机组成员共有 11 个人，还有 7 具尸体仍未找到，包括最有可能被尚且未知的势力作为目标的两个人，这看起来还不够明显吗？如果如报道所说，本·吉卜林和妻子坐在一起，为什么她的尸体被找回了，他的却没有？

还有，斯科特·伯勒斯这个角色去哪儿了？为什么他还坚持躲着全世界？他有没有可能与坠机事件有关？

"显然他没把知道的全说出来。"比尔告诉在家看电视的人。

自从第一只靴子落地后，调查组内部的线人就一直在往 ALC 汇集信息。由此，他们可以先于所有人曝出座位表。他们也是第一家曝出新闻，说吉卜林的公诉即将开始的。

比尔爆出消息，说男孩 JJ 抵达机场时一直在睡觉，是被父亲抱上飞机的。他与事件的私人关系，他在主播台后的马拉松式直播，不时还要暂停振作一下，这一切都让观众很难换台。他会彻底崩溃吗？他接下来会说什么？一小时又一小时，比尔把自己塑造成了某个烈士，像是站在参议院里的吉米·斯图尔特[1]，拒绝屈服和投降。

但随着日子一天天地过去，连非正式渠道泄露的消息看起来都很假。失事地点真的没有新线索了吗？所有其他的团队都有吉卜林的新闻了，《时代》周刊周日刊出了一篇 6000 字的文章，详尽地显示他的公司如何帮朝鲜、伊朗和利比亚洗了几十亿美元。比尔没什么兴趣继续挖坑，他沦为一名评论员，重新去翻旧账，对时间线指手画脚，朝地图大吼大叫。

然后他有了一个主意。

比尔在果园街的一间潜水酒吧与纳摩见面，这里的灯箱是黑的，没有招牌。他选择这里是因为，他估计那些颓废的新贵自由主义精英不会认得他的脸。那些胡子拉碴的莎拉·劳伦斯学院[2]毕业生喝着手工啤酒，以为每个保守的评论家都不过是他们老爸的一个朋友。

作为准备，比尔把他标志性的背带裤换成了 T 恤和飞行皮衣。

那间酒吧"泳吧"的风格就是低亮度和有发光鱼缸，有种九十年代中期科幻动作片中的氛围。他点了一杯百威，在海水大鱼缸后面找到一张桌子，然后盯着大门等他要等的人。坐在鱼缸后面让他有种在

---

1 吉米·斯图尔特（Jimmy Stewart，1908—1997），美国著名演员和军官，曾出演《费城故事》，被认为是美国中产阶级抵抗危机的代表。

2 莎拉·劳伦斯学院（Sarah Lawrence College），是美国十所学费最贵的私立学院之一。

水底的幻觉，透过玻璃，房间开始具有哈哈镜的质感，就像海洋升高吞没大地后，一间潮人酒吧的样子。才刚过晚上九点，这个地方已经有很多人了，都是兄弟帮和第一次约会的潮人。比尔啜饮着啤酒之王，打量起当地的人来。一个金发女孩，胸部还行，有一点儿小胖。某个戴鼻环的东亚人，看起来像是菲律宾人。他想起之前和他上床的女孩，一个从乔治·华盛顿大学毕业的 22 岁实习生，被他压在办公桌上，在六分钟辉煌的风钻后入式的撞击后，伴着"盯着门"的说话声，他在她的棕色头发里咳嗽，一口气达到高潮。

那个人穿着雨衣进来，耳后别着一根没抽的香烟。他四处随意看看，见到比尔被鱼缸放大的可笑的大头，走向他。

"我估计你以为自己很隐秘，"他说，溜到卡座坐下，"选了这么个破地方。"

"我的核心受众是 55 岁的男性白人，每天早晨需要两大勺纤维素才能拉出一条稍微像样的屎来。我想我们在这里很安全。"

"只不过你是坐城里的车来的，此时此刻车就在路边瞎转，引人注目。"

比尔掏出手机告诉司机去兜圈。

比尔是在去德国的一次公费旅游中认识纳摩的，当时是小布什的第一个任期。当地一个 NGO 把纳摩介绍给他，说他是个该认识的人，这孩子转眼就给他提供了黄金信息。因此比尔开始培养他，请他吃饭，给他买话剧门票，任何东西；而且只要纳摩想找人聊天，比尔随时奉陪，这种事通常发生在深夜一点半以后。

"你发现什么了？"他把手机放回口袋后，问纳摩。

纳摩四下看看，同时测定音量和距离。

"窃听平民太简单了，"他说，"我们已经盯上空乘的父亲、飞行员的母亲以及贝特曼家的姨妈和姨夫。"

"埃莉诺和——叫什么来着？道格。"

"没错。"

"他们一定昏头了，"比尔说，"赢了该死的孤儿乐透奖。那孩子应该会继承大约三亿美元。"

"但是，"纳摩说，"他毕竟还是一个孤儿。"

"呜呜呜，我希望我也是个孤儿。我母亲在包吃包住的宿舍里把我养大，她用漂白剂避孕。"

"好吧，所有三部电话都被窃听了，她的手机、他的手机和家里的座机。我们会先于他们看到他们所有的电子信息。"

"这些信息传送到哪里？"

"我开设一个虚拟账户。我们今晚出门时，你会收到密文形式的信息。我也破解了她的语音信箱，所以你深更半夜时可以听到。"

"相信我，我的妞太多——我夜里回家后，只会把我的大鸟放进冰里。"

"提醒我下次到你家不要点玛格丽特。"

比尔喝完了他的啤酒，朝调酒师挥手又要了一杯。

"'海神'怎么样了？"他说，"那个长途游泳健将。"

纳摩小口抿着他的啤酒。

"没消息。"

"你说'没消息'是什么意思？这是 2015 年。"

"我能说什么呢？他是个返祖的人。没有手机，不发短信，用邮寄的方式付所有账单。"

"接下来你就要告诉我他是个托洛茨基分子。"

"再也没有人是托洛茨基分子了，连托洛茨基自己都不是。"

"很可能因为他50年前就死了。"

一个女招待给比尔拿来一杯新啤酒，纳摩示意他也想要一杯。

"至少，"比尔说，"告诉我这个童子军在哪里，在哪个星球上。"

纳摩想了想。

"你为什么对这个家伙这么不爽？"他问。

"你在说什么？"

"我只是在说——这个游泳健将——其他人都觉得他是个英雄。"

比尔做了个怪相，就像这句话让他身体不适。

"那就像在说，正是这个国家出现的所有问题让我们伟大。"

"对，可是……"

"某个失败的酒鬼跟真正有成就的人套近乎，想搭上高攀的快车。"

"我不知道那是什么——"

"他是个骗子，我是在说，一个无名小卒。他靠肌肉挤到聚光灯下面，是一个假装谦虚的骑士。而真正的英雄，那些伟大的人，死在狗屁蓝色深海的海底。如果那就是2015年我们对英雄的定义，那么，哥们儿，我们死定了。"

纳摩在剔牙，他对这些一点也不感兴趣。但这是个很高的要求，要违反很多法律，所以很可能有必要确定一下。

"他救了那个孩子。"他说。

"那又怎么样？他们也训练狗背上威士忌桶去雪崩里寻找温暖的人体，但你怎么没看到我教育我家孩子长大了去当雪橇犬。"

纳摩琢磨了一下那句话，说："好吧，他没有回家。"

比尔盯着他看。纳摩笑不露齿。

"我在筛选一些闲谈的话，说不定他会出现在谈话里。"

"但是你不知道——你是这个意思吗？"

"是的，就这么一次，我不知道。"

比尔的腿一晃，他突然对第二杯啤酒失去了兴趣。

"我是说，我们现在聊的是什么人？一个酗酒的败类？一个黑色行动中的潜伏特工？某个罗密欧？"

"也有可能他只是个上了不该上的飞机，救了一个孩子的家伙。"

比尔又做出怪相。

"那是个英雄的故事，每个人都有个英雄故事，这是屁人情味。你不能告诉我，这条过气咸鱼在飞机上搞到一个座位就因为他是个好人。三个星期前，连我都没办法搭那架飞机一程，得去搭该死的渡轮。"

"而且你绝对不是个好人。"

"我是个伟大的美国人，那不比那什么更重要吗——当个好人？"

女招待给纳摩拿来第二杯啤酒，他抿了一口。

"是这样的，"他说，"没有人能永远隐姓埋名。迟早，这个家伙要去熟食店买个百吉饼，然后有人拍张手机照片，或者他会打给某个我们已经在窃听的人。"

"比如运安委的富兰克林。"

"我告诉过你了，那个人很棘手。"

"你说任何人都行，你说从电话簿里挑个名字的。"

"喏，我可以搞到他的私人专线，但卫星电话不行。"

"邮件呢？"

"或许需要时间，但我们得小心为上。自从爱国者法案[1]通过以后，他们现在什么都监控。"

1　爱国者法案（USA Patriot Act），2001年乔治·布什总统签署的以防止恐怖主义为目的的国会法案，该法案扩大了美国警察机关合法监控的权限。

"那你说的都是业余把戏。赶紧的，给我干成一件事。"

纳摩叹了口气。他盯上了金发女郎，她趁约会对象上厕所时在给某人发短信。一旦问出她的名字，他就能在 15 分钟内捞出她的裸体自拍照。

"我记得你说过，我们要低调一段时间。"他说，"电话里不是那么说的吗？销毁一切，等你的信号。"

比尔不屑一顾地挥挥手说："那是在 ISIS 杀死我朋友之前。"

"或者是别人干的。"

比尔站起来，拉上飞行夹克的拉链。

"你看，"他说，"就是个简单的等式，秘密加上科技等于没有秘密。这件事需要一个智囊团，一个站在极高处的人，能接入所有处理器，得到政府的、个人的、天气资料的数据。而他，这个崇高的神体，利用那些信息来描绘出真实画面，揭露谁在撒谎，谁在说真话。"

"而那个人就是你。"

"太对了。"比尔说，出门上车。

迷宫

那天晚上，斯科特独自坐着看电视上的自己。与其说这是自恋行为，不如说更像一种眩晕的症状。他看到自己的脸在银幕上，五官翻转，他童年的照片也被挖出来——他们是怎么搞到的？并在公众论坛里展示（夹在成人纸尿裤和休旅车的广告中间），他自己的人生故事被别人讲述，就好像在玩一个电话游戏。这是一个类似于他本人故事的故事，但又不是。他出生的医院搞错了，上的小学搞错了，在克利夫兰学习绘画而不是在芝加哥。这就像走在街上，低头看到别人的影子在跟着你。这些天来，他很难认清自己是谁，只剩一个有知觉的分身在那儿。这个第三人称的他现在是传闻和炒作的对象。他在那架飞机上干什么？上周他还是个普通人，籍籍无名。今天他是侦探小说里的一个角色："遇难者最后的在世见证者"或者"小孩救星"。每天他都在扮演自己的角色，一幕幕的场景，坐在沙发上，坐在硬背椅上，回答 FBI 和运安委的问题，一遍又一遍地回忆细节，他记得什么，不记得什么。然后看报纸上的头条，听广播里空洞的声音。

一个英雄，他们叫他英雄。这个词他现在无法招架，他对自我，那个他创造出来让自己运转的叙述者，感觉如此遥远。一个野心不大的潦倒的人，一个曾经丧失意识的酒鬼，如今活在当下，勉强糊口。于是他低头做人，躲着摄像机。

他偶尔坐地铁，或者走在街上时会被人认出来。对这些人来说，他不仅仅是个名人。"嘿，你救了那个孩子。""我听说你跟鲨鱼打了一架，老兄。你是不是跟鲨鱼打了一架？"他不是被人像皇族那样对待，就好像他的名声建立在某种稀有的东西上，更像是小区里一个撞大运的人。他做了什么？只不过是游泳。他就是他们中的一个，一个做了好事的小人物。所以当人们认出他时，都是微笑着过来的。他们想跟他握手，跟他合影。他从空难里逃生，还救了个孩子。碰他一下都能沾点魔力，跟你摸幸运钱币或兔子脚有同样的功效。他通过做到不可能之事——和杰克一样——他证明了不可能皆为可能。谁不想蹭一点福气？

斯科特微笑，尽力保持友好，这些对话与他假设和新闻媒体的谈话不一样，这些是人性层面上的接触。尽管他觉得不好意思，但还是确保自己不要态度粗鲁。他能理解，他们希望他很特别。他应该特别，这件事对人们很重要，因为我们的生活中需要特别的东西。我们想去相信，魔法仍然有可能。所以斯科特与人握手，接受随便一个女人的拥抱。他请求他们不要拍他的照片，大多数人都能尊重这个要求。

"我们私密一点儿比较好，"他说，"如果只留存在你我之间，会更有意义。"

人们喜欢这个想法，即在一个真正的大众媒体时代，他们还能有一次独特的经历。但不是每个人都这么想，有些人明目张胆地拍照，就好像这是他们的权利。当他拒绝一些人摆拍的要求后，那些人会恼羞成怒。一个年长的女人在华盛顿广场公园外面叫他浑蛋，他点点头告诉她，她是对的。他就是个浑蛋，他希望她有美好的一天。

"去你的。"她告诉他。

一旦被你的同胞神化为英雄后，你就失去了隐私权。你被物化，被剥夺一些无法量化的人性权利，就好像你赢了宇宙级的乐透大奖，一天醒来发现自己成了个小神，幸运守护神。你自己想要什么不再重要，只有你在别人生活中扮演的角色才重要。你是一只被直角放在太阳底下观察的珍稀蝴蝶。

从第三天开始，他停止外出。

他住在蕾拉家三楼的客房公寓里，这是一个纯白的空间，白色墙壁，白色地板，白色天花板，白色家具，就好像他已经死了，搬进某个天国般的冷宫。在艰难的日常工作中，他曾经深受时间的困扰，现在时间却变得可以替代。他在陌生的床上醒来，用不熟悉的咖啡豆煮咖啡，从自动关闭的橱柜里拎起厚重的浴巾，感受它们接触皮肤的高级酒店质地。客厅里有个摆满苏格兰麦芽威士忌和清澈伏特加的酒吧，有中世纪的樱桃木酒箱和精美的折叠盖子。第一晚，斯科特盯着它看了很久，是处于特定精神状态的人注视枪支柜的样子。他可能有太多种死法了。然后他用一张毯子盖住吧台，搬了一把椅子堵在前面，再也不去看它一眼。

在某个地方，吉卜林的妻子和那个美丽的空乘正仰面躺在一块钢料板材上。莎拉，她的名字叫莎拉；穿短裙的空乘叫艾玛·莱特纳。他每天回忆这些名字好几次，像在参悟禅宗的心印。戴维·贝特曼，美琪·贝特曼，瑞秋·贝特曼……

他以为自己已经与这件事和解，对它已有充分的认识了，但找到尸体的新闻还是让他心神不宁。他们都死了，所有人。他知道他们死了，他当时在场，在海洋里，他潜到海浪下方才躲过死亡，那种情况下不可能有生还者。但听到新闻，看到那些镜头，找回此次空难中的第一具尸体让整件事情真实起来。只有等危机彻底结束后，他才发现他的腿不受身体控制。

那个母亲还在海里，父亲和姐姐也是。还有飞行员查理·布施和詹姆斯·梅洛迪。卖国贼吉卜林和贝特曼家的保镖都葬身海洋深处，在永久的黑暗中摇摆。

他心里知道，他应该回家，回到岛上，可是他无法回去。出于某种原因，他发现自己无法面对他曾经的生活（这里的曾经就是九天以前，好像线性时间对像他这样一个大难不死的人没有任何意义，只有事前和事后），无法走向安静的白沙路上的那道白色小门，套上那双心不在焉地脱在门边的旧便鞋，一只在前，一只在后，后面那只鞋的鞋尖还搭在前面那只鞋的后跟上。他觉得无法回去面对冰箱里变酸的牛奶和他家狗悲伤的眼睛。那是他的家，电视上那个男人的，他穿着斯科特的衬衫，眯眼看向旧照片的镜头——我的牙有那么歪吗？他无法面对摄像机的长臂，没完没了的攻击问题。跟地铁上的人讲话是一回事，但是向大众发表讲话——那是他无法应对的事。一句陈述传达给群众后，就成了一项声明。随意的言论变成公开记录的一部分，会被永远拿来重播、自动调校和配上题注。不管出于什么原因，他感觉无法折回原来的路了，无法退回他"以前"住的地方。于是他坐在现在这张借来的沙发上，盯着外面的树顶和银行街的褐色沙石。

此刻那个男孩在哪儿？在纽约州北部的某处农场？在餐桌旁吃早餐？被草莓的绿色带刺顶叶和钙化般的斑点燕麦片包围？每晚睡前，斯科特都有同样的想法。睡着后，他会梦到男孩迷失在无尽的黑色海洋里，梦到他多普勒式的哭声——不知在哪儿又无处不在。斯科特在四处扑打，快要淹死了，他一直搜寻却永远找不到。但这个梦没有出现过，只剩下睡眠的深沉空白。现在他抿着冷咖啡，突然想到，或许这些是男孩的梦，是男孩忧虑的投射，飘浮在喷射气流上，就像一声只有斯科特才能听到的狗哨。

他们两人之间的纽带是真的吗。还是一种隐含的想法，是愧疚感的产物，像病毒一样被他感染上？为了救这个孩子，他让他趴在他的身上八个小时，筋疲力尽；他把他抱在怀里送去医院——那会在大脑里创造新的通路吗？救到这一步还不够吗？他现在回家了，全世界都知道这个孩子名叫JJ，但斯科特总是想起那个男孩。他安全了，被新的家庭关爱，被姨妈和——好吧，我们说老实话——她诡诈的丈夫照顾着。他转眼间成了百万富翁，比那些别无所求的人还要富几百倍，而他还不到五岁。斯科特救了他的命，给了他一个未来，给了他幸福的机会。那还不够吗？

他打给信息台，询问男孩的姨妈在纽约州北部的电话号码。这时是晚上九点，他已经连续两天独自坐在公寓里。接线员给他连上线，在听着电话铃响时，他想知道自己在做什么。

铃响到第六声时，她接起电话，是埃莉诺。他想象着她的面容，红润的脸颊和悲伤的眼睛。

"你好？"她听起来很警觉，就好像天黑以后只会传来坏消息。

"嘿，我是斯科特。"

但她已经在说话了："我们已经发表过声明，能不能请你尊重一下我们的隐私？"

"不，我是斯科特，那个画家，医院里见过的。"

她的声音变温和了："噢，对不起。他们就是——他们不肯放过我们。而他只是个孩子，你明白吧？他的妈妈和爸爸都——"

"我明白，你觉得我为什么要躲起来？"

她本来以为是别人打来的电话，现在切换到现实，一阵沉默——

回到与外甥的救命恩人的现实时刻。

"我真希望我们能，"她说，"我是说，完全靠自己经历这些实在太难了，没有——"

"确实是。他——"

停顿一下。斯科特感觉自己能听到她的思考——她对他能有几分信任？她能说多少？

"JJ吗？他，你知道，他不怎么讲话。我们带他去看了精神科医生，我是说，我把他带去的。医生只是说给他一些时间，所以我也没有给他压力。"

"那听起来——我无法想象那是什么样的——"

"他也不哭，倒不是说他……我的意思是，他虽然才四岁，但他其实应该能理解，所以我以为他会哭的。"

斯科特想了想，一时不知该说什么："也许他只是在消化，我猜。那么让人受创伤的一件事。我的意思是，对孩子来说，经历任何事都是正常的，对吧？我是说，在他们的头脑里，他们在学习这个世界是什么样的，所以那就是他现在思考的东西。飞机会坠毁，人会死，你最后掉进海里。如果地球上的生活就是这样的，或许他会重新考虑整件事——"

"我知道。"她说。他们沉默了一分钟，既不尴尬，也没有不适，只有两个人思索的声音。

"道格也不怎么说话，除了谈钱。我前几天撞见他在下载表格软件。但是——从感情上来讲，我想他是被整件事吓坏了。"

"还在惊吓中？"

"是啊，他呢——你知道，他不擅长跟人打交道，他的童年也很艰难。"

"你是说，25年前的童年？"

他能感受到她隔着电话的微笑："友好一点儿。"

斯科特喜欢她说话的语气和节奏，有种亲密的味道，就好像他们已经认识对方很久很久了。

"鉴于我在女人方面的历史记录，"他告诉她，"我也没什么资格讲话。"

"我不会上钩的。"她说。

他们聊了一会儿每天的日常。道格睡觉的时候，她和男孩就起床了——似乎他睡觉很晚。JJ早餐喜欢吃吐司，而且能一口气吃完一整盒蓝莓。他们一直做手工艺，直到午睡时间。下午他喜欢在院子里找虫子。收垃圾的日子里，他们会坐在门廊上对运输工招手。

"基本上是个正常的孩子。"她说。

"你觉得他真的理解发生什么事了吗？"

接着是长时间的停顿，然后她说："你理解吗？"

星期三，葬礼开始了。莎拉·吉卜林是第一个，她的遗体被葬在皇后区的锡安山公墓，公墓在若隐若现的战前烟囱的阴影里，就好像隔壁是个制造尸体的工厂。警方把新闻车辆控制在南墙的警戒区域内。葬礼那天是阴天，空气凝滞，有些许热带气息，天气预报说下午有雷阵雨，你已经能感觉到大气里的不稳定电子。黑色的车队一路延伸到皇后区的快速路，有家人、朋友和一些政治人物。这一场葬礼办完后，还有八场——假设所有尸体都能找回的话。

头顶上空，直升机在盘旋。斯科特乘坐一辆黄色出租车抵达，他穿着一套黑西服，是从蕾拉的客房衣柜里找到的。衣服的尺码大了一号，袖子长了。然后，他又从一个梳妆台的抽屉里找到一件偏小的白色衬衫，脖子那里太紧，领带下方显而易见地空出一段。他的胡子刮得很糟糕，割破两个地方。他在浴室镜子里看到自己的血，剧烈的疼痛切口把他拉回某种现实。

坦诚地说，他其实还能尝到喉头的咸涩海水，甚至睡觉时都能。

为什么他活着，他们却死了？

斯科特告诉司机不要停表，踏进了车外的迷雾。他一时想知道男孩会不会在这儿——他忘了问——然后他又一想，什么人会带一个幼童参加陌生人的葬礼？

事实是，他自己都不知道为什么要来，他既不是他们的亲属也不是朋友。

斯科特走上前时，能感觉到别人的目光落在他的身上。有二十来个穿黑衣的宾客围在坟墓四周，他看到他们在看他。就好像他在同一个地方发出两次闪电，像一个异类。他出于尊重垂下眼睛。

他看到六个穿西装的男人对葬礼现场敬而远之，一个是格斯·富兰克林。他还认出了其他两个人，FBI 的奥布莱恩探员和另一个——哪个机构来着？财政部的什么探员？他们对他点头示意。

牧师讲话的时候，斯科特看着阴云在天际飘移。他们在银河系中心一个叫"地球"的行星上旋转，一直在旋转。宇宙中的万物似乎都在以圆环模式运动，天体在轨道上自转，推力和拉力让人或野兽的勤勉相形见绌。即使在行星领域，我们也是个小星球——一个人漂浮在整片海洋上，一个颗粒落在海浪里。我们相信思维能力让我们超越自身，相信我们有能力理解天体的浩瀚无穷。但真相是，这一比例感只会让我们缩得更小。

起风了。斯科特努力不去考虑其他尸体，它们仍和飞机埋在一起——梅洛迪机长，本·吉卜林，美琪·贝特曼和她的女儿瑞秋。他想象它们躺在那里，像一封封丢失在无光深海里的信件，静静地随着听不到的音乐摇摆，而螃蟹在吃它们的鼻子和脚趾。

葬礼结束后，一个男人朝斯科特走来。他看起来像军人，有一张英俊、坚毅的脸，就好像他在亚利桑那州炎热的太阳下生活了很多年。

"斯科特吗？我是迈克尔·莱特纳。我的女儿是——"

"我知道，"斯科特轻声地说，"我记得她。"

他们站在墓碑中间，周围是白色的圣母塑像。远处有一座半球形陵墓，顶上是一个修士的雕像，握着手杖和十字架。他在城市的天际线下显得矮小，在傍晚的日光里闪烁，所以只要你的眼睛不聚焦，就能让自己信服，所有的建筑不过是另一种墓碑，是纪念与遗憾的高耸大厦。

"我从哪里读到，你是一名画家。"迈克尔说。他从衬衫口袋里掏出一盒香烟，敲出一根来。

"嗯，我画画，"斯科特说，"如果画画的人就是画家的话，我想我是个画家。"

"我开飞机，"迈克尔说，"我一直以为我就是一名飞行员。"

他抽了一会儿烟。

"我想感谢你的所作所为。"他说。

"活下来这件事？"斯科特说。

"不。那个男孩。我有一次迫降在白令海峡，趴在一艘救生艇上，而我当时有供应物资。"

"你记得杰克·拉兰内吗？"斯科特问，"嗯，我小的时候去过旧金山，当时他正拖着一艘船游过海湾。我以为他是个超人，我想像他一样，于是我加入了游泳队。"

迈克尔想了想。他就是那种你想成为的人，镇定自信，但仍然老辣，仿佛他处事认真，又不会认真过头。

"以前每次发射火箭，他们都在电视上播放，"他说，"尼尔·阿姆斯特朗第一次登月，约翰·格伦第一次环绕地球。我坐在客厅的地毯上，几乎都能感觉到火焰。"

"你踏上过火箭吗？"

"没有。我开过很长时间的战斗机，然后就训练飞行员，没法走商业那条路。"

"他们跟你说什么了吗？"斯科特问，"关于飞机？"

迈克尔解开他的夹克。

"机械上似乎很可靠。在那天早上的跨大西洋飞行中，飞行员没有汇报任何问题，而且前一天才做过全面保养。另外，我查看过你们的飞行员——梅洛迪的记录，他无可挑剔，尽管没法排除人为失误的可能性。我们还没有拿到飞行记录仪，但他们让我看了航空交通管制中心的报告，没有任何求救信号和警报。"

"那天有雾。"

迈克尔眉头一皱："那是视觉上的问题。或许飞机会因为温差而颠簸，但像那样一架喷气式飞机，是靠仪器飞行的，雾不是影响因素。"

斯科特看着一架直升机从北方飞来，沿河滑翔，离得太远而听不到螺旋桨声。

"跟我说说她。"斯科特说。

"艾玛吗？她——曾经的她——你有了小孩，你会想，你是我生的，所以我们是一样的，但不是那样的。你只是暂时和他们生活在一起，或许帮助他们弄明白一些事情。"

他把烟头丢在潮湿的地面上，脚踩上去。

"你能——"他说，"关于那次飞行，关于她的任何事，你能跟我说说吗？"

她的最后时刻，他说的是。

斯科特思考他能说些什么——她给他端来一杯水？当时在播放比赛，两个巨富在喋喋不休，其中一个巨富的妻子在聊逛街？

"她尽到了自己的职责，"他说，"我是说，飞行只持续了多久？18分钟？我在舱门关闭前才赶到。"

"不，我理解的。"那位父亲说，低下头掩饰他的失望。想再多要她的一个片段，一个画面，再一次感觉他还能多了解她一点儿，这是让她活在脑海里的唯一一种方法。

"她很亲切。"斯科特告诉他。

他们站了一会儿，尽在不言中。然后迈克尔点点头，伸出他的手。斯科特与他握手，努力想说点什么来抚平对方此刻的悲痛之情。但是迈克尔感受到了斯科特的内心动荡，他转身离去，后背挺直。

斯科特回到出租车的路上，探员们朝他走来。奥布莱恩领头，格斯·富兰克林紧跟其后——一只手搭在探员的肩上，就好像要说，别去烦人家。

"伯勒斯先生。"

斯科特停下，他的手扶在出租车的车门上。

"我们真的不想在今天打扰你。"格斯说。

"这不叫打扰，"奥布莱恩说，"这是我们的工作。"

斯科特耸耸肩，躲不过去了。

"上车，"斯科特说，"我不想当着摄像机的面。"

出租车是一辆小型休旅车。斯科特把门往后拉开，钻了进去，靠在后座靠背上。探员们面面相觑，然后也钻了进去。格斯坐在前面，奥布莱恩和海克斯坐在中间的折叠座椅上。

"谢谢，"斯科特说，"我这么长时间一直没有被直升摄像机拍到过——"

"是啊，我们注意到了，"奥布莱恩说，"你不热衷于社交媒体。"

"任何媒体。"海克斯说。

"搜救进行得怎么样了？"斯科特问格斯。

格斯转向司机，一个塞内加尔男人，说："你能让我们单独谈谈吗？"

"这是我的车。"

格斯掏出皮夹，给了男人20块钱。见20块钱不管用，他又给了20块。司机拿着钱，钻出了出租车。

"玛格丽特飓风正在从开曼群岛向北移动，"格斯告诉斯科特，"我们目前得叫停搜救行动。"

斯科特闭上眼睛。美琪，玛格丽特。

"是啊，"格斯说，"是个烂笑话，但他们在季节开始时就定好名字了。"

"你看起来很心烦。"奥布莱恩说。

斯科特斜眼看探员。

"一个女人在空难中死去，现在却有一场飓风以她的名字命名，"他说，"我不知道我看起来应该是什么样子。"

"你和贝特曼夫人是什么关系？"海克斯问。

"什么话到你们的嘴里都变得非常有批判性。"

"是吗？"奥布莱恩说，"很可能是出于一种深层的哲学信仰，那就是人人都会撒谎。"

"如果我那么想的话，我完全可以放弃这场谈话。"斯科特说。

"别呀，就是开个玩笑。"奥布莱恩说。

"有人死了，"格斯打断他，"这不是游戏。"

"恕我冒昧，"奥布莱恩说，"你就专注思考是什么让飞机掉下来的，我们会集中在人为因素这一块。"

"除非，"海克斯说，"这两件事其实是同一件事。"

斯科特往后一靠，闭上眼睛。他们现在似乎是自说自话，他感觉很疲倦。他肩膀里的痛感已经减弱，但大脑边缘开始疼，是深层组织对外界气压增高的回应。

"我想他睡着了。"海克斯一边端详他，一边说。

"你知道什么人在警察局里睡觉？"奥布莱恩说。

"犯事的人。"海克斯说。

"你们两个小伙子应该开自己的电台节目，"格斯说，"早间体育新闻，早八点晚八点同时播报交通和天气。"

奥布莱恩敲敲斯科特的胸膛。

"我们在考虑申请一张搜查令，看看你的画。"

斯科特睁开眼睛。

"一张看艺术品的搜查令？"他问，"那是什么样子的？"他想象一份文件的素描，是艺术家的理解。

"就是一张有法官签名的纸，让我们可以缴走你的垃圾。"奥布莱恩说。

"或者你们可以周四晚上过来，"斯科特说，"我会提供纸杯装的白葡萄酒，摆出一盘黄金之星[1]面包条。你们以前参加过画廊开幕式没有？"

"我去过罗浮宫。"奥布莱恩打断他。

"那是在常规罗浮宫的附近吗？"

---

1 黄金之星（Stella D'ora），美国糕点品牌，供应意大利轻甜口味糕点。

"这是我的调查，"格斯说，"没有人可以不跟我说就缴走任何东西。"

斯科特望向窗外。所有送葬的人现在都走了，墓地只是地上的一个洞穴，被雨水填满，两个穿工作服的男人站在榆树树冠下抽着骆驼牌香烟。

"在你们的思维里，我的画能有什么实用价值？"他问。

他是真心想知道，作为一个花费 25 年时间在画布上涂抹颜料的人，被世界忽略，像堂吉诃德一般追逐风车。他是一个退隐的人，做的事情既不实用，也跟不上时代。

"它们是什么不重要，"奥布莱恩说，"重要的是它们关于什么。"

"灾难绘画，"海克斯说，"是你的代理人说的，比如车祸和火车相撞的图画。"

"所以，"奥布莱恩说，"抛开那种东西作为一种艺术形式本身的性质，从程序上来说，对我们是很有意义的。也就是说，或许你厌倦了画灾难，决定自己制造一场灾难。"

斯科特饶有兴味地看着他们，这些人的头脑真奇妙啊，可以凭空捏造出阴谋和骗局。他的眼睛移向格斯，格斯正在捏他的鼻梁，好像非常痛苦的样子。

"那要怎么做呢？"斯科特问，"从实际操作的角度来说，靠追逐无法定义的东西过日子的一个人，这是一个没有动词的故事。这个人是怎么——我甚至不知道怎么措辞——转变的呢？"

"都是这样发生的啊，"奥布莱恩说，"小人物在小房间里琢磨大事件。他们开始胡思乱想，去参加枪展，在网上找化肥炸弹。"

"我不上网。"

"那就是实体图书馆。请注意，这才是重点——要报复。"

"报复谁？为了什么？"

"任何人！每个人！他们的母亲，上帝。"

"我就是觉得很有趣，"斯科特说，"你们的头脑都是怎么运作的？我说过，我在沙滩上走路；我坐在咖啡馆里，盯着自己的杯子；我想着图像，想着颜色和多媒体。这东西对我来说很新鲜，这种电视投影。"

"你为什么要画这个主题？"格斯静静地问。

"好吧，"斯科特说，"其实我也不确定。我以前画风景，然后我开始往里面放东西，我猜我是在试图理解这个世界。年轻的时候，你期待生活会变好，或者至少你接受变好是有可能的说法。也就是说，生活是可操控的，只要你选定一条路，或者可能根本不是你选的。但是你知道有几个人是偶然登上顶峰的呢？他们可能只是偶然落入某个领域。但我落入的是波本威士忌的世界，还有我自己的浑蛋世界。"

"我要睡着了。"奥布莱恩说。

斯科特继续说，因为是格斯问起的，因为他问了，斯科特假定他是真想知道。

"人们早上起床，他们觉得又是新的一天。他们制订计划，他们走向选定的方向。但那不是新的一天，那是他们的火车脱轨或者飓风登陆或者沉船的一天。"

"或者飞机坠毁。"

"是的，这是真实的。而且——对我来说——也是一种隐喻，或者说它曾经是个隐喻——在十天以前。当时我以为画空难只是一种巧妙的方式，来掩饰我毁掉自己人生的事实。"

"所以你确实画了一张空难的画。"海克斯说。

"我们想看看。"奥布莱恩说。

透过车窗，斯科特看着男人把烟头丢进泥里，抓起他们的铁锹。他想起莎拉·吉卜林，她在8月的一个艳阳天里还迎合过他，无力地握手，敷衍地微笑。为什么埋在地下的是她，而不是他？他想起美琪，想起她的女儿，才9岁。她们两人都在大洋底下的某处，而他在这里，在呼吸，在讨论艺术，实际上讨论的是死亡。

"随时过来吧，"他告诉他们，"画都在那儿，你们只需要打开灯。"

他让出租车司机把他放在宾州火车站，琢磨着葬礼上有那么多的媒体，总会有人跟踪出租车。他推门进入车站时，看到一辆绿色的SUV停靠在路边，一个穿牛仔外套的男人冲出车外。斯科特快速走进地铁，下到市区3号车站的站台。然后他原路折回，挤向北线的站台。同时，他看到穿牛仔外套的跟踪者出现在市区站台的那一侧。那个跟踪者拿出一部相机，随着北线的列车呼啸而入，他看到了斯科特，举起相机想拍照片。列车刺耳地驶过斯科特时，他脚跟一转，没让对方拍到他的脸。他听到空气闸门的声音和地铁的叮当声，退步进门上车。他坐下，一只手挡着脸。门关上时，他透过张开的手指张望，列车驶出站台时，他瞥见远处轨道旁穿牛仔外套的人仍举着相机，祈祷能拍到一张照片。

斯科特向上城区坐了三站，然后出地铁，搭巴士进市区。他现在身处一个新世界，一个满是冲突的城市，充满怀疑与不信任。这里没有地方做抽象思考，没有地方玩味事物的本质，这是在汹涌的大西洋里死去的另一样东西。作为一个艺术家，就是要同时活在世界里，又与世界隔离。一个工程师看到形式与功能，一个艺术家看到的是意义。对工程师来说，一台烤面包机是机械部件和电力组件的排列，它们合力把热度应用到面包上，生成吐司。对艺术家来说，烤面包机不单纯是机电组合，它是一台舒适创造机，是住所里很多机械盒子中的一个，能创造出家的幻觉。拟人化地说，它就是一个下巴固定的男人，从不厌倦地进食。打开他的嘴，放进面包。但可怜的吐司·欧文先生啊，他是个不管吃多少，都永远不会真正被喂饱的人。

斯科特拿麦片当晚餐，还穿着他借来的西服，领带歪斜。不知怎么的，感觉脱掉西服很失礼。死亡，对死者是永恒的，对悼念者也不该只是一场下午的活动。所以他在漆黑中坐着，将麦片一勺勺地送进嘴里咀嚼，像个早餐送葬者。

他站在水池边，洗着他的碗和勺子，这时他听到前门响了。他不用看就知道是蕾拉，因为传来了她的高跟鞋声和香水味。

"你穿衣服了吗？"她一边进厨房一边说。

他把碗放在碗碟架上晾干。

"我在试图理解你为什么需要 30 套餐具，"他说，"牛仔以前只带一个盘子、一把叉勺周游全国。"

"那就是你吗？"她问，"一个牛仔？"

他走去客厅坐在沙发上。她扯掉活动盖板吧台上的毯子，给自己倒了一杯喝的。

"你是在给酒保暖还是怎么着——"

"我是个酒鬼，"他告诉她，"我认为。"

她抿着她的酒。

"你认为。"

"好吧，多半是，鉴于我一开始喝酒就停不下来。"

"我父亲是这个星球上最有钱的酒鬼。福布斯刊登过一篇文章，他一年大概要喝掉 30 万美元的顶级好酒。"

"这或许应该刻在他的墓碑上。"

她笑了，坐下，她的鞋从脚上掉下来，然后把右腿盘在左腿下面。

"那是瑟奇的西装。"

他伸手去拉领带，并说："对不起。"

"不用，"她说，"没关系。他现在人在罗马尼亚，我想他正要开始下一段艳史。"

斯科特看着她喝下苏格兰威士忌。外面的雨在拍打窗户，留下条痕。

"我吃过一只桃子，"他说，"在亚利桑那的沙漠里，那比我的任何一次性爱都棒。"

"小心说话，"她告诉他，"我或许会把那当成下战书。"

她走之后，他把她的杯子拿去水池。里面还有一指高的威士忌，他把酒倒进池子后，把杯子拿到下巴旁嗅闻，那股熟悉的朴实的泥煤味让他意乱神迷。他想，我们的人生，千疮百孔。他冲洗杯子，倒放过来控干水。

斯科特走进卧室，躺在床上，西服还穿在身上。他试图想象死亡是什么感觉，但想象不出来，于是他伸手关了灯。雨点敲击着窗玻璃，他盯着天花板，看着阴影条纹在反向移动，雨滴在从下往上滑，树枝以罗夏墨迹性格测试的式样展开。公寓是一块空白画布，一个在等待住客决定如何生活的地方。

我现在要画什么？他在好奇。

线索

答案是存在的，他们只是还没找到。格斯的上司们施压时，他就是这么告诉他们的。坠机已经过去了十天。长岛一个海军基地上有个飞机棚，他们把找回的碎片都集中在那里——一段 1.8 米的机翼，一张小桌板，皮质头靠的一部分。剩下的尸体被找回时，也会被运来这里，假设它们是和飞机残骸一起被找到，而不是像艾玛·莱特纳的尸体一样被冲上海滩，或者像莎拉·吉卜林的尸体被渔夫捕龙虾的渔网捞上来。那两具尸体被送往了当地太平间，必须经过几天时间才能被联邦政府授权取回。调查沿海水域的空难时，司法管辖权是其中一个要应付的难题。

潜水员每天都穿上湿衣，飞行员给直升机加满油，船长们分配好搜索网格。深水区很暗，水流会变向，漂不起来的东西都会下沉。不管怎样，经过的时间越久，他们就越不可能找到理想的目标。有时，当等待过于难耐时，格斯会找来一架直升机，飞到主导舰船上。他会站在甲板上，看着海鸥盘旋，帮忙协调搜查。但即使在行动中，格斯也只是袖手旁观。他是一名工程师，是飞机设计方面的专家，能找出任何系统中的缺陷。但前提是，他需要有个系统供他分析——推进力、水力学、航空动力学。他现在只有一片扯裂的机翼，以及能把人活埋的自上而下的压力。

然而，即使一小片残骸也在讲述一个故事。根据机翼碎片，他们断定飞机以 90 度直角撞击水面——像只海鸟一样直接下潜。这不是一架飞机降落的自然角度，自然降落会依靠波状机翼滑行一段。那意味着是飞行员的人为错误，甚至可能是故意坠机——尽管格斯提醒大家，飞机有可能是以自然角度降落的，只不过迎头撞上了大浪，模拟出俯冲坠毁的情景。换句话说，没有任何事是确定的。

几天后，一大块机尾在布洛克岛外围被人发现。这块机尾让他们第一次看到液压系统——表面看起来没有功能损失。第二天，又有两个行李箱在蒙托克海滩上被人发现——一个完好无缺；另一个已经裂开，只剩一个空壳。于是这样的碎片一点点出现，就像大海捞针。好消息是，残骸似乎是在水下解体的，一次出现一点点；然而，四天以后，就不再有新发现了。现在格斯担心他们恐怕永远不会找到机身的主体了，剩下的乘客和机组成员也都永远不见了。

每一天，他都要面对华盛顿上级的压力，而他们又要面对司法部长堆积如山的要求，还有某个愤怒的亿万富翁要求他们找出答案，找回那些失踪的尸体，给故事一个交代。

答案是存在的，我们只是还不知道。

周四，他和 25 名官僚坐在一张会议桌旁回顾明摆着的事实，彻底审查他们已经知道的东西。这是在百老汇大道上的联邦大楼里，是 FBI 探员奥布莱恩和外资办的海克斯的主场，加上他们控制的六个下属。对奥布莱恩来说，这场空难是更大一个局里的一部分——针对美国利益的恐怖主义威胁和细胞分裂攻击。对海克斯来说，空难只是战争故事中最新的一块拼图，关乎美国经济，以及砸下庞大资本违规违法的百万富翁和亿万富翁。格斯是房间里唯一把坠机当成独立事件考虑的人。

这些人正好在那架飞机上。

他的身旁是负责贝特曼一家安全的私人安保公司的CEO，正在描述他们评估威胁可能的过程。他带来一个六人小组，他们在他讲话时帮他递文件。

"我们一直与国土安全局敬业的探员们保持联系，"他正在说，"所以如果有威胁的话，我们几分钟之内就会知道。"

格斯坐在会议桌旁，看着窗户上自己的影子。脑海里，他在一艘海岸警卫队的快艇上，观测着海浪，或者他正站在一艘海军护卫舰的桥楼上，检验声呐成像。

"空难发生前的整整六个月，"CEO继续说，"我一直对所有情报和活动的综合评述做监督，我可以胸有成竹地说——没有漏掉任何东西。就算有任何人把贝特曼一家作为目标，他们也是秘密筹划的。"

格斯感谢了他，把时间交给海克斯探员，海克斯开始回顾政府对本·吉卜林和他的投资公司立案的事。他说，按照计划，起诉的消息已经在坠机前一天正式宣布，而吉卜林的死是其他合伙人完美的替罪羊。所以对全体合伙人来说，所有与流氓国家有任何交易的说法（如果交易存在的话）都是一个已死之人的主意，和别的交易一样，在他们的账簿上洗过一遍。换句话说，就是他们也上当了。他们会这样说，我和你们一样也是受害者啊。

公司有18个账户被冻结，总价值61亿美元。调查员把这些钱连上五个国家：利比亚、伊朗、朝鲜、苏丹和叙利亚。他们从吉卜林的电话记录中得知，巴尼·卡尔佩珀在飞机启程前51分钟打过电话给他。卡尔佩珀拒绝对他们的讨论发表评论，但显然那通电话是为了警告吉卜林会有起诉。

对海克斯探员和他在外资办的上级而言，空难是敌对国家下的一步棋，为了让吉卜林封口，并阻碍他们的调查。这就提出了一个问题：吉卜林夫妇到底是什么时候接到邀请，与贝特曼一家乘飞机返回的？安保公司的 CEO 检查了日志，贝特曼的保镖在飞行当天上午 11 点 18 分有过一次公报，报告了和委托人的一次谈话（戴维·贝特曼，又称"秃鹰"），谈话中，"秃鹰"申明本和莎拉会与他们一道乘飞机返回。

"斯科特。"格斯心不在焉地说。

"什么？"海克斯说。

"那个画家，"格斯说，"他告诉过我们，美琪邀请了莎拉和她的丈夫——是那天上午早些时候在农贸市场决定的。他已经被邀请了——你们查一下笔记，我想是周日早晨的某个时候，他在本地咖啡馆遇到了美琪和孩子们。"

格斯想起他和斯科特的上一次谈话，当时他们坐在墓地的一辆出租车里。他原本希望能有更加详尽的讨论，一分一秒地捋一遍斯科特对航班的记忆：登机，随后的起飞，以及他记得空中发生了些什么。但对话被凭空幻想的人劫持了。

他想，我缺乏事实的情况下，我们只能给自己讲故事。

显然这就是新闻媒体在做的事——CNN、推特、《赫芬顿邮报》——24 小时的循环揣测。大多数声誉良好的团队仍忠于事实和研究到位的专稿，但其他人——ALC 的比尔·康宁汉违规得最厉害——他们在创立传说，把混乱演变成一部大型肥皂剧，关于一个色狼画家和他的富豪主顾。

格斯想起男孩来，他现在已经和姨妈、姨夫在哈得孙河谷安顿了下来。他两天前开车去见过他们，坐在他们的厨房里喝薄荷茶。向幼儿提问永远没有最好的时机，也没有完美的技巧。记忆这东西连大人的都靠不住，在小孩那里更不可靠，尤其是在受到创伤后。

"他不太说话，"埃莉诺说，给他拿来茶，"自从我们带他回家后就没开过口，医生说那是正常的。或者说，不是正常，但不算异常。"

男孩坐在地上玩塑料挖掘机。等他习惯格斯在房间里之后，格斯也在他身边的地板上坐下。

"JJ，"他说，"我叫格斯，我们以前在医院里见过。"

男孩眯着眼睛抬头看他，然后继续玩。

"我想我们可以聊一聊那架飞机，你和妈妈、爸爸一起上飞机的时候。"

"还有姐姐。"男孩说。

"对，还有你的姐姐。"

格斯停顿一下，希望孩子可以说下去，但他没有。

"好吧，"格斯说，"你还记得飞机吗？我知道你当时——斯科特告诉我，起飞时你睡着了。"

男孩听到斯科特的名字抬起头来，但没有说话。格斯对他鼓励性地点点头。

"但是，"他说，"你之前——你记得醒来过吗——"

男孩望向埃莉诺，她在他身后的地板上找了个位置。

"你可以告诉他的，宝贝儿。就是——你记得的任何事。"

男孩想了想，然后拿起他的挖掘机砸向椅子。

"哗。"他大叫起来。

"JJ！"埃莉诺说。但男孩不理她，站起来拿着挖掘机在房间里乱跑，把它摔向墙壁和橱柜。

格斯坐在地板上点头，疲劳地爬起来，膝盖里"咔嗒"一声。

"没关系的，"他说，"如果他记起任何事，他会说出来的，但你最好别逼他。"

现在，会议室里正在进行一场逻辑性谈话，关于暗杀小组（来自利比亚、朝鲜等）可能使用的飞机坠落技术。最有可能的情境就是，在飞行当天的某个地点放置了一枚炸弹，不是在泰特波罗，就是在文雅岛上。飞机的原理图被拿了出来，他们围在桌边指点可能的藏匿点。考虑到飞行员在起飞前做过彻底的外观检查，不可能放置在飞机外部。

格斯和地勤技术人员交谈过，他们在跑道上给飞机补充过燃料。他们都是有马萨诸塞口音的工人阶级，在圣帕特里克节上喝生啤，7月4号国庆日吃热狗，他们没有发现有空闲时间让第三方登上飞机安装一个爆炸装置。

奥布莱恩再次散布他的想法，让他们着眼于查理·布施，这个最后一刻加入机组的成员。有未经证实的传言说，他或许和空乘莱特纳约会过，但没有确凿的证据。格斯提醒他，他们已经对布施做过彻底的背景调查了。他是从得州来的一个大学体育生，一位美国议员的外甥，可以说是个花花公子，如果他的人事档案可信的话。这个人的历史并不能体现他有可能要故意坠毁飞机，不管他的交友资料怎么说，他不符合任何已知的恐怖分子特征。

前一天，格斯被传唤到华盛顿与布施的舅舅——伯奇议员见面。伯奇是参议院的元老，已经连任六届。他有一头白发和前大学校队跑锋[1]的宽肩。他的幕僚长在一边敲手机，准备好在谈话离题太远时介入。

"所以——答案是什么？"伯奇问他。

1　跑锋，美式橄榄球比赛中的一个重要位置，其职责是接到四分卫的传球之后，以最快的速度冲进达阵区得分，一般来说，跑锋是整支球队中速度最快的队员。

"言之尚早，先生，"格斯说，"我们需要飞机，需要分析系统，找回尸体。"

伯奇搓搓脸，说："真是一团乱啊，贝特曼和吉卜林。同时，还有我可怜的妹妹。"

"是的，先生。"

"喏，"伯奇说，"查理是个好孩子。之前有一点儿浑球，但他还是改过了，我看得出来，现在也有点儿出息了。鸥翼那边吉姆·库珀的人有什么说法？"

"他的记录不错。不算很好，但不错。我们知道空难前一夜他在伦敦，和几个鸥翼的员工出去玩了，艾玛·莱特纳也在。但每个人都说，那只是平常的一晚。他们去了一间酒吧。艾玛先离开了。那天晚上的某个时候，你的外甥与彼得·加斯腾交换了航班。他本来不该在613号航班上的。"

伯奇摇摇头说："真倒霉。"

格斯轻轻摇头，像是要说，或许是他倒霉，或许不是。

"你的外甥第二天在去纽约的一架包机上找了个折叠座椅，我们还不知道原因。加斯腾说换班是查理的主意，说他只是想去纽约。不过显然他就是那样的人——容易冲动。"

"他很年轻。"

格斯想了想，说："他或许在女人方面也有点儿问题。"

伯奇做了个怪相，好像在说，那没什么大不了的。

"你能怎么办呢？他是个英俊的小伙子。他的整个人生基本上都靠一张笑脸混过来。如果他是我的孩子，我会把他带到柴棚里，把他打到听话为止。但他妈妈想着，时候到了他自然就懂事了。所以我做了我能做的事，打了几个电话，把他弄进护卫队做飞行员培训，帮他找到立足之地。"

格斯点了点头。他对副驾驶员是什么人不太感兴趣，他更感兴趣的是查理在事件发生当天的生理和心理状态。飞机不会因为飞行员从小没有父亲就坠毁。幕后故事能给你一个人物的生活环境，但它不能告诉你真正需要知道的东西。也就是说，在轮子离开停机坪和飞机降落在海上之间的 18 分钟里，发生了什么？飞机有任何机械故障吗？

在他看来，剩下的只是他们在等待真正的线索时顺手做的事情。

对面的伯奇向助手点头示意该结束谈话了。他站起来，伸出他的手。

"如果这件事有抹黑查理的苗头，我想让你告诉我一声。我不是要求你做任何违法的事，只是提醒一声，我想尽可能保护孩子的母亲——"

格斯起立，与议员握手。

"当然，先生，"他说，"谢谢你见我。"

现在，在一个高层的会议室里，格斯看着玻璃里映照的自己，把周围的西装男全都忽略不见。他们也是在消磨时间。现在，调查就是一个缺了牌的线索游戏，他需要一架飞机。在那之前，他们能做的只有猜测。

海克斯顶了一下格斯的胳膊，他意识到奥布莱恩在跟他讲话。

"什么？"

"我说，我搞了一张搜查令。"奥布莱恩说。

"干什么用？"格斯问。

"那些画啊，我们大概一小时前从伯勒斯的工作室把它们缴来了。"

格斯揉了揉眼睛。他从奥布莱恩的档案里知道，他是一所寄宿学校校长的儿子，安多佛学院还是布莱尔学院，他记不清是哪一个了。

这似乎也是一种设计批判机器的好方法，机器的功能就是管辖和惩罚——显然奥布莱恩就是这么看待自己的人生角色的。

"那个人救了一个孩子。"他说。

"他占尽天时地利，我好奇是什么原因。"

格斯试图压制自己的火气。

"我做这份工作 20 年了，"他说，"从来没有人用'天时地利'来描述遭遇空难。"

奥布莱恩耸耸肩。

"我给过你机会，让你把它当作你的主意，现在我要采取措施了。"

"你就——把它们拿到飞机棚里，"赶在奥布莱恩抗议之前，格斯告诉他，"你是对的，我们是应该看看。我本来会有不一样的做法，但木已成舟。你把它们拿到飞机棚去，然后收拾好你的东西，因为你被专案组开除了。"

"什么？"

"我带上你是因为考比说，你是他的左膀右臂，但是我们不能这么做。这是我的调查，我们如何对待生还者和嫌疑人，这个基调由我来定。所以木已成舟了，我认为你缴来了一个可能哪天要从总统那里拿荣誉奖章的人的艺术品。你断定他有所隐瞒，或者可能只是你不能接受，生活充满随机巧合，不是每件看似有意义的事都真的有意义。但真相是，这由不得你决定。所以收拾好你的烂摊子，回你的 FBI。"

奥布莱恩瞪着他，下巴紧绷，然后慢慢地站了起来。

"我们走着瞧。"他说，走了出去。

三号画

你在水下，你的下方只有黑暗。上方的高处，你看到光，渐变的灰趋向于白。阴沉中有种纹理，仿佛有黑色的十字架布满你的视野。一开始它们并不明显，这些黑色的斜杠，像有东西画上去后又被划掉了。但随着你的眼睛适应了这幅画，你意识到它们无处不在，不只是笔触手法，而且是具体的内容。

在画幅的右下角，你能辨认出一个闪耀的东西，是某个黑色的物体，捕捉到表面射来的一些闪光。看得到字母 USS，最后一个 S 沉到了画幅边缘以下。看着它，会把你的眼睛吸引到别的东西上，它压在画幅的最底部，是某个三角形的原始东西在上升。

就在这一刻，你意识到那些十字架都是尸体。

文字记录

泄露的文件显示，贝特曼空难调查组内部关系紧张，有人对一名神秘乘客在空难中所扮演的角色提出了质疑。

（2015 年 9 月 7 日，晚上 8 点 16 分）

比尔·康宁汉（主播）：美国人民，晚上好。我是比尔·康宁汉。我们现在插播常规节目，是为了给你带来这则特别报道。ALC 已经获得 FBI 特工沃尔特·奥布莱恩写给国家运输安全委员会调查组组长格斯·富兰克林的一份内部备忘录，几个小时前才刚刚起草的。备忘录里讨论了小组内目前针对空难的各种理论，并对声称是"空难英雄"的斯科特·伯勒斯出现在飞机上提出了质疑。

（开始播放录影带）

康宁汉：可以看出，文件的开头十分诚恳地显示出，调查员之间就下一步如何处理案件存在意见分歧。备忘录里列出了调查员提出的四种理论：第一种是机械故障；第二种是飞行员人为错误；第三种被列为阴谋破坏，可能是为了阻碍政府调查本·吉卜林和他的投资公司；最后一种我直接引用，是"一起恐怖袭击，针对 ALC 新闻频道的董事长，戴维·贝特曼"。但也许还存在第五种理论，在这里头一次被提出来，是对斯科特·伯勒斯在空难中所扮演角色的质疑。这是奥布莱恩探员当天早些时候当面向调查组长明确提出的，结果被断然回绝。于是现在，他写道，原文说："尽管我知道你已经当面说过，你对这条线的质疑没有兴趣，但考虑到近期的新发现，我觉得还是必须把第五种可能的理论写进去。这个理论就是，乘客斯科特·伯勒斯要不没有做到知无不言，要不就是在事件中存在过失，导致飞机掉下来。"

我的朋友们，你们先听听为什么。原文说："根据对玛莎文雅岛当地摊贩和居民的采访显示，伯勒斯与贝特曼夫人，即戴维的妻子，关系非常亲密，而且两人似乎对肉体接触也毫不见外，曾经在公开场合拥抱。据了解，贝特曼夫人去过伯勒斯先生的工作室，看过他的作品。"

朋友们，作为这家人的私交，我可以告诉你们，我读到这些话没有掉以轻心，我也不是在暗示发生了婚外情。但为什么伯勒斯先生会在那架飞机上呢？这个问题继续让我不得安宁。但是好吧，就算他们是朋友，甚至是好朋友，那没有害处，也不丢人。让我震惊的是奥布莱恩探员接下来写的东西。

原文说："通过对伯勒斯先生在纽约的经纪人的采访证实，他这周安排了几场与画廊的会面。不过进一步询问后，一个令人惊心的细节出现了，是关于伯勒斯最新作品的内容。根据克伦肖女士的描述，准备展出的共有15幅画作，每一幅都呈现出不同的灾难场景，具有照片般的真实感。很多意象聚焦的是大规模的交通意外，包括火车脱轨，大雾笼罩的高速公路发生连环相撞，以及大规模客机坠毁。"

奥布莱恩继续写道："鉴于这一情况，我必须强调，有必要对这个人进行进一步审问。至少，他是所有事情的唯一见证人，正是这些事情导致了飞机的坠毁。而且他声称飞机第一次倾斜时，他就被撞得不省人事了，应该检验这一说法是否属实。"

女士们，先生们，我很难理解调查小组的组长格斯·富兰克林为什么在听取建议时会有所犹豫，那可是我们国家最伟大的执法机构里很聪明、很有经验的一位探员提出的。有没有可能富兰克林有自己的算盘？他效力的政府机关有自己的算盘？或者他们受到这个开明政府的压力，要求尽快掩埋这个案件，唯恐它变成男男女女的战斗口号。人们已经和我们英勇的前领袖戴维·贝特曼一样，再也不能咽下更多恶气。

要了解更多故事，我们现在把镜头转向 ALC 频道的莫妮卡·福特。

同盟

埃莉诺开车驶上车道时，有一辆她不认识的车停在她家的榆树下。一辆保时捷 SUV，前窗里有一张媒体的贴纸。看到它，埃莉诺慌了——男孩和她的母亲在屋里——她丢下道格，跑向房子，猛地撞开前门，嘴里已经喊了起来——

"妈？"

她扫视客厅，一边往房子里走。

"妈？"

"在厨房里，亲爱的。"她的母亲回应她。

埃莉诺把包扔到椅子上，急忙冲过走廊。她已经在脑海里生吞活剥两个人了，她的母亲和那辆保时捷的车主。

"你真亲切。"埃莉诺听到母亲在说话，然后打开厨房的门走进去。有一个穿西装、吊红色背带的人坐在桌旁。

"妈！"埃莉诺咆哮起来。男人听到门响，转过身来。

"埃莉诺。"他说。

埃莉诺迅速停下脚步，认出了比尔·康宁汉，那个主播。当然，她以前见过他，在戴维和美琪的派对上。但在她的脑海里，他只是一个电视上的大头形象，眉头紧皱，谈论自由主义思想的道德沦丧。他看见她时，张开了双臂，摆出贵族的姿势，就好像指望她能跑向他一样。

"我们必须熬过去，"他说，"这些野蛮行径和挫折。如果你知道，过去十年我参加了多少场葬礼——"

"JJ呢？"埃莉诺说，一边环顾四周。

她的母亲给自己倒了一些茶。

"在楼上呢，"她说，"在他自己的房间里。"

"自己一个人？"

"他4岁了，"母亲告诉她，"如果他需要什么，会叫人的。"

埃莉诺转身走进过道。道格正朝她走来，表情困惑。

"那是谁啊？"他问。

她没理他，两步一阶地上楼。男孩在他的房间里，正在玩一对塑料恐龙。埃莉诺跨过门槛，吸了一口气净化自己，挤出一个微笑。

"看看谁回来了，看看谁回来了。"她轻松地说。

他抬起头，笑了。她跪在他面前的地板上。

"对不起，我去了好长时间，"她说，"堵车了，而且道格饿了。"

男孩指指自己的嘴巴。

"你饿了吗？"埃莉诺问。

他点点头。她考虑了一下，把他带到楼下的厨房里，那意味着什么。她准备告诉他在这里等着，可之后她想，他饿了，接着凭直觉感受到男孩在她怀里的力量。他会让她强大，她曾一直是个讨好的人。

"好，来吧。"

她伸出双臂。他爬进她的怀里，她把他举起来，抱他下楼。他们走路的时候，他就玩她的头发。

"厨房里有一个人,"她告诉他,"如果你不想跟他说话,就不用跟他说话。"

比尔还坐在原处。道格开着冰箱,在到处翻找。

"我有一瓶比利时麦芽酒,"他说,"还有布鲁克林微酿啤酒,是我的一个朋友酿的。"

"你推荐吧。"比尔说,然后看到埃莉诺和JJ。

"瞧瞧是谁来了,"比尔说,"小王子。"

道格抓出两瓶微酿啤酒,走过来。

"这是皮尔森啤酒,"他说,递了一瓶给比尔,"不太苦。"

"行吧。"比尔不屑一顾地说,看都没看就把瓶子放下了。他笑眯眯地对着男孩:"你记得比尔叔叔吧。"

埃莉诺把JJ挪到她的右髋上,离他远点儿。

"就是这个意思吗?"埃莉诺问,"来探探亲?"

"还会是什么?"他说,"抱歉我没有早点儿过来。你的生活变成新闻,新闻成了你的生活,这实在太可怕了。但总得有人上电视把真相说出来。"

你是干那个的吗?她心想。我以为你就是报新闻的。

"这件事的最新进展是什么?"道格抿着他的啤酒问,"你知道的,我们努力把注意力放在孩子身上,而不去——"然后,他又担心自己疏远了他的名人贵客,"我是说,你理解的——看新闻不是那么——"

"当然,"比尔说,"好吧,他们还在找飞机剩下的部分。"

埃莉诺摇摇头。他们是疯了吗?

"不行。不能当着JJ的面说。"

道格闭紧了嘴巴。他从来没有被女人训斥过,尤其是当着其他男人的面。埃莉诺看出来了,把这件事也列入今天的得罪事项里。她把男孩放在椅子上，走向冰箱。

"当然，她说得对，"比尔说，"女人比男人更擅长这种东西，尤其是情感这方面。我们倾向于关注事实，看我们能帮上什么忙。"

埃莉诺试图屏蔽他的声音，集中精神喂饱她的外甥。他很挑食，不是挑剔，但会挑挑拣拣。他吃松软芝士，但不吃奶油芝士。他喜欢热狗，但不吃蒜味香肠，得有个摸清的过程。

同时，比尔决定要把男孩逗笑。

"你记得比尔叔叔的，对吧？"他说，"我参加了你的洗礼。"

埃莉诺给男孩拿来一杯水，他喝了。

"还有你的姐姐，"比尔继续说，"我也参加了她的洗礼。她——真是个美丽的姑娘。"

埃莉诺瞟了比尔一眼让他小心说话。他点点头，毫不犹豫地转移焦点，试图表现给她看，他是个好的倾听者，是个好伙伴，他们会共渡难关。

"我知道我最近不常出现，真遗憾啊。这都是因为工作，而且你爸爸和我经常看法不一致。或许因为太亲近了。但是，你知道，我们之间是有爱的，尤其是我对他。但最后我们就成了这样，大人嘛，你会懂的。我希望你不会懂，但很可能你以后会懂。我们过度工作，牺牲了爱。"

"康宁汉先生，"埃莉诺说。"你能过来拜访很好，但这是——我们吃完饭就是午睡时间。"

"不。他今天早上打过瞌睡了。"她的母亲提出，埃莉诺怒视着她。她也是个讨好别人的人，布里姬特·格林威，尤其喜欢讨好男人，蹭脚垫的始作俑者。他们的父亲，埃莉诺和美琪的父亲，在埃莉诺离家上大学时和她们的母亲离婚，搬去了佛罗里达州。他受不了的就是她的微笑，她们的母亲不变的花瓶笑容。现在他住在迈阿密，与殚精竭虑的假胸离异女人约会。他打算下周过来，等布里姬特离开以后。

比尔注意到母女之间的紧张关系，他看看道格，举起喝了一半的啤酒，就好像要敬酒。

"不错，对吧？"他神经大条地说。

"什么？"比尔说，他显然已经断定，道格是个颓废的傻子。

"啤酒啊。"

比尔不理他，伸手去弄乱男孩的头发。四个小时之前，他站在唐·雷柏林的办公室里，降服了国家运安委的格斯·富兰克林和司法部的代表们。他们说，他们想知道他从哪儿搞来奥布莱恩的备忘录。

"你们当然想知道。"他告诉他们，一边用拇指弹自己的背带。

唐·雷柏林拉直他的领带，告诉政府的突袭部队，他们的消息来源当然是保密的。

"理由不够充分。"司法部的律师说。

那个黑人，富兰克林，似乎有自己的推测。

"是奥布莱恩给你的吗？因为发生的事情？"

比尔耸了耸肩。

"反正不是从天上掉下来的，我们只知道那么多。但我以前上过法庭，为我的消息来源辩护，我很高兴再上一次。我听说他们现在都可以批准停车了。"

特工们夺门而出后，雷柏林把门关上，自己堵在门口。

"告诉我。"他说。

比尔双腿大开地坐在沙发上。他从小就没有爸爸，被一个软弱的女人抚养长大，她死死抓住一个个废物男人，就像她自己就要淹死了。以前，她经常夜里把比尔锁在他的房间里，出门用经血把整个小镇抹红。看看现在的比尔，一个千万富翁，告诉半个地球的人该思考什么，什么时候思考。如果某个常春藤名校的富二代律师想搞垮他，去他的，他绝对不会供出纳摩。这事关乎戴维，关乎他的人生导师，他的朋友。好吧，或许他们也没有那么合得来，但那个人是他的兄弟，他会搞到真相，不惜一切代价。

"就像那个黑鬼说的，"他告诉唐，"就是FBI的那个人，他们把他踢出小组，于是他发怒了。"

雷柏林瞪着他，头脑里的轮子在转。

"要是被我发现……"他发话了。

"少废话了。"比尔说，一边站起来，然后一步步走向大门，整个人挡在律师的面前。"忘记你是在办公室里，忘记等级制度和社会行为的法律。你面对的是一个勇士，开阔草原上的动物之王，泰然自若，随时准备剥掉你的脸皮，所以，要么低下你的角，要么别挡我的路。"

他能闻到雷柏林呼吸里的蒜味香肠味，看到他眼睛一眨，失去了平衡。这种古老的两熊对战、土坑斗鸡的手段把他一个现代文明人杀了个措手不及。30秒的时间，比尔用眼神愤怒地收拾了他一遍。然后唐靠边站，比尔信步出门。

他回到厨房里，站起来，决定表现得高风亮节。

"只是友好的拜访，"他说，"这是苦难时期，你们——好吧，对我来说你们都是家人——你们是戴维的家人，所有我们也就——所以我想让你们知道，我在为你们盯着。比尔叔叔在盯着——在管事。"

"谢谢你了，"埃莉诺说，拿给JJ一个盘子，"但我想我们会没事的。"

他大方地笑笑说："那是当然，钱能派上用场。"

他的语气里有种异样的尖刻，违背了他脸上的同情。

"我们在考虑搬进城里的洋房。"道格说。

"道格！"埃莉诺厉声说道。

"干吗？我们确实在考虑啊。"

"那是个美丽的地方，"比尔说，拇指开始勾住他的背带，"有很多回忆。"

"我不是有意这么粗鲁，"埃莉诺冷淡地说，"但我要喂 JJ 吃饭了。"

"当然没关系，"比尔说，"你们是——我是说，这个年纪的男孩还需要母亲的疼爱，尤其经过——所以你别觉得为难——"

埃莉诺转过脸避开他，把装着火鸡肉的密封袋合上，放进冰箱。她听到比尔在身后起身。他不习惯被人打发。

"好吧，"他说，"我该走了。"

道格站起来说："我送你出门。"

"谢了，但门就在那儿，我能找到。"

埃莉诺把 JJ 的盘子拿给他。

"吃吧，"她说，"你要是想要腌菜，还可以再加。"

她的身后，比尔走向厨房门，停了下来。

"你跟斯科特通过话吗？"他问。

听到这个名字，男孩抬起头来，一时忘了吃饭。埃莉诺顺着他的目光看向比尔。

"为什么这么问？"

"不为什么，"比尔说，"只不过，如果你没看新闻的话，那么或许还没听说那些质疑。"

"什么质疑？"道格问。

比尔叹了口气，好像很难说出口一样。

"就是——有人在好奇，你们懂的。他是最后一个上飞机的人，而且——说真的，他和你姐姐是什么关系呢？还有，你听说过他的画吗？"

"我们现在不需要谈这些。"埃莉诺说。

"不，"道格说，"我想知道。他打来过电话，你知道吗？深更半夜咧。"

道格看着他的妻子。

"你以为我不知道，但我知道。"

"道格，"埃莉诺说，"那不关他的事。"

比尔用拇指弹他的背带，咬着下唇。

"所以你是跟他有来往啊，"比尔说，"那也——我是说，就是——你要小心，知道吗？他——喏，现在只是质疑，而且这是美国。在这届政府夺走我们走正当程序的权利之前，我都会拼死奋战的。但现在为时尚早，而且这些质疑是真的。我只是——我担心——你已经受到很多伤害了。谁知道以后会有多糟呢？所以，我的问题是，你需要他吗？"

"我也是这么说，"道格说，"我的意思是，我们非常感激他为 JJ 做的事。"

比尔做了个怪相。

"当然啦，如果——我是说，深更半夜，谁知道他游了多远。而且还断了一只胳膊，拖着一个小男孩。"

"住嘴！"埃莉诺说。

"你是在说，"道格说，他顺着这个思路想下去，像树芽萌发一样——英雄或许根本不是个英雄，"等一下，你是在说——"

比尔耸了耸肩，看着埃莉诺，他的脸庞变得柔和。

"道格，"比尔说，"行了。埃莉诺说得对，这跟我——"

他往右倾身，试图绕开埃莉诺的身体，去看 JJ，然后继续"滑稽地"弯腰，直到男孩看到他。比尔笑了。

"你是个好孩子，"他告诉他，"我们回头再聊。如果你需要什么，

就叫你的——叫埃莉诺给我打电话。或许我们哪天可以去看纽约大都
会队的比赛，你喜欢棒球吗？"

男孩耸耸肩。

"或者扬基队。我有个包厢。"

"我们会打给你的。"埃莉诺说。

比尔点点头说："随时都行。"

晚些时候，道格想和她谈一谈，但埃莉诺告诉他，她要带 JJ 去运
动场。她感觉自己被塞进了一只大拳头。在运动场上，她强迫自己兴
高采烈。她和男孩一起坐滑梯，在跷跷板上弹来弹去。卡车放进沙里，
挖开，堆高，看着它倒塌。这是个大热天，她尽量让他们待在阴凉下，
但男孩想去跑，于是她喂他喝水，让他不要脱水。1000 个念头在她的
脑袋里乱窜，彼此碰撞，每一个新想法都把前一个打断。

一部分的她试图拼贴出来，比尔为什么要来。另一部分的她在解
析他说的话，尤其是关于斯科特的话。她应该怎么想呢？救了她外甥
的人其实不知用什么方法让飞机坠毁，然后又伪装出英勇的游泳事
迹？那句话里的每个想法单独拎出来，都很荒谬可笑。一个画家怎么
让飞机坠毁？而且为什么？还有他说起斯科特和美琪的关系，是什么
意思？他是在说她有外遇吗？为什么要开车到家里来告诉她这个？

男孩轻叩她的胳膊，指指自己的裤子。

"你要便便吗？"她问。

他点点头。她抱起他来，带他去公共厕所。她帮他脱裤子时，突
然一阵眩晕袭来：考虑到他现在的年纪，他成年以后几乎不可能记起
自己真正的父母。每年 5 月的第二个周日，他想起的母亲会是她，而
不是她的姐姐。但是，她心想，那意味着道格会是他的父亲吗？这种
想法让她有点嫌恶。她不止一次咒骂自己年轻时的柔弱，需要持续陪

伴，就像个不关电视、养一只狗的年迈寡妇。

但之后她想，或许道格只是需要一次机会。她之前想过，或许接来一个 4 岁的男孩会激发他的动力，把他变成一个顾家的男人。然后她又有另一个想法，以为孩子能拯救婚姻，这不是经典的妄想吗？JJ已经和他们在一起两个星期，道格没有少喝一点儿酒，没有改变他的作息时间，没有对她好一丁点儿。她的姐姐死了，男孩现在是个孤儿，但道格的需要呢？他说的每句话都不过脑子，怎么不问问这件事对他有什么影响？

她帮 JJ 穿上裤子，帮他洗手。不确定性让她头晕眼花。或许她不够公道，或许她还在为了跟房地产律师和企管人员开会的事心烦，开会意味着整件事的定局。或许道格是对的，或许他们应该搬进城里的洋房，给 JJ 一种延续感——用钱来重塑他熟悉的奢华感？但她的直觉是，那只会让他混淆。一切已经改变，要假装没变感觉像是欺骗。

"吃雪糕吗？"他们走到外面时，她问他，他正迎着日头的酷热。他点点头。她微笑着拉起他的手，领着他朝雪糕车走去。今晚她会跟道格谈谈，全部摊开来讲，她是什么感觉，她觉得男孩需要什么。他们会把房产卖掉，把钱放进信托基金。他们会给自己拨出每月津贴，足够支付男孩带来的额外花销，但不足以允许他们辞掉工作，或者变成奢侈的人。道格不会高兴的，她知道，但他能说什么？

决定权在她手上。

瑞秋·贝特曼

2006 年 7 月 9 日—2015 年 8 月 23 日

她什么都不记得，她知道的细节都是别人告诉她的，除了单调的空阁楼里一张摇椅的画面，一直在自行前后摇摆。她不时在脑海里看到那张椅子，大多在濒临入睡的氛围下，一张柳条旧摇椅，吱吱嘎嘎地近了又远，近了又远，就好像要抚慰一个困顿乖戾的鬼魂。

父母用美琪祖母的名字给她取名"瑞秋"。瑞秋很小的时候（她现在 9 岁），觉得自己是一只猫。她研究他们家那只叫"小桃"的猫，试图模仿它的动作。她会坐在早餐餐桌上，舔自己的手背，之后用手背抹脸。她的父母都忍下来了，直到她告诉他们，她以后要在白天睡觉，夜里在家里转悠。她的母亲美琪说："宝贝儿，我们没有精力熬夜。"

因为瑞秋，他们才配了保镖，才会有以色列口音、身背肩背式枪套的男人到处跟着他们，通常有三个人。用这一行的行话来说，排第一位的是吉尔，他是贴身的人——请他来，是与委托人近距离地直接接触。此外，还有一支先遣小队，平时轮班工作，有四到六个人在远处戒备。瑞秋知道他们是因为她才在这里的，因为她之前出过事，尽管她的父亲矢口否认。那只是恐吓，他含糊地说，话里的意思是经营一家电视新闻频道对他们生活的威胁和影响更大，胜过他的女儿小时候被绑架过，而且很有可能还有一个或者更多绑匪这一事实。

至少，这些是她头脑里的事实。她的父母向她保证，FBI 的人（去年为了帮她父亲一个忙）和一个高薪的儿童心理医生也保证过，说绑架只是一个精神错乱的人（36 岁的韦恩·R.梅西）的个人行为，梅西已经在交换赎金的过程中被一名穿防弹衣的警官打死了（子弹打穿他的右眼）。在那之前，梅西还在短暂交火的序幕中开枪打死了另一名警官。死掉的警官是 44 岁的米克·丹尼尔斯，前 FBI 探员和第一次海湾战争的退伍老兵。

她只能记得一张椅子。

她应该有感觉的，她知道。一个夏天里，9 岁女孩马上就要进入青春期。过去两周，她一直和母亲、弟弟待在文雅岛上，无所事事。作为一个享有荣华富贵的孩子，她有数不尽的选择——网球课、帆船课、高尔夫球课、马术，什么都有——但她不喜欢接受训练。她学过两年钢琴，但最终因为不知道"要达到什么目的"而失去兴趣。她喜欢待在家里，和妈妈、弟弟一起，基本上就是这样。她感觉自己有用——一个 4 岁的男孩太难控制了，她的母亲会说——于是瑞秋和 JJ 一起玩。她给他弄午饭，他尿裤子时给他换裤子。

她的母亲告诉她，这些不需要她帮忙，她应该到外面去，享受每一天。但有个大块头的以色列男人（有时是三个）跟着你做每一件事，这很难去享受。她倒不是要争辩有没有必要，她自己不就是"小心驶得万年船"的证明吗？

于是她待在家里，躺在门廊或者屋后的草坪上，盯着海洋——有时被晃花了眼睛，那钻石般的闪耀。她喜欢读关于任性女孩的书，她们在哪儿都不适应，然后发现自己有魔力，比如《哈利·波特》里的赫敏和《饥饿游戏》里的凯特尼斯·伊芙狄恩。她7岁时读过《小间谍哈瑞特》和《长袜子皮皮》，她们都很能干，但最后仅仅是人类。随着瑞秋渐渐长大，她感觉自己需要从她的女英雄身上获取更多东西，更多的威力，更多的斗志，更多的力量。她喜欢她们面对的惊险刺激，但又不想真正去担心她们，那会让她太焦虑。

只要读到令人格外沮丧的章节（比如《哈利·波特与魔法石》中赫敏对抗巨魔的时候），她就会拿着书走进屋里，递给她的母亲。

"这是干什么？"

"你只要告诉我——她成功了没有？"

"谁成功了什么？"

"赫敏，一只巨魔逃跑了，一个巨人——她要——你能不能——就读一下，然后告诉我她没事。"

母亲太了解她了，不会去逼她，于是她停下手头的事情，坐下来，一直读到答案揭晓的那一页。然后她会把书递回去，拇指按在新的位置。

"从这里开始，"她会说，"她不用跟它打。她只是朝它吼了一声，说那是女厕所，它应该离开。"

她们咯咯地傻笑了一会儿——对着一只巨魔吼叫，然后瑞秋回到户外读书。

那件事始于保姆，尽管他们当时没有意识到。她的名字是芙兰西斯卡·巴特勒，但每个人都叫她芙兰奇。当时他们全家正在长岛避暑，在蒙托克角。当时还没有私人飞机和直升机，他们只能挤进车里，在周五晚上开车过去，与移动的拥堵大军搏斗，就好像长岛快速道路只是一条巨蟒，刚吞下一场交通堵塞，纠缠不清的车辆凝块一波波地下滑。

当时甚至没有弟弟的踪影。只有戴维、美琪和幼年的瑞秋，她睡在自己的安全座椅里。新闻频道当时6岁，已经是一部盈利机器，而且善于制造争议。但她的父亲喜欢说：我只是个名誉领袖，密室里的将军，大家根本不知道我是谁。

绑架案改变了这一切。

那是发现蒙托克怪兽的夏天，它在2008年7月12日被冲上海滨。一个本地女人，珍娜·休伊特和她的三个朋友在沟原海滩散步，发现了那个生物。

"我们当时在找地方坐下，"后来有人引用她的原话，"然后我们见到有人在看什么东西……我们不知道那是什么……我们开玩笑说或许是从梅岛漂来的东西。"

有人描述它是一个"像啮齿动物的生物，有恐龙的喙"，怪兽和小狗一样大，几乎没有毛发，身体结实，四肢细长。它有两只前掌，爪子瘦长发白。它的尾巴纤细，近似从头到脖子的长度。它的脸部短小，一副痛苦或惊慌的表情；头骨的眼窝后部显得长而结实。它的上颚里看不到牙齿，反而露出了类似于"钩状的鸟喙骨"。下颚有一颗大尖牙和四颗后犬齿，有高高的锥形牙尖。

是一只浣熊吗，有人提出，只是在海里腐烂了。还是一只被剥去壳的海龟？或者是一只狗？

连续几个星期，臃肿、膨胀的死尸照片出现在小报和网上。推测每天都在更新，说它是梅岛动物疾病中心实验室培育出来的新生物，梅岛距岸边几千米。他们开始称它为"莫罗博士的真实岛"[1]。但最后，

---

1 《莫罗博士的岛》(*The Island of Doctor Moreau*)，H.G.威尔斯的科幻小说，写了莫罗博士在自己的岛屿上用动物创造类人混合生物的故事。

和所有事情一样，答案缺失导致了兴趣缺失，世界继续向前。

但戴维和美琪在那个周末抵达蒙托克岛时，怪兽狂热正值高潮。路边的 T 恤小摊如雨后春笋般涌现。花五块钱，你就能看到发现怪兽的位置，虽然现在只是一片平淡无奇的沙地。

贝特曼一家在塔特希尔路上租了一套房子。那是一栋两层的白色板房，路对面就是一个小泻湖。这栋房子几乎人迹罕至，与一套停工的现代改造建筑完全平行。那栋房子的客厅敞开着，像一个开裂的伤口，被塑料薄板拍打着。之前的几年，瑞秋家都是在更北边的地方租房子，在松树路上，但那栋房子在 1 月份被卖给一个做对冲基金的亿万富翁了。

他们的板房新家舒适而古雅，有很大的农家厨房和倾斜老朽的门廊。美琪和瑞秋会在这里待到劳动节的周末结束，戴维会在周五开车过来，8 月的最后一周请假休息。卧室都在二楼，妈妈和爸爸的房间面向大海。瑞秋的房间（配有一张维多利亚时代的儿童床）面向泻湖。他们带上了芙兰奇（保姆），美琪喜欢说，多一双手帮忙总是好的。芙兰奇和瑞秋坐在奥迪车的后座，她一路上都在忙着捡起瑞秋的奶嘴，擦干净再放回去。芙兰奇是在福特哈姆读护理夜校的学生，她每周帮忙照顾瑞秋三天。她 22 岁，是从密歇根州荒野大地来的移民，大学毕业后跟着男朋友搬来纽约，但后来男朋友却抛弃了她，跟一个日本冲浪朋克乐队里的贝斯手好上了。

美琪很喜欢她，因为和芙兰奇待在一起让她感觉年轻。当戴维待在他的世界里——由戴维那样的人构成，40 来岁，有些甚至五六十岁了——不会有这种感觉。美琪才刚满 29 岁，她和芙兰奇相差 7 岁。她们之间唯一的区别，说真的，就是美琪嫁给了百万富翁。

"你运气真好。"芙兰奇以前常告诉她。

"他人很好。"美琪会说。

"所以运气更好了。"芙兰奇会边说边笑。在她的朋友当中，有很多钓个有钱人的说法。她们以前常穿上短裙和高筒靴，去开瓶俱乐部，希望能钓到一个华尔街新人，有浓密的头发和不倒的金枪。但其实芙兰奇不是那样的女孩，她的性格更加柔和，她是和山羊、小鸡一起长大的。美琪从不担心芙兰奇会起意偷走她的丈夫，那毕竟太荒唐，拿29岁的花瓶老婆去换一个22岁的女孩，就像精虫上脑。然而，她认为更奇怪的事情都已经发生了。

仅仅几年前，美琪还是一个拿工资教别人家小孩的人。一个22岁的幼儿园老师，住在布鲁克林区。她每天早晨骑车跨过布鲁克林大桥，规规矩矩地打手势示意。那个时间桥上的行人最少，多数是慢跑人士，几个注重健康的上班族拿着自带的午餐袋过桥。她戴一顶柠檬黄的头盔，棕色长发在她脑后像披风一样飘动。她不戴耳机和墨镜，她会因为松鼠而刹车，她会在大桥中间停下观看风景，喝几口水。进城后，她走钱伯斯街去哈德逊街，然后向北骑，大概每分钟回头看看有没有打电话的出租车司机，或者开德国车的滑头，因为这些人都是不看路的。

她每天早晨6点30分前开始工作。她喜欢在孩子们到校之前做好准备，补充用品。校舍很小，只是一栋旧砖房里的几个房间；挨着的一个停车场，已经改成操场。校舍坐落在西村一个区的林荫小街上，几乎有种旧时伦敦的感觉，这里的人行道像变形的手指一样弯曲。她曾经在脸书上发布过，说她最喜欢城市的这一区，这里有永恒、文雅的本真。城市其他地方给她的感觉太冷酷了：多风的宽阔大道上写字楼林立，就像闪闪发光的人类资源储备机器。

第一名学生经常在8点到校，悠闲地溜达过来，或者拖着脚步走着，或者踩着滑板车，和爸爸或妈妈手拉着手，有时还半梦半醒，躺在一辆未来主义风格的麦克拉伦或者斯托克牌高级童车里。小佩内洛普、小丹尼尔或者小艾萝伊，鞋子小得可以套在娃娃的脚上，穿着小小的格纹或者条纹短袖衬衫，就像有一天他们会长大变成像他们爸爸那样富有的讨厌鬼。4 岁的女孩穿着 80 美元的连衣裙，扎着一条马尾辫，或者头发里别着一朵花，那是被孩子磨烦了的家长在来学校的路上从沙石洋房外面的花盆里摘的。

美琪总是在那里迎接他们，她站在柏油操场上，他们一出现她就热情阳光地微笑，像听到前门的钥匙声就跳起来的狗。

"早上好，美琪老师！"他们大喊。

"早上好，迪特！早上好，贾斯汀！早上好，莎蒂！"

她拥抱他们一下，或者揉乱他们的头发，然后对妈妈或者爸爸说早上好。他们通常咕哝一声作为回答，在孩子的前脚踏进校园时已经开始发短信了。他们是律师、广告总监、杂志编辑或建筑师。男人在 40 岁或以上（她的班上最老的父亲是 63 岁）。女人从将近 30 岁的超级名模（给孩子取名为蕊馨或马齐），到 30 多岁忙碌的全职妈妈。她们已经放弃去寻找一个活生生的、会呼吸的丈夫，说服了一个 gay 蜜一起搭伴过日子；作为交换，给他卡茨基尔避暑别墅一年六个周末的使用时间以及"叔叔"的名誉称号。

她是个耐心的老师，有时耐心得超乎常人想象，热情周到，但必要时也会严格。在他们的评估中，有的家长写道，他们希望自己能多像她一点，一个总是微笑、说话友好的 22 岁女孩，连对着一个刚刚吵醒他们小睡的尖叫的孩子都是如此。

美琪经常在四点左右离校，把她的红木色单车推上路边，然后啪地放开头盔颈带，开始摇摆着进入车流。下午，她喜欢骑到河边，沿着绿道南行。有时她停下来坐在水边的长凳上，看着船只来往，忘记头盔还戴在头上。每次起风，她都闭上眼睛。如果哪天的气温超过32摄氏度，她可能会从推车的墨西哥人那里买一碗刨冰——经常是樱桃口味——坐在草地上用小勺的平头铲着吃。那些天里，她会脱下头盔，把它放在草地上，就像一颗柠檬糖。她会躺在凉爽的绿地里，凝视云朵很长时间，在草坪上伸屈脚趾，然后再戴好头盔，开始漫漫的回家长路，嘴唇染上了童年的颜色。

现在那一切对她来说多么遥远啊，只过了七年，她现在是一个幼儿的妈妈，没有工作，或者更准确地说，是百万富翁养尊处优的娇妻。

他们一到度假屋，她和戴维就去市场置办日常用品，芙兰奇则留在家里陪瑞秋。此时的蒙托克还不是汉普顿的招牌胜地，但你能感觉风气已经悄悄兴起。本地杂货店现在卖的是名牌黄油和手工果酱。老五金店也提供祖传亚麻织品，用砂洗的白色纤维墙板改造一新。

他们从路边摊买了番茄，饱满得都裂开了，然后回家切成厚片，蘸着海盐和橄榄油吃。再也没有困苦这种东西了，短暂的不便肯定还是会有，然而当美琪深夜反省时，她很震惊自己对生活的困顿感是怎么褪尽的，怎么开始适应她的新环境的。因为在与戴维结婚之前，有些天她还得穿过壅塞的车流冒雨骑车回家，为了洗衣服的一点小钱将公寓翻个底朝天（在一个孩子饿着肚子上床的世界里，连那些都算不上艰难），现在她眼见自己因为愚蠢的事情恼火——忘记雷克萨斯的车钥匙放在哪儿了，或者被德阿戈斯蒂诺超市的店员告知，他没有零钱找她的100块。当美琪意识到这些，知道自己变得多么软弱，多么享受特权时，她感觉到自我厌恶。他们应该把所有的钱都捐出去，她告诉戴维，用恰当的价值观来养育孩子，现挣现吃。

"我想回去上班。"她会说。

"好啊。"

"不。我是认真的。我没法整天无所事事，我是个劳碌命，我习惯工作了。"

"你在照顾瑞秋啊，是你一直告诉我那有多累人的。"

她会在指间缠绕电话线，一边压低声音，为了不吵醒婴儿。

"是很累人，我知道。而且我就是没办法——我可不会让我的女儿由保姆带大。"

"我知道。我们俩有同样的感觉，所以才这么神奇，你可以——"

"我只是——我感觉不像自己了。"

"那是正常的产后——"

"不要那样说，不要说得好像是身体上的问题，好像我无法自控一样。"

另一头是沉默。她无法分辨他是沉默寡言，还是在写邮件。

"我还是不理解，为什么你不能多休几天假，"她说，"我们只在这里待一个月。"

"我听到了。我也很沮丧，但我们的公司正处于大扩张时期——"

"无所谓了。"她说，她不想听他工作的细节。不像他，他喜欢听她的英勇战绩——在超市里插队的女人，游乐场上的肥皂剧。

"好吧，我只是在说——我会尽力在周四晚上过来的，最少两次。"

现在沉默的是她了。楼上，瑞秋在她的儿童床上睡觉。美琪能听到厨房另一头有声音，让她觉得芙兰奇正在洗衣房里换衣服。一切的边缘，是海洋的声音，那种构造性的鼓点，地球的心跳。夜里因为海浪声，她睡得像死人一样，某些核心基因随着大海的节奏再次同步跳动。

就在下一周快到周末的时候，芙兰奇失踪了。她到镇上的老艺术小剧院看电影了，她本来打算 11 点前回家，所以美琪没等她就睡了。轮到她陪瑞秋睡觉——在她哭第一声时起床，重新哄她入睡——她对那些夜晚的直觉总是提前干扰她的睡眠，所以只要太阳一落（有时还不等日落），她的头就倒在枕头上了，她疲劳的眼睛永远把书的同一页纸重读一遍又一遍，甚至读不到第二章。

早上，她和瑞秋一同起床时（瑞秋在午夜刚过与她一起上床睡觉的），芙兰奇还没起床。美琪觉得有一点儿不对劲，但这女孩很年轻，或许她在电影院遇到了什么人，或者回家路上去老水手酒吧喝了一杯。直到 11 点，她才去敲芙兰奇的门——她们定好了，美琪这一天要自由活动——然后开门发现床是空的，没有人睡过。美琪开始担心了。

她打电话到戴维的办公室。

"你说她没了是什么意思？"他说。

"就是，我不知道她人在哪儿。她没有回家，她也不接电话。"

"她有没有留字条？"

"她能把字条留在哪儿呢？我检查过她的房间和厨房。她是去看电影的，但是我打她的手机，但她不——"

"好吧，让我——我来打几个电话，看看她有没有回城——记得她和那个男孩有纠葛吧——特洛伊还是什么的——如果我没有任何发现，或者她还是没有回来，我会打给当地警方。"

"会不会——我不想反应过激。"

"好吧，我们应不应该担心，你来告诉我。"

漫长的停顿，美琪在仔细考虑这个问题——同时她还给瑞秋做了一份点心，她在啃自己的脚踝。

"宝贝儿？"

"啊，"她说，"是很怪异，你应该打电话。"

三个小时后，她坐在当地警长吉姆·皮博迪的对面，他的脸看起来像罐子里的最后一块牛肉干。

"或许我只是在犯傻，"她说，"可是她平时都很负责的。"

"不要跟自己过不去，贝特曼夫人，别被你自己影响。你了解这个女孩，而且你有直觉，你得信任这个。"

"谢谢你。我——谢谢你。"

吉姆转向他的副手——女性，体格魁梧，大概 30 岁。

"我们要去一趟剧院，跟萨姆聊一下，看他记不记得她。格蕾丝会去一趟酒吧，或许她在那里逗留过。你说你丈夫正在给她认识的人打电话？"

"是的。他给几个朋友和她的几个家人打了电话——没人有她的消息。"

瑞秋正在涂色——主要涂在纸上——趴在一张儿童小圆桌上，是美琪从一个跳蚤市场顺手淘来的，附带两张可爱的小折叠椅的那种。美琪很惊讶，整个来访的过程中，小女孩一次也没有打扰过他们，就好像她理解事件的重要性。但她一直都是个敏感、严肃的孩子，以至于美琪有时担心她是不是抑郁。她在《时代》周刊上读过一篇相关文章，是关于抑郁症儿童的。现在这篇文章在她的脑海徘徊不散：抑郁症是一个大思路，就能把所有蛛丝马迹联系起来——睡眠不好，羞怯——又或许她只是对小麦过敏。

做母亲就是这样，一个恐惧盖过另一个恐惧。

"她不是抑郁，"戴维会说，"她只是专注。"

但他是个男的，加上他还是个共和党人，他对错综复杂的女性心理能有多少了解？

到日落前还是没有消息，戴维搁置了一周剩下的活动，开车赶过来。他刚一到达，美琪就感觉像只漏气的气球。她戴上的一切如常的坚强假面消失了。她给自己，也给他倒了一杯烈酒。

"瑞秋睡了吗？"他问。

"是的，我把她放在她的房间里了。你觉得是个错误吗？我是不是应该把她放在我们房里？"

他耸了耸肩。这在现实世界中没什么差别，他心想。只是他妻子头脑里的纠结。

"我来的路上打电话给警长了。"他们坐在客厅里时，他告诉她。海洋的怒吼透过纱窗，在黑色的夜空下一片昏暗。"他说她绝对去过电影院。人们记得她——一个城市打扮的漂亮姑娘——但酒吧里没有消息。所以不管是出了什么事，都是在回家路上发生的。"

"我的意思是，会出什么事呢？"

他耸耸肩，抿了一口他的酒。

"他们查过了当地医院。"

酒喝到一半，美琪一脸的苦相。

"糟糕，我应该查的，我为什么没有——"

"那不是你的工作，你在忙着照顾瑞秋。他们检查过医院，但昨晚没有符合她特征的人入院，没有无名女性之类的。"

"戴维，她死了吗？比如躺在沟里什么的？"

"不，我不那么认为。我是说，这件事拖得越久，我对它的预期就越不乐观。但现在还可能只是——我也不知道——是狂欢去了吧。"

但他们两人都知道，芙兰奇不是狂欢那一类型的女生。

那一夜，美琪的睡眠断断续续。她梦到蒙托克怪兽活过来了，正从泻湖里蜿蜒爬出，爬过马路，不可避免地爬向他们的房子，在身后留下鼻涕般的瘀血痕迹。她辗转反侧，想象它冲上通往二楼窗户的壁板——那是瑞秋的窗户。她是不是没关窗户？那是个暖和的夜晚，甚至有些闷热。她通常都是关窗的，但这一次——考虑到她心不在焉，她因为芙兰奇的事分了神——她是不是没有关窗？

美琪醒来时，脚已经踩在地上，身为母亲的恐慌让她穿过过道来到女儿的房间。首先让她吓呆的是，门是锁上的。美琪知道自己没有锁门，事实上，她还在门前放了一个门挡，以防门被风刮关上。她几乎跑着想去开门，可是门把手转不动。她用肩膀使劲撞门，空荡的房间发出一声巨响。

她听到身后戴维的动静，但房间里一点儿声音都没有。她再次尝试转动门把手，还是锁上的。

"戴维！"她大喊，她的声音有些歇斯底里。

然后他在她身后，动作快了点儿，但还是慢慢吞吞的，一部分睡眠中的大脑还没醒来。

"门锁了。"她说。

"让开。"他对她说。

她躲开了，紧紧贴着墙壁让他过去。他用大手抓住门把手，试图拧开它。

"她为什么没有哭？"美琪听见自己在说，"她一定醒了啊，我一定吵醒她了啊，我那样撞门！"

他再次尝试拧动门把手，然后放弃了，最后用肩膀撞门。一次，两次，三次。门从侧柱上被拉松了，但没有开。

他现在完全醒了，十分恐惧。他女儿为什么没有哭？从门下传出来的只有海浪的汹涌。

他向后退，用力地踹门，调集起某种原始穴居人的力气。这一次侧柱裂开了，其中一根铰链爆开，门突然打开，向后一倒，像个被击中的拳击手。

美琪从他身边挤进屋里，惊声尖叫。

窗户大开。

儿童床是空的。

美琪站着凝视了很久，就好像一张空床的景象是不可能的超现实事件。戴维冲向窗户向外张望，先朝一边看，再朝另一边看。然后他从她身边跑出房间。她听到他踏着雷鸣般的脚步冲下楼梯，然后听到前门砰地关上，听到他先跑过草地，接着是沙地和碎石路，最后去了马路上。

她找到他时，他正在楼下打电话。

"对，"他说，"这是生死攸关的事，我不在乎花多少钱。"

一阵停顿，他在听电话那边的人说话。

"好，我们等着。"

他挂了电话，眼睛锁定在不远处的某个点上。

"戴维？"她说。

"他们正派人来。"

"谁？"

"公司。"

"你说'派人来'是什么意思？你报警了没有？"

他摇头。

"这是我的女儿，他们带走了我的女儿，我们不用公务员。"

"你在说什么？谁带走了她？她不见了。他们需要——我们需要人，需要很多的人，现在过来找她。"

他起身开始开灯，一个一个房间地开，让整栋房子看似醒着的样子。她跟着他。

"戴维？"

但他陷入了沉思，某种体现男性气概的方案正在他的脑海里上演。她转身，从钩子上取下车钥匙。

"好吧，我没法干坐在这里。"

他在门口赶上她，抓住她的手腕。

"这不是——"他说，"她不是走失的。她才两岁，有人爬上她的窗户把她带走了。为了什么？为了钱。"

"不。"

"但是，"他说，"首先他们带走了芙兰奇。"

她靠在墙上，头脑飞转。

"你是在说——"

他把手放在她的肩上，动作并不粗暴，而是坚定地放上去，让她知道，她仍连接着大地，连接着他。

"芙兰奇了解我们，她了解我们的作息，我们的资产状况——或者至少对我们的资产有大致的感觉——她知道瑞秋睡在哪个房间，知道一切。他们带走了芙兰奇，这样她就能供出瑞秋。"

美琪走到沙发旁坐下，胳膊上还挂着手包。

"除非她和他们是一伙的。"戴维说。

美琪摇头，震惊让她平静下来，她的四肢感觉就像漂在浪上的海藻。

"她不会的，她才 22 岁，她上夜校。"

"或许她需要钱。"

"戴维，"美琪看着他说，"她不可能在帮他们，她不是故意的。"

他们想了想，什么可以迫使一个尽责的年轻姑娘放弃一个交给她负责的熟睡的幼童？

45 分钟后，他们听到车道上的轮胎声。戴维出门迎接他们，他带回来六个男人。他们显然都全副武装，有种只能用"军人举止"形容的气质。其中一人穿的是西服，他的皮肤呈橄榄色，鬓角泛着灰。

"贝特曼夫人，"他说，"我是米克·丹尼尔斯。这些人是来保护你们，并帮助我查明真相的。"

"我做了一个梦。"她发现自己在不由自主地告诉他。

"宝贝。"戴维说。

"关于蒙托克怪兽的梦，它溜上了我们家房子的侧面。"

米克点头，就算他觉得她很奇怪，也没有说出来。

"您当时在睡觉，"他告诉她，"但您听到了什么，这是遗传学上的训练，一种几十万年身为猎物的动物记忆。"

他让他们带他看卧室，然后是瑞秋的房间，让他们把案件重演。与此同时，他的两个手下检了房屋的周边。其他两个人在客厅建立了一个指挥中心，拿来笔记本电脑、电话和打印机。

他们整组成员在十分钟后再次碰头。

"只有一组脚印，"一个嚼着口香糖的黑人告诉他们，"还有两处更深的印记，在窗户的正下方。我们觉得是梯子留下的，痕迹延伸到这片地产上的一栋小型建筑，然后就消失了。我们在里面发现了一架梯子，可伸缩的梯子，我想高度足以到达二楼。"

"所以他没有带自己的梯子来，"米克说，"他用的是这里现成的梯子，这意味着他知道梯子在这里。"

"上周末有一根雨水槽倒了，"戴维说，"房东过来把它架上去的，用了梯子。我不确定他是从哪儿找来的，但他是开轿车过来的，所以梯子不是别人带来的。"

"我们会调查房东。"米克说。

"路上没有可见的轮胎痕迹，"另一个人说，他拿着一杆来福枪，"至少没有新鲜痕迹，不知道他或者他们可能往哪个方向去了。"

"不好意思，"美琪说，"不过你们是什么人？有人带走了我的宝贝，我们需要报警。"

"贝特曼夫人。"米克说。

"不要再那么叫我。"她回击道。

"对不起，您想让我怎么称呼您？"

"不。只是——请问有谁能告诉我发生了什么事吗？"

"夫人，"米克说，"我是世界上最大的私人保镖公司雇用的安全顾问。您丈夫的雇主聘请我来服务，你们不用花钱。我在海豹突击队服役八年，在美国联邦调查局又待了八年。我处理过300起绑架案件，成功率非常高。这里面有一条准则。只要我们弄清这一点，我答应您，我们就会马上打给FBI，而不是作为无助的旁观者。我的工作是从现在起控制局势，直到我们带回您的女儿。"

"你能做到吗？"美琪说，她好像在另一个次元，"把她带回来？"

"是的，夫人，"米克说，"我能。"

白

是白墙把他唤醒的，不只是卧室，整套公寓都是纯象牙白的浮饰——墙，地板，家具。斯科特躺在那里，双眼圆睁，心跳极快。在白色的冷宫里睡觉，像只悬停在以太领域里等待大门打开的新灵魂，等待分配身体前的官僚检验，没有呼吸地等待颜色的创造，这显然能让一个人发疯。斯科特在白色被单下的白色枕头上辗转反侧，他的床架被刷成了鸡蛋色。深夜2点15分，他甩开被子，脚踩到地上。交通噪声从双层窗户飘进来。他因为努力强迫自己躺在床上而大汗淋漓，他能感觉到自己的心脏穿透胸腔内壁在跳动。

他走到厨房，考虑泡杯咖啡，但又感觉不太对。晚上是晚上，早上是早上，混淆两个时间会导致挥之不去的错位感。一个不合时宜的人，移换了时段，喝波本威士忌当早餐。斯科特的眼后有点儿发痒。他走到客厅，找到一个书柜，打开所有的抽屉。在浴室里，他找到六支口红。在厨房里，他找到一支黑色的记号笔和两支荧光笔（粉色和黄色）。冰箱里有甜菜，是饱满的碎菜片，他拿出来，然后在炉子上放了一壶水开始烧。

他们在电视上谈论他。他不需要开电视就知道，他现在是循环节目的一部分。他轻轻地走进白色的客厅时，刷白的地板在脚下咯吱作响。壁炉还留有近期用过的焦黑色痕迹，斯科特蹲在冰凉的砖壁上找炭灰。他凭感觉找到一块木炭，把它掏出来，就像从矿里摸到一颗钻石。远处的墙上有一面落地镜，他直起腰时瞥见了自己。他的平角裤碰巧也是白色的，他又穿了一件白 T 恤——就好像他也慢慢地被某种无尽的虚空吞噬了。他看到这个全白世界的镜子里的自己——裹着白布的苍白的白人——他觉得自己可能是一只幽灵。哪种情况更有可能呢？他心想，"我肩膀脱白地背着一个幼儿游了好几千米，是不是我已经淹死在翻滚的咸水里了？像多年前我的妹妹一样，她神情恐慌，张着嘴巴被吸进密歇根湖贪婪的黑水深处。"

他的手里握着炭块，在公寓里转了一圈把灯打开。他有一种直觉，一种不完全理性的感觉。他能听到外面刺耳的刹车声，是当天的第一辆垃圾车，它的齿轮大口磨碎我们不再需要的东西。现在公寓完全被灯照亮了，他慢慢地转了一圈，想要彻底体会这一切：白墙，白色家具，白色地板。这简单的一圈变成了一种旋转，就好像一旦开始就无法停止了。一颗白茧不时地被黑色的镜面打断，因为窗纱都是拉起来的。

所有能制造颜色的东西都堆在白色的咖啡矮桌上。斯科特站着，手里握着灰化的木炭。他把炭块从左手换到右手，他的眼睛被左手掌上粗野的黑印吸引。然后，他满怀热情地把脏手拍在胸口上，向下划过肚子，给白色棉布抹上黑灰。

活着，他想。

然后他开始画墙。

一小时后，他听到有敲门声，然后是钥匙插进锁眼的声音。蕾拉进来，还穿着晚上外出时穿的衣服，短衫和高跟鞋。她发现斯科特在客厅里，正往墙上扔甜菜。用常规用语来说，他的 T 恤和短裤都毁了，或者说，在这个画家的眼中是大有改进——染上了黑色和红色。空气中依稀有木炭和根类蔬菜的味道。斯科特没跟她打招呼，轻轻地走向墙壁蹲下来，拎起砸烂的块茎。他听到身后大厅里的脚步声，听到有呼吸声靠近，带着震惊的急促。

他听到的同时也没听到，因为此刻，除了自己的思想，他脑子里什么都没有。只有幻觉与记忆，以及某种更抽象的东西。一开始十分急迫——但不是山崩地裂的那种急迫，而是在漫长的开车回家途中，被困在走走停停的车流里，之后跑了很长一段路才到前门，摸索着找到钥匙，在匆忙的跑动中颤抖地解开裤子纽扣，最后终于可以小便的那种急迫，然后是浑然天成的流动。生物需要得到了满足。就像曾经关闭的一盏灯，现在打开了。

随着每一抹笔触的落下，这幅画在向他呈现。

蕾拉在他的身后观看，嘴唇微启，被一种她并不真正理解的感觉震慑。她是一场创作行为的闯入者，一个意外的偷窥犯。这套公寓虽然归她拥有，被她装饰，却变成了别的东西，某种出乎意料的狂野的东西。她伸手去脱她的高跟鞋，把鞋拎到斑斑点点的白沙发旁。

"我刚才在参加上城区的一个活动，"她说，"那种没完没了的东西，谁在乎啊——然后我从街上看到你的灯亮着，所有的灯。"

她坐下，一条腿盘在另一条腿的下面。斯科特用手捋捋头发，头皮现在是熟龙虾的颜色。然后他走向咖啡桌，挑了一支口红。

"一个 50 岁的人说他想闻我的内裤，"她说，"噢不对，不是的——他是想让我脱掉我的内裤，塞进他的口袋，然后晚点儿等他老婆睡着后，他说他会握在鼻子跟前，对着水池。"

　　她伸展一下，走到酒柜前给自己倒了一杯喝的。斯科特看似不知不觉，他正拿着口红在墙上试色，然后盖起盖子，选了另一种颜色。

　　"想象一下，当我告诉他我没穿内裤时，他的眼睛瞪得有多大。"蕾拉说，一边看着他选了一种名叫"夏日胭脂"的颜色。她小口抿着她的酒。"你有没有好奇过以前是什么样子？"

　　"什么以前？"斯科特说，没有转身。

　　她重新躺回沙发上。

　　"我有时担心，"她说，"人们跟我讲话只是因为我有钱，或者他们想跟我上床。"

　　斯科特像一束激光，专注于一个点上。

　　"有时，"他说，"他们很可能只是在想——你想要一份开胃菜吗，或者有可能想要一杯鸡尾酒吗？"

　　"我不是在说服务员。我是说有一屋子人的时候，我是说社交场合，或者在商务会议上。我说的是有人看着我，心里在想，那个人有点儿意思，可以拿到大的计划里讨论。"

　　斯科特盖上口红，后退几步检查他的作品。

　　"7岁的时候，"他说，"我离家出走，不是真正离家，但离开了房子。我爬到后院的一棵树上，我心想：要给他们点颜色看看。后来甚至根本不记得是什么原因了。我的妈妈——从厨房窗户旁——看到我在树上，一个男孩在一棵树的大树枝上，带着他的背包和枕头，正在吹胡子瞪眼，但她只是忙着做晚餐。后来，我看着他们在餐桌上吃饭——妈妈，爸爸，我的妹妹。吃完饭以后，他们坐在沙发上看电视，是真人秀，可能是《浪漫满屋》。我开始觉得冷。"

　　他擦抹炭色，试图达到完美的效果。

　　"你试过睡在树上吗？"他问，"你得变成黑豹才行。房里的灯一盏一盏熄灭，我发现自己忘记带食物上树，这是个问题，还忘了带毛衣。所以过了一会儿，我爬下树进屋。后门是开着的，我的母亲在桌上给我留了一盘食物，还附了一张字条：雪糕在冰箱里！我在黑暗里坐着吃饭，然后就上楼睡觉了。"

"你在说什么？"

"没什么，只是我做过的事。"

他在干板墙上擦抹木炭的线条，在添加阴影。

"又或许，"他说，"我的意思是，人们可以不用开口就说出所有的话。"

她伸展四肢，屁股对着天花板。

"他们在新闻上说，那个男孩不说话了，"她说，"说他自从事故发生后就再没说过一句话。我不知道他们是怎么知道的，但他们是那么说的。"

斯科特挠挠脸，在太阳穴上留下漆黑的污渍。

"我以前喝酒的时候，"他说，"我就是他们口中的话匣子，一句接着一句地说，大多是我觉得人们想听的话，或者——倒也不是——是我以为具有煽动性的话，是真相。"

"你都喝什么？"

"威士忌。"

"好阳刚的酒。"

他打开黄色荧光笔的笔盖，心不在焉地在左手拇指上揉搓笔尖。

"从醒酒的那一天开始，我就不再讲话了，"他说，"有什么好说的？你需要有希望，才能形成思想。那需要——我也不知道——讲话和参与交谈需要乐观精神。因为，说真的，这么多的交流有什么意义？我们对彼此说什么其实有什么差别？同理，我们怎么对待彼此又有什么差别？"

"那种心态是有名字的，"她说，"叫作抑郁。"

他放下荧光笔，慢慢地转身，观赏这幅作品。它的形状与颜色，任人诠释。房间已经具有深度和维度，他却突然感觉疲惫。随着他把眼睛挪向蕾拉，他看到她已经脱下裙子，裸体躺在沙发上。

"关于内裤，你不是在开玩笑。"他说。

她笑了。

"一整晚我都好开心，"她说，"因为我知道自己有一个秘密。每个人都在谈论发生的事，那个谜团——一架飞机坠毁了。他们都在猜测，是恐怖主义吗？是某个'杀死富人'终结情节的开端，还是朝鲜的某支微型特种部队为了让吉卜林闭口？你真该在场听听。但之后峰回路转，变得更加——私人化，所有这些有钱的精英都在谈论那个男孩，谈论他会不会重新开始讲话。"

她端详着他。

"他们谈论你。"

斯科特走到厨房水池旁洗手，一边看着炭灰和口红流进下水道。他回来后，沙发已经空了。

"在这儿呢。"她在卧室里叫他。

斯科特想了想，一个裸体女人躺在他的床上会导致什么后果，然后他转身走进了书房。这里的墙壁还是白的，这降低了他的成就感，于是他把沾满污渍的躯干贴到干板墙上，留下类似大笨狼的身体形状。他朝书桌走去，拿起电话。

"我吵醒你了吗？"她接起电话时，他问。

"没有，"埃莉诺说，"我们醒着呢，他做噩梦了。"

斯科特想象男孩在辗转难眠，脑袋里是一片狂暴的海。

"现在他在做什么？"

"在吃麦片。我尝试哄他继续睡觉，但他不愿意，所以我在 PBS 频道找了《单词世界》给他看。"

"我能跟他说话吗？"

他听到她放下听筒，听到她含混的声音——JJ！——穿过房间。斯科特屈服于重力，躺到了地板上，电话线随他一起拉长。一秒钟后，他听到塑料听筒被拖过一块坚硬的表面，然后是呼吸声。

"嘿，小伙伴儿。"斯科特说。他等待着。"我是斯科特。看来我们俩都醒着呢，嗯？你做噩梦了？"

斯科特听到蕾拉在隔壁房间打开电视，沉溺在 24 小时的循环新闻中。隔着电话，他听到小男孩在呼吸。

"我在考虑要不要过来看看你，"斯科特说，"你可以带我参观你的房间，或者——我也不知道。城里好热，你的姨妈说你们靠近河边，我或许可以教你怎么打水漂，或者——"

他考虑了一下自己刚刚说过的话，你和我再去看看另一大片水域吧。一部分的他不知道男孩是不是每次冲马桶时都会尖叫，他会不会厌恶浴缸放水的声音。

"帮我克服恐惧的是，"他说，"克服害怕的是，随时做好准备，你知道吗？知道该怎么办。比如有熊攻击你的时候，他们说你应该装死。你知道吗？"

他感觉沉重的疲惫从地底深处把他往下拉。

"那狮子呢？"男孩说话啦。

"嗯，"斯科特说，"那我不太确定。但我可以跟你说，在见到你时，我会找到答案然后告诉你，好吗？"

长时间的沉默。

"好。"男孩说。

斯科特听到男孩撂下听筒，然后是听筒重新被拿起的声音。

"哇，"埃莉诺说，"我不知道要——"

电话，这一神奇的功率交换器就悬在他们之间。斯科特不想谈论这个。对他而言，男孩愿意跟他讲话而不愿跟其他任何人讲话，只是一个简单的事实，没有任何心理医生所谓的"意义"。

"我告诉他我会来看他，"斯科特说，"可以吗？"

"当然，他会——我们会很高兴的。"

斯科特琢磨了一下她音调中的变化。

"那你的丈夫呢？"他问。

"什么都没法让他高兴。"

"你呢？"

停顿了一下。

"有时候吧。"

他们思索了一会儿。斯科特听到卧室传来一声叹息，但他无法分辨是人的响声还是屏幕上的音效。

"好了，"斯科特说，"就要出太阳了，今天尽量小睡一下吧。"

"谢了，"她说，"祝你一天愉快。"

一天愉快。这句朴素的话让他笑了。

"你也是。"他说。

他们挂电话后，斯科特在那里躺了一下，想睡觉却睡不着，然后爬了起来。他跟着电视的声音走去，一边脱掉他的 T 恤丢在地上，然后脱掉平角裤，走进卧室，顺手关上灯。她知道自己是什么样子，也知道这一姿势的威力，她的眼睛故意腼腆地盯着屏幕。斯科特现在感到寒冷，他爬上了床。蕾拉关上电视。外面，太阳正在升起。他把头倒在枕头上，先是感觉她的手伸向他，然后是她的身体。浪花冲上白沙海滩，她的嘴唇找到他的脖颈。斯科特感觉被子的温暖将他往下拉扯。白色的盒子已经被他征服，冷宫现在是一处实在的位置。她的手抚摸他的胸膛，她的腿沿着他的小腿游走，然后跨过他的大腿，她的身体很热，胸部的圆弧滚烫地贴着他的手臂，她的鼻子钻进他的颈窝，对他耳语，她从容不迫。

"你喜欢跟我说话，"她说，"对吧？"

但他已经睡着了。

四号画

　　一开始，它看似一块空白的画布。一个白色的长方形，被石膏覆盖。但走近一点，你能看到白色画布上有高低起伏，有阴影和凹陷。上面涂了一层层的白漆，底层有不确定的颜色，隐藏着什么桃红色的东西。你心想，或许画布根本不是空白的。或许图像被覆盖，被白色抹去了。事实上，单靠裸眼永远无法发现真相。但如果你闭上眼睛，如果你用手抚过凹处和石膏的纹理，允许高低起伏的真相渗透出来，然后，或许一幅场景的轮廓就会开始铺展。

　　是火焰，以及一栋建筑的略图。

　　剩下的交给你的想象。

曝光

汽车喇叭吵醒了他，坚持不懈的长音。蕾拉走了，喇叭声再次响起。斯科特站起来，裸体走向窗户。外面是一个新闻摄制组，卫星新闻车停在路边，接收天线已经架好。

他们找到他了。

他退离窗帘，找到遥控器，打开电视。画面中出现了一栋房子，白色的三层建筑，蓝色窗户，黑色星星，在纽约城里一条绿树成荫的街上。他就站在这栋房子里。一条新闻在房子的下方滚动播放，展示着文字与数字——纳斯达克指数下跌13点，道琼斯指数上涨116点。屏幕的左手边，比尔·康宁汉占了一个画框，正倾身俯向镜头。

"——显然，他正和名声在外的激进的女继承人同居，她的父亲去年给左派事业捐了四亿美元。你们要记得，亲爱的观众们，他就是那个试图买下2012年选举的人。好吧，这就是他家的小女孩。不过——她不再是小孩了——来看看她今年早些时候在法国参加电影节的照片。"

屏幕上，房子的画面滑进一个小框里，主要窗口被蕾拉的静止图像替代，是一系列身着暴露礼服的照片，从街拍杂志和丑闻小报上裁下来的。还有一张长焦拍摄的她穿着比基尼的照片，是在一个男演员的游艇上。

斯科特好奇蕾拉是不是在屋里，正看着这些。

就好像听到了他的想法一样，公寓的门开了。蕾拉进来了。她的打扮像是要开一天的会议。

"我没有告诉任何人，"她说，"我发誓。"

斯科特耸耸肩，他从来没有这种假设。在他的思维里，他们两人都是濒危物种，在换毛的过程中被一个有控制冲动障碍的好奇小孩发现。

屏幕上，他看到15面挂了窗帘的窗户，一扇狭窄的前门被刷成蓝色，两扇汽车库门也是蓝的。唯一遮掩安全屋的就是一棵细细的树苗，其实只是一根木棍，敷衍地散出几片绿叶。斯科特研究着电视上他身处的房屋，虽然有所担心，却又奇怪地着迷起来，就像一个人看着自己被生吞活剥。看来他现在无法逃避变成公众人物了，他必须参与这场商业舞会。

真奇怪啊，他想。

蕾拉站在他的身旁。她在考虑再说些什么，却什么也没有说。过了一会儿，她转过身，再次漫不经心地走出公寓。斯科特听到公寓大门关上，然后是她的鞋跟踩在楼梯间的声音。他站在那里盯着电视上的房子。

比尔·康宁汉看起来像打了鸡血，他说：

"——就在片刻之前，楼上的窗户有动静。线人告诉我们，穆勒小姐一个人住在这栋房子里——亲爱的观众们，有多少间卧室来着？——在我看来最少有六间。我忍不住要做些联想——一个保守派新闻频道的头儿离奇死去，然后空难中唯一的幸存者与一个左翼活跃分子的女儿同居了。好吧，有人或许会称之为巧合，但我不会。"

屏幕上，一扇车库门开始打开。斯科特探身往前，他现在观看的不只是电视了。他有点期待看到自己离开，但出现的是一辆黑色奔驰，驾驶座上的蕾拉戴着超大墨镜。新闻摄像机移近，指望能堵住她的路，但她飞快地开走——巴不得辗过他们——然后一个左转，呼啸着驶上银行街，朝格林尼治村去了，他们甚至来不及把她团团围住。

车库门在她的尾气中合上。

"绝对是屋主本人，"康宁汉说，"但我在好奇，伯勒斯这个家伙有没有可能蹲在后座下面，就像佩金帕一部电影里的越狱犯一样。"

斯科特关掉电视。他现在独自一人在屋里，赤裸地站在一间白色的房间里，太阳在地板上投下阴影。如果他节约口粮，每天只吃一顿，可以在这套公寓里待上六天。但他却洗了个澡，穿好衣服准备出门。马格努斯，他想的是。如果有谁会开口泄密，那就是他。但当他打给马格努斯时，爱尔兰人声明他是无辜的。

"慢点儿说，"马格努斯说，"什么房子在电视上？"

"我需要你帮我租一辆车。"斯科特兜了个圈子后告诉他。马格努斯人在上城区——以前曾是西班牙哈莱姆区的一个地方，已经喝得半醉，尽管才早上十点。

"你给我美言几句，啊？"马格努斯说，"对着蕾拉，朝那只美丽的耳朵吹几股风，说马格努斯是最好的画家，就往那个方面——"

"就在昨晚，我详谈了你对颜色与光线的运用。"

"这就对了，老哥。这就对了。"

"她希望这周末过来一趟，或许看看新作品。"

"我刚才支帐篷了，"马格努斯说，"就在几秒之前。头是紫色的，特别充盈，像被蛇咬了。"

斯科特穿过房间走到窗户旁。窗帘是半透明的，但不能完全透视。斯科特试图往下看，意识到下面的人也在看他。他瞥见又有一辆新闻车停到路边。

"不需要一辆大车，"他说，"我只需要租几天的时间，开去州北部。"

"想让我一起去吗？"马格努斯说。

"不，我需要你留下，"斯科特回答。"守住要塞。蕾拉喜欢熬夜，你懂我的意思吧。"

"有我在一定能守住，我的朋友。我的伟哥足够撑到万圣节。"

他们挂断电话后，斯科特抓起他的夹克，走进客厅，然后在半途中停下。一团混乱中，他完全忘记自己昨晚歼灭白色的事了。他现在站在一个木炭与口红的立方体里，甜菜的污渍留下晾干的红宝石色条痕。他的四周是玛莎文雅岛的农贸市场——一幅3D绘画的习作——于是房间里的家具似乎都被摆在了露天广场的中央。远处的墙上是鱼贩，敞开的冷冻冰盒在一张长长的白色牌桌下方；成排的蔬菜，三格一盒的莓果；还有从记忆中重塑出的脸庞，被剥落的炭块飞快地素描下来。

那儿，坐在一张白色帆布椅上的，正是美琪，她的头和肩膀被草草画在墙上，身体被勾勒在椅子的布料上。她正在微笑，眼睛被一顶大大的遮阳帽遮住。她的两个孩子守在椅子的两侧，女孩对着她的肩膀站立，在她的右边。男孩在一张靠墙桌子的后面，身体被挡住一半，在她的左边——只能看见他的小胳膊，连着单薄的肩膀，条纹衬衫，条纹是甜菜色的，画面止于他的二头肌中间，剩下的部分都隐藏在树林里。

斯科特僵在这幅场景中央，失去了时间，被鬼魂环绕。然后他下楼去面对人群。

杰克

"我从来都不喜欢锻炼，"杰克·拉兰内说，"但我喜欢锻炼的成果。"

这一点只需看他清晰的三头肌就很明白了，更不必说他啤酒桶形的大腿，克莱茨德尔种马一般的肌肉分量。一个中等高度的男人，身材几乎撑爆他的短袖连体衣。他的家里有一个训练博物馆，摆满晦涩难懂的科技产品，多数都是自制的，比如说，杰克在 1936 年发明的腿部伸展机。他的方法是持续训练一块肌肉，直到它断裂为止，同时他相信通过摧毁深层组织的方法能达到改造的效果，他也确实是这么做的。

一开始，他穿一件 T 恤和常规的休闲裤训练，他喜欢绷紧织物带给他的感觉。然后他有了个想法，要穿合身的连体衣来展示自己——一套自我完善的制服。于是他去了奥克兰制裤工厂，他给他们草图和一批色彩作为选择，多数是蓝色和灰色。一个非裔美国女人用卷尺量了他的尺寸，她坐在一张吱吱作响的金属椅上绕着他转圈。那个时候，羊毛是唯一可以拉伸的布料，于是他们就用羊毛制作连体衣，让它缩绒得尽可能薄。他喜欢羊毛的亮泽，杰克神气活现地告诉她，用无袖设计来展现他转动的手臂，要收腰。

杰克穿的连体衣太紧，你都能看到他早餐吃了什么。

一家地方保健品商城聘请杰克为 KGO 电视台制作一档地方访谈节目。他教授人们健康饮食的力量，为每一块肌肉设计锻炼方法，从脚趾到舌头。六年后，这档节目风靡全国。人们一边看着杰克踮脚跳跃的图像，一边吃早餐。他们在电视机前面跑步，模仿他们看到的样子，弯折腰部，像鸟一样大风车式地转动手臂。随着节目如火如荼地播出，某些语句进入了美国人的辞典：开合跳，下蹲后伸腿，摆腿。

他的连体衣上有条同色系搭配的腰带，系在腰部。

在杰克的巅峰时期，他是一个方下巴的人形沙漏，头上的漆黑乱发被修剪成典型的意式波浪发型，像法兰基·阿瓦隆[1]那样。早年，对大多数人来说，他都是以黑白形象出现的，一个少数族裔的人形消防栓指着解剖图，解释人体内部的构造。"你们看，"他似乎在说，"我们不只是动物，我们是建筑架构。骨头、肌腱和韧带是活动肌肉组织的基础。"杰克让我们知道，人体解剖学的一切都是相关的，可以极好地协力运用。

微笑就是运用整个系统的肌肉，由喜悦驱动。

一天他向美国人展示，如何让他们的脸"看起来 Ji—an—k—ang"，他伴着玩具管风琴的轻快儿歌，滑稽地张大闭上嘴巴。

到了七十年代，杰克变成全彩的了。他跳上一块闪亮蓝紫色的人造木板，变成了某种脱口秀主持人，采访健美先生，谈论他们的饮食和生活方式。这是电视节目《野生动物王国》的时代。越战打输了，

1　法兰基·阿瓦隆（Frankie Avalon，1939—　），著名演员、歌手。

美国人已经踏上月球，尼克松似乎准备好丢脸地辞职。你收看他的节目，因为你喜欢他无限的精力。你收看他的节目，因为你厌倦了往下看到自己的肚子。你收看节目是为了让你的心跳加速，扭转你的人生。

"现在，好莱坞现场直播，"广播员低沉洪亮地说，"有请你们的私人健康体能教练，杰克·拉兰内。"

30分钟的节目，你得到的是"你能做到"的进取心。你上了一堂心态调整的课程，还有企业给你赞助，无须自掏腰包。你有大山要爬，得到鼓舞。你得到了技能。

"遇到问题开心点更好？"他说，"还是苦不堪言更好？"

不要自甘堕落，杰克告诉一个在经济衰退中跌跌撞撞的国家。生活变得艰难时，你要更加强悍。

杰克在他的励志阶段意识到，人们需要的不只是肌肉训练方案，而是一个更好的看待世界的方式。频道从广告切换回节目，他就出现了，那个做开合跳的男人背对观众坐在一张金属椅上，在陈述科学。

"你要知道，"他会说，"这个国家有太多的奴隶。你是奴隶吗？你很可能在说，杰克，在美国这个美妙的自由国家里，一个人怎么会是奴隶呢？我所说的奴隶不是你所认为的概念。我说的是，当你想做一件事却做不到时，你就是个奴隶。因为你这个奴隶，和从前被人抓获戴上镣铐的奴隶是一样的。他们被套上枷锁，你知道的，不允许去任何地方。"

杰克直视镜头。

"你们和他们差不多，也是奴隶。"

这个时候，他俯身向前，直指摄影机，同时清晰地说出每个音节。

"你就是你自己身体的奴隶。"

"头脑，"杰克说，"一直到你死的那天依旧活跃，但头脑是身体的奴隶——身体变得太懒惰，只想坐着。这就是沙发土豆的开端，而你允许自己变成那样。"

"不是你在支配你的身体，"他说，"是你的身体在支配你。"

那是电视时代的初期，倦怠心理已经开始兴起，那是闪烁发光的催眠术。电视机就是白痴的盒子，杰克在这里说出真相，给你力量，试图打破现实世界让你窒息的镣铐。

这不是什么复杂的东西。他用眼睛告诉你，他的身体运动似乎在回答他提出的每个问题。没有哪个活着或死去的法国哲学家能说服杰克·拉兰内，人类的难题是存在主义的。这是意志的问题，是毅力的问题，是头脑控制物质的问题。萨特看到的是厌倦，杰克看到的是活力。加缪看到的是无意义与死亡，杰克看到的是重复的力量可以劈断木板。

杰克在巴兹·奥尔德林[1]和尼尔·阿姆斯特朗的时代崛起，当时是约翰·韦恩[2]兴盛的年月。对杰克而言，当时的美国是志在必得的国家。没有过分的挑战，没有太大的障碍。

杰克告诉我们，美国是未来的国家，我们都将乘坐闪闪发光的火箭飞船前往一个科幻天堂。

只不过，对杰克而言，我们应该跑步进入未来。

1　巴兹·奥尔德林（Buzz Aldrin，1930—　），美国工程师及前宇航员，阿波罗 11 号（Apollo 11）载人登月计划的成员，也是首批在月球表面行走的人之一。

2　约翰·韦恩（John Wayne，1907—1979），美国演员，饰演的多数角色是西部硬汉。

采访

　　他被人造光源大肆侵犯，被安有卤素闪光灯的相机摄入相框。斯科特条件反射地眯眼，确保世界看到他的第一印象是一个稍有畏缩的男人，左眼眯缝起来。他踏出前门时，很多身体都向前涌来，架着肩扛式摄像机的男人与手拿球形麦克风的女人，后面的电线拖过粘上口香糖的人行道。

　　"斯科特，"他们说，"斯科特，斯科特。"

　　他在门口站定，门打开一半，以便他需要轻易逃走。

　　"大家好。"他说。

　　他是一个对着人群发起谈话的人。所有问题都向他抛来，每个人都同时在说话。斯科特想象这条街道以前是什么样子，一条草木丛生的小溪向泥沙淤积的大河蜿蜒流去。

　　他举起他的手，问："你们来这里是什么目的？"

　　"只有几个问题。"其中一名记者说。

　　"我是第一个来的！"另一名记者说，是一个举着麦克风的金发女人，麦克风上有个长方形的盒子，上面写着字母ALC。她说她叫瓦妮莎·莱恩，比尔·康宁汉正从指挥中心传话到她耳朵里。

"斯科特，"她挤到前面说，"你在这里干什么？"

"在这条街上吗？"他问。

"你和穆勒小姐在一起。她是你的朋友吗？还是你们之间不只是朋友关系？"

斯科特想了想。他们之间是朋友还是不止朋友关系？他不确定这个问题到底是什么意思。

"我得想一下，"他说，"我们是不是朋友？我们其实刚认识。而且她也有她的观点，不知道她怎么看。因为我可能会有误解，这里面的意味——谁没有过误解呢？把白的认成黑的。"

瓦妮莎皱起眉头。

"跟我们讲讲坠机的事，"她说，"事情究竟是怎么样的？"

"你指哪方面？"

"一个人在那里，海洋狂暴，然后你听到男孩在哭。"

斯科特想了想，在他沉默的空隙里，其他问题雨点般地砸下来，六句话里有五句是冲他喊叫的。

"你要的是一个比较，需要一种类比来帮助你了解。"

"斯科特，"一个浅黑色皮肤的女人拿着麦克风叫嚷，"飞机为什么会坠毁？究竟发生了什么？"

一对年轻夫妇从东边靠近。斯科特看着他们为了避开聚光灯横过街道。他现在就是事故现场，被行人翘首张望。

"我猜我得说，没有办法类比。"斯科特告诉瓦妮莎，不是在无视这个新问题，只是还专注于上一个问题，"当然对我来说无从对比。海洋的浩瀚，它的深度和力量。没有月亮的天空。哪边是北？生存这件事，它最基本的原型，不是一个故事。还是说，我也不知道，或许是唯一的故事。"

"你跟男孩讲过话吗？"有人在呼喊，"他害怕吗？"

斯科特思考了一下。

"呃，"他说，"我不知道我该怎么回答那个问题。4 岁孩子的大脑，我是说，那是完全不同的对话。我知道对我来说那是什么经历，就像不怀好意的茫茫黑暗中的一颗尘埃。但对他来说，他正处在生理发育的时刻，再加上恐惧的本质，某种程度上——他有一种动物的本能力量。但话说回来，在他那个年龄——"

他中断了讲话，开始思索，意识到自己没有给他们想要的答案，但又担心他们的问题过于重要，没法马上回答，没法顺带定义清楚，他们只是为了赶上某个截稿日期。那种经历是什么样的？为什么会发生？向前继续是什么意思？这些应该是书的主题，是你需要沉思多年的问题——要找到合适的词汇，要识别出所有关键要素，既有主观的，也有客观的，然后才能归纳总结出来。

"这是一个重要的问题，"他说，"我们或许永远不会真正知道答案。"

他转向瓦妮莎。

"我的意思是，你有孩子吗？"

她最多 26 岁。

"没有。"

斯科特转向她的摄像师，40 岁的样子。

"你呢？"

"有。一个小女孩。"

斯科特点点头。

"你看，有性别这个要素，以及夜晚这个时间，飞机掉下来时他正在睡觉，他可能以为是一场梦？一开始可能会，以为他仍在睡觉。但实在有太多因素了。"

"人们说你是个英雄。"又一名记者高喊着。

"那是一个问题吗？"

"你觉得自己是英雄吗？"

"你得帮我定义这个词，"斯科特说，"另外，我怎么想其实无关紧要。或者——那也不对——我对自己的想法并不一定准确，要根据整体世界来看才行。比如，20 几岁时，我以为自己是个艺术家，但其实我只是个 20 几岁的毛头小伙子，以为自己是个艺术家。我说的有道理吗？"

"斯科特。"他们喊叫着。

"对不起，"斯科特说，"我能看出来，我没有给出你们想要的答案。"

"斯科特，"瓦妮莎说，"现在是比尔·康宁汉直接对你提问。你为什么在那架飞机上？"

"你是说，在宇宙意义上吗？还是——"

"你是怎么坐上那架飞机的？"她纠正自己说。

"美琪邀请我的。"

"美琪就是玛格丽特·贝特曼，戴维的妻子吧？"

"是。"

"你和她有暧昧关系吗？你和贝特曼夫人？"

斯科特皱起眉头。

"比如性关系吗？"

"对。就像你现在和穆勒小姐有暧昧关系一样，她的父亲向自由主义事业捐了几百万美元。"

"那是个疑问句吗？"

"人们有权利知道真相。"

"就因为我在她家里，你就说我有——她和我发生了性关系。这就是你的天才推论？"

"你靠花言巧语上了那架飞机，难道不是吗？"

"我图什么——就为了掉进海里，得拖着脱臼的肩膀游上 16 千米到岸边吗？"

他没有愤怒的感觉，只是对这条质疑思路感到困惑。

"FBI 多次找你问话，不是吗？"

"两次算不算多次？"

"你为什么要躲起来？"

"你说'躲起来'，就好像我是银行抢匪约翰·迪林杰一样。我是一个普通公民，有自己的私人生活。"

"坠机后你没有回家。你为什么不回家？"

"我不确定。"

"或许你感觉自己有所隐瞒？"

"避开公众视线与躲藏不是一回事，"斯科特说，"我想念我的狗，那倒是真的。"

"跟我们讲讲你的画，FBI 缴走了它们，这是真的吧？"

"不是。我没有——那些只是图片。一个人站在一座岛上的小屋里。谁知道他们为什么要画那些画？或许他们感觉自己的人生是一场灾难。或许那就是开始，是带着讽刺的。但之后，他们会看到里面有更伟大的东西，或许是达成理解的关键。这个——我有没有回答你的——"

"你画了一场空难，是真的吧？"

"是，那是其中一幅——对我来说，我的感觉是，我是说，我们全都会死，那是生物学决定的。所有的动物都会死，但我们是唯一知道

251

自己会死的。然而我们——不知怎么回事，我们能够把这一深奥的认知放到某种盒子里。我们知道，但同时我们也不知道。然而在这些大规模死亡的时刻，比如渡轮沉船、飞机坠毁，我们与真相面对面。我们有一天也会死，而且是因为与自己无关的理由，与我们的希望和梦想都无关。有一天你搭巴士去上班，然后就有一颗炸弹；或者你去沃尔玛买黑色星期五的便宜货，就被暴民踩死了。所以，这些灾难，一开始只是讽刺，讽刺我自己的人生，然后打开了一扇门。"

他咬咬嘴唇。

"但小屋里的人还是小屋里的人，你知道吗？"

瓦妮莎碰了碰她耳朵里的塑料耳机。

"比尔想邀请你来演播厅做一对一的采访。"

"他很友善，"斯科特说，"我觉得。只不过你脸上的表情看起来不太友善，更像是警察。"

"有人死了，伯勒斯先生，"她说，"你真的觉得现在有时间友善吗？"

"现在比任何时候都更需要它。"他告诉她，然后转身离去。

他们跟了几个街区，但最终还是停下了。他试图正常走路，意识到自己既是时空中的一个身体，也是上千人（还是上百万人？）观看的图像。他经布里克街到第七大道，跳进一辆出租车。他在思考他们是怎么找到他的——一个待在反锁公寓里的人，而且没有手机。蕾拉说不是她说出去的，他也没有理由怀疑她。一个有几十亿美元的女人不会说谎，除非她自己想说谎。从蕾拉的举止来看，她似乎喜欢让斯科特当她一个人的小秘密。还有马格努斯，好吧，马格努斯在很多事情上都撒谎，但在这件事上不像。除非他们给他钱了，如果那样马格努斯为什么又要在挂电话的时候找斯科特讨几百块钱呢？

宇宙就是宇宙，他想。我猜，知道有一个理由存在就足够了，不一定非要知道那个理由是什么。或许是某颗新型卫星？趁我们睡觉时探进骨头的软件？昨天的科幻题材成了今天的新股发行。

他曾经是个隐形人，但现在不是了。重要的不是他在逃跑，而是他正在奔向什么。斯科特坐在出租车的后座上，想象男孩深更半夜坐在电视机前吃麦片的样子：他无法入睡，看着一只用字母 d-o-g 画出的狗在对着一只用字母 c-a-t 画出的猫讲话。如果现实生活真的那么简单就好了，我们遇到的每个人，去的每个地方都能根据身份的纯粹本质塑造。你看看一个人，就看到两个字"朋——友"；看着一个女人，就看到词语"妻——子"。

出租车里的屏幕开着，正在播放深夜电视的片段。斯科特伸手把它关掉。

吉尔·巴鲁克

1967 年 6 月 5 日—2015 年 8 月 23 日

　　有关于他的传说，是传闻，但不只是传闻，假说或许是更准确的词。吉尔·巴鲁克，48 岁，以色列侨民。（尽管其中一个假说是，他在约旦河西岸的刀刃地带有一个家，刀刃的凶险正是他本人凭一己之力在巴勒斯坦人的土地上锻造出来的，有一天他开了一辆旧吉普过去，支起他的帐篷，经受住巴勒斯坦人的注视和嘲讽。谣传他自己砍木头，浇筑地基，胸挎着一杆来福枪。他的第一栋房子被一群愤怒的暴民放火烧了，吉尔——非但没有动用他异于常人的狙击技术，也没有使用徒手搏斗技能——只是观看并等待着，等人群散去，他把轻视化为一泡尿，撒在灰烬里，推倒重来。）

　　他是以色列皇亲的儿子，他的父亲列夫·巴鲁克是声名显赫的军事领袖，也是六日战争的幕后操纵者摩西·达扬的左膀右臂，没有人对此有异议。他们说，1941 年，法国维希政府的一名狙击手用一枚子弹打穿达扬的望远镜左镜片时，吉尔的父亲当时就在场，是吉尔的父亲清理了玻璃和弹片，陪在达扬身边几个小时，直到他们被疏散为止。

他们说吉尔在六日战争的第一天出世，他的出生与公开击落飞机的时间刚好一致，精确到秒。这是一名军事英雄在战争中锻造出来的孩子，出生在大炮的反冲力中。更不用提，他的母亲是果尔达·梅厄心爱的孙女。果尔达是在阿拉伯腹地唯一足够强悍，能铸造出整个国家的女人。

但也有人说，吉尔的母亲只是一个基辅女帽商的女儿，一个眼神迷离的漂亮姑娘，从没离开过耶路撒冷。这就是传奇的本质，总是有什么潜伏在暗处，试图戳出个洞来。无可争议的是，他最大的哥哥伊莱于1982年死在黎巴嫩，他的两个弟弟杰伊和本都在第二次巴勒斯坦大起义期间死在加沙地带——杰伊被地雷炸飞，本死在一场埋伏战里。吉尔唯一的妹妹在分娩时死去。这是传奇的一部分，即吉尔是被死亡包围的人，每个亲近他的人都迟早会死，而且通常死得更快，但吉尔仍然活着。传言他在30岁前曾六次中枪，在比利时的一次持刀袭击中大难不死，还在佛罗伦萨的一次爆炸中躲在一个铸铁浴缸里，成功避开了危险。狙击手把他作为目标，但失手了。对他人头的悬赏数不胜数，但永远没人领取。

吉尔·巴鲁克是着火大楼里的一颗铁钉，等其他一切都被摧毁后，他还在灰烬中闪烁。

然而所有那些死亡与悲痛并没有被忽视。吉尔·巴鲁克的艰辛中有种圣经般的特质。甚至以犹太人的标准衡量，他的苦难都非比寻常。男人会在酒吧里拍拍他的背，给他买酒，然后自己挪到安全的距离。女人卧倒在他的脚下，就像她们会卧在铁轨上一样，希望在身体的碰撞中被他毁灭。脾气火暴、有丰富阅历的疯女人，抑郁的女人，爱打架的人，爱咬人的人，诗人，吉尔通通无视。在他的内心深处，他知道他的生命中需要少一点儿戏剧性，而不是更多。

然而传奇依旧盛行。在他作为私人保镖期间，他和世界上最美丽的几个女人上过床，模特、公主、影星。他有一个大情圣该有的橄榄色皮肤、鹰钩鼻和浓眉。他是一个有伤痕的男人，既有身体上的，也有情感上的，他没有怨言地背负这些伤痕，也不加解释。他沉默寡言，眼睛里有一丝细微的讽刺，就好像他心底知道，他是一个宇宙笑话的笑点。他随身携带武器，睡觉时枪放在枕头下，手指放在扳机上。

他们说，战胜吉尔·巴鲁克的人还没有出生，他是不朽的化身，只能被不可抗力杀死。

然而一场空难，不就是上帝派来惩罚勇者的拳头吗？

他保护这家人四年了，在瑞秋5岁时加入他们的特遣分队。当时绑架案已经过去三年，距戴维和美琪发现现场时感受到的冰冷寒意已经过去三年。漆黑的深夜、空的儿童床、打开的窗户，都已经不复存在。吉尔睡在从前的建筑师称为"女佣房"的地方；在城里，是洗衣房后面的斗室；在文雅岛的宅邸里，是一间面对车道的稍大的房间。吉尔的支持团队由当前的威胁等级决定——等级可以从电子邮件分析中推断出来，包括与外国分析员及国内分析员的会谈，既有私人部门的，也有政府部门的，并结合当前的极端主义威胁与ALC目前新闻频道节目的争议话题作为基础，人数有增有减。在2006年伊拉克增兵计划后，团队一度达到12个人，他们都端着泰瑟枪和自动武器。但是，人数的底线总是三人。三双眼睛同时观察和计算，像蛇一样盘起身体，随时准备行动。

他们的行程由总部计划，但也会咨询现场小组的意见。商业航班不再理想，公共交通也是，尽管吉尔纵容戴维渴望每个月搭几次地铁去办公室，却从来不允许模式固定下来。这一天要随机选择。在搭地铁的日子，他们首先派出一个假目标去乘坐轿车，穿着戴维的衣服低头走出大楼，被他的组员匆匆簇拥着外出，塞进汽车后座。

在地铁上，吉尔站得离戴维足够远，让他感觉自己是个平民；但也足够近，如果有局外人决定动手的话，他能马上介入。他站着，拇指按在一把弯曲的折刀刀柄上，刀藏在他的皮带里。刀片十分锋利，可以裁纸，传闻刀刃用褐皮花蛛熔融的毒液浸泡过。还有一把半自动小手枪，别在某个探测不到的地方，戴维见过他的这位保镖似乎纹丝不动地掏出来过一次。当时一个流浪汉在时代华纳大楼的外面尖叫着冲向他们，手里抓着水管之类的东西，戴维飞快地后撤一步，看向他的帮手。前一分钟，吉尔的手里还是空的，下一分钟，他已经握着一把格洛克短管转轮枪，都是他从以太域里变出来的，就像魔术师呈上一枚晦暗有痕的硬币。

吉尔喜欢地铁的颠簸，以及角落处金属挤压的尖锐响声。他深入骨髓地确信，他的生命不会在地下终结。这是一种本能，他已经学会去信任它。不是他怕死，而是他已经失去了太多人，另一边现在有太多熟悉的面孔在等着他——如果存在另一边，而不只是焦黑色的寂静的话。但即使那样听起来也不错，西西弗斯式无限生命的终结。至少永恒的问题会得到回答，一了百了。

需要指出，《摩西五经》[1] 没有明确提及来世什么的。

和每天早晨一样，吉尔在黎明前起床。这是 8 月的第四个周日，是这家人在文雅岛上的最后一个周日。他们接到邀请，去戴维营过劳动节周末，吉尔昨天花了很多时间与特勤局协调安全问题。他说四国语言，希伯来语、英语、阿拉伯语和德语。他曾开玩笑说，了

---

1 《摩西五经》是希伯来圣经最初的五部经典，包括：《创世纪》《出埃及记》《利来记》《明数记》《申名记》。

解敌人的语言对一个犹太人很重要，这样他就能判断出他们什么时候在暗算他。

当然，多数听众对这个笑话都没有反应。因为他讲笑话时脸上的表情，像个葬礼上的哀悼者。

吉尔起床后做的第一件事，就是把自己切换成活跃的状态。他眼睛一睁，立即就能做到。他一晚最多睡四个小时，在全家人睡觉后等上一两个小时，然后在他们醒来前的一两个小时起床。他喜欢灯光熄灭后的安静时间，他坐在厨房里，听着家电的机械嗡鸣声，和空调系统给房屋制冷或制热时发出咔嗒触发声。他是静止艺术的大师，传说他曾经深入敌军阵营，在加沙的一片屋顶上连续坐了五天，他的巴雷特 M82 狙击步枪架在金属脚架上保持平衡，等待一个高价值的目标从一栋公寓大楼里出来，因为怕被巴勒斯坦人发现，他被迫保持静止不动。

相比那个，坐在千万富豪的大宅里，奢华的厨房里还装有空调，就像乘坐航海游轮一样。他坐着，手边放着一壶绿茶（但从来没人见过他泡茶），闭着眼睛，他在听着什么。与白天醒来后家中的疯狂截然相反，一栋房子在夜间的声响——甚至这样的一栋大房子——是始终如一、可以预测的。房子当然装有警报器，所有的门窗上都有传感器、运动探测器、摄像头。但那是科技，科技会被蒙蔽，会失灵。吉尔·巴鲁克是守旧派，是个感官主义者。有人说他扎一条绞索当皮带用，但从来没人亲眼见过证据。

真相是，吉尔小的时候，他和父亲一直在争吵，为所有事情争吵。吉尔是排行中间的孩子，他出生时，一家之主已经快要酗酒至死了。1991 年，他真的喝死了，肝硬化变成心力衰竭，心力衰竭变成永远的沉默。

然后，根据《摩西五经》，吉尔的父亲终止存在了。吉尔倒是无所谓。他现在坐在有空调的厨房里，听着外面海浪拍打沙滩时依稀可辨的涛声。

　　那个周日的安全日志平凡无奇。丈夫（秃鹰）待在家里（8：10—9：45看报纸，12：45—1：55在楼上客房里午睡，2：15—3：45打了几个电话，又接了几个电话，4：30—5：40准备晚餐）。妻子（猎鹰）和瑞秋（知更鸟）去了农贸市场，由保镖亚伯拉罕陪伴。男孩在自己房间里玩耍，然后上了一节足球课，从11：30睡到下午1点。所有人后来回顾日志，试图拼凑出谜团的答案，却都只能找到时间段和枯燥的记录。那是个慵懒的周日，让它富有意义的不是事实或细节，而是细微之处，是生命的内在。海滩散发出水草的气味，给人一种站在浴室地板上换下泳衣时踩到沙子的感觉。

　　炎热的美国夏天。

　　日志的第十行简单记着：10：22，秃鹰吃第二顿早餐。它无法捕捉完美烘烤的洋葱百吉饼，还有鱼的咸味与奶油芝士浓郁的口感。这是消失在工作簿中的时间——缺失了想象之旅，缺失了时空转换——对其他人来说，看起来就像或坐或趴在夏日篝火前的地毯上，腿部弯曲，向上抬高90度，心不在焉地踢腿，脚倦怠地举在空中。

　　身为保镖并不意味着持续处于警报状态，其实恰好相反，你得开放地接受事物变化——善于感受微细的位移，理解青蛙不是被丢进沸水里烫死的，而是一次升高一度，被慢慢地煮熟的。最好的保镖理解这个道理，他们知道，这份工作需要一种紧张的被动态，身心与所有感觉协调一致。如果你稍做考虑的话，私人保全就是另一种形式的佛教、太极。活在当下，保持流动，除了身在哪里，周围存在什么，不做他想。时空中的身体沿着既定弧线移动，有影有光，空间也有正负。

以这种方式生活，会进化出一种预期感，一种巫毒派的先知能力，知道你照看的被保护人会做什么，会说什么。一切都在意料之中。与宇宙融为一体，你就成了宇宙，这样你就知道会下什么雨，这和割下来的草会被夏日和风一阵阵地刮起是一个道理。你知道秃鹰和猎鹰什么时候会吵架，女孩瑞秋（知更鸟）什么时候会感到无聊，男孩JJ（麻雀）什么时候错过了午睡，就要倒下去。

你会知道人群里的一个人将会靠得太近，一个要签名的粉丝其实是来送法律文件的。你知道什么时候该在黄灯亮起时减速，什么时候该等下一班电梯。

知道那些不是因为你有感觉，而是事情本身就是那样。

猎鹰第一个起床，她穿着睡袍，抱着麻雀。机器已经煮好咖啡，它是定时工作的。知更鸟第二个下楼，她径直走去客厅，打开电视看卡通片。一小时后，秃鹰最后一个起床，拿着报纸拖着脚步进来，拇指抠进周日的蓝色塑料报纸袋。吉尔悄悄移开，退到一旁，眼睛盯着周遭环境，躲在暗处。

早餐后，他接近秃鹰。

"贝特曼先生，"他说，"现在给你做简要汇报可以吗？"

秃鹰从老花镜上方看他："我需要担心吗？"

"不用，先生，只是这一周的概述。"

秃鹰点头，站起来。他知道吉尔不喜欢在休闲环境里谈正事。他们进了会客厅，房间里摆着秃鹰真正读过的书，墙上陈列着旧地图，以及秃鹰与全球著名人物的合影——纳尔逊·曼德拉、弗拉基米尔·普京、约翰·麦凯恩、演员克林特·伊斯特伍德。桌上一个玻璃盒里有个亲笔签名的棒球，是克里斯·钱布利斯在那场比赛第十局的全垒打，三州以内有谁不记得？整个看台的人都冲向了球场，钱布利斯不得不推搡和扭转身体，才能穿过疯子们去跑垒——他到底摸到本垒没有？

"先生，"吉尔说，"你想让我接通总部，做更详细的汇报吗？"

"老天爷，不用。给我讲一遍就好。"

秃鹰坐在他的书桌后面，拿起一个旧橄榄球。吉尔说话时，他在漫不经心地玩球，从一只手抛向另一只手。

"拦截到16封恐吓邮件，"他开始说，"主要寄往公共地址。自从我们上次重新配置后，你的专用线路似乎没有暴露。同时，公司正在追踪一些针对美国媒体公司的具体威胁，他们在和国土安全局合作，保持与时俱进。"

他说话时，秃鹰端详着他，左手向上螺旋抛球到右手，再抛回来。

"你以前在以色列军队待过。"

"是的，先生。"

"步兵吗？还是——"

"我不能谈论那个。我们这么说吧，我履行了我的义务，只能到此为止。"

秃鹰翻了一下球，但没接住，它大致呈抛物线形弹跳着滚开了，停在窗帘下面。

"有直接威胁吗？"他问，"'戴维·贝特曼，我们要杀了你'那一类东西。"

"没有，先生。没有那样的东西。"

秃鹰想了想。

"那好吧，所以那个家伙呢？那个带走我女儿的家伙，我们不说他的名字。他针对任何传媒集团发出过威胁吗？或者写过胡说八道的邮件吗？这是一个以为自己能发财的人渣，甚至不介意谋杀女佣。"

"是的，先生。"

"你要怎么保护我们不受那些家伙的危害？那些不发出威胁的人。"

即使吉尔感觉受到了斥责，他也没有表现出来。对他来说，这是个合理的问题。

"两地的家都很安全。汽车配有防弹设施，您的保护细节都在明处，非常高调。如果他们冲着你来，他们会看到我们。我们在发出信号，有更容易得手的目标。"

"但你不能保证？"

"不能，先生。"

秃鹰点头，谈话结束。吉尔走向房门。

"噢，嘿，"秃鹰说，"贝特曼夫人邀请了吉卜林夫妇稍后与我们一同乘飞机回去。"

"是本和莎拉吗？"

秃鹰点头。

"我会告知总部的。"吉尔说。

多年来他已经确定，成为一个优秀保镖的关键，就是当一面镜子：不能看不见摸不着——客户想知道你在——而是要起反射作用。镜子不是亲密的物件，但是它反映变化、反映动作。一面镜子从来不是静态的，它是随你转移的环境的一部分，同时吸收角度和光线。

然后，当你与它站在同一高度时，它照出你自己的样子。

他读过档案了，当然，如果他连档案都没读过，那他算哪门子保镖？事实上，他可以根据记忆背出某些段落。他还跟幸存的探员详谈过，寻找感官细节，寻找与委托人行为相匹配的信息。面对压力，秃鹰是镇定沉着还是暴跳如雷？猎鹰屈服于恐慌和悲痛了，还是表现出母亲的钢铁意志？儿童绑架案是他这一行里的噩梦，比命案还糟（尽管——

请面对现实——被绑架的小孩，十有八九都会死）。一个被绑架的孩子让父母头脑中正常的人类自保机制消失，自我生存不再是他们关心的事情，对财富、住宅的保护也变得次要。换句话说，理性都被他们抛出窗外。所以在人质赎金案件中，大多数时间你都是在与委托人本身斗争（而不是时间）。

知更鸟绑架案发生时，事实如下：24小时前，保姆芙兰西斯卡·巴特勒（"芙兰奇"）已经被带走，很可能是在看完电影走回家的路上发生的。她被胁迫到另一个地点，要求供出关于贝特曼家租的房子和作息时间的信息——最重要的是，女孩在哪个房间？诱拐当晚（12：30到1：15之间），一架梯子从住宅的一栋小屋里被搬出来，架在南墙上，伸展到客房的窗户边缘。有迹象显示，窗锁从外面被撬开（那是一栋老房子，窗户还是最开始装的，多年来已经膨胀缩水，上下窗框之间有一条合理的缝隙）。

后来，调查员们得出结论，绑架案完全是单一犯罪人的作为（尽管也有争论）。所以官方的说法是，一个人摆好梯子，爬上去，抱出女孩，把她带下来。然后梯子被藏回小屋（他把孩子怎么办了？放进车里了吗？）孩子被带离住宅。用委托人的话说，她消失了。当然，吉尔知道，没有人会真的消失。他们总会在某个地方，要么身体已经安息，要么在3D空间里活动。

在这起案件中，这个单人绑匪把知更鸟带到街道对面，钻进停工的现代翻修建筑，那栋建筑深深掩映在塑料板的后面。他们来到一个闷热的阁楼空间，这里用报纸做了隔音，食物从一个红色塑料冷冻箱里被拿出来，水来自二楼洗手间水池拉出来的一条水管。保姆芙兰奇·巴特勒横尸在露天喷泉里，用硬纸板盖住。

绑匪——36岁的前科犯，名叫韦恩·R.梅西，就是从这个位置观察街对面人的来来往往。从身处未来的有利位置回顾，吉尔知道，梅西不是他们一开始以为在对付的犯罪大师。当你的委托方是戴维·贝特曼这样的人——身价百万，还是个高调的政治目标，你必须假定，绑架孩子的人是出于具体理由针对他，对他的情况和财力有充分的了解。但事实是，梅西只知道戴维·贝特曼和美琪是有钱人，而且没有设防。九十年代，他曾经因为持械抢劫在福尔松监狱服过几年刑，之后回到长岛的家，想着能东山再起。但平凡的生活太繁重吃力，又没有回报，而且韦恩喜欢豪饮，于是他搞砸了一份又一份工作，直到终于有一天——他正在冰雪皇后的门店后面拖垃圾袋时——他决定了：我这是在蒙谁呢？该把命运掌握在自己手上了。

于是他打算拐个有钱人家的孩子，挣几个钱。后来细节透露出来，他开始勘察另外两家人，但某些因素——丈夫全天在家，两栋房子都有警报系统——让他打消了行动的念头。最终引导他锁定一个新目标——贝特曼家，一条安静街道上的最后一栋房子，没有设防，家庭人口是两个年轻女子和一个孩子。

一致的共识是，第一晚他就杀了芙兰奇，从她口中套出了他需要的所有信息之后。尸体有遭受肉体折磨的痕迹，还有性侵证据，甚至可能是死后性侵。

孩子在 7 月 18 日凌晨 12：45 被带走。她将失踪三天。

命令回传时，他们已经在途中。总部把命令传达给先导车辆，先导车辆再传输给吉尔，他听着耳机里的声音，声音在通过光纤和虚空对他说话，没有显露任何迹象。

"先生。"他用确定的语调说，汽车正在离开马路。秃鹰望过来，看到吉尔的表情，点点头。他们的身后，孩子们活蹦乱跳，像按钮玩具。他们上飞机之前总是这样，激动又紧张。

"孩子们。"他的脸上带着一种表情说。美琪看到了。

"瑞秋，"她说，"够了。"

瑞秋生起闷气，但还是停止了戳人和挠痒的游戏。JJ 太小，第一次没有明白什么意思。他戳了瑞秋一下，哈哈大笑，以为他们还在玩。

"住手。"她发牢骚了。

秃鹰靠向吉尔，吉尔也贴过去，悄悄地对秃鹰耳语。

"您的客人有问题。"他说。

"谁？吉卜林？"秃鹰说。

"是的，先生。总部做了例行检查，得到警示回复。"

秃鹰没有回应，但问题很含蓄："什么警示？"

"我们在政府部门的朋友说，吉卜林先生或许明天会被指控。"

秃鹰的脸失去血色。

"老天呀。"他说。

"实际罪名被封锁了，但研究组认为，他或许在为非友好国家洗钱。"

秃鹰想了想，非友好国家？然后他恍然大悟。他正要在他的飞机上招待一个国家公敌，一个卖国贼。如果媒体发现的话，那会是什么样子？秃鹰想象泰特波罗无聊的狗仔队，正在等待所有的名人回城。他们会在飞机滑行时站起来，然后——显然布拉德和安吉丽娜不在机上——他们会以防万一，随手拍几张照片，然后继续玩 iPhone，无意间就拍下了戴维·贝特曼与卖国贼手挽手的照片。

"我们要怎么做？"他问吉尔。

"取决于你。"

猎鹰在看着他们，显然很担心。

"是不是——"她说。

"没有，"秃鹰迅速告诉她，"只是——本似乎有法律上的麻烦。"

"哦，糟了。"

"是啊，不良投资。所以我只是——问题丢给我了。我想如果被人看到我们在一起，等新闻出来以后，我们会——我的意思是，会很头大。"

"爸爸在说什么？"瑞秋问。

猎鹰在皱眉头。

"没什么。就是我们的一个朋友有点麻烦，所以我们要——"这是吉尔说给秃鹰听的。

"——我们要支持他，因为那是朋友该做的事。尤其莎拉是这么可爱的一个人。"

秃鹰点点头，现在希望自己刚才回避了问题，私下处理这件事。

"当然，"他说，"你说得对。"

他向前看去，与吉尔四目相对。以色列人的脸上有种表情，暗示他需要直接确认，即他们会维持现状。明知决断错误，秃鹰还是点头了。

他们说话时，吉尔转身看向窗外。参与讨论不是他的工作，他不需要有自己的意见。路上，他能看到海水层的水位很低，路灯的灯柱消散在迷雾中。只有高处一点灰白的光晕表明路灯还是完整的。

20分钟后，车停在停机坪上，吉尔等待先导车辆让先遣小组下车，然后他才给出了离开的信号。两名先遣小组成员在观测飞机场是否有不合常规的地方，吉尔也在做同样的事。吉尔既信赖他们，同时又不信赖他们。他在进行区域评估时（入口点，盲点），那家人下车了。麻雀此时已经睡着，耷拉在秃鹰的肩膀上。吉尔从来不主动帮忙拎包和抱小孩，他的工作是保护他们，不是服侍他们。

从余光处，吉尔看到亚伯拉罕正走上可伸展阶梯，扫视飞机。他进去了六分钟，从头部走到尾部，检查盥洗室和驾驶舱。他出现时，给出暗号，走下阶梯。

吉尔点点头。

"好了。"他说。

这家人走近舷梯，以随机顺序登机，因为知道飞机的威胁已经清除。吉尔是最后一个登机的，以防后方遭袭。还没走上舷梯的一半，他就感觉到机舱的寒意，在他暴露的脖子上留下幽灵般的亲吻，刺穿了8月的麝香气味。在那一刻，他有没有感觉到他的大脑里有点躁动？一个低声的预兆，一个巫师的劫数意识？或者那只是痴心妄想？

进入机舱后，吉尔继续站着，他待在打开的舱门旁。他是一个大块头，身高1.88米，但很瘦，还是能在狭窄的入口通道里找到一个位置，让他在乘客与机组成员安顿下来时远离过道。

"第二批人到了。"他耳机里的声音说。透过舱门，吉尔能看到本·吉卜林和莎拉·吉卜林在停机坪上，正在向先遣人员出示证件。然后吉尔感觉有人出现在右肩附近，他转过身去，是端着托盘的空乘。

"对不起，"她说，"你想在我们起飞前喝点香槟吗？还是——我能给你拿点什么喝吗？"

"不用，"他说，"能告诉我你的名字吗？"

"我是艾玛·莱特纳。"

"谢谢你，艾玛。我为贝特曼一家提供安保服务，我可以找你们机长谈谈吗？"

"当然。他在——我想他正在巡视检查。等他回来后，需要我告诉他找你谈话吗？"

"麻烦你了。"

"好的。"她说。显然，吉尔感觉有什么让她紧张。但有时飞机上出现一个持械的人会让人紧张。"我是说，我能给你拿点什么来吗，还是——"

他摇头，转过脸去，因为现在吉卜林夫妇正在走上飞机的前梯。多年来，他们一直是贝特曼家举办活动的常客，吉尔一眼就能认出他们。他们进入时，他点点头，但迅速移开视线以防止谈话。他听到他们问候机上的其他人。

"亲爱的，"莎拉说，"我好喜欢你的裙子。"

就在那时，机长詹姆斯·梅洛迪出现在舷梯脚下。

"你看了那场该死的比赛吗？"吉卜林用吵闹的声音说，"他怎么会接不住那个球？"

"我都不想提。"秃鹰说。

"我是说，我都能接住那个该死的球，我还有拿不住东西的黄油手呢。"

吉尔移到舷梯顶层。雾气现在更浓了，被一缕缕地刮起。

"机长，"吉尔说，"我是安思乐安保公司的吉尔·巴鲁克。"

"对，"梅洛迪说，"他们告诉过我，会有详细说明。"

他有轻微的不明口音，吉尔意识到。或许是英国人或南非人，但被美国循环再造了。

"你以前没跟我们共事过。"他说。

"没有，但我和很多安保机构共事过，我知道例行程序。"

"好。所以你知道，如果飞机有故障，或者飞行计划有任何改变，我需要副驾驶员马上告诉我。"

"当然，"梅洛迪说，"你听说了我们的副驾驶员有变吧？"

"新换来的是查理·布施，对吧？"

"没错。"

"你以前跟他一起飞过？"

"一次。他不是米开朗琪罗，但他也很可靠。"

梅洛迪停顿了片刻，吉尔能察觉到他还有话想说。

"没有细节是无关紧要的。"他告诉飞行员。

"没有。只是——我想布施和我们的空乘或许有段情史。"

"情史？"

"不确定。但只要她在他周围就不自然。"

吉尔想了想。

"好，"他说，"谢谢你。"

他转身回机舱，同时瞥了一眼驾驶室。布施坐在里面的副驾驶位置上，在吃塑料纸包装的三明治。他抬起头，撞见吉尔的目光，笑了笑。他是个年轻人，轮廓分明，但有一点滑头。他昨天刮过胡子，但今天没刮；留一头短发，但没有梳理。他很帅气，吉尔只需观察他片刻，就知道他在人生中的某段时间曾是一名运动员。他从小就招女孩喜欢，而且他喜欢那些带给他的感觉。然后吉尔正要转身回主舱时，看到空乘艾玛正端着空托盘靠近。

他用一根指头示意她，过来。

"嗨。"她说。

"有没有什么问题我有必要知道的？"

她皱起眉头。

"我没有——"

"你和布施——副驾驶员之间。"

她脸红了。

"没有。他不是——那个——"

她笑了。

"有时他们喜欢你，"她说，"而你得说不。"

"仅此而已？"

她不自然地整理头发，意识到她还要端茶倒水。

"我们以前一起飞过。他喜欢调情——跟所有的女孩，不只是我——但这没问题。我没问题。"

她停了片刻。

"而且有你在，"她说，"所以——"

吉尔想了想。他的工作是评估——变黑的门口，脚步的声音——他必然是看人的老手。他发展出自己的系统来了解人的类型——沉思者，神经质话痨，急躁症患者，恶霸，捣蛋鬼……在那些类型里，又发展出不同的亚型与模式，标志着预期行为可能出现偏离。有些情况下，神经质话痨可能变成沉思者，然后变成恶霸。

艾玛再次对他微笑。吉尔考量那个副驾驶员，吃了一半的三明治和机长的话。行程时长不到一小时，从出门到回家。他思考吉卜林的公诉，思考结案的知更鸟绑架事件。他思考一切可能出错的事，不管多么牵强附会，全都在灰质的算盘里过一遍，正是这样使他成为传奇。他想到摩西·达扬的眼睛和他父亲的酗酒，想到他兄弟的死，挨个想了一遍，还有他妹妹的死。他思考自己作为回声，作为影子，永远站在一个男人和他的光芒后面，这种生活意味着什么。他有不肯讨论的伤疤，他睡觉时手指放在格洛克手枪的扳机上。他知道这世界是一种不可能，以色列这个国家是不可能的。每一天，人们醒来，穿上靴子，动身去做不可能的事，不管那是什么事。这就是人类的狂妄，集结在一起面对压倒性的赔率，要克服困难，要攀爬高山，要抵挡风暴。

他在空乘经过的时间里想到所有这些，然后他接通无线电广播，告诉总部，他们准备出发了。

乡下

斯科特向北行驶，与哈得孙河并行，经过华盛顿高地和河谷区。城市墙壁被树木和矮房的小镇替代。交通停滞，然后缓行，他走亨利·哈得孙林荫大道，经扬克斯中心的低层购物商区，转上9号公路，向北穿过多布斯渡口。美国革命分子曾经在那里大批扎营，为了探测曼哈顿边界英国人的软肋。他关上收音机行驶，听着轮胎碾在下雨打滑的路面上发出的声音。一场夏末的雷暴雨已经在过去几小时里过境，他正行驶在它的尾巴尖上，雨刮器适时地扫动。

他在想着海浪，无声的呢喃，若隐若现。一汪海水被月光照亮，正从后方悄悄逼近他们，像儿童故事里的巨人，怪诞且悄无声息地到来。一个没有灵魂和实体的敌人，是自然最严厉、最苛刻的样子。他又如何抓牢男孩，潜入水底？

他的思绪切换到摄像机的形象——它们机械地睥睨着，被扛在分不清是谁的肩膀上冲到前方，用坚定的凸眼评头论足。斯科特想起光打在他的脸上，问题彼此交叠，变成一堵墙。摄像机是人类进步的工具吗？他在好奇，又或者人类是摄像机进步的工具？毕竟，是我们在扛着它们，到处伺候着它们，不分昼夜，摄下我们看到的一切。我们相信，是我们发明了机器世界来让自己受益，但我们怎么知道，不是我们在这里服务于机器世界？为了服务摄像机，必须有人对焦。为了服务麦克风，必须有人提问。一天 24 小时，我们一帧又一帧地喂养饥饿的野兽，在急着拍下一切的同时也被卡在永动模式里。

换句话说，电视机的存在，是为了让我们观看吗？还是我们的存在是为了看电视？

头顶上方，波涛已经形成浪峰，摇摆不定，像一栋濒临匀速崩塌的五层高楼。他潜入水底，同时紧搂男孩，都没有时间深吸一口气，是他的身体在掌控局面，生死不能再托付给抽象的头脑功能。他一直踢腿，进入黑暗，感觉波浪循环旋转的拖曳力把一切都拉向它，然后是倾斜翻高和不可避免的重力下降，像被一只怪物的手抓住，往深处推挤。现在他唯一能做的就是搂紧男孩，活下去。

斯科特是不是和美琪有染？那就是他们的问题。一位两个孩子的已婚母亲，曾经是一名幼儿园老师。对他们来说，她是什么——真人秀的一个角色？后现代契诃夫作品里一个可悲饥渴的家庭主妇？

他想起蕾拉的客厅，一名失眠者在午夜强迫症发作，把它变成某种记忆里的宫殿。这幅木炭透视图很可能是他创作的最后一幅关于美琪的画。

如果她提出，他会不会和她上床？他被她吸引了吗？或许是她被他吸引？她来观看他的作品时，他是不是站得太近了？还是他紧张地踮脚跳开了，保持一段距离？她是他第一个观众，第一个普通人，他的指尖发痒。她在谷仓里走动时，他有强烈的冲动想喝一杯，但那是一个伤疤，没有结痂，所以他没有去揭。

这就是他的真相，他给自己讲的故事。在公众眼中，斯科特只是一个演员，出现在不属于他的戏剧里。他是"斯科特·伯勒斯"，英勇的无赖。虽然现在这只是一个想法的苗头，一种假说，但他能看到它会如何发展，变成——什么呢？某种绘画。事实一步步地变成虚构作品。

他想起波普艺术的领袖安迪·沃霍尔，他以前经常对不同的记者编造不同的故事——我出生在阿克伦。我出生在匹兹堡——这样当人们跟他说话时，他就能知道他们看过哪篇报道。沃霍尔，他了解这个理念：自我只是我们讲述的一个故事，彻底改造以前是艺术家的手段。他想起达利的便池，雕塑家克拉斯·欧登伯格的巨型烟灰缸。这些艺术品取材现实，另做他用，让它屈从于一种理念，这就是信以为真的王国。

但新闻工作是不一样的，不是吗？它本该是对事实的客观报道，不管事实多么自相矛盾。你不能让新闻配合故事，你只能实事求是地报道事实。新闻是什么时候开始走样的？斯科特记得他青年时代的记者，"全美最可信的人"克朗凯特，CBS《60分钟》节目最早一批通信员中的麦克·华莱士，报道"水门事件"的伍德沃德和伯恩斯坦，都是有规矩的人，有钢铁意志的人。要是换成他们，会怎么报道这些事件？

一架私人飞机坠毁，一个男人和一个男孩生还。

信息对抗娱乐。

不是斯科特不理解"人情味"的价值。他对锻炼之王的着迷，不就是对人类精神力量的着迷吗？但他对杰克的爱情生活、情史的了解，一只手就能数得过来。他有一个妻子，一段几十年的婚姻。他还需要知道什么呢？

作为一个从事图像工作的人，他想到自己如何被虚构出来，这种感觉非常奇妙——不是从伪造的意义来说，而是如何一片一片地被新闻工作者加工出来。斯科特的故事，坠机的故事，就这样出现了。

他只想自己待着。他为什么就该被迫去做澄清，去蹚谎言的浑水，试图纠正这些深受毒害的想法？那不正是他们想要的吗？让他参与进来？让故事升级？比尔·康宁汉邀请他上电视，不是要厘清事实让它结束，而是要增加新的章节、新的转折，让故事叙述再推动一个星期的收视率。

换句话说，这就是他们设下的一个陷阱。如果他机灵点儿，就会继续无视他们，一往无前，过他自己的人生。

只要他不介意，地球上永远不会再有人像他一样看待自己。

房子很小，被树木掩映。它有种港口的凋敝感，建筑左端的宽板条，多年以来已经被放弃，因为精疲力竭或者无聊，或者二者皆有然后突然坍塌了。开车驶入这里时，斯科特觉得它有种朦胧的魅力，蓝色的门边，贝壳白的百叶窗，这就是梦中记得的童年明信片。他驶过粗糙的铺路石，停在一棵橡树下。道格正背着一个帆布工具包从屋里出来，他用尽力气把它扔进老吉普牧马人的敞开式后厢里，头都没抬地走向驾驶室的门。

斯科特从租来的车上下来时，挥了挥手，但道格没有与他目光接触，直接给卡车挂挡开走了，木屑飞溅。埃莉诺抱着男孩来到前门。斯科特发现自己见到他们时，心里七上八下的（她的红色格子连衣裙映衬着蓝色门边与贝壳白的百叶窗，男孩穿着相称的格子衬衫和短裤）。埃莉诺的眼睛盯着斯科特，男孩却似乎在分心，回头看着房子。然后埃莉诺对他说了什么，他转过身来。男孩看到斯科特时，他的脸绽放出笑容。斯科特朝他轻轻挥手（我什么时候变得这么爱挥手了？他在好奇），男孩也羞涩地朝他挥手。然后埃莉诺把他放下来，他要跑不跑地朝斯科特走来，斯科特一条腿跪下，想着把他抱起来。但最后只是把手放在男孩的肩上，直视他的眼睛，像个足球教练。

"嘿，你好啊。"他说。

男孩笑了。"我给你带了点东西。"斯科特说。

他站起来，走向车子的行李箱，里面有一辆塑料自动倾卸卡车，是他在加油站发现的。它被拉不断的尼龙绳固定在一个纸板盒上，他们花了几分钟才把它拽出来，埃莉诺都已经准备进屋取剪子了。

"我们要说什么？"她问男孩。卡车拿出来后，他已经让它精力充沛地挖起来了。

"谢谢你。"她过了片刻提醒他，显然男孩不准备说话。

"我不想两手空空地出现。"斯科特说。她点点头。

"别介意道格。我们——现在事情很困难。"

斯科特揉乱男孩的头发。"我们进屋说话吧，"他说，"我来的路上经过一辆新闻车，我感觉这周上够电视了。"

她点点头，他们两人都不想再上电视。

他们在厨房餐桌旁聊了聊近况，男孩一边在看动画片《托马斯和他的朋友们》，一边玩他的卡车。很快就要到睡觉时间了，男孩坐立不安，身体在沙发上不停地扑打，眼睛不愿离开电视屏幕。斯科特坐在餐桌旁，透过门口看他。男孩的头发最近刚剪过，但没有剪完——刘海儿很死板，后面毛茸茸的，就像埃莉诺发型的少年版本，就好像他为了融入这个家庭，已经开始适应。

"我以为我能自己剪，"埃莉诺解释说，一边把水壶放在炉子上，"但几分钟后他就烦躁了，我只能放弃。所以每天我都试图再剪一点点，趁他玩卡车的时候悄悄靠近他，或者——"

她正说着话，就从炉灶旁的抽屉里抓起剪刀，蹑手蹑脚地朝男孩走去，试图避开他的视野。但他看到她了，一边摆手让她走开，一边发出一种原始恐惧的号叫。

"只是——"她说，试图和一只不可理喻的动物讲理，"长了一点——"

男孩再次发出那种声音，眼睛盯着电视。埃莉诺点点头，回到厨房。

"我不知道啦，"斯科特说，"但是一个可爱的小孩留糟糕的发型倒是很完美。"

"你那样说只是让我感觉好受点。"她一边说，一边把剪刀丢回抽屉里。

她给两人都倒了一杯茶。自从他们坐下后，太阳就不知不觉地落入了窗框上缘的视野里。埃莉诺倾身过来给他倒茶时，她的头映入奶油色的光线，形成了日食。他抬起头眯眼看她。

"你看起来很不错。"他告诉她。

"真的？"她说。

"你还能站着，你还能泡茶。"

她思索了一下。

"他需要我。"她说。

斯科特看着男孩翻身，心不在焉地吮着自己左手的指头。

埃莉诺凝视了一会儿落日，搅动着她的茶。

"我的祖父出生时，"他说，"他才二斤七两。那是二十年代的西得克萨斯，还没有重症监护室，所以他在一个放袜子的抽屉里睡了三个月。"

"不是真的吧？"

"我是这么听说的，"他说，"我的观点是，人们比你想象的更容易活下来，连小孩也是。"

"我是说，我们聊过——关于他的父母。他知道他们——过世了——但我不知道他对那个词是怎么理解的。我能从道格回家时，他留意门的样子看出来，他还在等。"

斯科特想了想，他既知道，同时又不知道。在某种程度上，男孩是幸运的，等他的年龄足够大，能够理解发生的事情时，已经变成陈年旧伤了，疼痛已随着时间逐渐减轻。

"所以你刚才说道格——"斯科特说，"——有些问题？"

埃莉诺叹了口气，心不在焉地把茶包浸在杯子里。

"是这样，"她说，"道格很软弱。他只是——我一开始以为是另外一回事，你知道的，不安全感，心理防御，这些看起来不像是自信。但现在，我想他更喜欢表达意见了，因为他不太确定自己相信什么，你觉得这说得通吗？"

"他是个年轻人，这不是什么新鲜事了。我自己也有那一面，很独断。"

她点点头，眼睛里重现一线希望。

"但你成熟后就没有那些毛病了。"

"成熟？不。我放火把它们全烧死了，让自己喝到昏迷，惹毛了我认识的每一个人。"

他们思索了片刻，有时不玩火的唯一方法就是纵身于火海。

"我不是在说他也会那么干，"斯科特说，"但指望他会一觉睡醒说，我是个混蛋，这是不现实的。"

她点点头。

"然后是钱的问题。"她悄悄地说。

他等着。

"我也不知道，"她说，"就是——我一想起这事就恶心。"

"你是在说遗嘱吗？"

她点点头。

"钱——太多了。"她说。

"他们留给你的钱？"

"是留给他的，那是——那是他的钱。不是——"

"他4岁。"

"我知道，但我只是想，我为什么不能全部放在一个账户里，直到他的年龄足够可以——"

"那是一种方案，"斯科特说，"但食物或者住房怎么办？谁来付学费？"

她不知道。

"我可以——"她说，"或者我可以做两餐饭，把昂贵的给他吃，或者——他可以穿漂亮的衣服。"

"你就穿破烂的衣服？"

她点点头。斯科特想从头到尾给她详细解释一遍，她的主意根本行不通，但他能看出，她自己心里知道。她只是在想办法接受这笔交易，因为这是用痛失亲人换来的。

"道格有不一样的看法，我猜。"

"他想——你能相信吗？——他想的是，我们绝对应该留下城里的洋房，是否应该卖掉伦敦的房子，去伦敦随时都可以住酒店。我们什么时候变成会去伦敦的人了？这个人拥有半个永远不会开业的餐厅，因为厨房没有做好。"

"他现在可以完成装修了。"

她咬牙切齿。

"不，钱不是拿来做那个的，那不是我们自己挣的钱。不能——钱是留给 JJ 的。"

斯科特看着男孩打哈欠，揉着眼睛说："我猜道格并不同意。"

她扭拧自己的双手，直到关节变白。

"他说我们两人想要一样的东西，但之后我说，如果我们两人想要一样的东西，那你为什么要嚷嚷？"

"你——其实——害怕吗？"

她看着他。

"你知道，人们说你和我姐姐有暧昧关系吗？"

"是。"他说。

她眯起眼睛，"我知道，但我觉得没有。"

他洞察她的眼睛，她的疑虑，她不知道自己还可以信任谁。

"有一天我会告诉你，身为一个康复的酒鬼意味着什么。或者说，仍在康复中的酒鬼。但基本上就是关于避免——愉悦——专注在工作上。"

"那城里的这个女继承人呢？"

他摇摇头说："她给我一个藏身的地方，因为她喜欢拥有秘密，而我是钱买不到的东西。只不过——我猜那也不对。"

斯科特正准备说下去，JJ轻手轻脚地走了进来。埃莉诺挺直身子，擦拭眼睛。

"哎，嘘。看完了吗？"

他点点头。

"我们读一下书，准备睡觉好不好？"

男孩点头，然后指着斯科特。

"你想让他读？"埃莉诺问。

男孩再一次点头。

"听起来不错。"斯科特说。

男孩跟着埃莉诺上楼准备睡觉时，斯科特打给了他的老渔夫房东。他想问一声，三条腿的狗怎么样了。

"不算太糟糕，是吧？"他问，"媒体那边？"

"没事，先生，"伊莱说，"他们没来烦我，还有——原来他们害怕这条狗。但是，伯勒斯先生，我得告诉你，有人来过了，他们有一张搜查令。"

"什么人？"

"警方。他们砸掉谷仓门上的锁，把画全部拿走了。"

斯科特的脊梁骨根部打了一个寒战。

"我的画？"

"是的，先生，全部。"

长时间的停顿，斯科特在思考。事态升级了，作品现在都在哪里？那是他毕生的成就，这会造成什么损害？他们会逼他做什么来拿回他的画？但他的心底还有另一种感觉，一根轻佻的神经在发出刺耳的声音：那些画终于完成了它们的使命。它们被人看见了。

"好吧，"他告诉老人家，"别担心。我们会拿回来的。"

斯科特刷完牙，也拿到了睡衣。男孩已经上床了，躺在被单下面。斯科特坐在一张摇椅上，从一堆书中拿起一本读了起来。埃莉诺在门口徘徊，不知道是该留下还是走开。她对自己角色的界限不太清楚——她可以不管他们吗？就算她可以，应该这么做吗？

读完三本书以后，男孩的眼皮已经耷拉下来，但他不想让斯科特停下。埃莉诺过来躺在床上，偎依在男孩身边。于是斯科特又读了三本，甚至在男孩睡着后仍然在读，最后连埃莉诺都向睡意投降了。晚夏的太阳终于西沉。读书这一举动中有种单纯感，这一刻也是，是斯科特从未体会过的纯粹。他的周围，房子都安静了。他合上最后一本书，悄悄地把它搁在地板上。

楼下，电话铃响了。埃莉诺醒了，为了不吵醒男孩，她小心翼翼地下床。斯科特听到她蹑手蹑脚地下楼，听到她低语的话音，挂上电话的响动，然后她漫步回来，站在门口处，脸上有种奇怪的表情，像个坐在过山车上的女人，正朝地面垂直坠落。

"怎么了？"斯科特说。

埃莉诺咽了口唾沫，虚弱不堪地呼气，就好像是门框在支撑着她。

"他们找到剩下的尸体了。"

CHAPTER 3.

直播

生活与艺术的交集在哪里？对格斯·富兰克林来说，坐标可以用精度 GPS 绘制出来，艺术与生活在长岛的一个飞机棚里碰撞。12 幅超大的画作现在挂在这里，透过乳白色窗户射入的光线投下阴影。为了阻止摄像机窥探的眼睛，飞机棚的大门一直紧闭。12 幅逼真的人祸图像被铁丝悬挂起来。在格斯的敦促下，画作得到悉心照顾，以确保不会对作品造成损害。前有奥布莱恩政治迫害式的武断行为，格斯深信，他们除了骚扰受害人，其他什么也没做。他可不愿意担上破坏艺术家宝贵财产的罪名，或者失去一次辛苦得来的东山再起的机会。

他现在和一个跨司法管辖区的小组站在一起，包括探员、航空公司和飞机厂商的代表，在一起研究这些画——不是为了鉴赏它们的艺术门第，而是作为证据来研究。他们自问，这些画里有没有可能存在线索，能消灭九条人命和一架百万美元造价的飞机？这是个超现实的练习，由于他们所站的位置而更加人心惶惶。空间的中央架起了几张折叠桌，技术人员在桌上陈列空难的残骸。加上这些画，现在空间里有种张力——残骸与艺术之间的推拉感——让在场男女的心里都有种始料未及的心理斗争。不知怎么的，证据也变成了艺术，而不是相反。

格斯站在最大的一幅作品前面，铺展了三面画幅。最右端是一个农舍，最左端，龙卷风已经成形。中央，一个女人站在玉米地的边缘。他研究着参天的玉米秸秆，眯眼看着女人的脸。作为工程师，他发现自己不懂艺术——艺术的理念是，对象本身（画布、木头和油画颜料）不是重点，反而是某些通过暗示、材料、颜色和内容叠加引起的无形体验。艺术不存在于画作本身，而存在于观看者的头脑里。

但连格斯都不得不承认，房间里现在有种心绪不宁的力量，大规模死难的魔影萦绕在人们的心头，来自图像的数量、规模与性质。

正是对这一想法的承认，让他对一件事恍然大悟。

每幅画里都有一个女人。

所有女人都有同一张脸。

"你怎么看？"外资办的海克斯探员问他。

格斯摇摇头。人心的本性就是寻找关联，他想。然后玛茜过来告诉他们，潜水员们找到一些东西，他们相信就是失踪的残骸。

房间里爆发出话语声，但格斯仍盯着一幅溺水画作，在摆满晾干残骸的飞机棚里。一个是真的，另一个是虚构的。他多么希望发生死亡的是绘画，现实是虚构的。但之后他点点头，穿过飞机棚，走向安全电话。他想着，每项搜索工作中都有一个时刻，你感觉搜寻永远不会结束，然后它就结束了。

梅伯里探员配合海岸护卫艇的工作，使他们找到了残骸。他告诉格斯，潜水员已经头戴头盔式摄像头，部署完毕。反馈信号会通过安全通道传输给他们，通道已经就位。一小时后，格斯坐在飞机棚内的一张塑料便桌旁。过去的两周，他几乎都在这里吃饭。小组的其他成员站在他的身后，用泡沫塑料杯喝着"邓肯甜甜圈"家的咖啡。梅伯里通过卫星电话线直接与海岸护卫艇对话。

"反馈信号应该正在连接。"他说。

格斯调整显示器的角度，尽管他从理性上知道，这对加速连接没有任何帮助，这是找点事做的紧张心态。显示画面一度只有一个没有连接的视频窗口——反馈信号缺失。然后突然跳出了一个蓝色信号，不是海洋的蓝，而是某种像素的电子蓝，然后蓝色调被水下镜头无声的绿色替代。潜水员们（格斯听说共有三名）都在用头戴装置投射光线，视频有种奇异的手持画质。过了片刻，格斯才适应方向，因为潜水员们已经非常接近类似于机身的东西——一块划损的白色壳体，被貌似红色粗线的东西一分为二。

"那是航空公司的标志。"罗伊斯说，他给他们展示一张飞机的照片——"鸥翼"标志用红色斜体字印在飞机的侧面。

"我们有过通讯吗？"格斯问房间里的人，"看看他们能不能找到识别号码。"

接着是一阵混乱，他们在尝试联络海岸护卫艇上的人。但等话传到潜水员那里时，他们已经移开了。他们继续漂浮，在想办法——格斯凭直觉就能知道——进入飞机的后部。他们经过左翼时，格斯能看到它已经因为受到猛力而折断了，裂口周围的金属扭曲呈弧角。他望向放在飞机库地上的部分机翼，挨着卷尺网格。

"机尾不见了。"罗伊斯说。格斯回头看屏幕。白光正扫过飞机的机身，缓慢地一顿一顿地进入，因为潜水员在踢脚蹼。喷气飞机的后部不见了，飞机斜插在泥沙里，所以锯齿状的裂口被掩埋了一半——被自然吞噬的机器。

"不，"航空公司派来的女人说，"在那儿，不是吗？远处那里？"

格斯眯起眼看屏幕，相信自己可以辨认出光线边缘处的一丝闪光，倾斜的人造形状，在洋流里缓慢摇摆。但之后潜水员的摄像头转向，他们现在看到飞机后部的窟窿，随着摄像头俯仰向上，整个机身首次完全显露出来。突然间，他们有了全景。

"我看到一个撞击缓冲区。"一名工程师说。

"我看到了。"格斯说，他想阻断推测。飞机需要被吊起来，运回这里做全面检查。幸运的是，陷得不算太深。但预计下周又将有一场飓风，大海已经变得变幻莫测，所以他们的行动要快。

一名潜水员出现在摄像头前，在踢腿。他指向飞机后部的黑暗之处，然后指指自己。摄像机点点头，跟随潜水员转身。

格斯坐到椅子前部，知道这一刻的力量。

他们在进入坟场。

如何形容我们在屏幕上看到的东西呢？那些不是我们自己的经历。在看了这么多小时的电视之后（几天，几周）——晨间脱口秀，日间肥皂剧，晚间新闻，然后进入黄金时段（《单身汉》《权力的游戏》《美国之声》）——在钻研了十年的深夜主播秀的病毒视频和朋友发来的幽默搞笑视频网站的短片之后，如果观看它们的体验是一样的，我们要如何分辨二者的区别？在同一个房间的同一个设备上看着双子塔倒塌，然后又用它来看马拉松式连续剧《人人都爱雷蒙德》。

你会陪你的孩子看一集视频《爱心熊》，然后在夜里晚些时候（孩子们睡觉之后），再用它来搜索业余夫妇爱好者触犯好几个州的法律的自拍视频。用你的办公电脑与阿克伦办公室的贾恩和迈克尔开视频会议（关于新的工作时间表协议），然后再（违背你的直觉）点开一个内嵌链接，进入视频。当观看体验是一样的时候，在屏幕前或站或坐，或许在吃着一碗麦片，或许一个人，或许和别人一起。但是，无论如何，总有一部分的自己仍扎根在日常的苦役中（为截止日期而惆怅，试图决定之后的约会中要穿什么），我们在大脑里如何区分这些东西？

按照定义，看与做是不一样的。

一个身处海平面45米以下的潜水员，他的氧氮水平由调节器控制，他被修长的湿衣紧紧包裹，脸上戴着面镜，双脚以稳定的节奏踢水，只能看到头灯照到的东西。他能感受深水的压力，需要尽量专注于自己的呼吸——先前机械而无意识的生理机能，现在需要慎重与努力才能做到。他要配重——真的是佩戴铅块——来维持身体的中性浮力，否则身体会浮上水面，这样会让肌肉紧张，感觉胸腔里的气不够呼吸用的。这一刻没有客厅，没有工作上的截止日期，没有必须盛装打扮去参加的约会。这一刻只与正在体验的现实相连。这才是，现实。

而格斯只不过是另一个坐在显示器前的人。即便如此，随着潜水员潜入载有死者的机械黑窟时，他还是发自肺腑地感觉到什么东西超出了他限定空间的现实，只能被形容为"惧怕"。

飞机的禁闭空间内更暗。连同机尾一道，在坠毁过程中丢失的还有后部的盥洗室和厨房，机身上有一段被挤压，是受到了冲击力的扭曲。在镜头的正前方，头灯的忽明忽暗中，前方潜水员的脚蹼在富有节奏地拍水移动。那名潜水员也戴着头盔，正是在那名潜水员模糊的光线中，开始出现第一个头盔，在它周围像光晕一样漂动的，是一团海藻般的头发。

头发只出现了一分钟，前方的潜水员就用身体挡住了它。在那一刻，每个观看屏幕的人都往右边侧身，想避开他。这是一个本能动作，理性的大脑知道是不可能的，但想看到被挡住的东西的愿望过于强烈，每个人都在统一侧身。

"走开。"梅伯里小声说。

"安静。"格斯打断他。

屏幕上，摄像头随着操作员的转头在摇摄。格斯看到机舱的木隔板已经碎裂，几处地方都有翘曲。一只鞋漂过去，一只孩子的球鞋。一个女人在格斯身后飞快地吸了一口气。然后它们出现了，剩下五名乘客中的四具尸体，戴维·贝特曼，美琪·贝特曼，女儿瑞秋以及本·吉卜林，在徒然地浮动，想挣开加强的尼龙安全带，尸体都已肿胀。

保镖吉尔·巴鲁克的尸体不见踪影。

格斯闭上眼睛。

等他睁开眼时，摄像机已经经过乘客的尸体，在面对变暗的厨房。前方的潜水员转过身来，指着什么。摄像机操作员得往前游才能看到。

"那些是——那些小孔是什么？"梅伯里问，格斯也探身往前。摄像头靠得更近，放大门锁周围的一组小孔。

"看起来像——"一名工程师说，然后话音停住了。

弹孔。

摄像头拉得更近，借着水里的光线，格斯能辨认出六个弹孔，其中一个打飞了门锁。

有人朝驾驶舱门胡乱开枪，试图进入。

这些子弹打中飞行员了吗？所以飞机才会坠毁？

摄像头离开驾驶室门，移向右上方。

但格斯仍保持专注。有人打花了驾驶室门？是谁呢？他们闯进去了吗？

然后摄像头发现了什么，让房间里的每个人都倒吸一口冷气。格斯往上看，见到詹姆斯·梅洛迪机长，他的尸体被压缩空气抵在前部厨房圆形天花板的袋状空间里，在反锁的驾驶舱门外。

詹姆斯·梅洛迪

1965 年 3 月 6 日—2015 年 8 月 23 日

　　他见过一次"20 世纪杀人狂魔"查理·曼森，那是詹姆斯·梅洛迪的母亲讲的故事。"你才两岁，查理把你抱在腿上。"那是在 1967 年的加州威尼斯，詹姆斯的母亲达拉持过期旅行签证，从英格兰的康沃尔过来，她从 1964 年起就在这个国家了。"我和披头士一起来的，"她以前常说，"尽管他们是从利物浦来的，搭的是另一班飞机。"她现在住在西木区的一套公寓里。每次詹姆斯在大洛杉矶地区的任何一个机场做短暂停留时，像伯班克、安大略、长滩、圣塔莫尼卡等，都争取去看望她。

　　深更半夜，几杯雪莉酒下肚后，达拉有时会暗示查理·曼森是詹姆斯的生父。但这样的故事太多了，"罗伯特·肯尼迪在 1964 年的 10 月来到洛杉矶，我们在大使酒店的大堂相遇。"

　　詹姆斯已经学会不去理睬，到了 50 岁，他已经听天由命。不知道自己生父的真实身份也无妨，那只不过是生活中又一个伟大的奥秘。詹姆斯是神秘的信徒，但他不像他的母亲，她但凡遇见一个幻影般的意识形态，都会瞬间完全皈依。他是以阿尔伯特·爱因斯坦的方式去相信，爱因斯坦曾经说过："没有宗教的科学是站不住脚的，没有科学的宗教是盲目的。"

作为一名飞行员，詹姆斯见识过天空的广阔。他在狂暴的天气中翱翔过，他与灾难之间没有别人，只有上帝。

爱因斯坦还说过这么一句话："人类的精神越是进化，我就越是确定，通往真实虔诚的道路不在于对生活的恐惧、对死亡的恐惧以及盲目的信仰，而是对理性知识的争取。"

詹姆斯是阿尔伯特·爱因斯坦的忠实粉丝；一个前专利审查员，悟出了相对论。詹姆斯的母亲在乌烟瘴气的灵性学说中寻找生命奥秘的答案，詹姆斯则更倾向于认为，每个问题最终都可以用科学解答。举个例子，"为什么会有东西，而不是一无所有"这个问题，对唯心论者来说，答案就是上帝。但詹姆斯更感兴趣的是宇宙的理性蓝图，小至亚原子的层面。成为一名飞行员需要高等数学知识与科学理解，成为一名宇航员（詹姆斯以前幻想的职业）更是需要这些。

在中途停留期间，詹姆斯·梅洛迪总是在读书。他会坐在亚利桑那州酒店的泳池旁，翻阅着荷兰唯物主义哲学家斯宾诺莎的书；或者在柏林夜店的吧台吃饭，一边读着社科文献，比如《魔鬼经济学》。他收集事实与细节。事实上，这就是此时他正在西木区的餐厅里做的事情，一边读《经济学人》，一边等他的母亲。这是一个阳光明媚的 8 月清晨，室外 28 摄氏度，东南风时速 16 千米。詹姆斯正坐着喝加冰含羞草鸡尾酒，读着一篇文章，关于以色列约旦河西岸的一座农场诞生出的一头红色母牛。这头母牛的诞生让犹太教徒和原教旨主义基督徒都哗然了，因为《旧约》和《新约》都告诉我们，只有在耶路撒冷的圣殿山上建成第三圣殿，新的救世主才会出现。而且众所周知，只有用红色母牛的骨灰净化土地之后，才能开始建第三圣殿。

　　文章解释说（但詹姆斯早就知道），《旧约》第四卷《民数记》十九章第二节里教导我们，"你晓谕以色列的孩子，让他们给你带来一头没有斑点的红色母牛，没有瑕疵，从未上过牛轭"。这只动物必须未曾用作劳作。在犹太教的传统里，一头红色母牛的必要性在圣经律法里被援引为典型的例子，没有明显的逻辑。因此这项要求被视为绝对的神圣起源。

　　记者写道，《经济学人》刊登这个故事不是因为它的宗教意义，而是因为它重新激起了圣殿山所有权这个敏感问题。他们援引了这一地区的地缘政治意义，但没有对原教旨主义主张的宗教效力做出评论。

　　詹姆斯读完文章后，把它从杂志上撕了下来，仔细地叠了三次。他打手势叫住一位路过的侍者，请他把它扔进垃圾桶里。把这篇文章留在杂志里有危险，因为她的母亲会顺便拿起来，看到文章，然后开始扯一堆题外话。上一次离题让她掉进山达基教[1]的兔子洞里九年之久，这期间她谴责詹姆斯是个自我压抑的人，并切断了所有联系。他对此倒是无所谓，只不过他会担心。几年后，达拉重新冒出来，健谈又热情，好像什么也没发生过一样。詹姆斯问她发生了什么事时，她只是说："噢，那些傻瓜，他们表现得好像无所不知一样。但《道德经》告诉我们，了解别人是智慧，了解自己是觉悟。"

　　詹姆斯看着侍者消失在厨房里。他有种想跟上他的冲动，确保文章真的被扔掉了——事实上，他真希望自己告诉侍者，去把它埋到其他垃圾的下面，或者他自己应该把它撕成无法阅读的小碎片——但他

1　山达基教，又称科学教（Scientology），美国科幻小说家 L. 罗恩·贺伯特在 1952 年创立的信仰系统。

还是忍住了。最好别去理会这些强迫症患者的冲动，他付出了很大代价才明白这个道理。文章没了，眼不见为净，摸不着了，这才重要。

时间刚好，因为他的母亲这时骑着她的文图拉四代电动代步车过来了，四代可以调整角度，有三角洲车头手柄（当然是大红色的）。她顺着残疾人坡道下来，看到了他，然后招手。她驶近时詹姆斯站起来，她操纵车子经过用餐的人（他们不得不移动座椅让她通过）。他的母亲既不肥胖（其实恰恰相反，她的体重还不到80斤），也没有残疾（她走路没问题），她只是喜欢消防车当代步车的张扬，因为它带来重要感。这从她刚才的入场方式就能看出来，餐厅里的每个人都得起立，调整座椅，就好像恭迎女王入场。

"嗨，怎么样啊？"詹姆斯为达拉拉出一张座椅时，她说。她不费力地站起来，接过椅子。然后她看到他的含羞草鸡尾酒时，问："这是什么？"

"是含羞草。你想要吗？"

"好，来一杯。"她说。

他示意侍者再拿一杯来，她的母亲把餐巾纸放在膝上。

"怎么样？告诉我，我看起来棒极了。"

詹姆斯笑了。

"确实。你看起来很棒。"

有一种语气，他只用在她身上。一种缓慢耐心的说明语气，就好像在跟一个有特殊需求的孩子说话。她喜欢这样，只要他表现得不要太明显，达到高人一等的程度。

"你看起来很结实，"她说，"我喜欢这个小胡子。"

他摸摸它，意识到她从没见过他留胡子。

"有点儿像演员埃罗尔·弗林，嗬？"他说。

"不过太灰白了，"她带着一丝坏笑提出，"或许该擦点黑鞋油。"

"我想这让我看起来与众不同。"他轻松地说，这时侍者给她拿来喝的。

"你是个万人迷，"她告诉他，"再喝一杯吧，我都渴死了。"

"是，夫人。"他出神地说。

几十年来，詹姆斯开始将他母亲的英国口音称为"纯粹的矫揉造作"。就像美国名厨茱莉亚·查尔德一样，她身上也有一种庄严感，能让口音变得贵族化，比如：我们就是这么说话的，亲爱的。

"我研究过特色菜了，"他说，"听说这里的意式烘蛋无与伦比。"

"哦，好。"她说。她最喜欢的就是吃顿美食。我是个感官主义者，她告诉别人。这话如果是 25 岁的她说出来，听起来会性感有趣，但现在——70 岁了——听起来就有些不对劲。

"你听说红母牛的事了吗？"他们点菜后，她问他。他有一瞬间的恐慌，觉得她不知怎么看到文章了，但之后他记起，她每天 24 小时收看 CNN 频道，他们一定对此做了报道。

"我看到了，"他告诉她，"我很激动，想听听你的看法，但我们先聊点别的吧。"

这似乎安抚了她，也说明她还没有完全与这个故事连通一气，就像插头连到插座上一样，汲取电力。

"我开始吹口琴了，"他说，"想挖掘下我的音乐基因。尽管我不确定根基这个词对不对——"

她把她的空杯子递给侍者，他刚好及时拿来第二杯。

"你的继父吹口琴。"她告诉他。

"哪一个？"

她要么没有听出他的讥讽，要么就是故意置之不理。

"他很有音乐天赋。或许你是从他那儿遗传来的。"

"好像不能那么遗传吧。"

"好吧，"她说，抿了一口她的鸡尾酒，"我一直觉得那个有点傻气。"

"口琴吗？"

"不是，是音乐。老天知道，我与不少音乐人交往过，我为滚石乐队主唱米克·贾格尔做的事情，连妓女都会脸红。"

"母亲。"他说，一边环顾四周，但他们与其他用餐者的距离足够远，没人扭头侧目。

"哦拜托，别这么假正经。"

"好吧，我是喜欢的。喏，口琴。"

他从夹克口袋里拿出来，递给她看。

"它很轻便，对吧？所以我可以走到哪儿都带着。有时我打开自动驾驶仪，在驾驶舱里悄悄地吹。"

"那样安全吗？"

"当然安全。为什么不——"

"我只知道，起飞和降落的时候我不能开机。"

"那个——他们已经改规矩了。还有，你的意思是，口琴的声波会冲击制导系统吗？还是——"

"好吧，现在——那是你的领域，我不太理解技术上的事情，我只是实话实说而已。"

他点点头。三个小时后，他被安排驾驶一架 OSPRY 飞机去泰特波罗，接上一位新的机组成员。然后短程飞行到玛莎文雅岛，再飞回来。他已经在市中心的苏荷馆订了一个房间，停留一夜，然后明天飞去台湾地区。

他的母亲已经喝完了第二杯。"他们给的酒也太少了，亲爱的。"

然后她要了第三杯。詹姆斯注意到她的右手腕上有一条红绳——所以她又回归卡巴拉教了。他不需要看表都知道，从她抵达到现在，只过去了15分钟。

当他告诉人们，他在"世界末日教派"的环境里长大时，他只是在半开玩笑。他们——他和达拉——在那里住了五年时间，从1970年到1975年，那里就是北加州一个六英亩大的围屋区。那个"世界末日教派"就是上帝诫命复兴教（后来被简称为"复兴教"），由杰·L.贝克大师运作。杰·L以前常说，他是面包师，他们是他的面包。当然，上帝是做出他们所有人的面包师。

杰·L确信世界会在1974年8月9日灭绝。他在一次漂流中有过幻视——家养宠物都朝天堂漂去。回家以后，他查阅经文——《旧约》《启示录》《诺斯底福音书》，他开始确信《圣经》里存在一个密码，一条隐藏信息。他越挖越深，在宗教典籍的页边空白处做的笔记越多，在他的台式旧计算器上敲出的数字越多，他就越是确定，那是一个日期——灭绝日期。

世界灭绝。

达拉在嬉皮街遇上杰·L，他有一把旧吉他和一辆校车。他的追随者刚好是11个人（很快就要增长到近100人），多数是女的。杰·L是个英俊的男人（在他浓密的毛发下），而且他天生有一副演说家的嗓音，深沉而悦耳。他喜欢让追随者以交织圆圈的方式集合，就像奥运会的标志那样。于是一些人就会面对面坐着，他在他们中间踱步，一边阐述他的教义。他说当灾难开始时，只有最纯洁的灵魂才会上升。他眼中的纯洁有很多种意思。它意味着，一个人每天至少祈祷八个小时，一个人要投身于辛勤劳动中并照顾他人。它意味着，一个人不能吃鸡肉制品和与鸡相关的产品（比如鸡蛋），只能用手工肥皂洗澡（有时用桦木灰洗脸）。追随者必须让自己被纯音环绕——直接来自声源的声音，录音材料、电视机、收音机和电影都不行。

达拉有一阵子喜欢这样，喜欢这些规矩。她本质上是个探寻者，她自称寻找的是开悟，但实际上她想要的是命令。她是来自工人阶级家庭的迷失的女孩，有个酗酒的父亲，她想让人告诉她要做什么，什么时候做。她想在夜里上床睡觉时知道，一切都有意义；世界之所以这样，有它的原因。尽管当时还小，詹姆斯记得他的母亲激情四溢地采取这种新的公社生活方式，她不顾一切地投身进去。当杰·L决定孩子们要被集体抚养，并建造出一座托儿所时，他的母亲毫不犹豫地就让詹姆斯加入了。

"所以你现在是在这里定居了，还是怎么着？"他的母亲说。

"我在这里定居了？"

"我根本记不清，你来来去去的。你有家庭住址吗？"

"我当然有，在特拉华州啊，你知道的。"

"特拉华州？"

"因为税收的原因。"

她做了一个怪相，就好像那样考虑问题低人一等似的。

"上海是什么样的？"她问，"我一直觉得上海很神奇。"

"人头攒动，每个人都抽烟。"

她带着某种无聊的怜悯眼光看他。

"你从来都没有惊奇感。"

"那又是什么意思？"

"没什么。只不过——我们被放在这个地球上，是为了陶醉在威严的创造中，而不是为了税收原因住在特拉华州。"

"只是名义上住在那里，我住在云层里。"

他这么说是为了让她高兴，但此言不虚。他大多数美好的记忆都在驾驶舱里，见到颜色的本质，光线在地平线附近折射，克服一场暴风雨云幕时飙升的肾上腺素。然而那有什么意义？他的母亲一直会问这个问题。那都有什么意义？但詹姆斯不操心那个问题。他从内心深处知道，什么意义都没有。

一次日出，一场冬季暴风，鸟以完美的 V 形飞翔，这些都是本来如此的事物。宇宙内在崇高的真相就是，不管我们是否见证，它都存在着。雄伟与美丽，这些是我们投射的特质。风暴只是一种天气，日出只是简单的天体运行。不是说他不欣赏它们，只是他不向宇宙要求更多的东西，存在已经足够，始终如一地运转已经足够——重力就按重力的规则作用，升力和拉力都是常量。

正如阿尔伯特·爱因斯坦曾经所说："我在自然中看到的是一个杰出的构造，我们对它的理解并不完美，一个习惯思考的人还必须怀有谦卑的感觉。这才是一种由衷的虔诚意识，与神秘主义无关。"

他步行送母亲回公寓。她在他的身旁骑车，一边向她认识的人招手，像一条乘坐假期游行花车的美人鱼。在门口的时候，她问詹姆斯什么时候再回来。他告诉她，下个月他在洛杉矶有个中途停留时间。她告诉他要留意天兆，红母牛已经在圣地诞下。这件事本身还不是天意的证据，但如果征兆增多，那他们就要做好准备。

他在大堂里与她告别。她可以把车开进电梯，然后直接开进公寓。她说，稍后她要参加读书会，然后和几个祈祷会的朋友吃晚餐。他离开前，她亲了亲他的脸颊（他弯腰下去接受，就像对待教皇或主教那样）并告诉他，她会为他祈祷。她说她很高兴，他是一个这么好的儿子，一个带母亲去吃大餐而且永远不忘记打电话的儿子。她说她最近总是想起公社来，他还记得吗，杰·L.贝克大师。他以前常说什么来着？我是面包师，你们都是我的面包。她告诉他，我就是你的面包师。我在我的烤箱里把你做出来，你可别忘了。

他也亲吻她的脸颊，唇上感觉到老年人桃子般的汗毛。在旋转门旁，他转过身来，最后一次挥手，但她已经走了，徐徐合上的电梯门内只剩一抹红色。他戴上墨镜，转身走进晨曦。

十个小时后，他就死了。

转向风——中等风力到大风——从云幕落向泰特波罗。他正驾驶着一架 OSPRY 700SL 飞机，机上载有索尼公司的四名高管。他们平安无事地降落，滑行着去迎豪华轿车。与往常一样，詹姆斯站在驾驶舱门口，祝下飞机的乘客们一路顺风。以前他有时会说，上帝保佑你（童年时不经意养成的习惯）。但他后来注意到，这句话让打领带的人不适，于是他换成更中性的说法。詹姆斯对自己身为机长的职责非常上心。

那是下午的晚些时候。他还有几个小时的时间可以消磨，然后是下一段航程，要快速地飞个短程到玛莎文雅岛接六个人。这一趟飞行，他驾驶的是 OSPRY 700SL。他以前没有驾驶过这个型号的飞机，但他不担心，因为 OSPRY 是很得力的飞机。不过，他坐在机组成员休息室里等待时，还是研读了一下说明书。飞机全长还不到 21 米，翼展 19.4 米，它的速度能推进到 0.83 马赫，它能在满油状态下以最高时速 891 千米横跨美国。不过有付费乘客在飞机上，他绝对不会开得那么猛。说明书上说，它在 13716 米的高度达到极限，但他根据经验知道，那是个谨慎的数字。他能平安无事地把它拉高到 15000 米，尽管他想象不到有什么必要飞这么高。

1974 年 8 月 9 日，那本该是世界灭绝的日子。他们"复兴教"花了好几个月的时间为此做准备。上帝告诉诺亚，下一次是大火，所以他们防备的就是火灾。他们学习了"倒地滚动"的消防安全技能，以防"被提"[1]漏掉了他们。杰·L 在柴棚里与天使加百利通灵的时间越来越多。团体里的每个人都心照不宣地暴食了十天，之后就只吃无酵面饼。外面的温度在显著地上升和下降。

在机组成员休息室里，詹姆斯查看主要的天气状况。就天气而言，他们在文雅岛附近的能见度很低，云底太低（60–120 米），而且沿海地区有浓雾。风向是东北风，每小时 24–32 千米。詹姆斯根据气象学的基本知识知道，雾也只是一片云，它贴近地球表面或者与地球表面接触——不是陆地就是大海。简而言之，雾就是悬浮在空气中的小水滴，但水滴太小，所以重力几乎不起作用，只能任由它们悬浮。最轻的雾或许只是一小缕；最浓的雾，或许有 30 米的垂直深度。

海雾向来浓重而持久，它会随着时间升起下落，却不完全消散。到达一定高度后，它就成了低矮的层状云台。在中高纬度地区（比如新英格兰），海雾主要在夏天出现。低能见度并不是飞行员面对的最糟糕的问题——舱内的平视指引系统可以让飞机在能见度为零的情况下降落，只需知道跑道的 GPS 定位，平视指引系统把信号从机场的仪表着陆系统转换成跑道的虚拟图像，显示在监视器上。糟糕的情况是，如果在手动操作时风突然转向，飞行员会措手不及。

"你们勿要从他们中间出来，与他们分离。"这是《圣经》里说的话，这些话让杰·L.贝克深信，要集结他的信众，逃到加州尤里卡以外的森林里。那里有个废弃的老夏令营，没有供暖也没有电。他们在湖里洗澡，吃树上的浆果。杰·L 开始冗长的演说，连续布道几个小

---

1 被提，基督教用语，指当基督复临地球时，所有已死的信徒会被唤起复生，活着的信徒会与他们一起在云中和基督相遇。

时，有时一连布道好几天。他告诉他们，征兆无处不在，这一切都是启示。为了得到救赎，他们必须弃绝所有的罪，从心中驱除堕落的邪念，有时这包括折磨他们的生殖部位以及他人的生殖部位。有时要求他们拜访"告解室"——一栋木头外屋，炎炎夏日下的室内温度可以达到40摄氏度。他的母亲有一次在那里待了三天，咆哮着说魔鬼来索取她的灵魂。她是个通奸者，（可能）也是个女巫，和盖尔·西吉在一起时被人抓了现行。盖尔是奥海镇来的，以前是个牙医。夜里，詹姆斯会尝试偷偷给她递水进去，暗中穿过一丛丛灌木，把他的水壶从帐篷布上的一个小洞里塞进去。可他的母亲总是拒绝，她自己招惹是非，她就要耐住整个净化过程。

詹姆斯做了笔记，提醒自己在起飞前检查平视指引系统。如果可以的话，他会与进港航班上下来的机组成员聊一聊，口耳相传间对空中状况有个概念。尽管高空的变化太快，而且湍流旋涡到处乱跑。

等待的过程中，他小口抿着，喝完一杯爱尔兰早餐茶——他在随身行李中携带了锡纸包装的茶包。当他把茶杯举到唇边时，看到一滴血打破了茶的表面，形成涟漪，然后又是一滴。他的嘴唇感觉到湿润。

"糟了。"

詹姆斯匆忙走进男厕，用纸巾捂着脸，头歪向一侧。他最近总是流鼻血，一周大概两次。给他看诊的医生告诉他，是海拔的原因，毛细血管干燥加上压力。过去的几个月，他已经弄脏了不止一套制服。一开始他还会担心，但因为没有其他并发症状，梅洛迪就把它归咎于年龄了。明年3月，他就51岁了。他想，生命过半了。

他在卫生间里按压鼻子，直到止血为止，然后清理身上。这一次算他好运，衬衫和夹克上都没有血迹。于是詹姆斯回到休息室，又喝了一杯新茶，坐下时座位还有余温。

下午 5 点 30 分，他收拾好东西，走出去迎接飞机。

事实是，1974 年 8 月 9 号，一切都没有结束，只有理查德·M·尼克松下台了。

他在驾驶舱内开始飞前检查，逐个检查每套系统。他首先检查文书工作——他一直是个坚持细节精准的人。他检查操作杆的运作，闭着眼睛聆听是否有不寻常的声音，感受是否有拉钩状况或叮当响动。右舷动起来感觉有点黏滞，于是他联系维修人员来看一下。然后他打开主导装置，在襟翼全开的状态下检查燃料水平。

"嗯，那个，给我一分钟就好。"他说，然后又出去了。

仪器检查完毕，詹姆斯爬下舷梯，绕着飞机走上一周，做目视检查。尽管这是个温暖的夏夜，他还是检查了外部有没有可能结冰。他寻找是否有天线不见，是否有凹痕、螺栓松开、铆钉缺失，确保飞机所有的灯都运转正常。他发现机翼上有几滴鸟粪，用手抹掉，然后评估飞机轮子着陆的情况——向左侧倾意味着后接口太低——检查机翼后缘，并且目测引擎。他既使用理性的左脑，在心里快速过一遍检查清单；又使用他直觉的右脑，开放所有感知力，去觉察飞机是否不对劲，但是没有。

回到驾驶舱内，他与机修工交换意见，机修工告诉他，已经给高程系统做过系统性检查。他与空乘艾玛·莱特纳聊了几句，他以前没有与她共事过。私人航线似乎都是这样，对于这么一份基础的低贱工作，她漂亮得超乎常理，但他知道这份工作报酬丰厚，而且女孩子能满世界地跑。他帮她放了几个稍重的包。她对他微笑，他能意识到那是友好的微笑，而不是在调情。然而她自身的美丽让人感觉就像地心引力——就好像自然设计出这个女人，就是为了将男人都拉向她，而且她也确实如此，不管她是否有意。

"今晚会很快的，"他告诉她，"应该在 11 点前能送你回城。你的本部在哪里？"

"纽约，"她说，"我在西村和另外两个女孩有个落脚的地方。不过我想她们现在已经飞走了——飞南非吧，也许。"

"好吧，我今晚要直接上床睡觉了，"詹姆斯说，"早上我在洛杉矶，昨天在亚洲。"

"他们就是把我们移来移去的，不是吗？"

他笑了。她不可能超过 25 岁。他一度在想，她会跟哪种男人约会，橄榄球四分卫和摇滚乐手——还在流行吧？摇滚乐？他自己基本上是独身一人，倒不是他不喜欢女人的陪伴，更主要的是因为他无法忍受附带的复杂情况——一旦两个人在一起，马上就有了义务感，和对完全融合的期待感。他是一个 50 岁仍拉着手提箱生活的男人，他喜欢事物依照他的要求。他喜欢他的茶，他的书。他喜欢在异乡的土地上去电影院，在巴洛克式的旧世界剧院里看带字幕的美国现代电影。他喜欢走在鹅卵石的街道上，听着人们用方言吵架。他喜欢走下舷梯，踩在穆斯林的土壤上，感受热浪滚滚的沙漠空气——阿拉伯联合酋长国。他曾在日落时分飞过阿尔卑斯山，曾在巴尔干半岛的上空与雷暴奋力搏斗。在詹姆斯的脑海里，他是一颗人造卫星，优雅而自足，绕着地球的轨道运行，不去怀疑地实现它命定的意义。

"我们的副驾驶员应该是加斯腾，"詹姆斯说，"你认识彼得吧？"

"认识，他很可爱。"

"真遗憾。"

她笑了，露出牙齿。这就够了，能让一个美丽的女人微笑，能感受到她的注意，已经足够。他走进驾驶舱，再次检查系统，一边校验维修人员的工作。

"十分钟。"他高喊。

他在复查系统的时候，感觉飞机一偏。一定是那小子上来了，他心想。根据执勤人员花名册，他今天的副驾驶是彼得·加斯腾，一个天赋异禀的比利时人，喜欢在长途飞行中大谈哲学。詹姆斯一直喜欢和他聊天，尤其当他们深入到科学与意识形态之间的领域时。他等待他重新走进驾驶舱。詹姆斯听到主舱内有低语声，然后像是一记耳光的声音。他闻声站起来，皱起眉头，几乎就要走到驾驶舱门口时，一个与预期中不同的人捂着左脸进来了。

"对不起，"他说，"我在办公室里被耽误了。"

梅洛迪认出他来——一个目光呆滞的小子，20来岁，领带歪斜，叫查理什么的。他以前和他飞过一次，尽管这孩子的技术表现不错，詹姆斯还是皱起了眉头。

"加斯腾怎么了？"他说。

"我来帮你，"查理说，"他也许胃疼吧。反正我接到一个电话，就来了。"

詹姆斯很恼火，但他不打算表现出来，于是他耸耸肩。这是管理部门的问题。

"好吧，你迟到了。我已经打给维修人员，驾驶杆有点黏滞。"

那小子耸耸肩，揉了揉脸颊。

詹姆斯能看到他身后的艾玛。她已经退回主舱，正在整理头靠上的亚麻织物。

"这里没什么问题吧？"詹姆斯问，更多的是问她，而不是问那个小子。

她用非常疏离的方式对他微笑，没有抬起眼睛。他看看查理。

"一切都好，机长，"查理说，"我只是唱了一首不该唱的歌。"

"好吧，我不知道那是什么意思，但在我的飞机上，我不会容忍任何胡闹的行为。我需要打给管理部门，换个人来吗？"

"不用，先生。我没有胡闹，我只是过来做我的本分工作，没有别的。"

詹姆斯端详着他，这小子目光没有闪躲。虽然他有点痞气，但是他断定，还不算危险，他只是习惯用这种方式。他的帅气有点狡诈，有得州人的痕迹，很散漫。他应该不是个有计划的人，更多是随波逐流的那种。詹姆斯原则上并不介意，他对职员可以变通，只要他们听话做事。这孩子只是需要管教，其他没什么，詹姆斯可以管教他。

"那好吧，坐到你的座位上，继续保持控制。我想在五分钟内收起落架，我们要遵守时间。"

"是的，先生。"查理带着难以理解的嬉笑说，然后开始工作了。

然后第一批乘客登机，是客户和他的家人——他们踏上舷梯时，飞机在偏动——詹姆斯出面参与交谈。他向来喜欢与他运送的人们见面，握握手，把脸和名字对上号。这让工作更有意义，尤其是有孩子的时候。毕竟他是这架飞机的机长，要对所有生命负责。这感觉不像是一份苦差，更像一项特权。只有现代世界里的人相信，自己总是应该接受，但詹姆斯是给予者。人们试图对他过分关心时，他反而不知所措。如果他坐一次民航飞机，他也总是起身去帮空乘放行李，或者为孕妇乘客拿毯子。有人曾经对他说过，当你有益于人时，很难顾影自怜。他喜欢这个想法，他觉得为他人服务会带来幸福。正是自我的涉入才导致抑郁，才导致对事物意义不断增多的怀疑。这一直都是他母亲的问题症结。她为自己考虑得太多，为他人考虑得不够。

詹姆斯把自己塑造成她的反面。在任何情况下，他通常都会考虑他的母亲会怎么做——错误的决定是什么——这就让他看清自己应该怎么做。如此一来，他就把她当作一趟南行旅程中的北极星。这样校准自己的方向很有用，让他有依据的标准可做调整，就像小提琴根据钢琴调音一样。

　　五分钟后他们升空，向西起飞，然后倾斜掉头回到海岸线上。他向右移动驾驶杆时，感觉还是有点黏滞，但他把这个归因于飞机的特质。

黑

第一夜，斯科特睡在缝纫室的一张沙发床上。他没有计划留宿，但当天新闻的余波让他感觉，埃莉诺或许需要支持，尤其是她的丈夫似乎失踪了。

"他工作的时候会关机。"埃莉诺说，尽管她的说话方式似乎表明，工作这个词实际上意味着喝酒。

现在是深夜一点左右，斯科特在半梦半醒间听到道格回来了，轮胎碾压在车道上的声音像是给他打了一剂肾上腺素。那就是原始的动物本能，在不熟悉的房间里睁开眼睛，很长时间不能确定自己身在何处。一架缝纫机放在窗户下面，机器在阴影里像个若隐若现的奇怪捕食者。楼下，传来前门关上的声音，接着他听到楼梯上的脚步声。脚步声慢慢靠近，然后在他的门外停下。又安静了，像屏住了呼吸。斯科特蜷缩躺着，很紧张，他是另一个男人家里的不速之客。他开始意识到在门外呼吸的道格，一个身穿工装裤的胡须男，喝了手酿的波本威士忌和微酿啤酒，醉醺醺的。窗外，蝉在院子里发出难听的喧闹声。斯科特想到海洋，那里满是看不见的捕食者。你可以屏住呼吸，潜入正在闭合的黑暗中，就像滑下巨人的喉咙；在你的脑中你甚至不再是人类，而是猎物。

道格转换重心时，过道里的一块木地板发出爆裂声。斯科特坐起来，盯着门把手，就像它是黑暗中一个铜球。如果它转动了，他要怎么办？如果道格醉醺醺地进来，准备打架的话，他怎么办？

呼吸，再一次呼吸。

不知在什么地方，空调的压缩机突然开始启动，一股低速通风的加压气流打破了魔咒，房子又是正常的房子了。斯科特听着道格走下过道，走向卧室。

他慢慢地吐气，才意识到自己在屏气。

早上，他带男孩出门去找石头打水漂。他们找遍河堤的地面，寻找光滑的扁平石头——斯科特穿着他的休闲鞋，男孩穿着小短裤和小衬衫，每只鞋都比斯科特的手还小。他给男孩示范该怎么站，要斜视看水，然后侧肩把石子抛向水面。男孩很长时间都做不到，他皱着眉头，试了一次又一次，明显很泄气，但他拒绝放弃。他闭着嘴巴咬住舌头，发出用力的声音，一半像歌声，一半像嗡嗡的哼声，他仔细地挑出自己的石头。第一次抛出两连跳时，他雀跃着拍手跳起来。

"不错啊，伙计。"斯科特对他说。

男孩受到激励，跑去收集更多的石头。他们在森林边缘一条荆棘丛生的河堤上，在哈得孙河的大转弯处。朝阳在他们身后，被树木挡住，正在升起，第一缕光线照亮了远方的海滨。斯科特踮脚蹲坐着，把手放在流水里。水凉爽清澈，他一度怀疑自己是否还会再去游泳，或者再次登上飞机。他现在意识到自己的身体就是身体，肌肉紧张，血液在流动。他的四周，鸟儿不紧不慢地在隐蔽处彼此呼唤，只是在稳定地相互哄闹与尖叫。

男孩又大笑着扔出一块石头。

疗愈就是这样开始的吗？

昨晚埃莉诺进客厅来告诉他，有人打电话找他。斯科特当时跪在地上，正在和男孩玩卡车。

谁会打到这里来找我？

"她说她叫蕾拉。"埃莉诺说。

斯科特爬起来，走进厨房。

"你怎么知道我在这儿的？"他问。

"宝贝儿，"她说，"不然钱有什么用？"

她的声音一沉，降到更亲密的调子上。

"告诉我你很快就会回来，"她说，"我现在啊，几乎所有时间都待在三楼，坐在你的画中间，这种感觉太好了。我有没有告诉你，我去过那个农贸市场？小的时候，我爸爸在文雅岛上有个院子，我在那个院子里吃着雪糕长大。好神奇啊，我第一次用现金就是去柯塞利先生那里买桃子，我当时6岁。"

"我在陪那个男孩，"斯科特告诉她，"我想他需要我。不过我也不确定，从儿童心理学上来说，又或许我在妨碍他。"

透过电话，斯科特听到蕾拉喝了一口什么。

"好吧，"她说，"买家在我这里已经排成队，要买下你在未来十年里画出的每一幅画。稍后我会和泰特现代美术馆谈谈今年冬天准备筹备一场个展的事。你的代理人给我送来幻灯片了，简直摄人心魄。"

这些曾经让他梦寐以求的话语，现在听起来就像天书。

"我得挂了。"他告诉她。

"等等，"她像猫一样说，"别跑啊，我想你了。"

"怎么回事？"他问，"你是怎么想的？我们两个的事。"

"我们去希腊吧，"她告诉他，"我在一处峭壁上有栋小房子，隔了六层空壳公司的关系，谁也不知情，绝对神秘。我们可以躺在太阳底下吃生蚝，天黑以后跳舞，一直等到尘埃落定再回来。我知道我应该对你脑腆一点，但我从来没有遇到过哪个人，这么难吸引他的注意。即使我们在一起时，虽然在同一个地方，却相隔好多年。"

斯科特挂上电话后，发现 JJ 已经去了客厅的书桌旁。他在用埃莉诺的电脑，玩一款移动字母砖块的教育游戏。

"嘿，哥们儿。"

男孩没有抬头。斯科特拉来一张椅子，挨着他坐下。他看着男孩把字母 B 拖到匹配的方格上。上方有一只卡通虫子坐在一片叶子上。男孩拖动字母 U，然后是 G。

"你介意我——"斯科特说，"我能——"

他伸手去拿鼠标，移动光标。他自己没有电脑，但他在咖啡馆里看多了人们用笔记本，所以知道要做什么。

"我要怎么——"他过了一会儿问，更多是在自问自答，而不是在问男孩，"——搜索东西？"

男孩拿过鼠标，他专心地咬着舌头，打开一个浏览器窗口，进入谷歌页面，然后把鼠标还给斯科特。

"很好，"斯科特说，"谢了。"

他打出"德沃"两个字——然后停下，不知道怎么拼。他清除这个单词，然后打出"红袜，视频，最长上场"，按下回车，页面正在加载。斯科特点开一条视频链接，男孩给他示范如何把窗口最大化，他感觉自己像个凝视太阳的洞穴人。

"你可以——我想你可以看。"他告诉男孩，然后点击"播放"。屏幕上，视频开始了。画质粗糙，颜色饱和度高，就好像——比赛不是用正常方式录制的——发布视频的人拍的是自家的电视屏幕。斯科特想象了一下，一个人坐在自己的客厅里拍摄电视上的一场棒球比赛，造成一种游戏中的游戏，画中画的感觉。

"德沃金——一记挥棒，打出一垒安打到中场。"广播员说。他的身后，人群的咆哮声经过电视扬声器的过滤，又被观看者的摄影机进一步压缩后，变得很吵。击球手走进击球区，他是个高大的印第安纳州人，留着门诺派教徒的大胡子。他做了几次挥拍练习。控制室里，他们把镜头切换给投手韦克菲尔德，他正在晃动松香袋。在他的身后，探照灯塔在屏幕的各个角落闪耀。这是一场夏季夜间比赛，30 摄氏度，有西南风。

斯科特从格斯那里知道，德沃金从他们的飞机轮子离开跑道时开始上场。他现在想了想，飞机的速度，坐在折叠式座位上的空乘，以及私人喷气式飞机离开地面的速度比民航班机快多了。他看着德沃金击中一个低空偏外球。第一球。

摄影机移向人群，穿着运动衫的男人，戴着球帽和手套的孩子，在对着镜头挥手。投手铆足了劲。德沃金做好准备，球拍举在右肩上方。球被投出来了。斯科特点击鼠标，暂停画面。投球手定住，后腿抬起，左臂伸展。18 米外，德沃金蓄势待发。斯科特从新闻里获悉，后面还有 22 记击球。18 分钟的时间内投出 22 记球，投出一记又一记的界外球，投到看台上，或者被击回网里。缓慢拉长的棒球比赛，周日的一场比赛，球员在休息区里喋喋不休。投球手铆足了劲再次投球。

但现在，比赛被按下暂停键，定住了，球飘浮在半空中。22 个投球，这场比赛已经是三周前的事了。但对第一次看的观众来说，屏幕上的事件就好像是头一次发生。就好像整个地球都被倒带了，谁知道接下来会发生什么？德沃金可能三振出局，也可能击出本垒打，打进左外野内场，大大高出"绿色怪兽"[1]。斯科特和男孩一起坐在那里，忍不住去想，要是一切都和比赛一起清零，会怎么样？如果整个世界都倒转回 2015 年 8 月 23 日晚上 10 点，然后停下。他想象这个星球上的各个城市凝固在那一刻，一切都配合默契地按下红灯。他想象灰烟纹丝不动地徘徊在郊区的烟囱上空；草原上的猎豹正在大步行走，半道突然定住；屏幕上的球只是一个白点，被困在起点和终点之间的一处。

如果是真的就好了，如果这个世界真能倒带。然后他在某处的飞机上，他们都在一架飞机上：一家四口，银行家和他的妻子，一个美丽的空乘，还有孩子们，他们活蹦乱跳。暂停。女孩在听音乐，男人在唠唠叨叨地看比赛，美琪坐在座位上，对着儿子熟睡的脸微笑。

只要他不重启比赛，他们就仍活着。只要他再也不点下鼠标，半空中的球就是半空中的飞机，永远不会达成使命。他盯着它看，惊讶地发现自己的眼睛湿润了，屏幕上的图像变得模糊，本垒板前的人只剩一团污迹，球是一片随意的雪花，不合时令。

在河边，斯科特把手放进水里，任由水流拉扯他的手腕。他记得早晨眺望窗外时，看到道格把他的包都装上了皮卡车。他在叫嚷着斯科特无法辨认的话，然后他砰地摔上驾驶室的门，碎石四溅地开出车道。

发生什么事了？他永远离开了吗？

周边响起噪声。开始是工业的嗡鸣声——或许是远处的链锯，要不就是州际公路上的卡车（只不过附近没有州际公路）——斯科特没去注意，他在看着男孩挖泥滩，男孩掏出板岩和石英的圆片。他从远

---

1 绿色怪兽：波士顿红袜队的主场芬威公园左外野高墙，高度为 11.33 米。

处开始，边找边往回走，先是用眼睛观察泥泞，然后再用手指去掏。

链锯声越来越响，开始变成低音贝斯的隆隆声。有东西过来了。斯科特站起来，开始觉察到有风，树木都在向西倾倒，叶片在闪烁，好像掌声。远处，男孩停下手上的事，也抬起头来。在那一刻，一声侏罗纪恐龙似的咆哮震慑住他们，直升机压低，在他们身后的树木上空。斯科特条件反射性地缩头，男孩开始跑。

直升机在艳阳里向下俯冲，像只猛禽，触到远处的河堤，回旋时开始慢下来。它是亮黑色的，像一只鳌甲虫。JJ全速冲回来，脸上是恐惧的表情。斯科特不假思索地抱起他，钻进树林。他穿着休闲鞋跑起来，穿过低矮的灌木，在白杨和榆树间曲折行进，毒葛擦碰着他的袖口。他又一次是个求生的大力士，一台救援机器。男孩的手臂环抱他的脖子，腿缠在他的腰上。他的脸朝后看，眼睛圆睁，下巴抵在斯科特的肩膀上。他的膝盖磕碰着斯科特的侧身。

他们回到家后，斯科特见到直升机停在后院里。埃莉诺已经来到外面的前廊上，一只手抚在头上，试图不让头发吹到脸上。

飞行员关闭引擎，旋翼渐渐慢下来。

斯科特把男孩交给埃莉诺。

"发生什么事了？"她说。

"你该把他带进去，"斯科特告诉她，然后转身看到格斯·富兰克林和探员奥布莱恩钻出直升机。他们朝他走来。奥布莱恩匆忙弯腰，手放在头上。格斯笔直地走着——确信自己比螺旋桨矮。

引擎的转速变慢，安静下来。格斯伸出手。

"不好意思，场面搞得这么大，"他说，"但鉴于消息泄露得太多，我想我们应该赶在新闻被爆料前联系上你。"

斯科特和他握手。

"你记得奥布莱恩探员吧。"格斯说。

奥布莱恩往草地里吐了口唾沫。

"是啊，"他说，"他肯定记得。"

"他不是被调离了吗？"斯科特说。

格斯眯起眼看着太阳。

"我们这么说吧，有些新情况把 FBI 引到了调查的第一线。"

斯科特看起来很困惑。奥布莱恩拍拍他的手臂。

"我们进去吧。"

他们坐在厨房里。埃莉诺在电视上放一集《帽子里的猫》，转移男孩的注意力（看太多电视了，她心想，我给他看太多电视了），然后坐在座椅的边沿，他一有动静就跳起来。

"好吧，"奥布莱恩说，"我来唱黑脸吧。"

斯科特看着格斯，耸了耸肩，表示什么也做不了。潜水员今天早上找回了驾驶舱门，用激光切断铰链，让它漂浮到水面。测试显示，那些小孔的确是弹孔。这触发了调查权威在程序上的变动，政府办公室打来电话，言辞十分明确地通知格斯，他应该尽可能配合 FBI，为他们提供操作便利。哦，顺便提一句，他得让奥布莱恩归队。显然，高官们深信，奥布莱恩不是泄露机密的人。还有，原来他正在受训，是要做大事的——格斯的联络人解释说——所以他们要把他放回案件调查组。

十分钟后，奥布莱恩走进飞机库，带着一个 12 人的小组，要求开一次"战情报告会"。格斯觉得抗拒也没有意义——他天生是个实用主义者，尽管在个人情感上，他不喜欢这个人。他告诉奥布莱恩，他们找回了所有剩余的尸体，除了吉尔·巴鲁克，也就是贝特曼的保镖。就好像他要么被远远地抛离其他人，要么就在坠机后的几天时间里漂出了机身。如果幸运的话，他的尸体会被冲到某个地方，就像艾玛和莎拉的尸体一样。或者，很有可能就这么不见了。

格斯看到的问题如下：

1. 谁开的枪？明显的嫌疑人就是安保人员吉尔·巴鲁克，已知持械的唯一乘客。但鉴于所有乘客和机组成员在登机前都没有经过安检，他们都是潜在的开枪者。

2. 为什么会开枪？是开枪者为了劫机，企图强行进入驾驶舱内吗？还是只想让飞机坠毁？还是开枪者是为了避免坠机，才企图进入驾驶舱？是反派，还是英雄？这是个问题。

3. 机长为什么在主舱里，而不是在驾驶舱里？如果劫机情节成立，他是人质吗？他出来是为了平息事态吗？但如果是那种情况……

4. 为什么副驾驶员没有发出求救信号？

说到副驾驶员，潜水员发现查理·布施被牢牢地绑在驾驶舱的副驾驶座位上，手仍紧握驾驶杆。其中一颗子弹打进了他身后的地板，但没有任何迹象表明，有人在飞机入水之前进入驾驶舱。格斯告诉探员，布施的尸检报告会在那天下午出来。他们谁也不知道自己期待的是什么。在格斯的心里，最好的结局就是，这个年轻人突发了中风或者心脏病。最糟的情况，好吧，最糟的情况就是这是一起蓄意的集体屠杀行为。

所有零散碎片都被做了标记，封入袋子，现在都在这里了，正在分门别类。好消息是黑匣子和数据记录仪都找回来了。坏消息是，其中的一样或者两样东西都在坠毁的过程中损坏。技术人员会夜以继日地修复数据的蛛丝马迹。一天下来，格斯告诉他——不包括天气的意外转变——机身应该已经浮上来，正在运往飞机库的路上。

奥布莱恩听着格斯说的每一句话，然后召集来直升机。

现在，在厨房里，奥布莱恩探员像煞有介事地从口袋里掏出一个小笔记本。他拿出一支钢笔，拧开笔盖，把它放在便笺本的旁边。格斯能感觉到斯科特的目光落在他身上，在询问着什么，但他一直在关注奥布莱恩，就好像在示意斯科特——你现在应该看他。

他们已经同意不在电话上讨论案件，不把任何事写在纸面上，直到他们找出奥布莱恩的备忘录是如何泄露的。从现在起，所有的谈话都会当面进行。这就是现代科技的悖论，其人之道可以还治其人之身。

"你也知道，"奥布莱恩说，"我们找到了飞机，太太。我恐怕要告诉你，是的，我们已经正式找回你姐姐、姐夫和你侄女的尸体。"

埃莉诺点点头。她感觉自己像一具被留在太阳下暴晒的骨架。她想到男孩，他正在客厅里看电视。她的男孩，她要对他说什么，或者应该对他说什么。她想到今天早上道格的最后一句话：这事儿没完。

"伯勒斯先生，"奥布莱恩转向斯科特说，"你需要告诉我你对这趟航班所记得的一切。"

"为什么？"

"因为我命令你。"

"斯科特。"格斯说。

"不，"奥布莱恩打断他，"我们对这家伙已经仁至义尽了。"

他转向斯科特。

"为什么飞行的过程中，飞行员会在驾驶舱的外面？"

斯科特摇摇头。

"我不记得了。"

"你说过，你在飞机坠毁前听到撞击声。我们问你觉得是不是机械声。你说你觉得不是，你现在觉得是什么？"

斯科特看着他，一边在思考。

"我不知道。飞机倾斜了，我撞到头。那个——那其实不是记忆。"

奥布莱恩审视他。

"驾驶舱门上有六个弹孔。"

"什么？"埃莉诺说，她的脸失去了血色。

这句话让斯科特一屁股坐在椅子上。弹孔？他们在说什么？

"你见过枪吗？"奥布莱恩问斯科特。

"没有。"

"你记得贝特曼的保镖吗？吉尔·巴鲁克？"

"是门口的那个大块头。他没有——我不——"

斯科特失语了，头脑飞转。

"你一直没见过他掏枪？"奥布莱恩问。

斯科特拷问自己的大脑。有人打穿了驾驶舱门。他试图去理解那句话。飞机倾斜，人们尖叫，有人打穿了门，飞机就要掉下来。机长在驾驶舱外，有人打穿了门试图进去。

还是先有人掏枪，然后飞行员——不对，是副驾驶员——让飞机俯冲。为了什么呢？让他失去平衡？不管怎样，他们是在说这不是机械故障，也不是人为过失，这是更糟的情况。

斯科特的五脏六腑里一阵恶心，就好像现在他才恍然大悟，自己曾离死亡那么近。然后下一个想法来袭时，他又是一波头晕目眩。如果这不是意外，那就意味着，有人试图杀他。那么这件事就不是宿命了，他和男孩是一场袭击的受害者。

"我上了飞机，"他说，"找到座位坐下。她给我拿来红酒，是艾玛。我没有——我说，不用，谢谢，然后要了水。莎拉——银行家的妻子——在我耳边聊她带着女儿去惠特尼双年展的事。电视上在播比赛，是棒球赛。两个男人——戴维和银行家——他们一边看电视，一边欢呼。我的包在我的腿上，她想拿走——就是那个空乘——但我坚持抱着。我们滑行时，我开始——我开始翻包。我也不知道为什么，就是想找点事做，我神经有些紧张。"

"什么东西让你紧张？"奥布莱恩问。

斯科特想了想。

"这趟旅行对我意义重大。而且飞机——我得跑步去赶飞机——我觉得有一点混乱。那些曾经那么重要的事，现在看起来全都没有意义了，与艺术代理人见面，拜访画廊。全部的幻灯片都在我的包里，在跑完步以后，我只想确认一下它们还在，没什么理由。"

他看着自己的手。

"我坐在靠窗的座位上，眺望机翼。每样东西都雾蒙蒙的，然后突然间明朗了，或者是我们升到了迷雾的上空。当时刚刚入夜，我望向美琪，她笑了一下。瑞秋在她身后的座位上，正在听音乐，男孩盖着毯子熟睡。不知道为什么，但我觉得她或许喜欢有一幅女儿的素描，我说的是美琪，于是我拿出便笺簿，开始给女孩画素描。9岁的女孩，戴着耳机，在眺望窗外。"

他记得女孩脸上的表情，一个陷入沉思的孩子，但她眼中有样东西——一种悲伤——暗示着她某天会变成的女人模样。那天她跟着母亲来到谷仓，来看他的作品时，就是一个成长中的少女，长腿长发。

"我们上升时遇到几次颠簸，"他说，"足以晃动杯子，但飞机其实相当平稳，似乎没有人担心。起飞时，保全人员和空乘坐在前面，坐在你们所谓的折叠座椅上，但安全指示灯一灭后，他马上就站起来了。"

"做什么？"

"不做什么，就站着。"

"没有猫腻？"

"没有猫腻。"

"而你在画画。"

"对。"

"然后呢？"

斯科特摇摇头。他记得铅笔滚下地板，他追过去，但不记得之前发生的事。飞机上的障眼法就是，地板永远是平的，飞机的平角欺骗了你的头脑，让你以为自己或坐或站，与世界呈 90 度直角。但之后你望向窗外，发现自己在盯着地面。

飞机倾斜，铅笔掉下去。他解开安全带去追铅笔，它滚过地板，像一个下坡的球。然后他也滑动起来，他的头撞上了什么东西。

斯科特看着格斯。

"我不知道。"

格斯看着奥布莱恩。

"我有一个问题，"格斯说，"不是关于坠机的，是关于你的作品。"

"好。"

"那个女人是谁？"

斯科特看着他。

"女人？"

"我注意到所有的画里都有一个女人，而且依我看都是同一个女人。她是谁？"

斯科特呼了口气。他看看埃莉诺，她也在看着他。她会怎么想？几天前，她的人生还是一条直线，而现在她一身的负担。

"我有一个妹妹，"斯科特说，"她淹死了。她当时 16 岁。我和几个孩子在密歇根湖里夜游，就是——愚蠢的孩子。"

"对不起。"

"嗯。"

斯科特真希望自己能说几句深刻的话，可是没有。

后来，男孩睡着后，斯科特从厨房里叫格斯。

"今天那样可以吗？"他问。

"帮了大忙，谢谢你。"

"帮上什么忙了？"斯科特想知道。

"细节啊。谁坐在哪里，人们都在做什么。"

斯科特坐在桌旁。有一刻，在直升机离开后，埃莉诺与斯科特留下独处时，两个人似乎都明白，他们是陌生人。过去 24 小时的幻觉——以为这栋房子是他们可以藏身的气泡——破灭了。她是个已婚女人，而他是个——什么？是救起她外甥的人。他们其实对彼此了解多少？他要留多久？她希望他留下来吗？他希望吗？

然后他们之间生起一种尴尬。埃莉诺开始做饭时，斯科特告诉她，他不饿，他需要散个步来清理头脑。

他在外面一直待到天黑，漫无目的地回到河边，看着河水随着日落从蓝色变成黑色，然后月亮出来了。

他曾经以为自己会成为什么样的男人，现在却离得更远了。

"嗯，"格斯在电话里告诉他，"现在还没有人知道这件事，飞行记录仪损坏了，但没有损毁，需要想办法取得数据。我现在有一支六人小组在工作，两个州的州长每隔五分钟就打电话来要我更新进度。"

"那个我帮不了你，我打开一管颜料都困难。"

"不。我只是——我告诉你，是因为你有权利知道。让别人见鬼去吧。"

"我会告诉埃莉诺的。"

"男孩怎么样？"

"他——不讲话。其实，他似乎喜欢我在这里，或许有治疗作用。埃莉诺真的很坚强。"

"她丈夫呢？"

"他今天早上带着行李离开了。"

长时间的停顿。

"那看起来是什么样子，不需要我告诉你。"格斯说。

斯科特点点头。

"什么时候开始，看起来怎么样比实际上怎么样更重要了？"他问。

"从 2012 年开始，我想，"格斯说，"尤其是你在城里的藏身处曝光之后，变成了多大的新闻啊——那个女继承人。我说的是找个地方躲几天，不是让你跟人同居上小报。"

斯科特揉揉眼睛。

"什么也没发生。我是说，没错，她脱了衣服爬上我的床，但我没有——"

"我们现在不是在聊有没有发生，"格斯说，"我们在聊的是，看起来是什么样子。"

早上，斯科特听到埃莉诺在楼下的厨房里。他发现她在炉灶旁做早餐。男孩在地板上爬，到各个房间串门。斯科特默默无言地挨着他坐在地板上，拿起一辆水泥车。他们玩了一会儿，把橡胶轮胎放在木地板上滚。然后，男孩从袋子里拿了一颗小熊软糖给斯科特，他接过来。

屋外，世界在继续运转。屋里，他们经历日常生活的动态，假装一切如常。

艾玛·莱特纳

1990 年 7 月 11 日—2015 年 8 月 23 日

　　这是划定界限，坚持原则的问题。你对客户微笑，给他们端茶倒水。你因他们的笑话发笑，与他们闲聊。你也同他们调情，你是他们的幻想对象，就像飞机一样。男人们坐上豪华飞机，同时用三个手机打电话时，挂着百万美元微笑的美丽女孩让他们感觉像个国王。无论如何你都不能给出你的电话号码。你绝对不能在厨房里吻一个互联网界的百万富翁，也不能与篮球明星在私人卧室里上床；你绝不能和亿万富翁去别的地方，即使那个地方是摩纳哥的城堡。你是一名空乘，一个服务行业的专业人员，不是妓女。你必须有规矩，有界限，因为在富人的土地上，你很容易迷路。

　　25 岁的艾玛已经去过七大洲。她为鸥翼公司工作，见过电影明星和酋长。她与米克·贾格尔和科比·布莱恩特飞过。有一晚，在一趟横跨全国的飞行之后——洛杉矶国际机场到纽约肯尼迪机场——坎耶·维斯特追她追到停机坪上，试图给她一条钻石手链。当然，她没有接受。艾玛早就对这种追求宠辱不惊。老得可以做她祖父的男人向她暗示老一套，只要她与他们在尼斯，或者瑞士的格斯塔德，或者罗马共进晚餐，她想要什么都可以。她有时在想，是高度的关系，是坠机的死亡可能。但实际上是有钱人的嚣张，以及富人需要拥有他们见到的一切。真相是，艾玛对她的客户来说，和一部宾利、一套公寓大楼或者一包口香糖无异。

对于女性乘客，即客户的妻子或者客户本身而言，艾玛既是一种威胁，也是一个警示。她代表着一种古老范式：穿锥形文胸的美丽女人在烟雾缭绕的俱乐部里满足权势男人的秘密需要。一名艺妓，一个花花公子兔女郎。她可以是偷你丈夫的人，或者，更糟的是，她是镜子里的映象，提醒她们自己是如何通往阔太之路的。艾玛感觉自己穿过客舱时，她们的眼神落在她的身上。她承受着戴超大墨镜的女人的毒舌攻击，她们退回饮品，告诉她下次要更仔细一点儿。她可以把一张餐巾纸折成天鹅的形状，能调出一杯完美的螺丝锥子鸡尾酒。她知道哪种酒配牛尾浓汤，哪种酒配鹿肉菜饭，她能做心肺复苏术，受过紧急气管切开术的训练。她不只有外表，还有技能，但对这些女人来说根本不重要。

在大一点儿的喷气飞机上，会有三到五个女孩工作。在小飞机上，只有艾玛。她穿着蓝色短裙套装，分发饮品，演示塞斯纳奖状 Bravo 飞机或者霍克喷射机 900XP 的安全设备。

出口在这里；安全带是这样用的；这是氧气面罩，你的座椅可以用作漂浮装置。

她自己的人生在停航时间中度过，即飞行航段之间的几个小时、几天。旅行公司在多数主要国际大都市留有公寓，这比为机组人员订酒店房间要便宜。缺乏特色的现代公寓，有镶花地板和瑞士橱柜，每栋公寓都设计得彼此相似——同样的家具，同样的装置——用公司手册上的话来说，是"为了缓解时差的影响"。但对艾玛来说，空间的一致性具有反作用，增强了她的错置感。她经常深更半夜醒来，不知道自己在哪个国家的哪个城市。公司任何一栋安全屋的占用率通常徘徊在十个人左右。这意味着任何时候，都会有一个德国飞行员和六个南非人，两两睡在一间房里。就像模特经纪公司的公寓，全是漂亮姑娘，只不过她们的一个房间里可能有两个 46 岁的飞行员在睡梦中放屁。

艾玛开始工作时 21 岁，她是空军飞行员和家庭主妇的女儿。她在大学里学的是金融，但为纽约一家大投行工作六个月后，她决定自己去旅行。当时奢侈品经济正在爆发，航空公司、游艇公司和私人度假村都非常渴求有吸引力、能干、言行谨慎的双语人才，能马上上班最好。

事实上，她喜爱飞机。她最早的记忆之一（也是最好的）就是和爸爸一起，坐在塞斯纳飞机的驾驶舱里。艾玛当时最多 6 岁，她记得透过椭圆小窗看到云朵，高耸的白色形状被她的头脑转换成小狗和大熊。甚至等他们回家后，艾玛还告诉母亲说，爸爸带她去看天上的动物园了。

她记得那一天的父亲，从仰角看去，有方下巴的他像神一样，理着平头、戴着飞行墨镜。迈克尔·亚伦·莱特纳，26 岁，一名战斗机飞行员，胳膊像打结的绳子。她的生命中不会有哪个男人，会像她的父亲一样男人味十足，牙齿锋利，目光如铁，有种中西部人的机智。他是一个沉默寡言的人，可以在 10 分钟内砍出一捆柴火，而且从来不系安全带。她有一次见过他一拳打倒一个男人，雷击般的动作，还没开始就已经结束。那个男人瘫倒在地上时，她的父亲已经扬长而去。

那是在圣地亚哥城外的加油站。后来，艾玛得知那个人在她母亲去卫生间时，对她说了一些下流的话。她的父亲当时正在加油，看到他们有言语往来，就朝那个男人走去，讲了几句话。艾玛不记得父亲是否提高了音调，似乎没有激烈的争吵，没有男子气概的撞胸和警告性的推搡。她的父亲说了句什么，男人接着回了句什么。然后就是一记拳头，从臀部发力，飞快地一拳击中对方下巴，然后她的父亲已经走回汽车，男人向后倾斜，颓然倒地，就像一棵树。她爸爸从油箱里拎出喷嘴，把它放回支架上，把油箱盖拧回原位。

艾玛的脸贴在窗户上，她看着母亲从卫生间出来，看到她瞥见丧失意识的陌生人后放慢脚步，脸上的表情很困惑。她的父亲喊她，然后为妻子拉开车门，之后才坐进驾驶座。

艾玛跪在后座上，盯着后窗，一直在等警察出现。他的父亲现在是别的什么了，不只是一个爸爸。他是她的骑士，她的保护者，当他们在私人跑道上滑行时，艾玛会闭上眼睛想象那一刻，一言不合，那个男人就倒下了。她会高高地飞进对流层，飞进太空的幽暗深处，失去重力地滑入一个完美的回忆中。

然后机长就会关闭"扣紧安全带"的标识，艾玛会迅速回到现实。她是个有工作在身的25岁女人。她站起来，整平裙子上的皱褶，挤出职业性的笑容，准备好在持续的财富诱惑游戏中扮演她的角色。这项工作不难。准备起飞时有一张检查表，开始最后降落时，有另一张检查表。她在飞行中分发救生衣，补充鸡尾酒。有时如果航程很短，而膳食由四道以上的菜组成时，飞机会在跑道上停留一小时，留出时间上甜点和咖啡。就高档私人旅行而言，旅程本身就是终点。然后，等你的客人全部下机后，还有餐具要清理存放。但真正的脏活儿都留给本地人做，艾玛和其他人从舷梯下机，溜进他们自己的时髦轿车里。

艾玛·莱特纳在停航时间里生活，但正是停航让她觉得最沉闷。不只因为奢侈的工作环境让她难以回到日常生活，不只因为有城市轿车送她上下班，或者飞机如瑞士手表般精确和贵气。不是简单地因为夜以继日地被百万富翁和亿万富翁围绕，虽然那些男男女女会提醒你是他们的仆人。但即便如此，你还是会感觉自己像俱乐部中的一分子（如果你像艾玛那么美丽的话）。因为在今日，美貌是了不起的平衡器，是一张后台通行证。

对艾玛来说，现在难以回到西村那套与其他两个女孩合租的小公寓，因为她突然间意识到，所有那些旅行的时间里，她一直是别人生活里的偷渡客，一个在舞台上扮演角色的演员。她是皇家卫队，是贞洁的小妾，一次专心地劳役几个星期。最终，她制定指引职业生活的规矩和界限也变成了她私人生活的支柱。她发现自己变得越发寂寞：一个受人观看的对象，但永远不会被触摸。

8月21日，周五，她搭乘利尔喷气60XR飞机从法兰克福飞往伦敦。主舱里是她和切尔西·诺基斯特，一个大牙缝的芬兰金发女郎。客人是德国石油公司的高管，穿着一丝不苟，礼貌得无以复加。他们在格林尼治时间下午六点降落在伦敦范堡罗机场，回避了希斯罗机场和盖特维克机场所有的拖沓和官僚程序。身着大衣的高管们手机不离耳朵，走下外部阶梯，坐进一部等在停机坪上的加长轿车。轿车后面停的是一辆黑色SUV，在等待接机组人员进城。公司的伦敦公寓在南肯辛顿区，离海德公园只有几步路。艾玛在那里住过十几次了，她知道她想要哪张床，知道自己能躲进附近的哪些酒吧和餐厅，叫上一杯红酒或者点一杯咖啡，打开一本书，开始充电。

法兰克福航程上的飞行员斯坦福·史密斯是个前英国空军中尉，现在50出头。副驾驶员彼得·加斯腾是个36岁的比利时老烟枪，不屈不挠地以良好的幽默感与所有女孩搭讪；很讽刺，这反而让他看起来没有威信。他在鸥翼的机组成员中名声在外，如果你需要"销魂丸"或者可卡因的话，就该去找他。如果你在紧急关头需要找到没问题的尿液应付公司的药物检测，你就给他打电话。

A4公路上一直拥堵。切尔西挨着艾玛坐在凯迪拉克的中排，她在玩iPhone，安排并修改晚上的社交议程。她27岁，是个派对女孩，音乐人。

"不，你住嘴。"她咯咯笑着说。

"我是在告诉你，"斯坦福在后排发表言论，"你要把裤子卷起来，不能折起来。"

"呸，"彼得说，"堆叠衣服时表面应该平整。"

和所有以旅游为生的人一样，斯坦福和彼得都相信自己是打包艺术的专家。这个话题是全世界机组成员中不变的分歧来源。有时差异是文化上的——德国人相信，鞋子必须存放在袖子里；荷兰人异常地喜欢西装袋。老手经常在几杯酒下肚之后，随机测试新丁，审问他们如何为可能的出行制定合适的打包策略——隆冬从百慕大飞到莫斯科过一夜。8月在香港短暂停留两天。用多大的行李箱？什么牌子的？一件厚外套还是叠穿？物品放进行李箱的顺序才是关键。艾玛对这个话题意兴阑珊。她觉得自己往行李箱里放什么东西是私事。为了脱离这个话题，她会故作端庄地微笑，宣布说她裸睡，从来不穿内裤——这是谎话。这个姑娘穿法兰绒睡衣睡觉，旅行时，她把它单独卷好，用可重复使用的塑料袋封装起来——但这一策略通常很有用，会把话题从打包转移到裸体上来。这时艾玛就会借口走开，由其他人顺着话头聊到自然的结论上——也就是讨论性。

但今晚艾玛累了。她刚结束两趟连续飞行——带着一个鼎鼎大名的导演和著名女影星从洛杉矶到柏林参加电影首映式，之后机组成员马上加油，又飞去法兰克福接石油公司的高官。她在第一段旅程中睡了几个小时，但现在加上时区变化，并且她知道自己需要至少再保持清醒四个小时，艾玛发现自己忍住一个哈欠。

"哦不，"切尔西抓住她了，说，"我们今晚要出去，法哈德都安排好了。"

法哈德是切尔西在伦敦的男人，一个时尚设计师，穿高帮鞋不系鞋带，配紧身西服。艾玛不讨厌他，除了上次她在伦敦时，他试图撮合她和曼彻斯特一个衣衫褴褛的艺术家，那个人的手不老实。

艾玛点点头，用她的水瓶喝水。明天这个时候，她会在一架去纽约的包机上，然后迅速飞一趟玛莎文雅岛，之后就回到珍街的家中放一周长假。在城里，她计划睡上48小时，然后坐下来好好想想，她到底在怎么糟蹋自己的人生。她的母亲计划来城里住上三晚，马上要见到母亲，艾玛很兴奋。太久没见了，艾玛感觉需要妈妈一个大大的拥抱和一大锅芝士通心粉。她原本计划上一个生日在圣地亚哥度过，但一趟包机的工作提供给她两倍的工资，她就接受了，在圣彼得堡过了25岁生日，屁股都冻掉了。

她想，从现在开始，她要把自己的需要放在第一位，家人，爱。她无法承受最后变成一个终生献身于这项事业的寡妇，化太浓的妆，做隆胸手术。她的年纪已经够大了，时间不等人。

7点刚过，他们在公司的洋房门口停下，薄暮的伦敦天空是浓郁的午夜蓝色。预报明天有雨，但现在是完美的夏日天气。

"看来今晚只有另外一个机组的成员，"斯坦福说，他们下车时他把行程表装进口袋里，"芝加哥分部的。"

艾玛感觉有种阵痛——是担心，还是惧怕？——但切尔西掐了一下她的胳膊，阵痛几乎马上就消失了。

"快点儿洗个澡，然后喝杯伏特加，我们就出门。"她说。

他们发现芝加哥航班的副驾驶员卡弗·埃利斯在屋里，还有两个空乘在跟着六十年代的法国流行歌曲跳舞。卡弗是个 30 来岁的黑人，肌肉发达，他穿卡其裤和白色无袖背心，见到她时微微一笑。艾玛和卡弗飞过几次，她喜欢他。他无忧无虑的，一直用专业的态度待她。见到他，切尔西发出猫一样的咕噜声，她对黑人情有独钟。艾玛不熟悉那两个空乘，一个金发的美国姑娘和一个漂亮的西班牙姑娘，西班牙姑娘裹着一条毛巾。

"现在能开派对了。"法兰克福的机组蜂拥而入时，卡弗说。

大家彼此拥抱和握手。厨房的餐台上有一瓶肖邦伏特加，还有一箱鲜榨橙汁。你能从客厅的窗户看到海德公园的树顶。立体音响中播放的歌是鼓与贝斯的低音循环，风骚而富有感染力。

卡弗拉起艾玛的手，她让自己被他旋转。切尔西踢掉高跟鞋，撅起屁股，她的手举向天花板。她们跳了一会儿，任由音乐的能量和本能欲望的搏动控制她们。她们感觉曼妙，腰部的凹陷位置达到最佳状态。在欧洲现代城市里快乐地活着是多么美妙啊！

艾玛第一个洗澡，她闭起眼睛站在滚烫的水流下面。像往常一样，她的骨头里有那种感觉，觉得自己还在移动，还在以每小时 600 千米的速度疾驰太空。她无意识地开始在充满水汽的玻璃隔间里哼起歌来。

地球上的人们，你们听得到吗？

那个神奇的夜晚，天上传来一个声音。

她用毛巾擦干身体，她的盥洗袋挂在水池边的钩子上。这是空军空运司令部效率的实证，按区域编排——头发、牙齿、皮肤、指甲。她赤裸地站着，用拉长而平稳的手法梳头，然后涂上香体剂。她做保湿工作，先是脚，然后是腿和手臂。这是她让自己踏实的方法，提醒自己她是真的，不只是一个悬浮在半空中的物体。

有人在急速敲门，切尔西手里拿着大玻璃杯钻进浴室。

她对艾玛说："我真恨你这么瘦。"

她把杯子递给艾玛，用两只手捏自己想象中腰上的肥肉。杯子半满，是加冰伏特加，漂着一片青柠。艾玛抿了一口，然后又一口。她感觉伏特加穿过她的身体，由内向外让她暖和起来。

切尔西从她的短裙口袋里拿出一个玻璃纸薄膜，在大理石台面上剪下一条可卡因，以专业高效的手法忙活起来。

"女士优先。"她说，递给艾玛一条卷起的美钞。

艾玛不太热衷于可卡因——她更喜欢药丸——但如果她今晚想走出门口的话，她需要来点提神剂。她弯下腰，把纸钞卷凑近鼻子。

"不能吸完，你这个没礼貌的小荡妇。"切尔西说，打了艾玛裸露的屁股一巴掌。

艾玛直起身来，擦擦她的鼻子。和往常一样，毒品进入她的血流时，她的脑袋里确实会有"咔嗒"一声，大脑里的某种感官被开启了。

切尔西拿过艾玛的发梳，开始梳起头来。

"今晚会很疯狂的，"她说，"相信我。"

艾玛用毛巾裹住自己，感受着皮肤上的每根棉线。

"我不能保证会留到很晚。"她说。

"你要是敢先回家，我就趁你睡觉时把你闷死。"切尔西说，"或者更狠。"

艾玛拉起她的盥洗袋。她一口喝完剩下的伏特加。她想象她的父亲穿着肮脏的白 T 恤，永远凝固在 26 岁。他以慢动作朝她走来，他的身后是一个更壮硕的男人，倒地。

"尽管试试，"她告诉切尔西，"我睡觉时带刀片的。"

切尔西笑了。

"那才是我的姑娘，"她说，"现在我们出去，被人好好地干一场。"

走出浴室时，艾玛听到一个男人的声音。后来她会记起，她如何反胃，时间似乎都慢了下来。

"我从他那里拿走了刀，"那个男人说，"你以为我会怎么做？我还拧断了他胳膊的三个地方。该死的牙买加人。"

艾玛慌了，转身想躲回浴室，但切尔西在她身后，她们撞到了头。

"哎哟！"切尔西大声地说。

客厅里，每个人都抬起头来。他们看到切尔西和艾玛（裹着白毛巾）在跳奇怪的舞，艾玛在做最后的挣扎，企图消失。然后查理·布施站起来，张开双臂朝她走去。

"嘿，小美人儿，"他说，"惊喜吧。"

艾玛走投无路，转过身来。可卡因在她体内起作用了，世界变得战战兢兢，高低不平。

"查理，查理。"她说，试图让声音愉快起来。

他亲了她的脸颊，他的手扶在她的肩膀上。

"重了几磅，是吧？"他说，"吃太多甜品了。"

她一阵反胃。他咧嘴一笑。

"开玩笑的，"他说，"你看起来美极了。她看起来很棒没错吧？"

"她裹着毛巾，"卡弗察觉到艾玛的不适，说，"看起来当然很棒。"

"你说呢，宝贝儿？"查理说，"想跑回房里穿上性感的衣服吗？我听说我们今晚有大计划，是大计划。"

艾玛强颜欢笑，跌跌撞撞地回房。伏特加让她的双腿感觉像是纸做的。她关上门，用背抵住，心跳到嗓子眼儿里，站了很久。

她已经有六个月没见过查理。六个月没有他的电话和信息。他就像一只追踪气味的大猎犬。艾玛已经更换电话号码，封锁他的邮件，在脸书上对他取消了关注。她无视信息，无视同事的闲言碎语，无视他如何背着她说她的坏话，他怎么和其他女孩在床上，并叫出她的名字。她的朋友劝她去向公司提出投诉，但艾玛害怕。她依稀记得，查理是某个大人物的外甥。况且她知道，爱哭的孩子会被赶走。

她一直做得很好，她想。她立下了规矩，并且坚守规矩，她是挺胸抬头做人的女孩。查理是她的一次错误，其实这不是她的错。谁都觉得他有吸引力，她也无法控制。他又高又帅，有种流氓的痞气，是一个有绿色眸子的情种，让艾玛想起她的父亲。当然，仅此而已。查理与她父亲在同样的空间工作，是同样类型男人的化身，强壮、沉默的独行侠，是个好男人。但这是个妄想。真相是，查理与她的父亲完全两样。在他身上，好男人的那一套只是装模作样。她父亲是自信，查理则是自大。她父亲是侠义正直，查理则是高高在上，自命不凡。他追求她，用情感共鸣和温暖来引诱她，然后莫名其妙的，他就变成了化身博士，当众贬损她，说她很蠢，很胖，说她是个荡妇。

一开始她把这一变化当成是自己的错。显然，他在对什么做出反应。或许因为她胖了几磅，或许因为她和那位沙特王子调情了。但之后，当他的举止愈演愈烈后——以一场骇人的卧室窒息达到顶点——她意识到，查理是个疯子。他所有的猜忌与恶意都是他双向情感障碍坏的一面。他不是一个好人，他是一场天灾，于是艾玛做了任何理智的人面对天灾时都会做的事情，她跑了。

现在她迅速穿衣，套上她最不讨喜的衣服。她用毛巾抹掉脸上的妆容，摘下隐形眼镜，戴上在布鲁克林区买的猫眼眼镜。她的第一本能说，她不舒服要留在家里，但她知道查理会怎么做。他会提出留下照顾她，艾玛最无法应付的就是与他独处。

有人在砸卧室的门，艾玛一跃而起。

"快点儿，小淫妇，"切尔西在叫嚷，"法哈德在等着呢。"

艾玛抓起外套。她会紧紧贴着其他人，黏着切尔西和卡弗，和漂亮的西班牙女孩套近乎。她会如胶似漆地黏着他们，然后找准时机，她就溜号。她会回到公寓，快速抓起东西，用假名入住酒店。如果他有任何举措，她明天就给公司打电话，提出正式投诉。

"来了。"她嚷嚷着，一边在仓促打包。她会把行李箱放在门口，神不知鬼不觉地离开。十秒钟，进来出去，她能做到的。反正她也想改变人生。这就是她的机会。打开门时，她发现自己的脉搏几乎已经回归正常。然后她看到查理站在大门旁边，X光射线般的眼睛透着笑意。

"好了，"艾玛说，"我能出门了。"

背叛

早晨熙熙攘攘，人流和车辆以不断改变的模式在第六大道上移动。每一个身体、每一辆汽车、每一辆单车都是一个水分子，如果不是因为其他所有的分子一直在持续收缩的通道里抢占空间的话，大家本来都能以最快的速度走直线。结果现在就像整个大海要勉强穿过一根消防水喉。这是一片耳机的海洋，身体都跟着自己的节奏移动。穿跑鞋的上班女郎忙忙碌碌地发消息，她们的思绪飘到千里之外。出租车司机一半的心思在看路，一半的心思在翻看从遥远国土发来的信息。

道格站在 ALC 大楼的入口外面，在抽最后一根烟。他在过去两天里睡了三个小时。如果对他的胡须做个气味检测，你能得出波本威士忌、"免下车"芝士汉堡以及布鲁克林陈贮啤酒缭绕泥煤味的蛛丝马迹。他的嘴唇已经开裂，神经突触向四周发散的反应速度太快。他是一部复仇机器，他已经说服自己真相是主观的，一个被冤枉的男人有权利而不是道义，来拨乱反正。

比尔·康宁汉的制作人克里斯塔·布鲁尔在大堂里迎接他，几乎朝他跑来。她其实还推开了一个拿邮差包的黑人，她的眼睛锁定在道格脚步拖拉的身姿上。

"嗨，道格，"她说，微笑的样子像个人质谈判专家，受训不能中断目光交流，"我是克里斯塔·布鲁尔，我们通过电话。"

"比尔呢？"道格紧张地问，在另做他想。他的脑海里有一幅事情发展的画面，但现在出乎他的意料。

她笑了。

"在楼上，他已经等不及要见你了。"

道格皱起眉头，但她拉住他的手臂，领他通过安检，踏上一部正在等待的电梯。当时正值早上的高峰时刻，他们和另外十来个人挤作一团，全部去往不同的楼层，要过不同的人生。

十分钟后，道格发现自己坐在一张椅子上，正对着边框都是亮灯的三面镜子。一个戴着很多手链的女人在给他梳头，往他的额头上抹粉底，给他拍定妆粉。

"你这周末有安排吗？"她问他。

道格摇摇头。他的妻子刚把他赶出家门。头 12 个小时，他喝个烂醉；之后的 6 个小时，他睡在自己的皮卡车里。他感觉自己就像《浴血金沙》[1]里的亨弗莱·鲍嘉，有同样疯狂的失落感（如此贴切）。不是关于钱，这是原则问题。埃莉诺是他的妻子，男孩是他们的小孩。还有，1.03 亿美元（加上房地产的 4000 万）是很多钱。没错，他的世界观已经转变，沉溺在自己现在是个有钱人的想法中。但是，不，他不认为钱能解决所有问题，但绝对会让他们的生活容易一些。他可以完

---

1 《浴血金沙》，约翰·休斯顿指导的剧情片，亨弗莱·鲍嘉在片中饰演的角色以牺牲兄弟情谊为代价抢走黄金，黄金最后却被强盗劫走。

成餐厅的装修，没有问题，而且总归能写完那本小说。他们可以为小孩提供托儿所，或许还能修好克罗顿村的房子，供周末度假使用，而他们搬到上东区的洋房去住。单是贝特曼家的卡布奇诺咖啡机就值得搬家了。是的，他知道这样很肤浅——但整个回归简单的手工潮流不就是这个意思吗？不就是要确保我们做的每一样事情都要深思熟虑，完美无瑕？每一餐饭的每一口，每一天的每一步，从我们的麻制靠枕到手工单车都要深奥得像一则心印 [1]。

我们是工业化的敌人，是大众市场的终结者，不再提倡"服务 100亿人"。现在提倡做饭一次只做一人份，鸡蛋是自家母鸡孵出来的，苏打水是自家二氧化碳水箱炮制的，这才是革命。回归土壤、织布机，归园田居。然而奋斗太过艰难，每个人都得撕咬着杀进某种未来，要克服年轻的障碍，还要证明自我而不能半途迷失。钱会有帮助，钱能消除担忧，消除风险。尤其是现在有个孩子，那多艰难啊——比如说，你其实没有真正做好准备承担那么大的责任，现在却要撇开自己的需要，去满足小屁孩的一些微小而荒谬的需要，他甚至不会自己擦屁股。

他坐在椅子里，开始流汗。化妆师女士用吸油纸擦他的额头。

"要不就脱掉外套吧。"她提议说。

但道格在想着斯科特，想着他家里的那条毒蛇。那个该死的家伙如何开车过来，就好像那个地方是他家一样，就好像因为他和孩子有某种联结，他就莫名其妙地接到邀请，可以搬进来一样。道格到底做错了什么，要被赶出自己的家门？是，没错，他喝到下半夜才回家，或许他有一点生气，又大喊大叫，但那毕竟是他的家，而且她是他的

---

[1] 心印，佛教禅宗语，指不用语言文字，而直接以心相印证，以期顿悟。

女人。我们活在什么样的颠倒世界啊，某个过气画家竟然可以比男主人更有权利待在那个家里？所以他把这一切都讲给埃莉诺听，命令她一出太阳就让那个家伙打包走人。他告诉她，她是他的妻子，他爱她，他们有美好的关系，这段关系值得被保护、被珍惜，尤其现在他们为人父母了，对吧？他是一位父亲了。

埃莉诺听着，只是听着，坐着一动不动，没有发脾气。她看起来没有害怕，也没有愤怒——什么表情都没有。她只是听着他咆哮，在卧室里跺脚，然后——等他撒完气后——她告诉他，她想离婚，他应该去睡沙发了。

克里斯塔笑眯眯地回来。他们准备好迎接他了，她说。比尔已经准备就绪，道格能过来上节目实在太勇敢了，整个国家、整个世界都很感激像道格这样的人，愿意讲出事情的真相，即使真相难以启齿。道格点点头，简而言之，这就是他。他就是普通人，有尊严，勤勤恳恳，一个不抱怨、不要求的人，但期待世界不要亏待他。他期待做一天的工作，就能赚一天的钱。期待自己打造的人生、自己建立的家庭，就是自己的人生，自己的家庭。是他自己拼来的，谁都不该把它们从他手上夺走。

赢来的彩票就是我的。

于是他脱掉纸围兜，去迎接他的命运。

"道格，"比尔说，"感谢你今天来到这里。"

道格点点头，努力不去直视摄像头。关注我就行了，比尔告诉过他。于是他就照做，只关注对面这个人的眉毛，他的鼻尖。他不帅，比尔·康宁汉，不是传统意义上的帅，但他有那种头号人物的声势——一套难以定义的联系，有权力、人格魅力、自信、不眨眼的凝视和一个有全球影响力的男人胯部向前的举止。这是生理上的吗？是费洛蒙吗？还是一种光环？不知为何，道格想起一条大白鲨出现时，礁鲨就会四散的样子。一些林地小鹿会直接屈服在狼的大口之下，中止挣扎，躺着不动，被在所难免的不可抗力慑服。

然后他想：我是鹿吗？

"这段时间很受困扰，"比尔说，"你不会否认吧？"

道格眨眨眼。

"我同不同意这段时间很受困扰？"

"对你来说，对我来说，对美国来说，我说的是损失与不公正。"

道格点点头，这就是他想控诉的故事。

"这是一场悲剧，"他说，"我们都知道。空难，现在又——"

比尔向前倾身。他们的信息将由卫星发射到全世界大概九亿个屏幕上。

"为那些不像我一样了解故事的人，"他说，"讲点背景故事吧。"

道格非常紧张，然后开始意识到自己坐立不安，于是古怪地耸耸肩。

"好吧，嗯，你们知道空难的事。飞机坠毁了，只有两个人活了下来。我的外甥 JJ，呃，是我妻子的外甥。还有这个画家斯科特，呃，不知道姓什么，据说他游到了岸上。"

"据说？"

"不是，"道格说，他变卦了，"我只是在按照你——我是说，是很英勇——绝对是，但那并不——"

比尔摇摇头。

"所以你收留他了，"他说，"你的外甥。"

"当然。他才 4 岁，他的父母都——死了。"

"对，"比尔说，"你收留他是因为你是个好人，一个在意要做正确事情的人。"

道格点点头。

"我们没有太多，你知道，"道格说，"我们是——我是个作家；埃莉诺，我的妻子，她是个——类似于理疗师。"

"一个护理者。"

"对，但是，你要知道，我们的都是他的——亲人，对吧？ JJ？你看——"

道格深吸一口气，试图集中精力在他想讲述的故事上。

"——喏，我并不完美。"

"有谁完美呢？"比尔问，"另外，你——你现在到底多少岁？"

"我34岁。"

"还是个孩子。"

"不——我是说——我辛勤工作，对吧？我在努力开一家餐厅，重建一家餐厅，同时——好吧，有时我会喝几瓶啤酒。"

"谁不是呢？"比尔说，"忙碌一天下来，让自己放松。在我的字典里，那样的男人才叫捍卫者。"

"对——你看啊，这个家伙是个英雄——斯科特。显然，但——好吧，他有点想搬进来的意思——"

"斯科特·伯勒斯？他搬进你家？"

"好吧，他——他几天前出现，来看孩子。话说回来，他毕竟救了他，对吧？所以那也——没有人说他不能来看JJ。但是一个男人的家应该是他的，而且我的妻子，你知道，有好多事情要办，男孩的事，要处理的事情很多。所以或许她就——糊涂了，但是——"

比尔咬着嘴唇。尽管他没有表现给坐在家中的电视观众看，但他已经对道格失去耐心。他显然是个废物，由他自行其是的话，他会内向崩溃，无法传达出比尔把他带到这里来想让他讲的故事。

"让我看看啊，"他打断道格，"不是要打断你，但让我看看，我能不能在这里澄清几件事？因为，嗯，你显然很心烦。"

道格停下来，点点头。比尔略微转身，于是他在对着摄像头讲话。

"你妻子的姐姐和她丈夫，连同他们的女儿一起，在非常可疑的情形下于一起私人飞机空难中被杀害了，留下他们的儿子JJ，一个4岁的孤儿。于是你和你的妻子出于你们的善心收留了他，一直在试图给他某种家庭的感觉，帮他度过这个可怕的时期。然后另一个人——斯科特·伯勒斯——一个传闻与你的妻姐有染的男人，一个最后一次露面时，被人看到从一个声名狼藉的单身放荡女继承人家里离开的男人，搬进了你家，而你——与此同时——被你妻子命令离开。"

他转向道格。

"你被赶出家门了，"他说，"我们实话实说，你昨晚睡在哪里？"

"在我的卡车里。"道格喃喃自语。

"什么？"

"在我的卡车里，我睡在我的卡车里。"

比尔摇摇头。

"你睡在卡车里，而斯科特·伯勒斯睡在你的房子里，和你的妻子。"

"不。我是说，我不知道有没有——是不是有浪漫关系？我不——"

"孩子，拜托。还会是什么关系？这个男人救了男孩——据说——你的妻子收留了他，他们两个人，现在的样子好像要组建一个新家庭？谁关心她真正的丈夫现在无家可归，悲痛欲绝？"

道格点点头，想哭的冲动突然无法抑制，但他还是振作了起来。

"别忘了钱的事。"他说。

比尔点点头，这就对了。

"什么钱？"他故作无知地问。

道格擦拭眼睛，意识到自己瘫倒在椅子上。他直起腰背，试图恢复自我控制。

"是这样，戴维和美琪，就是JJ的父母，他们——好吧，你知道的——他经营这个频道。那没什么见不得人的，但是——我是说，他们是非常富有的人。"

"价值多少，大概？"

"呃，我不知道应不应该——"

"1000万？5000万？"

道格犹豫了。

"更多？"比尔问。

"或许翻倍吧。"道格不情愿地说。

"哇。好吧。一亿美元。这笔钱——"

道格飞快地用手搓了几次胡子，就像一个试图清醒过来的人。

"大部分捐给慈善团体，"他说，"但是之后，当然，剩下的是JJ的，放在信托里。那些钱——你知道，他才4岁，所以——"

"你是说，"比尔说，"我想你是在说，得男孩者，得钱。"

"那是，我是说，很粗俗的说法——"

比尔轻视地瞪着他。

"我偏好用直率这个词。我的意思是——或许我有点迟钝啊——但这可是利益攸关的10亿美元，就看谁来教养这个孩子——我的教子，我应该补充一句。所以，我并不是本着完全透明的精神，我并不是绝对客观的。他经历了这么多，亲人的死亡——他爱的每一个人——这个孩子会变成一个人质——"

"好吧，我是说，埃莉诺可不是——她是个好人，本意是好的。我只是——我的想法是，她一定被——有点操纵的意思。"

"被那个画家。"

"或者——我也不知道——或许是钱让她改变了钱的概念，莫名其妙地改变了她。"

"因为你以为你的婚姻幸福。"

"好吧，我是说，是有一点别扭，对吧？我们也不是一天到晚——但那也——20来岁，30来岁——生活是很艰难的。要做出成绩吧？而且你应该——忠于彼此，而不是——"

比尔点点头，往后靠坐。右裤兜里，他的手机在振动。他把它掏出来，看看短信信息，他的眼睛眯了起来。与此同时，另一条信息进来了，然后是第三条。纳摩一直在窃听道格妻子家的座机，现在发信息说，他听到一些东西。

游泳男和女继承人昨晚的通话，敏感内容。

然后……

游泳男和运安委也通话了。飞行记录仪受损。

接着是……

游泳男承认睡了女继承人。

比尔把手机放进兜里，笔直地挺起来到正常坐姿。

"道格，"他说，"要是我告诉你，我们已经证实斯科特·伯勒斯睡了蕾拉·穆勒，那个女继承人，就在开车到你家前的几个小时——"

"嗯，你的意思是？"

"他还在跟她通话，从你家打给她呢？"

道格感觉口干舌燥。

"好吧。但是——那意味着——你觉得他现在和我妻子一起吗？

还是——"

"你怎么想？"

道格闭上眼睛，他没有准备好应对他现在这种感觉，不知怎么回事。他感觉过去两周里他从赢家变成了废柴，就好像他的人生就是世界在他身上玩弄的恶作剧。

演播室里，比尔伸手过来拍道格的手。

"我们马上回来。"他说。

子弹

我们当中有谁真正理解录音是什么原理？以前，一部艾迪森录音机在一个聚乙烯圆柱体上刻下细槽，用针头回放的时候，那些细槽里就会传出与录音完全相同的复制的声音——话音或者音乐。但那怎么可能呢？一根针头，一圈细槽就能重新创造出声音？一圈塑料轮子上的刮痕怎能捕捉生命的真正音色？然后转变到数码时代，人声如何通过麦克风，进入硬盘，不知怎么的被编码成 1 和 0 的语言，转译成数据，然后通过电线和扬声器重组，精准重现人类语言的音高和音调、雷鬼音乐的声音、鸟儿在夏日的彼此呼唤。

这只是我们数个世纪以来掌握的百万种魔术和科技发明之一，从解剖学用的支架到战争机器，它们的源头可以追溯到尼安德特穴居人的恶劣岁月和火的创造，生存与征服的工具。

一万年以后，身穿紧身牛仔裤、戴奥利弗·皮帕斯牌眼镜的男人可以在一个无菌箱里拆卸黑匣子，用五叶草牌螺丝刀和笔灯探测它。他们可以替换掉损坏的端口，运行诊断软件，软件本身就是二进制代码生成的。每一条线都是一个版本的开或关。

格斯·富兰克林坐在他的椅背上，脚踩在座椅上。他已经保持清醒36个小时，穿着昨天的衣服，没刮胡子。他们很接近了。他们是那样告诉他的，几乎所有的数据都已经恢复。他随时都会拿到一份打印资料，飞行记录仪的数据会详述飞机做出的每个动作、输入的每条命令。声响录音机或许用时要久些，它们追溯时间的能力——把1和0转译成声音——牵制了它们在那个鬼魅驾驶舱里漂浮，并且见证了航班最后时刻的状态。

弹道测试显示，弹孔与吉尔·巴鲁克用的武器一致。奥布莱恩探员厌倦了逼近运安委的技术人员，问他们还要多久才能找出关于贝特曼保镖的更多信息。因为他的尸体没找到。奥布莱恩探员已经散布出一种新假说：或许吉尔背叛了他的雇主，把他的服务内容卖给了另一个买家（基地组织？朝鲜人？），然后在飞行进行时掏出他的武器，不知怎么的使飞机坠毁，然后逃走。

就像詹姆士·邦德电影里的反派那样？格斯的问题没人响应。他向奥布莱恩提出更有可能的一种假说，他们都知道巴鲁克没有绑安全带，在空难中死了，他的尸体被抛得无影无踪，被深海吞没，或者被鲨鱼吃掉了。这一切都有可能。但奥布莱恩摇头，说他们需要彻底调查。

在平行调查工作上，查理·布施的尸检结果在一小时前出来了，他体内的酒精和可卡因的毒理学检测呈阳性。现在有一个FBI小组在深入挖掘副驾驶员的历史，和他的朋友、家人进行面谈，回顾他的工作履历和学籍档案。他的档案里没有任何证据显示他有心理健康问题，但是他有阶段性精神病吗？就像德国之翼的副驾驶员一样？布施一直是一枚定时炸弹，还是他一直成功地保守了秘密？

格斯盯着飞机库远端的画廊。火车脱轨。龙卷风来袭。他曾经是个已婚男人，药品柜里是有两把牙刷的。现在他独自一人居住在哈得孙河畔一套毫无生气的公寓里，被密封在一个玻璃体中。他有一把牙刷，每餐饭用同一个水杯喝水，饭后冲一冲，把它放回架子上晾干。

一个技术人员抱着一沓文件过来，是打印资料。他把它递给格斯，格斯开始浏览。他的组员聚在他的身边，等待着。在某个地方，同样的信息被投放到银幕上，另一组人员聚集在周围。每个人都在寻找一段叙事，寻找一个有纬度有海拔的立体故事，613号航班在纸面上的大起大落。

"科迪。"格斯说。

"我看到了。"科迪说。

数据是纯数字形式，推力和升力的矢量数据，一目了然。它们绘出一张图形，因为如果想用数学方式描绘出一段行程，你需要的只是坐标。格斯阅读数据的同时，再现了飞机航程的最后几分钟——数据和乘客与机组成员的生命和个性剥离开来。这是一架飞机的故事，不是机上的人的故事。引擎性能的记录，襟翼的详情。

周围的灾难场景都被遗忘了，画廊和它的主顾。

数据显示，航班平安无事地起飞，向左倾斜，然后走直线。飞机根据航空交通管制的通例，在6分13秒内上升到7925米的高度。在第6分钟，自动驾驶仪开启，飞机沿着计划路径向西南方向行驶。9分钟后，飞机的控制权从飞行员手中转移到副驾驶员手里，即由梅洛迪切换到布施，数据无法反映其中的理由。航线和高度保持不变。之后，飞行进入第16分钟时，自动驾驶仪关闭。飞机急剧倾斜并向下俯冲，开始只是缓慢地运行，接着变成急剧的螺旋下降，就像一只追逐尾巴的疯狗。

所有的系统都正常，没有机械故障。副驾驶员关闭自动驾驶仪，采用手动控制。是他让飞机俯冲，最终坠入大海。那些就是事实。现在他们知道根本原因了。他们不知道的是为什么会发生这一切？他们知道布施醉了酒，嗑了药。他的感知能力和判断力被毒品改变了吗？他以为自己在正常地开飞机吗？还是他知道自己开启了死亡螺旋？

更重要的是，副驾驶员是等着飞行员走开，然后故意坠毁飞机的吗？但是他为什么要那么做？这种行为背后会有什么可能的理由？

格斯坐了一会儿。他的周围突然活跃起来，数字生成演算，又被再三复核。但格斯一动不动，他现在已经确凿地知道，这起空难不是意外。它的源头不在抗拉强度或接合点磨损的技术原因上，不是电脑故障或水力学错误造成的，而是在心理学的朦胧领域里，在人类灵魂的折磨与悲剧中。一个英俊、健康的年轻人为什么要让一架客机不可挽回地急剧俯冲，同时忽略驾驶舱外机长的拍门声，还要无视自己尖声叫喊的求生本能？是哪种不稳定的根基在他的头脑灰质中扎根——他先前没有确诊的精神疾病吗？还是近期对世界不公甚嚣尘上地发牢骚？——能激发一名议员的外甥把一架豪华飞机变成一枚导弹，杀死九个人，包括他自己？

那么他们可以断定，开枪射击是试图重新进入驾驶舱，取得对飞机的控制吗？

换句话说，这个谜团的解答超出了工程师的职权范围，而在巫毒教的猜测领域里。

格斯·富兰克林能做的只有咬紧牙关，踏入这场风暴。

他伸手去拿电话，然后改变了主意。在多次机密泄露后，这种消息最好还是当面传达。于是他抓起外套，朝汽车走去。

"我往那儿赶，"他告诉他的小组，"技工们破解录音机时打给我。"

游戏

电话打来时，他们正在客厅里玩梯子和滑道的游戏。"道格上电视了。"埃莉诺从厨房回来，电话在手里抖。她和斯科特四目相对，打手势示意需要让男孩有事可做，这样他们才能讲话。

"嘿，小伙伴儿，"斯科特告诉他，"上楼把我的包拿下来，嗯？我有一份礼物给你。"

男孩跑上楼去，头发在身后飘扬，脚步声像楼梯上的小瀑布。埃莉诺看着他离开，然后转身，脸色苍白。

"出什么事了？"斯科特问。

"我的母亲。"她一边找电视遥控器，一边说。

"怎么了——"

她正在翻找电视机下方的杂物抽屉。"遥控器哪儿去了？"

他发现它在咖啡桌上，一把抓过来。她拿过去，打开电视，按下按钮。黑色屏幕开始闪光，中央的星星生动起来，变得完整，生成一只在草原上找水的大象。埃莉诺不停地换频道，在寻找什么。

"我不明白。"斯科特说。他朝楼梯瞟了一眼，他能听到男孩的脚踩在他头上的天花板上，客房的壁橱门被打开。

然后埃莉诺发出刺耳的吸气声，斯科特转过身来。屏幕上是穿法兰绒衣服的大胡子道格，坐在打红色背带的比尔·康宁汉对面。他们在新闻编辑室的布景里，坐在主播台的后面。这是一幅超现实景象，就好像两个不同的节目被叠接在一起。一个节目关于钱，一个节目关于树。道格的声音充斥整个房间，话正说到一半。他在谈论斯科特，以及埃莉诺如何把自己的老公赶出家门，或许斯科特是图钱而来。比尔·康宁汉则在点头插话，一边重述道格的观点——甚至一度介入进来，自己讲述故事。

一个洗白的画家和已婚女人上床，还美化灾难场景。

斯科特看向埃莉诺，她正把遥控器抓在胸前，她的关节发白。不知为何，他想到自己的妹妹躺在棺材里，一个 16 岁的女孩在 9 月末的一天溺水，被阴暗的深湖吞没，气泡涌起。一具处女的尸体，不得不被一个 46 岁的殡葬人干燥、清理，用力塞进最好的裙子里，陌生人给她的皮肤涂上腮红，刷洗她浸水的发丝，直到泛出光泽。她的手放在胸口上，一把扎着缎带的金光菊放在她没有知觉的指间。

他的妹妹对雏菊过敏，这件事让斯科特心烦不已，直到他意识到那已经不再重要。

"我不明白。"埃莉诺说，然后又说一遍——这一次更加沉默，像自言自语的一条咒语。

斯科特听到楼梯上的脚步声，然后转身。男孩拿着斯科特的包三步并作两步地从楼梯上下来，斯科特拦截住他，他的脸上是困惑的表情（潜在的受伤表情），就好像在说，我找不到礼物啊。斯科特从前角靠近他，揉乱他的头发，顺利地让他绕道进了厨房。

"找不到吗？"他说。男孩摇摇头。

"好吧，"斯科特说，"让我看看。"

他把男孩按在餐桌旁坐下。外面，一辆邮车停在车道上。邮递员戴着一顶老式的遮阳帽。越过他，斯科特能看到竖起卫星接收天线的新闻采访车，停在死巷尽头，在等待，在观察。邮差打开信箱，放进一份超市传单和几张账单，对屋里上演的戏码毫无察觉。

斯科特听到道格在客厅里说："他出现之前我们很好的，很幸福。"

斯科特翻遍他的包，寻找一件他能称之为"礼物"的东西。他找到他离家去上大学时，他父亲给他的钢笔——一支黑色的万宝龙牌钢笔。尽管命运浮沉，斯科特多年来一直留着这样东西。他苦苦摸索着熬过饮酒的魔咒，度过他的伟大画家阶段，自杀式地进入恐怖的时期，用豪饮来麻痹自己，继而将注意力集中在自己的失败上。然后从一地的灰烬中复活，进入一具新的工作之躯，有了新的开始。

他熬过他的最低点，当时他把所有的家具扔出窗外，每个碗碟，他拥有的一切。

除了这支钢笔。他用这支钢笔给画作签名。

"喏。"他从包里掏出笔来，对男孩说。男孩笑了。斯科特拧开笔盖，给男孩演示怎么使用，用它在一张餐巾纸上画了一只狗。

"我小的时候，我父亲把它给了我。"他说，然后意识到话里的含义，即他现在是把钢笔传给自己的儿子。他已经以某种方式收养了男孩。

他有了这个想法，就继续把它想通。如果我们考虑事情太久的话，生活就会麻痹我们，让我们僵化成雕像。

他把钢笔递给男孩，那大概是他曾经模样的最后印记，是他的脊梁骨，他身上唯一保持正直与真实的东西，经久不衰，值得信赖。当年小男孩的细胞现在荡然无存了，斯科特的身体在基因层面已经发生改变，每个电子和中子都在几十年的时间里被新的细胞、新的理念替代。

一个崭新的人。

男孩接过钢笔，在餐巾纸上试用，但画不出线来。

"它是——"斯科特说，"它是一支钢笔，所以你得这么握——"

他拿起男孩的手，给他示范如何握笔。他从厨房里听到比尔·康宁汉在说："——所以首先他和姐姐交上了朋友——一个富有的女人。现在她死了，钱传给她的儿子——突然间他就住进了你家，而你睡在旧卡车里。"

男孩用钢笔画出一条黑线，接着又画了一条，他发出快乐的声音。看着他，斯科特心里有个东西猛然到位。他突然有了一种目标感，或者一个他甚至不知道自己会下的决定。他走向电话，就像一个踩在烫煤上的人，决意不往下看。他打给信息台，要到 ALC 频道的号码，然后要求转接比尔·康宁汉的办公室。在几次误转之后，他终于联系上克里斯塔·布鲁尔，比尔的制作人。

"是伯勒斯先生吗？"她说，听起来上气不接下气，就好像她刚跑完很长的距离来接电话。

因为时间的关系，下一刻既冗长不堪又瞬时即发。

"告诉他我接受。"斯科特说。

"你说什么？"

"访谈。我做。"

"哇。太棒了！我们应该——我知道我们在你那儿附近有辆新闻车。你想……"

"不。离家里远点儿，离男孩远点儿。这是我和那个丑八怪之间的事。我们来聊聊隔空欺凌和贬低他人是懦夫的行径。"

下一刻，她声音中充满了欢快和兴奋。

"我可以引用你的原话吗？"

斯科特想起他的妹妹，她的两手交叉，眼睛闭上。他想到滔天的海浪，一只手臂脱臼，拼了命才能浮在水面上。

"不能，"他说，"今天下午见。"

五号画

我们很遗憾你失去了亲人！[1]

---

1 黑色帆布上的白字。——原注

暴力史

电话打来时，格斯在第二大道上，正要返回飞机库。

"你一直在追吗？"梅伯里问。

"追什么？"他说。他刚才陷入了沉思，在反复思考他与州检察长、FBI 和外资办的领导会面的事。副驾驶员嗑药了，他故意使飞机坠毁。

"已经演变成一出真正的肥皂剧，"梅伯里说，"孩子的姨夫道格上电视说，自己被赶出家门，伯勒斯搬了进去。现在他们在说伯勒斯正要进入演播厅接受采访。"

"老天爷。"格斯说。他想到打电话给斯科特告诫他，但之后想起这个画家没有手机。格斯在红灯前面减速，一辆出租车不打信号灯就在他前方并道，迫使他踩下急刹车。

"飞行记录仪那边怎么样了？"他问。

"很接近了，"梅伯里说，"或许还要十分钟。"

格斯加入一条前往 59 街大桥的车流。

"你们一拿到就打给我，"他说，"我在回来的路上。"

96 千米以北，一辆租来的白色汽车穿过威切斯特，驶向城市。这里更有绿意,公园道路被树木环绕。与格斯的路线不同,这条大路几乎没车。斯科特没打信号灯就变道了。

他试图纯粹地存在于所处的这个时刻,一个男人在一个风和日丽的夏日开着车。三个星期前,他是狂暴大海中的一颗尘埃。一年前,他是个不可救药的酒鬼,在著名画家的客厅地毯上醒来,摇摇晃晃地走进刺眼的阳光,发现一个宝蓝色的泳池。生命就是由这些片刻组成——一个人的物理实体在时空中的穿梭。我们把那些时刻串成一个故事,那个故事变成我们的人生。

所以他坐在租来的凯美瑞车里,行驶在亨利·哈得孙公园大道上。一个小时后,他不知不觉地坐进 ALC 大楼 3 号演播厅的一张椅子里,看着一个戴眼镜的年轻人把有线麦克风藏在比尔·康宁汉的翻领下面。同时,他还是一个放假回家的青少年,夜晚坐在乡间小路旁的一辆施文牌单车上,等着妹妹从密歇根湖游泳回来。万一生命不是一个以顺叙方式讲述的故事,而是我们从来不曾脱身的纷纭片刻,那该怎么办?万一我们拥有过的创伤或者最美丽的经验已经把我们困在某种反馈回路里,即使我们的身体已经前行,头脑却至少还有某个部分一直念念不忘,那该怎么办?

一个男人,坐在车里,坐在单车上,坐在电视演播厅里。但 30 分钟前,他也在埃莉诺家的前院里,走向汽车。埃莉诺叫他不要去,告诉他这是个错误。

"如果你想讲你的故事,"她说,"可以打给 CNN,打给《纽约时报》,但是不是他。"

不是康宁汉。

在海洋里,斯科特抓住男孩,潜入不可思议的巨浪下方。

同时,他在一辆有凹损的休旅车后面减速,然后打开他的转向灯变道。

在化妆室里，斯科特看着比尔·康宁汉一脸怪相，听着他卷着舌头念 r 音，做一系列快速的声音练习。斯科特试图判断自己胃里的感觉是害怕，还是畏惧，还是拳击手在一场认为自己必胜的战斗前的兴奋感。

"你会回来吗？"埃莉诺在车道上问他。

斯科特看着她，男孩在她身后的门廊上，眼神迷惑。他说："这附近有泳池吗？我想我应该教这孩子游泳。"

埃莉诺微笑着说："有。"

在化妆间里，斯科特等着比尔。说他紧张是不对的。

对一个降服整片海洋的人来说，有什么算得上是威胁？于是斯科特只是闭上眼睛，等待被叫到。

"首先，"当他们坐在彼此对面，摄像机开始运转时，比尔说，"我想感谢你今天和我坐在一起。"

话说得好听，但比尔的眼神充满敌意，于是斯科特没有回答。

"这是漫长的三周，"比尔说，"我不——我不确定你我都睡了几个小时。就我个人而言——我是一直在直播——超过 100 小时了，在寻找答案，寻找真相。"

"我应该看你还是看镜头？"斯科特打断他。

"看我。这就像其他谈话一样。"

"好吧——"斯科特说，"我这辈子有过很多场谈话，没有一场像这样。"

"我说的不是内容，"比尔说，"我说的是两个男人的对谈。"

"只不过这是一场访谈，访谈根本就不是谈话。"

比尔在椅子里向前倾身。

"你似乎很紧张。"

"是吗？我没感觉紧张，我只想弄清规则。"

"如果不是紧张的话，那你是什么感觉？我想让全国的观众来解读你的面部表情。"

斯科特想了想。

"很奇怪，"他说，"有时你听到梦游这个词。一些人过着梦游般的人生，然后一件事把他们惊醒。我不是——那不是我的感觉。或许截然相反。"

他盯着比尔的眼睛。比尔显然还不知道该怎么把握斯科特，怎么给他下套。

"整件事感觉就像某种——梦境。"斯科特说。他也在谋求真相，又或许只有他在谋求真相。

"好比我在飞机上睡着了，我还在等着醒来。"

"很虚幻，你是在说。"比尔说。

斯科特思考了一下。

"不，是非常真实，或许太真实了。看看人们如今对待彼此的方式，我不认为我们住在互相拥抱的星球上，可是——"

比尔向前坐坐，对关于礼仪的谈话不感兴趣。

"我想聊聊你是怎么登上那架飞机的。"

"我被邀请了。"

"被谁？"

"美琪。"

"贝特曼夫人。"

"是。她说叫她美琪，所以我就叫她美琪。我们去年夏天在文雅岛上相识，或许在6月。我们去同一间咖啡馆，我会在农贸市场上见到她带着JJ和她的女儿。"

"她来过你的工作室。"

"来过一次。我在我家后面一个老谷仓里工作。她家厨房里有工人做工,她说,她下午需要找点儿事情做,孩子们和她一起。"

"你是说,你在市场和咖啡馆以外见到她的唯一一次,孩子们和她在一起。"

"对。"

比尔做了个怪相,表示或许他认为那是扯淡。

"你的一些作品可以被认为是相当令人不安的,你不那么认为吗?"他说。

"你的意思是,对孩子们来说吗?"斯科特说,"我猜是的。但男孩当时在午睡,瑞秋自己想看。"

"所以你就让她看了。"

"不,她母亲同意了,轮不到我——又不是——郑重声明一下——那些图片还没有形成绘画,只是一次尝试。"

"那是什么意思?"

斯科特想了想,他想说什么。

"这个世界是什么?"他说,"为什么事情会发生?有任何意义吗?那就是我在做的事情,试图去理解这一切。所以我向周围的人展示——美琪和瑞秋——我们可以聊一聊。"

比尔冷笑一声。斯科特能看出,他最不想谈论的就是艺术。在这段时间中,他坐在一个电视演播厅里,但一部分的他仍在车里,在开车进城,湿润的路面映照着红色的尾灯光迹。在某种意义上,他也坐在飞机上,试图找到头绪,他是一个几分钟前刚从巴士站跑来的男人。

"不过你对她有感觉,"比尔说,"贝特曼夫人。"

"那是什么意思,有感觉?她是一个好人,她爱她的孩子。"

"但不爱她的丈夫。"

"那我不知道，似乎是那样。我自己没结过婚，所以我懂什么呢？这不是我们——她似乎非常安逸，作为一个人来说。他们玩得很开心，她和孩子们。他们总是大笑，他似乎工作很忙，我说的是戴维，但他们经常谈论他，等爸爸到了以后他们要做什么。"

他思考了一会儿。

"她似乎很幸福。"

电话打来时，格斯在长岛快速路上。飞行记录仪修好了，性能有点降低，他们告诉他，下降的是声音的质量，不是录音的内容。他的组员准备回放，格斯想让他们等他吗？

"不，"他说，"我们需要知道，把电话调到免提就好。"

他们匆忙应允。他坐在棕色的政府部门配车里，车流走走停停。他在岛屿中部，过了拉瓜迪亚机场，还没到肯尼迪机场。通过车载扬声器，他能听到急促的活动的声音，是他们在准备回放录音带。这是另一段时间的录音，就像一个封存垂死之人最后一口气的罐子。录音带里的行动和声音仍是秘密，但片刻之内秘密就会公开。最后一件未知的事将会变得已知。然后，能够弄清的一切都会清晰，其他疑团自会留给时间。

格斯呼吸车内的循环空气。雨滴落在他的挡风玻璃上。

录音带开始播放。

从驾驶舱内的两个人声开始。机长詹姆斯·梅洛迪有英国口音，副驾驶员查理·布施有得州尾音。

"检查清单，制动。"梅洛迪说。

"检查完毕。"布施过了片刻说。

"襟翼。"

"10 度，10 度，通过。"

"偏航阻尼器。"

"检查完毕。"

"有点儿小横风，"梅洛迪说，"我们得记住这一点。飞行仪表和信号器面板？"

"是。没有警示信息。"

"那就可以了。检查清单完成。"

格斯前方的交通有所舒缓。他把福特车开到时速 42 千米，然后当前方的车流收紧时，再次减速。他本来想停到路边听录音带的，只不过他在中间车道上，视野以内没有出口。

下一个声音是梅洛迪的。

"文雅岛飞行指挥台，这里是鸥翼 613 号航班。准备起飞。"

停顿，然后一个过滤的声音从收音机传来。

"鸥翼 613，准许起飞。"

"推动速度基准系统，上跑道。"梅洛迪告诉布施。

他从录音带里听到机械声。电话继电器让声音难以分辨，但他知道实验室里的技术人员已经在猜测哪个是操作杆的动作，哪个是增大的引擎转速。

"每小时 80 海里。"是布施。

飞机离地时，更多声音从录音带里传来。

"正速率，"梅洛迪说，"请换到快挡。"

无线电里传来航空交通管制中心的声音。

"鸥翼 613，我看到你了。左转，飞越大桥，爬升，联系泰特波罗机场出港。晚安。"

"鸥翼 613，多谢。"梅洛迪说。

"已换到快挡。"布施说。

现在飞机在空中了,向新泽西飞去。在正常情况下,是 29 分钟的飞行,比短途飞行还短。离他们进入泰特波罗交通管制中心的范围还有 6 分钟的间歇时间。

敲门声。

"机长。"一个女声传来,是空乘艾玛·莱特纳,"你有什么需要吗?"

"没有。"梅洛迪说。

"怎么不问我?"副驾驶员问。

停顿。发生什么事了?有什么表情交流?

"他没事的,"梅洛迪说,"就是一趟短途飞行,我们都专心一点儿。"

比尔·康宁汉在座位上向前探身。他们所处的布景设计只有一个方向的可视度。这意味着,他身后的墙壁背面是没有上漆的,就像 1983 年的电影《阴阳迷界》中一段搭建的场景,一个受伤的人慢慢意识到,他以为的真实世界实际上是个剧场。

"在飞机上,"比尔说,"你描述一下发生了什么。"

斯科特点点头。他不知道为什么,但他很惊讶访谈以这种方式展开,这像一场真正关于空难、关于事情始末的访谈。如果这是一场拳击赛,他估计他们目前应该互相击打对方的身体了。

"嗯,"他说,"我迟到了。出租车一直没来,于是我得搭乘巴士。等我们赶到跑道时,我以为自己已经错过航班,我会恰好赶到那里,看到机尾灯升上天空。但没有,他们在等我,或者其实没有特地等我——他们已经收起门了,但他们还没离开。于是我登机,每个人都已经——有的人坐在座位上,美琪和孩子们,吉卜林夫人。戴维和吉卜林先生仍站着。空乘给我一杯红酒。我以前从没坐过私人飞机。然后机长说，请就座，于是我们都坐下来。"

他的眼睛此刻已经不再看着比尔的眼睛，他发现自己在直接凝望其中一盏灯，在回忆。

"当时在放一场棒球比赛，波士顿队的。那是第七局，我想。棒球的声音，解说员的话音，一直都在响。我记得吉卜林夫人挨着我坐，我们聊了一下。男孩JJ在睡觉。瑞秋在玩iPhone，或许在选歌，她戴着耳机。然后我们起飞。"

格斯缓慢地驶经拉瓜迪亚机场，进港和离港的飞机在头顶上空呼啸而过。他拉上车窗，关掉空调，这样他能听得更清楚些，尽管外面有32摄氏度。他一边听一边流汗，汗水顺着他的肋部和后背流下，但他没去注意。他听到詹姆斯·梅洛迪的声音。

"我这里有个黄灯亮了。"

一阵停顿，格斯能听到类似轻叩的声音。然后又是梅洛迪在说话。

"你听到了吗？我这里有个黄灯亮了。"

"哦，"布施说，"我来——明白了。我想是灯泡的问题。"

"记下来要做维修。"梅洛迪说。然后是一连串无法辨别的声音，接着梅洛迪大声说："等等。我又——"

"机长？"

"你来接手。该死的我又流鼻血了，我要——让我去清理一下。"

格斯假定驾驶舱里是机长起身出门的声音。与此同时，布施说："收到。现在接管。"

门开了又关上，现在布施独自一人在驾驶舱里。

斯科特听着自己说话时的声音，既在当下又置身事外。

"我当时在远望窗外，想着整件事感觉多么虚幻——有时你发现自己在经验界限以外时，感觉会像个局外人，做的事情感觉像是另一个人的动作，就好像你被瞬间传输到别人的生活里。"

"第一个出问题的迹象是什么？"比尔说，"在你的脑海里。"

斯科特深吸一口气，试图对整件事情做出合乎逻辑的解释。

"很难说，因为当时有欢呼声，然后又有尖叫声。"

"欢呼声？"

"为了比赛。是戴维和吉卜林，他们——屏幕上发生了一些事让他们——德沃金，还有最长击球时间——那个时候他们已经解开安全带，我记得他们两人都起立了。然后——我也不知道——飞机就——猛地一降——他们不得不仓促地回到座位上。"

"在你和调查员的面谈中，你以前说过你的安全带是解开的。"

"是啊。那——其实很蠢的。我有一个笔记本，是一本素描簿。飞机俯冲时，我的铅笔脱手了，我就——解开安全带，去追它。"

"这救了你的命。"

"是啊。我猜是这样。但是当时——人们都在尖叫，我又——撞头了。然后——"

斯科特耸了一下肩，就好像在说，我只记得这么多了。

比尔在他对面点点头。

"所以，那就是你的故事。"他说。

"我的故事？"

"你的事件版本。"

"那是我的记忆。"

"你的铅笔掉了，你解开安全带去抓笔，所以你活下来了。"

"我不知道我为什么活下来了，即使真有——如果有原因，而且不只是，你知道，不只是物理定律的话。"

"物理。"

"是的。你知道，就是托起我把我扔出飞机，莫名其妙让男孩活下来的物理力，而不是——你知道——别人。"

比尔停顿一下，就好像在说，我可以继续深入追究，但我选择不追究。

"我们来聊聊你的画吧。"

每部恐怖片里都有一个片刻，寂静的片刻。一个角色离开房间，摄像机没有跟着他走，而是留在原位，聚焦在无关紧要的东西上——或许是无关痛痒的门口，或者是一张儿童床。观众坐着观看留白空间，倾听寂静，房间是空的，寂静这件事传达了一种渐露端倪的恐惧感。我们为什么在这里等？要发生什么事？我们会看到什么？于是，带着一种毛骨悚然的恐惧，我们开始搜寻房间里不寻常的东西，搜寻平常事物下面有什么在低语，以此来对抗寂静。正是房间的平凡无奇增添了它的惊悚潜能，是西格蒙德·弗洛伊德称为"离奇"的东西。你看，真正的惊悚不是来自意料之外的破坏行动，而是来自日常物件、日常空间的腐坏。一件我们日常所见、认为理所当然的东西，我们默认它是正常的——一间儿童的卧室——把它转变成某种险恶的、不可信赖的东西，这就是破坏生活的结构。

于是我们盯着常规事物，摄影机静止不动，坚定不移，在不眨眼的凝视张力中，我们的想象力产生了一种没有合理解释的恐惧感。

当格斯·富兰克林坐在行驶在长岛快速道路的车里，被前往东边各处的通勤者、下班开车回家的男人、从学校回家或者傍晚去海滩探险的人所包围时，产生的正是这种感觉。车里的寂静有一丝裂纹，吱吱声填充了车内的循环空气。那是机器的噪声，令人费解，但不容忽视。

格斯伸手过去调高音量，吱吱声变得震耳欲聋。

然后他听到有人在低语，一个单字，一再低语重复。

"我们不聊我的画。"斯科特说。

"为什么？你在掩藏什么？"

"我没有——它们就是画。按照定义，有关它们的一切都交给眼睛来看。"

"不过你一直让它们不见天日。"

"我没有展出它们不等于我让它们不见天日。现在画在 FBI 的手上。我家里有幻灯片。有几个人已经见过，是我信任的人。但事实是，我的画实在不相干。"

"让我把话说清楚——一个画灾难现场的人，实实在在地画空难现场的人，出现在一起空难中，这让我们应该怎么想？只是巧合吗？"

"我不知道。宇宙充满不合情理的事情，随机巧合。好像有个统计模型可以算出我遭遇空难、渡轮事故、火车脱轨的概率。这些事情每天都在发生，我们无人能幸免。该轮到我了，仅此而已。"

"我跟一个艺术经纪人聊过，"比尔说，"他说，你的作品现在价值几十万美元。"

"有价无市。那是理论上的价值。我上一次查余额时，银行里有600 美元。"

"所以你才搬去与埃莉诺和她的外甥同住吗？"

"因为什么我搬去与埃莉诺和她的外甥同住？"

"钱啊。因为男孩现在身价接近一亿美元？"

斯科特看着他。

"那真的是个问题吗？"他说。

"如假包换。"

"首先，我没有搬进去。"

"那个女人的丈夫可不是这么告诉我的。事实上，她把他赶出家门了。"

"只是两件事依次发生，并不代表里面有因果关系。"

"我没上过常春藤名校，所以你得给我解释一下。"

"我是说，埃莉诺与道格分居的事——如果真有那么回事的话——与我过来拜访没有一点儿关系。"

比尔完全坐直了。

"让我告诉你我看到了什么，"他说，"我看到一个失败的画家，一个酒鬼，在鼎盛期过后的十年里一直随波逐流，然后生活给了他一次机会。"

"一架飞机坠毁，有人死了。"

"他发现自己万众瞩目，成了英雄，突然间每个人都想跟他沾上关系——他开始和一个20来岁的女继承人发生关系。他的画忽然变得值钱——"

"没有人在干——"

"之后，我也不知道，或许他变得贪婪了，开始想，嘿，我和这个小孩关系不错。他突然间身价不菲，而且他有个美丽而且很有魅力的姨妈和废柴姨夫——我可以牛皮烘烘地介入，然后鹊巢鸠占，分一杯羹。"

斯科特惊讶地点点头。

"哇，"他说，"你活在一个多么丑陋的世界里。"

"这叫真实世界。"

"好吧。嗯，你刚才说的话里或许有12个错误。你想让我按顺序纠正一遍吗，还是——"

"所以你否认你和蕾拉·穆勒上床了。"

"我有没有和她发生关系？没有。她让我住在一套没人使用的公寓里。"

"然后她脱掉衣服，爬到你的床上。"

斯科特瞪着比尔。他怎么知道的？只是猜测吗？

"过去五年里，我没有和任何人发生关系。"他说。

"我没问那个。我问的是，她有没有裸体和你睡觉。"

斯科特叹了口气。他处于这种境地不能怪任何人，只能怪他自己。

"我只是不理解这有什么关系。"

"回答问题。"

"不，"他说，"你告诉我，为什么一个成年女人对我有兴趣与这件事有关系。告诉我有什么必要当众暴露她在自家屋檐下做的事情，她很可能想保密。"

"所以你承认了？"

"不。我是在说，这可能造成什么不同？这会告诉我们飞机为什么坠毁吗？它能帮助我们处理我们的悲痛吗？还是它只是你个人想知道的东西，就因为你想知道？"

"我只是在尝试判断你是多大的一个骗子。"

"大概平均水平吧，我会说，"斯科特说，"但我对重要的事情不说谎。那是我戒酒疗程的一部分，是我发过的誓，要尽可能尝试诚实地生活。"

"那就回答问题。"

"不，因为那不关你的事。我不是在这里惹人讨厌。我是真心在问，那可能造成什么不同？如果你能让我信服，我在空难后的私人生活与空难之前的事件有任何关联，而不是像这样凶神恶煞地逼问，那么我就会告诉你关于我的一切，我很乐意。"

比尔端详了斯科特好一会儿，脸上是茫然的表情。

然后他开始播放录音带。

格斯意识到自己在屏住呼吸。那个副驾驶员查理·布施独自一人在驾驶舱里，他在小声地咕哝这些话。

然后，他更大声地说："不！"

他关掉了自动驾驶仪。

查理·布施

1984 年 12 月 31 日—2015 年 8 月 23 日

　　他是某个大人物的外甥，那就是人们在他背后的议论。就好像他永远不会有别的方式得到这份工作，就好像他很差劲，是某个冒牌货。查理·布施出生在 1984 年新年前夜的最后几分钟，他从来没能逃脱这种感觉，他总是与某个至关重要的东西失之交臂。在出生这件事上，他错失的是未来。他作为旧年新闻开启人生，生活从来就没有过起色。

　　孩提时代的他很贪玩，不是个好学生。他喜欢数学，但对阅读和科学毫无热情。查理在得克萨斯州的敖德萨长大，和所有其他男孩有着同样的梦想。他想成为达拉斯牛仔队的橄榄球明星四分卫罗杰·斯陶巴，但最后只能止步于得州游骑兵的投手诺兰·莱恩。中学时代的运动有一种单纯，会深入你的灵魂：弹指滑球，后场跳蚤进攻球，短距离全速冲刺和鳄鱼演习训练，深入挡人机器重重阻碍的肩下特别攻击法。在橄榄球场上，男孩们被模式与重复训练锤炼成男人。史蒂夫·哈蒙德和流氓比利，疤面达纳韦和那个手有肋眼牛排那么大的墨西哥大个子。他叫什么名字来着？一个晴朗无云的春日，乱打出一个高飞球。他们在运动员更衣室里扭动着戴上护具和头盔，散发出一阵阵热气与青少年激情的"战或干"麝香味荷尔蒙。褥子与弹簧床垫间涂了油的棒球手套，硬式棒球裹在一网兜的皮质手套里，有它在下面，你睡得更香。男孩们蠢蠢欲动，在灰土里扭打，用他们的脑袋杀出一条球路。他们永远在奔跑，从不知疲倦，站在灰尘漫天的休息区里说着替补投手的垃圾话，你的哥们儿克里斯·哈德维克像头母牛一样哞哞叫。场上死角与盲边阻挡，用一根旧棍子从你的防滑鞋里挑出污垢时的原始猿猴的快乐。一伙男孩坐在板凳上吐着瓜子壳，然后继续在赛场上拼命奋战，享受用钉子一般的鞋深挖橡胶地板的感觉。中点弹跳球与左撇子切换。希望，永远都有希望。你年轻的时候，打的每场比赛都像是世界存在的理由。牵制球与强迫取分。还有热，永远都热，它好像抵在你背上的膝盖，踩在你颈上的皮靴。于是他们一桶一桶地喝佳得乐，像精神病人一样猛嚼冰片，膝盖打弯，在正午的太阳下大口吸风，享受完美的螺旋球触到手上的感觉。淋浴间里的男孩们嘲笑彼此，描绘啦啦队员的身体曲线，在隔壁家伙的脚上撒尿。头球与头侧飞球，绕完一垒后继续飞跑，眼睛盯着中场手，一路猛冲地滑行，在头脑里已经有安全的感觉。对身陷困境的恐慌，白粉笔新画的线在草地的映衬下，如何像闪电般耀眼，草地本身就是不真实的深绿。天堂就是那个颜色。还有周五夜晚的灯火灿烂，那些完美的雪花石膏灯，以及人群的咆哮。比赛的朴素真理：一直向前，永不后退。你扔球，你击球，你接球。毕业以后，再也不会有那样的单纯。

他是某个大人物的外甥。罗根舅舅，即他母亲的哥哥。罗根·布施，一个连任六期的美国议员，来自伟大的得克萨斯州，是石油和牧牛的支持者，长期担任参议院财政委员会主席。查理对他的主要了解是，他是一个头发经过造型的人，喝黑麦酒。罗根舅舅就是查理的母亲摆出昂贵餐盘的原因。每年圣诞节，他们开车前往他在达拉斯的宅邸。查理记得全家人都身穿风格一致的圣诞毛衣。罗根舅舅会叫查理挤出一块肌肉，然后使劲地捏捏他的手臂。

"得让这个男孩强硬起来。"他告诉查理的母亲。查理的父亲几年前去世了，当时查理6岁。他在一天晚上下班回家时，被一辆拖车擦边撞倒。他的车翻滚了6圈。他们举办了一场闭棺的葬礼，把查理的父亲葬在漂亮的墓地。罗根舅舅支付了所有费用。

即使在中学，罗根·布施外甥的身份也帮了他不少的忙。他为校队打右外场，即使他无法像其他男孩打得一样好，无法偷垒来救自己一命。这种特殊待遇是心照不宣的。事实上，在查理人生中的头13年里，他都不知道自己被人提携了，他以为教练喜欢他的推挤。但进入高中后一切都改变了，在更衣室里，他对这种裙带关系的阴谋如梦初醒，有狼群心态的男孩们身着护体绷带，在淋浴间里围攻他。运动毕竟也是论功行赏。你开始打比赛是因为你能击球，因为你会跑能投擅接。在敖德萨，橄榄球队以速度与精准闻名。每年，棒球队的老队员都能免考去读好大学。西得克萨斯州的体育竞争十分激烈。企业在比赛日会提前关门，立起草坪标志。人们对这种破事非常严肃。所以像查理这样的球员，在各个方面都很平庸，碍眼而突兀。

他们第一次找碴儿时，他15岁，还是一个皮包骨头的九年级新生，在打出一个36码的得分球后赢得开场位置。六个笨重的牧场坏小子脱光衣服，一身臭汗，强行把他推进淋浴间。

"拉屎也要看地方。"他们告诉他。

查理畏缩在墙角里，能闻到他们的汗味，6个青少年后卫的麝香臭气，没有一个低于110公斤的，刚刚在8月的艳阳下蒸了3个小时。他弯腰下去吐在他们的脚上。他们为此狠狠揍了他一顿。

最后，他在地上缩成一团，赖翁·戴维斯弯下腰来在他耳边用气音说话时，他畏缩了。

"敢告诉任何一个人，你就死定了。"

是罗根舅舅动用关系，才让查理参与国民警卫队的飞行训练项目。原来他不是一个糟糕的飞行员，尽管在突发事件中他容易僵住。离开国民警卫队之后，查理在得州四处流浪，无法保住一份工作，是罗根对鸥翼航空的一个朋友发话，给查理弄到一次面试。查理·布施还没在人生中找到任何真正擅长的事情。他的眼里确实有种活力，还有一种牛仔的招摇，这对女士们很奏效。他可以迷倒一房间的人，而且他穿西装很好看，所以当他与航空公司的人事总监坐在一起时，他看上去年轻、迷人，就像对鸥翼航空迅速扩张的机组人员队伍的完美补充。

他们让他先做副驾驶员，那是 2013 年 9 月。他喜爱豪华飞机，喜爱他服务的客户——亿万富翁和国家元首，这让他感觉重要。但他真正热爱的是在主舱里工作的优等顶级的妞儿。这是他第一次见到自己即将共事的机组成员时，心里的念头。来自世界各地的四位美女，每个都比下一个更让人起劲。

"女士们。"他摘下他的飞行墨镜说，向她们展露他的最佳得州嬉笑。女孩们连眼睛都没眨。原来她们不和副驾驶员上床。当然，公司是有政策，但不只因为那个。这些女人的世故是国际级别的。很多人会说五门语言，她们是凡人可以观望的天使，但永远不可亵玩。

一趟又一趟的飞行，查理百般勾引她们。一趟又一趟的飞行，他屡屡碰壁。原来，连他的叔叔都没办法让他睡到一个鸥翼的空乘。

他遇到艾玛时，已经在公司里待了八个月。他马上就能看出，她与别人不同，她更加脚踏实地。而且她的门牙之间有一道小缝。有时在飞行中，他会撞见她在厨房里哼歌。当她意识到他站在那里时，她会脸红。她不是机组最火辣的女孩，但她似乎更容易得手。他是跟踪一群羚羊的狮子，在等待最弱的一只离群走散。

艾玛告诉他，他的父亲担任过空军飞行员，于是查理夸大自己在国民警卫队的经历，告诉她他曾经在伊拉克开过一年的 F-16 战斗机。他能看出她是个乖乖女。查理 29 岁，他自己的父亲在他 6 岁时去世。关于如何当个男人，他唯一真实的行为榜样就是一个喝黑麦酒、发型花哨的人，每次和他见面，他都叫查理挤出一块肌肉来。他知道自己不如其他家伙聪明，技术也不够精湛。但作为一个没什么才华的人，他必须发展出一套自己的过关方法。早年他就意识到，你并非必须有自信，你只需看起来有自信。他从来就不是一个很棒的快速击球手，于是他就学习用走路的方式占全。他没法打出怪兽悬空球，于是他掌握到位开球技术。在教室里，他学会用讲笑话的方法来转移难题。他学会如何在棒球场上讲垃圾话，如何在国民警卫队里虚张声势。他的理论是，穿上制服你就是一个运动员，就像拿起武器你就是士兵一样。让他混进来的或许是裙带关系，但现在无法否认，他的履历是真的。

然而，谁曾真正爱过查理·纳撒尼尔·布施真正的面目呢？他是某人的外甥，一个冒牌货，一个成为飞行员的大学校队运动员。总而言之，这看起来就像一个美国的成名故事，于是他也这么看待自己。但在内心深处，他知道真相，他是一个骗子。知道这个让他愤世嫉俗，让他刻薄。

他从希思罗机场搭了一程鸥翼的包机，于 8 月 23 日，周日下午 3 点降落在纽约。艾玛与他分手已经六个月，她告诉他别再打电话给她，别再顺便来她家，或者试图登上她工作的航班。她被安排了一次飞行勤务，去玛莎文雅岛飞个来回。查理暗自思忖，如果他能与她独处上几分钟，他就能让她明白：他有多爱她，他有多需要她，以及他对发生的事情有多抱歉。基本上，就是一切事情。他待她的方式，他说过的话，只要让他解释就好。只要她能看到，他实际上不是个坏人，不完全是。他只是一个装模作样的人，装得太久，被人拆穿的恐惧已经将他耗尽。所有这些：趾高气扬，嫉妒吃醋，小肚鸡肠，都是副产品。你试试假装一个不是自己的人，装上20年，看看那会如何改变你。但是我的天啊，他不想再害怕下去了，不想在艾玛面前继续下去。他想让她看到他，真正的他，让她了解他。难道他这辈子都不值得被人了解一次吗？被人爱上他原本的样子，而不是他假装的那个人？

他想到伦敦，想到再次见到艾玛，就像被毒蛇咬伤一样，毒液在他的血管里漫延。他无法理解的本能是发起攻击，拉近彼此的距离，他与他的——是什么呢？敌手？猎物？他不知道。只是一种感觉，某种恐慌的推进手段，让他摆起架子，拉高裤子，装出他最好的牛仔招摇风范。他很早以前就已决定，当你太过在乎时，唯一能做的就是表现得好像你一点儿都不在乎——学校是这样，工作是这样，爱情也是这样。

这一招足够奏效，于是这种行为模式在他身上已经顽固成疾。所以当他见到艾玛，当他的心跳到了嗓子眼儿，感觉不堪一击地暴露于人前时，这就是他的做法——不屑一顾，侮辱她的体重，然后整晚剩下的时间都像小狗一样围着她转。

彼得·加斯腾很乐意把文雅岛的飞行让给查理，留在伦敦休养恢复几天。周五晚上他们黏在一起，在苏荷区一直喝到天亮，从酒吧换到夜店——伏特加，朗姆酒，销魂丸，一点儿可卡因。他们的下一次药检在两周以后，而且彼得认识一个人，能给他们搞到没问题的尿液，于是他们把警告抛到了九霄云外。查理试图鼓起勇气去面对艾玛。他每次看到艾玛，都感觉自己的心裂成两半。她那么漂亮，那么甜美，而他彻头彻尾地搞砸了一切。他之前为什么要那么说她，说她重了几磅？他为什么总是这么混蛋？她裹着毛巾走出浴室时，他只想抱住她，亲吻她的眼皮，像她以前亲吻他那样，感觉她贴着他的脉搏，吸进她的香气，但他却胡说了几句俏皮话。

他想起那晚他把手放在她的喉咙上掐她时，她脸上的表情。性爱实验最初的刺激怎么先是变成震惊，然后变成惊悚。他真的以为她会喜欢吗？以为她是那种女孩？他以前遇到过她们，有自杀倾向的文身姑娘，喜欢被人惩罚，喜欢鲁莽的动物碰撞造成的擦伤和青肿，但艾玛不像那样。你能从她的眼睛、她的举手投足看出来，她很正常，是个平民，身上洁白无瑕，没有一塌糊涂的童年筑成的战壕。所以她对他来说是一个明智的选择，如此健康的一举。她是圣母马利亚，不是娼妓，而是一个他可以娶的女人，一个能拯救他的女人。所以他为什么要那么做？他为什么要掐住她的脖子？只可能为了把她拉低到他的档次。让她知道，她生活的世界并不像她以为的镀金主题公园那么安全。

那一夜之后，她离开了他，不再接他的电话。他有过一个黑暗时期，连续几天，他在床上从日出躺到日落，脑子里满是恐惧和厌恶。他打起精神去工作，在起飞和降落时做副驾驶员。不管内心是什么感受，多年来掩盖自己的软弱已经教会他如何过关。但在那些飞行途中，他内心有种动物性的意欲，心里有条通电电线在迸发火花，想让他推下驾驶杆，机头向下，让飞机滚入湮没之境。有时这种意欲过于强烈，他不得不假装去拉屎，躲在厕所里靠黑暗呼吸。

艾玛。她就像一只独角兽，是通往幸福的神秘钥匙。

他坐在伦敦的那间酒吧里，盯着她的眼睛、她的嘴角。他能感觉到她故意不看他，能感觉到他的音量在酒吧里提得太高，与加斯腾互讲笑话时，她的背部肌肉都会收紧。她恨他，他想，但当痛苦变得难以忍受时，我们不就会由爱生恨吗？

他想，他能解决的，他能扭转局面，用合适的话语与合适的感情解释清楚，把恨意消除。他会再喝一杯，然后他就走过去。他会温柔地拉起她的手，请她出来抽支烟，这样他们就能聊一聊。他会在头脑里看到每一个字，每一个举动。他会全部摊牌，关于查理的历史。起初她会双手抱在胸前，表现出防御性，但他会继续深入，他要告诉她自己父亲的去世，他由单亲妈妈抚养长大，以及他如何变成他舅舅的被监护人。在他不知情的情况下，他的舅舅如何为查理铺路，让他平顺地度过人生，但那从来不是他想要的人生。查理只想靠自己的实力被人评断，但是随着时间的推移，他开始害怕自己的最好还不够好。于是他屈服了，任其发生，但现在那些都结束了。因为查理·布施准备好要做自己，而且他想要艾玛做他的女人。他说话时，她会放下她的胳膊，她会靠近一些。最后她会紧紧抱住他，他们会接吻。

他又喝下一杯77高杯酒，一杯啤酒。然后，某个时刻他与彼得在厕所里再吸一条时，艾玛消失了。他抹着鼻子从厕所出来时，她已经走了。查理径直走向其他女孩，感觉神经过敏又受到了惊吓。

"嘿，"他说，"所以艾玛，她闪人了吗？"

女孩们嘲笑他，她们用高傲的模特眼神看着他，厉声喊出她们的鄙夷。

"小傻瓜，"切尔西说，"你真的以为你们是一种人吗？"

"只要告诉我，她走了吗？"

"好吧。她说她累了，她回公寓了。"

查理往吧台上扔了一些现金，跑到外面的大街上。烈酒和毒品让他感觉翻天覆地，所以他往错误的方向走了十个街区才反应过来。等他回到公寓时，她已经走了，她的东西都没了。

她人间蒸发了。

第二天，当彼得抱怨着说他还得去纽约工作，艾玛也在同一班飞机上时，查理主动提出帮他出任务。他跟彼得撒谎说，他会上报公司批准，但直到他出现在新泽西的泰特波罗机场时，才有人知道查理要代替彼得，但那个时候做什么都为时已晚。

查理坐在跨大西洋的一架波音 737 飞机的驾驶舱折叠椅上时，一杯接一杯地喝咖啡，试图清醒过来，把自己收拾得像样一点。他在伦敦时那样突然出现，已经吓到艾玛。他现在明白了，他想道歉，但她已经换掉她的电话号码，已经不再回复他的邮件。所以他还有什么选择呢？除了再一次跟踪她，为自己的案子辩护，请求她慈悲发落，他还能怎么弥补这件事呢？

泰特波罗是曼哈顿以外 32 公里处的一个私人机场。鸥翼在那里有个飞机库，它的公司标志——两只手的拇指相扣，手指像翅膀般展开——用灰色油漆纹饰在黄褐色的平整壁板上。机库办公室周日不开门，只有一个骨干工作人员。查理从 JFK 机场打了一辆出租车，绕过城市向北，驶上乔治·华盛顿大桥。他试图不去看秒表，车费一直在飙升。他有一张美国运通的白金卡，另外，他告诉自己花多少钱无所谓，这是为了爱。彼得已经交给他航班的日程表。预定从新泽西出发的时间是晚上 6：55。飞机是一架 OSPRY 700SL。他们会不带乘客地飞个短程到文雅岛，让他们的包机人登机，然后马上回来。他们甚至不需要加油。查理设想那至少给了他五个小时的时间，找机会与艾玛私下交流，把她拉到一边，抚摸她的脸蛋，像他们以前那样讲话，拉着她的手说对不起，说我爱你，我现在知道了，我是个白痴，请原谅我。

她会原谅他的，为什么她不原谅呢？他们的过去很特别。他们第一次做爱时她还哭了，我的老天爷，因为美妙喜极而泣。他搞砸了，但还不算太晚。查理看过所有让这些小妞晕厥的浪漫爱情片，他知道坚持不懈就是关键。艾玛在考验他，仅此而已。这是女性心理的基础课。她爱他，但他需要证明自己。他需要表现给她看他可以坚定可靠，表现给她看这一次就是小说情节。她是童话里的公主，他是骑马的骑士。他会的。他是她的，从现在到永远，他永远不会放弃。当她看到时，她就会投入他的怀抱，他们会再次和好。

他在泰特波罗保安闸口亮出他的飞行员执照。守卫挥手让他们进去。查理感觉到胃里的神经紧张，用手搓了一把脸。他真希望自己记得刮胡子，担心自己看起来面如灰土，一脸疲倦。

"是白色的飞机库。"他告诉出租车司机。

"266块。"他们停下后，那个家伙告诉他。

查理刷卡，钻出车外，取出他的银色拖轮箱。OSPRY已经停在飞机库外面的停机坪上。建筑上的强光灯让飞机机身泛着光晕。他永远看不厌这幅景象，一架精密的飞机，就像一匹毛色发亮的纯血马，引擎盖下面全是推力和提升力，但机舱内部像黄油一般光滑。三人一组的地勤人员正在给它加油，一辆加油车停在机首附近。104年前，两兄弟造出第一架飞机，开着它飞过北卡罗来纳州海滩的上空。现在有了战斗机机群，几百家商务航空公司，还有货机和私人飞机。飞行变得常规，但对查理来说不是。他依旧热爱飞机冲入平流层时，轮子离地的感觉。但那不会让他惊讶，他毕竟是个浪漫主义者。

查理扫视一圈寻找艾玛，但没看到她。他在JFK的卫生间里换上了飞行员制服，见到自己穿着一身清爽的白色，他镇定下来。他可不就是电影《冲上云霄》里的李察·基尔吗？现在他穿着制服，把拖轮箱拉进机库，鞋跟踩在沥青地面上咯噔作响。他的心悬在嗓子眼儿，他一身大汗，就像回到了高中，正斜向走过去邀请辛迪·贝克参加毕业舞会。

老天爷，他想。这个妞儿对你做了什么？振作起来，布施。

他感到一瞬间的愤怒，是困兽的狂怒，但他不去理会。

压下你的念头，布施，他告诉自己，继续执行任务。

然后他瞥见二楼办公室里的艾玛，他的心跳成倍加速。

他放下箱包，匆忙上楼。办公室是建在飞机库里的一条狭小通道，可以眺望四周景色，非公莫入。客户从来不会进入飞机库，他们直接被豪华轿车送到机场。公司有严格的书面政策，员工必须保持鸥翼航空的幕后操作过程不可见，不能让任何东西戳破旅客奢华体验的气泡。

要到达办公室，你得登上一段外置金属楼梯。查理把一只手放在扶手栏杆上，感觉自己口干舌燥。一时心血来潮，他抬起手来调整自己的帽子，让它有一点歪斜。他应该戴上飞行墨镜吗？不。这事关连接，事关眼神交流。他的手感觉就像野兽一样，手指抽搐，于是他把手塞进口袋里，专注于每一级阶梯，专注于抬脚和放下。过去的16个小时，他一直在想着这一刻，要见到艾玛了，他会如何亲切地微笑，让她看到他能够平静、文雅。然而他一点儿都不平静。他已经连续三天睡觉超过两个小时。是可卡因和伏特加让他保持平稳，保持前进。他在头脑里重温，他会踏上楼梯平台，开门。艾玛会转身看到他，他会停下来，站着不动。他会向她敞开自己，用自己的身体和眼睛展示给她看，他人在这里，他已经理解她的信息。他就在这里，他哪儿也不去。

只不过事情不是那样发展的。等他踏上楼梯平台时，他发现艾玛已经看向他的方向。当她看到他时，她整个人都没了血色。她的脸。她的眼睛很大，像茶碟一样。更糟的是，当他看到她看到他时，他僵住了，毫不夸张，他的右脚悬在半空中，微微……招了一下手。招手？什么样的白痴会对他的梦中情人娘娘腔地招手？就在那一刻，她转身逃到办公室的内部。

见鬼，他想，真是见鬼。

他吐气，不再上楼。斯坦霍普在办公室里，她是今天的协调员。她是个嘴唇紧闭的老女人，鼻子下面只有一条愤怒的斜线。

"我，是来 613 号航班工作的，"他说，"前来报到。"

"你不是加斯腾。"她看着自己的航空日志说。

"观察水平一流啊。"他告诉她，同时眼睛在搜索办公室里间的艾玛，透过玻璃墙可以看见里面。

"你说什么？"

"没有，对不起。我只是——加斯腾病了，他打给我说换班。"

"好吧，他应该打给我。我们不能这么做人事对调，这会弄乱整个……"

"当然。我只是帮那个家伙一个……你看到艾玛去哪儿……"

他透过玻璃向里瞥视，寻找他的梦中女孩，感觉有一点儿狂乱。他的头脑在急转，试演各种情境，加倍运转来想办法纠正这整场灾难。

她跑了，他想。她掉头就跑……那该死的是怎么回事？

查理看着办公桌边的巨魔，给她最好的笑容。

"你叫什么名字？詹妮吗？"他说，"对不起，但我们——快到起飞时间了。我们能不能回来以后再解决文书工作？"

那个女人点点头。

"好吧，我们等飞行结束后再处理这件事。"

查理转身要走，她在他身后叫住他。

"不过你们降落后要到我这里报到，我们定这些规章是有原因的。"

"好的，"查理说，"当然。真抱歉——我不知道加斯腾为什么没打电话。"

他脚步蹒跚地走回飞机，四处寻找艾玛的身影。他爬上阶梯，惊讶地发现她在厨房里，正在砸开冰块。

"嘿，"他说，"你去哪儿了——我一直在找你。"

她对他充满敌意："你为什么要——我不要你在这里。我不——"

他伸手去抱她，去搂她，想告诉她爱可以解决一切。但她向后一躲，眼里都是憎恨，狠狠地扇了他一耳光。

他的面颊刺痛，他瞪着她，就好像太阳在本来正常的一天突然在空中爆炸，一样。她大胆对视他的目光，然后别过脸去，突然害怕起来。

查理看着她走开，然后迟钝地转身——他的头脑一片空白——进入驾驶舱，差点撞上这趟航班的机长詹姆斯·梅洛迪，他是个老家伙，不太有趣，但很有能力，极其能干。这个英国老油条，以为自己是所有人的老大。但查理知道怎么卑躬屈膝，这是过关艺术的一部分。

"下午好，机长。"他说。

梅洛迪认出他，皱起眉头。

"加斯腾怎么了？"他问。

"你问倒我了，"查理说，"胃不舒服吧，我想。我只知道我接到一个电话。"

机长耸耸肩。这是管理部门的问题。

他们又闲谈了一会儿，但查理其实并不专心。他在想着艾玛，想她说过的话。他本来可以有别的做法。

激情，那就是他们之间的东西，他突然告诉自己。是烈焰。这种想法让他振奋，他脸颊上的麻痛渐渐退去。

查理一边给系统加电，一边运行着诊断，他告诉自己，他处理得不错，或许不算完美，但……她只是在欲擒故纵。接下来的六个小时会像发条装置一样运转。教科书式的起飞，教科书式的降落。五个小时的往返之后，他才是那个更换电话号码的人。等她回过神来，意识到她失去什么的时候，好吧，她会来乞求他的原谅。

引擎循环时，他听到驾驶舱门打开。艾玛非常气愤地冲进主舱。

"让他离我远点儿。"她指着查理告诉梅洛迪，然后昂首阔步地走回厨房。

机长望向他的副驾驶员。

"别来难为我，"查理说，"一定是她的生理期来了。"

他们完成飞行前检查，关上舱口。6点59分，他们滑向跑道，平安无事地起飞，开始背朝落日飞去。几分钟后，梅洛迪机长向右舷方向倾斜，朝向海岸的方向。

前往玛莎文雅岛剩下的飞行中，查理一直在盯着窗外的海洋，明显瘫倒在座位里。等狂怒——那根危急的闪电神经一直在给他煽风点火——离他而去，他感觉筋疲力尽，像只泄气的皮球。事实是，或许36个小时以来他一直没有睡觉。从伦敦飞来的路上睡了几分钟，但他主要处于过度兴奋的状态。可能是可卡因或者是他喝的伏特加兑红牛的后续作用。不管是什么，现在他的任务失败，一场壮丽的内爆，他感觉自己毁了。

距离文雅岛还有15分钟时，机长站起来，一只手放在查理的肩膀上。查理吓了一跳，从座位上跳了起来。

"飞机归你了，"梅洛迪说。"我去喝杯咖啡。"

查理坐直，点点头。飞机现在启动了自动驾驶仪，轻松地掠过广阔的蓝色海面。机长离开驾驶舱时，他关上了身后的门（之前是开着的）。查理用了几分钟的时间去消化那件事。机长关上了舱门。为什么？他为什么要那么做？起飞时都是开着的。现在为什么要关上？

只可能是出于隐私。

查理感觉通体一阵潮热。就是那样。梅洛迪想要一点儿隐私，这样他就能跟艾玛谈谈。

关于我。

一股新的肾上腺素进入查理的血流。他需要集中精力。他打了自己几巴掌。

我应该怎么做？

他匆匆考虑他的选项。他的第一反应是夺门而出，与他们对峙，去告诉飞行员这一摊烂事跟他没有关系，回到你的座位上，老家伙，但那太不理性。他很可能会因为那么做被解雇。

不。他应该什么都不做。他是个专业人士。她才是喜欢小题大做的人，把私事带到工作上的人。他会继续开飞机（好吧，看着自动驾驶仪开飞机），做一个踏实的成年人。

然而他不得不承认，那会要了他的命。关上的舱门。不知道那边会发生什么事。她在说什么。他明知不该，还是站起身来，然后坐下，然后再次起身。就在他伸手去拉门时，门开了，机长拿着咖啡回来。

"一切还好吗？"他关上身后的门，问他。

查理扭扭腰，做了类似拉伸上身的动作。

"当然，"他说，"只是，我的肋部有点儿抽筋。在想办法拉伸缓解一下。"

他们终于进入玛莎文雅岛时，太阳已经开始西沉。落地后，梅洛迪滑行经过地面控制台，然后停下。引擎一熄，查理就站了起来。

"你上哪儿去？"机长问。

"抽烟。"查理说。

机长站起来。

"一会儿再去，"他说，"我想让你对飞行控制系统做一次全面诊断测试。降落时感觉驾驶杆很紧。"

"我就抽几口。"查理说，"起飞前我们有，大概，一个小时。"

机长打开驾驶舱门。在他身后，查理能看到艾玛在厨房里。她意识到驾驶舱门开着时，望过来，看到查理，然后飞快地看向别处。机长挪动位置挡住查理的视线。

"去做诊断测试。"他说，关上身后的门出去了。

真是废话连篇，查理心想，开始开电脑。他叹气，一次，两次。他站起来，他坐下。他揉搓两手直到感觉发热，然后按在眼睛上。降落之前，他开了15分钟飞机。感觉驾驶杆正常。但查理是个专业人士，人称"专业先生"，于是他遵照要求做事。那一向是他的策略。当你一辈子都在扮演一个角色，你就学会让它像模像样。准时提交文书工作。草地冲刺训练时第一个到场。保持制服熨平干净，头发整洁，胡子刮掉，站得笔直，成为你的角色。

为了平静下来，他掏出他的耳机，放了几首民谣歌手杰克·约翰逊的歌。梅洛迪想让他做诊断测试？行。他不只会做他要求的事。他还会用唾沫把它擦亮。他开始做诊断测试，舒缓的吉他声在他耳朵里漫不经心地演奏。外面，太阳的最后一道亮光沉到树后，天空换上午夜深蓝。

30分钟后，机长发现查理在座位上，睡得正香。他摇摇头，一屁股坐在自己的椅子上。查理猛地蹦起来，心脏像风钻一样突突直跳，不知身在何处。

"干吗？"他说。

"你做诊断测试没有？"梅洛迪问。

"做了，"查理说，移动开关，"一切看起来都正常。"

机长看了看时间，然后点头。

"好吧。第一位客人已经到了。我想在 22 点做好起飞准备。"

"当然，"查理打手势说，"我能不能……我得去尿尿。"

机长点点头。

"马上回来。"

查理点点头。

"是的，长官。"他说，话音中尽量不带讽刺。

他走出驾驶舱。工作人员洗手间就在驾驶舱隔壁。他能看到艾玛站在打开的机舱门口，准备在第一批客人抵达时迎接他们。查理能看到停机坪上似乎是一家五口人，被一辆路虎的前灯照亮。他端详艾玛的后颈。她的头发盘起高高的发髻，有一缕松散的赤褐色头发在她的下巴旁弯出弧线。这一幕让他眩晕，想跪到地上把脸贴到她膝上的冲动难以抑制，这是忏悔和奉献的举动，是爱人的姿势，但也是儿子对母亲的姿态，因为他想要的不是她赤裸肉体的感官享受，而是她的手抚在他头上的母性情感，无条件的接纳，她的手指伸进他发间的感觉，母亲般的爱抚。太久没有人这样爱抚过他的头发，揉着他的背直到他睡着。他太累了，刻骨铭心的累。

在卫生间里，他盯着镜子里的自己。他的眼睛充血，面颊上是黑色的胡茬。这不是他想成为的人，一个废物。他怎么会如此落魄？他怎么会让这个女孩毁掉他？他们约会时，他觉得她的爱意让人窒息，她会当众拉他的手，她把头抵在他的肩膀上。就好像她在标示他是她的。她太喜欢他了，他觉得一定是装出来的。身为一个毕生都在演戏的人，他很肯定自己能从 1000 米以外发现另一个大话精。于是他开始对她冷淡，他把她推开，看她还会不会回来。她会，这让他发疯。我盯上你了，他心想，我知道你在假装，诡计暴露了，你别演戏了。但她似乎很受伤，很困惑。终于，一天夜里，他在和她亲热的时候，她伸手过来抚摸他的脸颊，说我爱你，他内心的一根弦突然断裂。他掐住她的喉咙，一开始只是让她闭嘴。但之后，看到她眼里的害怕，她的脸变红时，他发现自己握得更用力。

现在，他盯着镜子里的自己，告诉自己他一直都是对的。她是在假装，她一直在耍他，玩完以后她就把他扔了。

他洗了把脸，在毛巾上擦干手。乘客们踏上舷梯时，飞机在振动。他能听到人声，大笑的声音。他用手捋头发，拉直他的领带。

要专业，他心想。然后，他打开驾驶舱门，重新进入驾驶舱。

飞行

格斯听到录音带上的机械语音。

"自动驾驶解除。"

就是这里了，他心想。结局的开始。

他听到引擎声，每分钟转速都在提高。他根据数据记录器知道，是副驾驶员在旋转飞机，同时加大动力。

"你喜欢了吧？"他听到布施在咕哝，"那样你就高兴了吧？"

现在只是时间问题。飞机会在两分钟内撞击水面。

此时他听到门上有重击声，听到梅洛迪的声音。

"老天爷，让我进去，让我进去。发生什么事了？让我进去。"

但此时，副驾驶员沉默无声。他在生命最后时刻的任何思想无人能知。在飞行员绝望的声音之下，唯一残留的，就是一架飞机以螺旋式进入死亡的声音。

格斯伸手过去调高音量，竭尽全力去听声音，任何覆盖低沉的机械噪声和喷气机单调声响的声音。然后——枪声。他一跃而起，突然把车开进了左边的车道。他的周围，汽车喇叭齐鸣。他一边咒骂着，一边纠正回到自己的车道，没有数清这个过程中到底开了几枪。至少六声，每一声都像大炮打在原本寂静的录音带上。枪声覆盖下，是低声重复的咒语。

砰，砰，砰，砰。

此时布施靠在油门杆上，每分钟转速都在飙升。飞机打着转，像一片旋入下水道的叶子。

尽管格斯知道后果，他发现自己仍在祈祷机长和以色列安保人员能把门打开，他们可以制伏布施。机长会坐下，找出某种奇迹般的解决办法。就好像赞同他自己屏住的呼吸一样，枪声被身体撞进驾驶舱金属门的声音替代。后来，技术人员会再现这些声响，决定哪个是肩撞，哪个是脚踢，但目前它们只是迫切的求生声音。

拜托，拜托，拜托，格斯想，即使大脑的理性部分知道他们在劫难逃。

然后，在坠机前的刹那，出现了一个单音节：

"哦。"

然后——撞击——规模与定局的刺耳杂音如此嘈杂，格斯闭上了眼睛。原发撞击与次发撞击延续了四秒，机翼断裂、机身解体的声音。布施应该是立刻死亡。其他人可能多活了一两秒钟，不是死于撞击，而是被飞舞的碎屑砸死。谢天谢地，没有人活的时间足够长，随着飞机沉入海底而被淹死。他们从尸检报告中已经知道。

然而，在混乱之中，一个男人和一个男孩活下来了。听着录音带上的空难把这一事实变成充分的奇迹。

"头儿？"梅伯里的声音传来。

"啊。我在——"

"是他干的。他——是为了那个女孩，那名空乘。"

格斯没有回答。他在尝试理解这场悲剧：一个孩子，要杀死所有的人，为了什么？因为一个疯子的心碎？

"我要一份关于所有机械的全面分析，"他说，"每个声音。"

"是的，长官。"

"我20分钟内到。"

格斯挂断电话。他不知道自己还能再做这份工作几年，还能再忍受多少悲剧。他是一名开始相信世界从本质上已经破碎的工程师。

他看到自己的出口临近，移到右侧车道。生命就是一系列的决定与反应，是你的所作所为，与对你的所作所为。

然后就结束了。

斯科特最先听到录音带上的声音是自己的。

"怎么回事？"他问，"你是怎么想的？我们两个的事。"

录音质量很不好，上面覆盖了一层机械的吱吱声。这听起来像是电话通话，斯科特马上意识到的就是电话通话，他一听就认出来了自己的声音。

"我们去希腊吧，"他听到蕾拉说。"我在一处峭壁上有栋小房子，隔了六层空壳公司的关系。谁也不知情，绝对神秘。我们可以躺在太阳底下吃生蚝。天黑以后跳舞。一直等到尘埃落定再回来。我知道我应该对你腼腆一点儿，但我从来没有遇到过哪个人，这么难博得他的注意。即使我们在一起时，也好像我们虽然在同一个地方，却相隔好多年。"

"你从哪儿——"斯科特问。

比尔看着他，带着一种胜利的神情挑起眉毛。

"你还以为，我们应该相信什么事都没发生？"

斯科特瞪着他。

"你是不是——你怎么——"

比尔竖起一根指头——先等等。

录音带再次播放起来。

"男孩怎么样？"是格斯的声音。

斯科特不需要听到下一个人声，就知道会是他自己的。

"他——不讲话，其实，但他似乎喜欢我在这里。所以或许有治疗作用。埃莉诺真的——很坚强。"

"她丈夫呢？"

"他今天早上带着行李离开了。"

长时间的停顿。

"那看起来是什么样子，不需要我来告诉你。"格斯说。

斯科特发现自己在跟着录音带做口型，说出下面的话。

"从什么时候开始，看起来怎么样比实际上怎么样更重要了？"

"从 2012 年开始的，我想。"格斯说。"尤其在——你在城里的藏身处曝光之后，变成了多大的新闻。那个女继承人——我说的是找个地方躲几天，不是让你跟人同居上小报。"

"什么也没发生。我是说，没错，她脱了衣服爬上我的床，但我没有——"

"我们现在不是在聊有没有发生，"格斯说，"我们在聊的是，看起来是什么样子。"

录音结束，比尔向前坐了坐。

"你看，"他说，"都是谎话。从一开始，你就一直在说谎。"

斯科特点点头，他的头脑在拼凑碎片。

"你做了电话录音，"他说，"是埃莉诺的电话。所以你才知道——当我从蕾拉家打给她——所以你才知道我在哪里。你追踪了电话。然后——你也对格斯的电话做了电话录音吗？FBI的呢？所以你才——所有那些泄密——你就是那样拿到备忘录的？"

斯科特能看到比尔的制作人在镜头外面火急火燎地摆手，她看起来十分恐慌。斯科特往前探身。

"你窃听了他们的电话。一架飞机坠毁，有人死了，而你窃听了受害人及其亲属的电话。"

"人们有知情权，"比尔说，"这是一位伟人。戴维·贝特曼，一个巨人。我们应该得到真相。"

"没错，但是——你知道这违法吗？你做的事情？更别提——这不道德。我们坐在这里，你在担心的是什么——我和一个女人有两相情愿的关系？"

斯科特往前探身。

"与此同时，你根本不知道真正发生了什么事。副驾驶员如何把机长锁在驾驶舱外，他如何关闭自动驾驶仪，让飞机俯冲。六发子弹打进门里——是枪打的——很可能是贝特曼的保安人员开的枪，试图把门打开，重新控制飞机。但他们没有做到，所以他们全死了。"

他看着比尔，比尔人生中头一次瞠目结舌。

"人们死了，有家庭、有孩子的人被谋杀了，而你坐在这里询问我的性生活。你太无耻了。"

比尔站起来，他的身影笼罩着斯科特。斯科特也站了起来，与他对峙，毫不退让。

"你太无耻了。"他又说了一遍，这一次是默默地，只说给比尔听。

有一瞬间，比尔看似要打他。他的拳头已经攥紧。然后两个摄影师拉住他，克里斯塔也在。

"比尔，"她喊叫着，"比尔，平静下来。"

"放开我。"比尔一边挣扎，一边嚷嚷着，但他们抓得很牢。

斯科特站起来。他转向克里斯塔。

"好了，"他说，"我说完了。"

他一走了之，由得他身后的愤怒与挣扎平息下去。他发现了一条走廊，顺着走廊来到一部电梯前。他感觉自己就像一个如梦初醒的人，按下按钮，然后等待电梯门开。他想起浮动的机翼，它着火的样子，想起男孩在暗处喊叫。他想起自己的妹妹，她在越来越深的暗处坐在单车上等待。他想起自己喝下的每一杯酒，以及听到发令枪响，一头扎入含氯的蓝池中的感觉。

有一个地方，男孩在等待，在车道上玩着卡车，把颜色涂到线条外面。旁边有一条慵懒的河，有叶片在风中飘荡的声音。

他会拿回他的画。他会重新安排画廊见面会，以及与其他不请自来的人碰面。他会找到一个泳池，教男孩游泳。他已经等待足够久了。是时候按下播放键，让游戏结束，看看会发生什么。如果将是一场灾难，那么就让灾难来吧。他曾从更糟糕的境地逃出生天。他是一个幸存者。是时候开始表现出幸存者的样子了。

然后电梯门开了，他走了进去。